Laila Ibrahim
Das Flüstern der Freiheit

TINTE & FEDER

Das Buch

Südchina, 1923. Eine arrangierte Ehe mit einem Witwer in Kalifornien ist für die junge Mei Ling die einzige Chance, bitterer Armut zu entkommen. Unter dem Namen seiner ersten Frau tritt sie die strapaziöse und oft demütigende Seereise an. Liebevoll kümmert sie sich dabei um das kleine Waisenmädchen Shiya. Doch endlich im chinesischen Viertel von San Francisco angekommen, erlebt Mei Ling eine herbe Enttäuschung. Ihr Mann Chinn Kai Li ist keineswegs ein Kaufmann, sondern nur ein mittelloser Hausdiener.

Schwanger, an einen fremden Mann gebunden und voller Heimweh ist Mei Ling der Verzweiflung nah. Aber ihr Zeichen ist der Drache, und der lässt keine Niederlage zu. Sie beginnt, um ihr Glück zu kämpfen – und um Shiya. Denn ohne ihre Hilfe erwartet die kleine Waise ein grausames Schicksal …

Die Autorin

Laila Ibrahim hat lange als Direktorin einer Vorschule und als Lehrerin gearbeitet. Inzwischen ist sie hauptberuflich als Schriftstellerin tätig. In deutscher Sprache sind bisher die Titel »Gelber Krokus« und »Eine Handvoll Senfkörner« erschienen.

Wenn Laila Ibrahim nicht gerade schreibt, puzzelt sie gern, geht mit Freunden spazieren, spielt Gesellschaftsspiele, arbeitet im Garten oder reist. Mit ihrer Frau und ihren zwei Töchtern lebt sie in einer kleinen Siedlung in Berkeley, Kalifornien.

LAILA IBRAHIM

Das Flüstern der Freiheit

ROMAN

Aus dem Amerikanischen
von Alex Wolf

TINTE & FEDER

Die amerikanische Ausgabe erschien 2018 unter dem Titel »Paper Wife« bei Lake Union Publishing, Seattle.

Deutsche Erstveröffentlichung bei
Tinte & Feder, Amazon Media EU S.à r.l.
38, avenue John F. Kennedy, L-1855 Luxembourg
Juni 2019

Die Übersetzung dieses Buches wurde durch Amazon Crossing ermöglicht.

Umschlaggestaltung: zero-media.net, München
Umschlagmotiv: © Radharc Images / Alamy Stock Photo; © ZenShui/James Hardy / Getty; © Tomsickova Tatyana / Shutterstock; © Jaime Pharr / Shutterstock
Lektorat: Cathérine Fischer
Korrektorat: Angelika Wiedmaier/DRSVS
Gedruckt durch:
Amazon Distribution GmbH, Amazonstraße 1, 04347 Leipzig /
Canon Deutschland Business Services GmbH, Ferdinand-Jühlke-Str. 7, 99095 Erfurt /
CPI books GmbH, Birkstraße 10, 25917 Leck

ISBN: 978-2-91980-745-1

www.tinte-feder.de

Für meine Eltern Hilmi Ibrahim und Margaret Loughlin, deren Entscheidung, in neue Lande auszuwandern, mir das stürmische und kostbare Leben geschenkt haben, für das ich so unglaublich dankbar bin.

Kapitel 1

Heimatdorf – Provinz Guangdong, China – März 1923

Bevor Mei Ling die Tür öffnete, warf sie einen letzten Blick auf ihre Familie. Sie schluckte hart und versuchte, sich alle Gesichter bis in jede Einzelheit einzuprägen. Bald würden sie getrennt sein, vielleicht für immer.

Jah Jeh, Mei Lings neunzehn Jahre alte Schwester, hockte wie ein preisgekrönter Ziervogel zwischen ihren Eltern. Ein hübscher Kamm hielt ihr glänzendes schwarzes Haar zurück. Ihre leicht geröteten Wangen waren das einzige Zeichen in ihrem ruhigen Gesicht, das darauf hinwies, wie aufgewühlt sie innerlich war. Fuchans müde dunkle Augen zeugten von ihrer Niederlage, während Mah-ma stählernen Stolz ausstrahlte.

Ein einziger Blick durch den Raum verriet, wie tief ihre Familie gesunken war. Der glänzende schwarz lackierte Tisch wirkte auf dem alten, staubigen Boden wie ein Kunstwerk in einem Schweinestall. Geschmackvolle Schriftrollen hingen an den rau verputzten Holzwänden. Wie auch bei anderen Familien in der Provinz Guangdong hatten Krieg, Hunger und Krankheit unablässig am Familienvermögen genagt, bis nur noch diese wenigen Habseligkeiten übrig waren und sie keine andere Wahl mehr hatten, als ihre geliebte Jah Jeh einem Fremden zu überlassen.

Jahre zuvor hatte Mah-ma den Grundstein für eine andere Zukunft ihrer Töchter gesetzt. Sie hatte sich der Verachtung ihrer Nachbarn gestellt, als sie die Füße ihrer Kinder nicht eingeschnürt hatte, was es ihren Mädchen – die so kurz hintereinander geboren worden waren, dass sie für Zwillinge gehalten wurden – erlaubte, frei und unbeschwert durch ihre Kindheit laufen zu können.

Sie hatte darauf bestanden, dass ihre Töchter ebenso gut ausgebildet wurden wie ihre Söhne, und war sogar so weit gegangen, die beiden, als die Familie in der Stadt gelebt hatte, auf eine Schule zu schicken. Auch das war eine radikale Entscheidung gewesen. Sie hatte nicht gewusst, ob all dies ihre Chancen auf einen guten Ehemann wirklich verbessern oder vielleicht sogar eher verschlechtern würde.

Als sich während der vergangenen zwei Jahre das Vermögen der Familie verringert hatte, spiegelten die Fragen, die unter ihnen kursierten, die Gedanken in ihren Köpfen wider: Bleiben wir den Traditionen treu oder wenden wir uns der modernen Zeit zu? Fuchan, ein Wissenschaftler und Lehrer, fiel zurück in die konfuzianischen Praktiken seiner Kindheit, da er glaubte, seine Ahnen würden helfend eingreifen, wenn er sich daran hielt. Bei jedem Rückschlag verbrannte er noch mehr Weihrauch und brachte größere Opfergaben dar. Aber gegen das Schießpulver der machthungrigen Kriegsherren der gierigen fremden Eindringlinge, die China für den eigenen Profit auseinanderrissen, hatten Geister keine Chance. Alle Bitten an die Ahnen waren nichts im Vergleich zum Segen des Reichtums, den man anhäufen konnte, wenn man den Import und den Export von Waren kontrollierte.

Und so war es geschehen: Fuchan hatte die Farce einer Verhandlung mit der Heiratsvermittlerin durchgestanden, die hinter der Tür wartete. Aber wenn einem keine Wahl mehr bleibt, gibt es auch keine Verhandlungen – man hat nur noch die Möglichkeit, die Bedingungen zu akzeptieren, die einem angeboten werden.

Eigentlich dachte Mei Ling, alle Hoffnung sei bereits verloren, doch vor ihrem inneren Auge sah sie immer noch einen einzelnen, dünnen Silberstreif am Horizont. Ganz vielleicht würde Jah Jeh sie nicht verlassen müssen, wenn sie in eine Familie heiratete, die in der Nähe lebte und es erlaubte, dass sie hin und wieder zu Besuch kam.

Ahma, Fuchans Mutter, starrte Mei Ling an. Ihr weißes Haar war zu einem festen Knoten zurückgebunden. Kleine Fältchen umgaben ihre dunklen Augen. Gemeinsam holten sie einmal tief Luft, und dann nickte Ahma. Es war Zeit für Mei Ling, die Tür zu öffnen.

* * *

März war der schönste Monat des Jahres, aber der Frühlingsmorgen, der sich im Türrahmen zeigte, hielt für Mei Ling keine Freude bereit. Die kühle Luft, die mit der Heiratsvermittlerin hereinwehte, konnte den Aufruhr in ihrem Herzen nicht befrieden.

Fuchans Hand zitterte, als er auf den Ehrenplatz für die alte Frau deutete. Mah-ma goss duftenden Tee in zwei Tassen. Mei Ling stand neben Ahmas Stuhl und sog die gesamte Szene mit jedem Atemzug in sich auf. Sie war überzeugt, dass ihr jüngster Bruder von der Küche her lauschte, wo man ihn nicht sehen konnte. Mit seinen zehn Jahren verstand er, wie wichtig dieses Geschäft für die Familie war, jedoch nicht in vollem Umfang, welche Auswirkungen es haben würde.

Mei Lings Blick glitt zu Jah Jehs Gesicht. Sie sah Furcht in den Augen ihrer Schwester, aber auch Bereitschaft und

Ergebenheit. Dann blickte sie zu der Heiratsvermittlerin. Die alte Frau nippte an ihrem Tee und nickte mit einem knappen Lächeln. Das stumme Warten war unerträglich.

Fuchan räusperte sich. Die Frau hob ihre rechte Augenbraue. Mah-ma nickte schnell und senkte den Blick auf Fuchans Hand. Er wirkte genauso verloren wie an dem Tag, als Mei Lings ältester Bruder seinen letzten Atemzug getan hatte. Dann begriff Fuchan, was ihre Mutter meinte. Er zog eine Münze aus seinem Beutel und legte sie auf die schwarze Oberfläche des Tisches. Sie mussten bereits dafür bezahlen, überhaupt das Angebot zu erfahren.

Die alte Frau umfasste den Tee mit beiden Händen und hielt ihn vor ihre Brust. Sie zuckte mit den Schultern und nahm dabei fast unmerklich zwei Finger von der Tasse. Fuchan seufzte und legte eine zweite Münze vor sich auf den Tisch. Die Frau starrte auf die beiden Geldstücke. Als er keine Anstalten machte, sich zu rühren, beugte Mah-ma sich vor und schob sie zu der Heiratsvermittlerin hinüber.

Mit den Münzen nun in Reichweite veränderte sich das Gebaren der Frau sofort und sie erklärte: »Ich bringe eurer ehrenwerten Familie gute Nachrichten.«

»Wir sind dankbar für deine Dienste«, erwiderte Mah-ma. »Bitte berichte uns deine Nachrichten.«

»Ich habe einen guten Partner für eure älteste Tochter gefunden. Er ist noch nicht lange Witwer und auf der Suche nach einer neuen Braut.«

Ein Witwer. Vielleicht ist er alt und hat viele Kinder. Mei Ling versuchte, aus den Worten der Frau Genaueres herauszuhören.

»Er hat nur einen Sohn, er ist zwei Jahre alt. Seine Frau …«, die Heiratsvermittlerin zögerte auf der Suche nach den richtigen Worten, »… ist erst vor Kurzem gestorben.«

Nur ein Kind bedeutete, dass er wahrscheinlich noch jung war.

»Er ist im Jahr des Büffels geboren, was ihn zu einem passenden Ehemann für euren Hasen macht.« Die alte Frau lächelte.

Mei Ling rechnete. Er war entweder zwei oder vierzehn Jahre älter als Jah Jeh. Die Möglichkeit, er könne auch sechsundzwanzig Jahre älter sein, wollte sie gar nicht erst in Betracht ziehen, obwohl so etwas durchaus vorkam. Sie betrachtete das Gesicht der Heiratsvermittlerin und versuchte, mehr über das zukünftige Schicksal ihrer Schwester herauszulesen.

Wo lebt er? Selbst mit den modernen Reisemöglichkeiten und dem so sehr herbeigesehnten Ende des Krieges waren Entfernungen doch immer noch von gleicher Wichtigkeit wie die Philosophie. Viele Frauen sahen ihre leiblichen Familien, wenn sie erst verheiratet waren, kaum noch, wenn überhaupt. Traditionell eingestellte Schwiegermütter verlangten von ihren neuen Töchtern, dass sie sich verhielten, als sei ihre leibliche Familie gestorben. Mei Ling betete im Stillen, dass Jah Jehs neue Familie etwas Ähnliches nicht von ihr verlangen würde.

»Er ist Kaufmann«, erklärte die Frau, deutlich zufrieden, dieses Detail auch noch enthüllen zu können.

Sofort erschienen vor Mei Lings geistigem Auge jene Orte, wo er wahrscheinlich wohnen würde: Schanghai oder Hongkong. *Bitte lass es Hongkong sein.* Das war nur zwei Tagesreisen entfernt und nicht das weit abgelegene Schanghai. Doch viele Kaufleute bevorzugten es, wenn ihre Familien bei ihren Verwandten in den Heimatdörfern blieben, anstatt mit ihnen in den lebhaften Städten zu leben.

Ein provozierender Ton trat in die Stimme der Frau, als sie sagte: »Er ist ein *Gam Saan Haak*.«

Mei Lings Magen zog sich zusammen. *Der goldene Berg.* Er lebte in Kalifornien.

»Vielleicht wird unsere Tochter in seinem Dorf in der Provinz Guangdong bleiben, wie so viele Gam Saan Haak es wünschen«, sprach Mah-ma aus, was Mei Ling so flehentlich erhoffte.

Die Frau schüttelte den Kopf, blickte Jah Jeh mit einem gewissen Mitleid an und sagte: »Er hat drei Rückfahrkarten von Hongkong in die Vereinigten Staaten.«

Fuchan stieß ein vernehmbares Keuchen aus, Mah-mas Gesicht versteinerte sich, und in den Augen von Mei Lings Schwester flackerte brennender Schmerz auf.

Kalifornien. Am anderen Ende der Welt.

Die alte Frau erklärte: »Die Amerikaner haben ihre Gesetze geändert, um chinesische Männer davon abzuhalten, immer wieder nach Hause zu reisen, um ihre Familien zu besuchen. Jetzt versuchen alle, ihre Frauen und Kinder nach Kalifornien zu holen, bevor das Gesetz in Kraft tritt. Der lange geübte Brauch, dass Familien hier leben und die Ehemänner in Amerika, ist bald nicht mehr fortzuführen.«

Sorge und Furcht schnürten Mei Ling die Kehle zu. Ihre Schwester sollte China verlassen, wahrscheinlich für immer. Ihr wurde so schwindelig, dass sie nach der Lehne des Stuhls ihrer Großmutter griff, um ihr Gleichgewicht zu behalten. Sie spürte, wie der Drache in ihrem Innern grollte. Schnell atmete sie einmal tief durch, um ihn zu beruhigen.

»Wann …?«, platzte es aus Jah Jeh heraus, womit sie das Protokoll brach.

»Das Schiff fährt in zehn Tagen«, erwiderte die Heiratsvermittlerin. »Ihr müsst euch heute entscheiden – auf der Stelle.«

Mei Ling packte die Schultern ihrer Großmutter. Eine kühle Hand tätschelte ihre Finger.

»Ich habe noch eine Verabredung mit einer weiteren Familie, solltet ihr euch gegen diese Verbindung aussprechen.

Wie ihr euch vorstellen könnt, möchte er die Sache gern entschieden sehen.«

Bedrücktes Schweigen erfüllte den Raum. Mei Lings Magen hatte sich zu einem engen Knoten zusammengezogen. Als sie die unerträgliche Stille nicht länger aushielt, stellte sie schließlich respektvoll eine Frage: »Wie ist sein Name?«

Die Frau wandte ihr den Kopf zu und musterte Mei Ling vom Scheitel bis zur Sohle, als würde sie sie zum ersten Mal sehen, dann antwortete sie: »Chinn Kai Li.«

Es fing zumindest gut an. Das war ein starker Name, der gut zu Jah Jeh passte, ihrem schüchternen Häschen von einer Schwester.

»Es gibt noch eine weitere Sache, der ihr zustimmen müsst.« Die Frau wandte ihre Aufmerksamkeit wieder Mei Lings Eltern zu. »Sie wird eine Papierfrau sein.«

Voll tiefem Kummer verzog Fuchan das Gesicht. Eine *Papierfrau.* Ihre Schwester würde den Namen einer Fremden annehmen müssen, offiziell ein anderer Mensch werden, um in Kalifornien leben zu können.

Die Heiratsvermittlerin erklärte: »Die Beschränkungen der Vereinigten Staaten für die Einwanderung von Chinesen treten im Mai in Kraft. Da er Kaufmann ist, war es ihm möglich, für seine Frau und seinen Sohn zu einem nicht unerheblichen Preis ein Visum zu bekommen. Unglücklicherweise ist seine erste Frau auf der Reise hierher gestorben. Der Name auf dem Visum kann vor der Rückfahrt nicht mehr geändert werden. Damit sie einreisen kann, muss sie sich für Wong Lu Shi ausgeben.«

Mah-mas Blick flog zwischen der Heiratsvermittlerin und ihrer ältesten Tochter hin und her.

Fuchan fragte: »Sie muss ihren Namen aufgeben?«

»Nur für die Papiere«, versicherte die alte Frau. »Es ist ohne Bedeutung.«

»Bist du sicher, dass die amerikanischen Beamten sich täuschen lassen?«

Die Augen der Frau blitzten auf. »Ich kann dir versichern, dass ich mein Gewerbe beherrsche! Wenn du mir nicht traust, hat sich die Sache erledigt.« Sie begann, sich zu erheben.

»Bitte ...«, flehte Mah-ma. »Wir sind nur besorgte Eltern. Vergib uns.«

Die Frau sank wieder auf den Stuhl zurück. Zufriedenheit stand ihr ins Gesicht geschrieben. Sie wusste, sie hatte ihr Ziel erreicht. Mit gequältem Blick legte Fuchan langsam acht Münzen auf den Tisch und schob sie zu der Frau hinüber. Die nickte bedächtig.

»Ich werde Chinn Kai Li die guten Nachrichten überbringen. Er wird mit dieser Wahl sehr zufrieden sein. Ungeschnürte Füße und auch die Fähigkeit, lesen zu können, sind für eine Frau in San Francisco von Vorteil. Es wird eine erfolgreiche Verbindung sein. Nach zwei Sonnenaufgängen werde ich zurückkehren und sie für die Hochzeit nach Guangzhou bringen.«

Zwei Tage! Die Hast war nicht überraschend. Es war durchaus üblich, dass Eheschließungen so schnell erfolgten. Aber es war schwer zu akzeptieren, wie bald Mei Lings Leben sich für immer verändern sollte. Sie blickte zu ihrer Schwester. Jah Jehs Wangen waren rot vor Aufregung. Kalifornien war ein geradezu mystischer Ort. Mei Ling wusste nicht, ob sie auch nur eine der Geschichten von dort glauben sollte – die scheinbar weit hergeholten Schilderungen, dass man leicht zu Vermögen kommen könne, oder die dramatischen Berichte von Misshandlungen. Ganz sicher wusste sie dagegen, dass sie ihre Schwester wahrscheinlich nie wiedersehen würde, was sie schwindelig werden ließ.

Die Heiratsvermittlerin trank den letzten Schluck ihres Tees aus. Behutsam setzte sie die Tasse ab und erhob sich. Mei

Ling ging zur Tür und öffnete sie dieser Frau, die das Leben ihrer Schwester einerseits zerstörte und gleichzeitig sicherte.

In der Tür blieb sie noch einmal stehen und sagte: »Er ist Christ, daher wird die Hochzeit in einer Kirche stattfinden. Falls es nötig ist, kann ich den Ablauf während der Reise erklären. Ich werde ihn über deinen Glauben nicht im Unklaren lassen, aber es wäre klug von dir, ihn nur im Stillen zu leben.«

Nach diesem letzten Tiefschlag verschwand die Frau zunächst aus ihrem Leben.

* * *

Jah Jeh erhob sich, ohne einen Ton zu sagen, und verschwand in ihrem gemeinsamen Schlafraum. Mei Ling ertrug es nur kurz, dass ihre Familie nun völlig erstarrt und schweigend dasaß, dann stürzte sie ihrer Schwester nach.

Der Deckel der abgewetzten Truhe stand offen. Ihr Inhalt lag in sauber gefalteten Stapeln auf dem Bett. Jah Jeh starrte auf die Kleidungsstücke, obgleich sie gespürt haben musste, dass Mei Ling hereingekommen war. Sie wandte sich dem Schrank zu und zog flache Schuhe heraus. Ihre zitternden Hände und geröteten Wangen verrieten, wie aufgewühlt sie war.

»Jah Jeh …« Mei Ling konnte nicht weitersprechen.

Jah Jeh funkelte ihre Schwester an. »Ich nehme mein Schicksal an«, sagte sie. »Und von dir erwarte ich dasselbe.«

Mei Ling nickte und blinzelte die Tränen fort.

»Als Frau eines Kaufmanns werde ich ein sehr angenehmes Leben führen«, erklärte die ältere Schwester und klang, als versuche sie sich selbst ebenso zu überzeugen wie Mei Ling. »Ich habe Glück. Sobald die nationalen Spannungen nachlassen, werde ich die Mittel besitzen, um auf einen Besuch zurückzukehren.«

Mei Ling räusperte sich, nickte und rang sich ein Lächeln ab. »Wie immer bist du die kluge ältere Schwester«, sagte sie.

Eine Träne löste sich aus Jah Jehs rechtem Auge. Sie überging es, aber Mei Ling kam zu ihr und wischte sie mit dem Daumen fort. Ihre Hand blieb auf dem schwarzen Haar der Schwester liegen.

»Ich werde dich vermissen«, flüsterte Mei Ling.

Jah Jeh umfasste Mei Lings Finger und drückte sie. »Und ich werde dich noch viel mehr vermissen.« Nun hatten beide Schwestern Tränen in den Augen. Jah Jeh schüttelte den Kopf, wischte sich über das Gesicht und sagte: »Erzähle unseren Eltern nicht von dem Schmerz in meinem Herzen. Und Großmutter auch nicht.«

»Natürlich nicht«, versicherte Mei Ling ihrer Schwester leicht verärgert, aber nicht überrascht, dass Jah Jeh meinte, sie um etwas bitten zu müssen, was doch auf der Hand lag.

Schweigend machten sich die Schwestern gemeinsam an die Arbeit und packten Jah Jehs Leben in eine kleine, mit Metallbändern verstärkte Truhe. Ganz offensichtlich hatten sie sich auf diesen Tag vorbereitet, denn Jah Jeh tat alles, was getan werden musste, ohne zu zögern. Sie sortierte, was sie mitnehmen und was sie zurücklassen wollte, bis sie zu ihrer kleinen Statue der Guan Yin kam.

Die Figur in ihren Händen – die Göttin des Mitgefühls und der Gnade – blickte zu ihr auf. Jah Jeh schloss fest die Augen, dann stellte sie Guan Yin wieder auf ihr Regal.

Mei Ling schnappte nach Luft.

»Ich werde alles tun, was notwendig ist, um eine harmonische Ehe zu führen«, erklärte Jah Jeh entschieden.

Mei Ling nickte, als würde sie ihr zustimmen. Ihr selbst allerdings wäre es nicht möglich gewesen, dieses Opfer zu bringen. In den Zeiten des Hungers und all der Todesfälle konnte sie ihre Furcht und ihre Sorgen manchmal selbst gegenüber Jah

Jeh nicht aussprechen, aber sie teilte diese Last stets mit Guan Yin. Wäre es Mei Ling, die mit einem Fremden in ein fernes Land geschickt würde, hätte sie die Kraft und das Mitgefühl von Guan Yin gebraucht, um zu überleben.

* * *

Während der größte Teil der Familie damit beschäftigt war, diesen grundlegenden Umbruch in ihrer aller Leben vorzubereiten, zog sich Fuchan von all dem Tumult zurück, indem er in einem seiner wenigen ihm verbliebenen Büchern las. Mei Ling beobachtete ihn mit einem Gefühl der Verachtung und gleichzeitig des Mitleids. Der Ausdruck der Niederlage in Fuchans Gesicht erinnerte sie an ihre letzten Tage in Guangzhou.

Fast ein Jahr war es her, seitdem sie für immer in das Dorf gezogen waren, aber es fühlte sich an, als hätten sie davor bereits ein Leben in Guangzhou verbracht. Nach dem Sturz der Qing-Dynastie 1912 war China ins Chaos gestürzt. Fuchan hatte sein Vertrauen, und damit ihre Zukunft, auf den falschen Mann gesetzt. Sun Yat-sen, der Führer der Region, hatte eine Armee aufgestellt, um sich die Kontrolle über ein wiedervereinigtes China zu erkämpfen. Als offener Unterstützer von Sun und der Kuomintang, der Volkspartei, hatte Fuchan damit gerechnet, in die Führungsriege eines blühenden und modernen Chinas aufsteigen zu können. Als die Streitkräfte der Kuomintang 1922 geschlagen wurden, ließ Sun die Familien, die sich mit ihm verbündet hatten, im Stich und floh nach Schanghai.

Viele Kriegsherren rangen um die Kontrolle über Guangzhou und kämpften sich durch die Stadtteile. Im vergangenen Juni hatten Soldaten einer der Splittergruppen mitten in der Nacht an ihre Tür gehämmert. Der Anblick dieser jungen Männer mit brennenden Fackeln hoch über ihren Köpfen verfolgte Mei Ling bis heute. Sie konnten sich noch glücklich schätzen, dass man sie geweckt hatte. Anderen Familien war dieses Glück nicht zuteilgeworden.

Mah-ma und Ahma hatten in ihrer Furcht vor einem Angriff bereits die Truhen gepackt und sie seit vielen Wochen jede Nacht hinausgeschafft. Es fühlte sich töricht an, wenn sie sie am folgenden Morgen wieder hineintrugen. Doch in jener schicksalhaften Stunde waren alle dankbar für Mah-mas Weitsicht.

Innerhalb von Minuten flohen sie aus ihrem Haus, und das Dunkel der Nacht verbarg ihre Tränen. Mei Ling hatte nie erfahren, ob ihr Zuhause niedergebrannt worden war. Sie stellte sich lieber vor, dass es immer noch stand und dass ein kleiner Teil von ihr sich immer noch darin befand: ein Haar, ein Stück Papier mit ihrer Schrift oder etwas von dem leuchtenden Stickgarn.

Fuchan, einem angesehenen und durchaus wohlhabenden Lehrer in Guangzhou, fehlten die Fähigkeiten und auch die notwendigen Charaktereigenschaften für sein neues Leben. Ausbildung war ein Luxus, der in Zeiten von Krieg und Hunger keine hohe Priorität genoss. Niemand im Dorf hatte Hühner oder Getreide übrig, um für die Ausbildung der Kinder zu zahlen. Wie auch Mei Lings Familie brauchten alle jeden Bissen selbst, um zu überleben.

Der Garten versorgte die Familie mit etwas Nahrung, doch für sechs Mägen reichte es nicht. Mah-ma und Ahma taten nur so, als würden sie essen, aber Mei Ling bemerkte, wie stark sie abgenommen hatten, um die jüngere Generation gesund zu erhalten. Ohne zusätzliches Essen oder weniger Münder würden sie einen weiteren Winter nicht überleben.

Mei Ling und Jah Jeh waren mehr Last als Unterstützung. Mit achtzehn und neunzehn Jahren war es für sie an der Zeit zu heiraten, sich selbst außerhalb ihrer Familie ein Leben aufzubauen. Es ließ sich nicht länger hinausschieben.

Ohne etwas zu sagen, ging Mei Ling an ihrem Vater vorbei. Sie gesellte sich zu den Frauen in der Küche, die dort Reis und Gemüse für das Mittagessen vorbereiteten. Wie Mah-ma wurde auch Ahma durch ihre geschnürten Lotusfüße kaum behindert. Sie tappte in der Küche umher, ertrug jede Beschwerlichkeit, ohne zu klagen, wie sie es schon ihr ganzes Leben lang getan hatte. Mah-ma überlegte, eins ihrer wenigen wertvollen Hühner zu schlachten, beschloss dann aber, bis zum nächsten Tag zu warten, Jah Jehs letztem Tag in der Familie.

»Es ist ein bittersüßer Tag«, räumte Ahma ein und tätschelte beruhigend Mei Lings Schulter.

Ahma versuchte, ein wenig Trost zu spenden, aber Mei Ling fand absolut nichts Süßes an diesem Tag. Sie war nicht in der Erwartung aufgewachsen, dass sie oder Jah Jeh, sobald sie verheiratet waren, für ihre Familien vollkommen verloren sein würden. Mah-ma hatte nicht gewollt, dass sie das Schicksal so vieler chinesischer Frauen teilten. Sie hatten geglaubt, sie würden fortschrittlich denkende Männer in Guangzhou heiraten – Geschäftsleute oder Gelehrte –, die stolz darauf waren, gebildete Frauen mit natürlichen Füßen zu haben.

Ihre Heimat wegen des Krieges verlassen zu müssen, war tragisch gewesen, aber die Todesfälle waren ein entsetzlicher Verlust, den Mei Ling nicht hinnehmen konnte. Die Cholera war ein häufiger Begleiter des Krieges – und weitaus tödlicher als Klingen oder Kugeln. Monate, bevor die Soldaten sie vertrieben hatten, waren Dai Lo und Mui Mui, Mei Lings ältester Bruder und ihre jüngste Schwester, innerhalb von Tagen von der Seuche dahingerafft worden, während die Familie hilflos zusehen musste, wie sie immer mehr austrockneten und dann starben, wodurch ihnen nur noch drei Kinder verblieben: Jah Jeh, die älteste Schwester, Mei Ling und Dai Dai, der jüngste Bruder.

Ahma unterbrach Mei Lings Gedanken. »Sie wird sich anpassen, wie Hasen es tun, indem sie schnell in eine andere Richtung laufen, um sich in Sicherheit zu bringen.«

Unausgesprochen blieb die Warnung, dass Mei Ling gut beraten war, es ihrer Schwester gleichzutun. Nun, da Jah Jehs Zukunft gesichert war, würden Mutter und Großmutter ihr Gold zusammenkratzen, um auch für Mei Ling einen Ehemann zu finden, doch es war allgemein bekannt, dass weibliche Drachen keine einfachen Ehefrauen abgaben. Mei Ling würde das Feuer in ihrem Herzen in Schach halten müssen, wenn sie eine harmonische Ehe führen wollte.

Kapitel 2

Heimatdorf – Provinz Guangdong, China – März 1923

Als Mei Ling erwachte, war sie schweißgebadet. Draußen war es immer noch dunkel, deswegen stand sie nicht auf, aber sie atmete tief ein und aus, um ihr hämmerndes Herz zu beruhigen. *Unser letzter gemeinsamer Tag*, dachte sie. Solange Mei Ling sich erinnern konnte, hatten Jah Jeh und sie in einem Bett geschlafen, und morgen würden sie einander für immer Lebewohl sagen. Mei Ling teilte nicht die Überzeugung ihrer Schwester, dass sie irgendwann in der Zukunft nach China zurückkehren würde.

Ganz vorsichtig drehte Mei Ling sich auf die andere Seite, um ihre schlafende Schwester nicht zu stören, aber das wäre nicht nötig gewesen. Jah Jehs Gesicht glänzte, als habe sie hohes Fieber. Mei Ling setzte sich auf und legte eine Hand auf die verschwitzte Stirn ihrer Schwester. Sie war brennend heiß. Mei Ling konnte sich nicht erinnern, dass ihre Schwester am Vortag über Bauchschmerzen, Kopfweh oder irgendeine sonstige Schwäche geklagt hatte. Weder hatte sie in der Nacht gehustet noch sich verunreinigt. Mei Lings Gefühle schwankten zwischen Hoffnung und Furcht und klammerten sich dann aber an die Hoffnung, dass Jah Jeh zwar nicht unter einer lebensbedrohlichen Krankheit litt, das Fieber jedoch verhindern würde, dass sie bereits morgen abreiste.

Obwohl es noch früher Morgen war, erhob sich Mei Ling, um das Feuer zu schüren und Teewasser zu kochen, doch Ahma kümmerte sich bereits darum, als Mei Ling die Küche betrat, nachdem sie sich draußen im Hof erleichtert hatte.

»Du kannst ihr Schicksal nicht ändern«, erinnerte Ahma, als habe sie Mei Lings Gedanken gelesen.

»Sie ist krank. Sie hat hohes Fieber.«

Ahma nickte, als habe ihre Enkelin gerade etwas bestätigt, was sie bereits wusste, dann ging sie hinaus, um nach Jah Jeh zu sehen. Kurz darauf kehrte sie zurück, ohne ein weiteres Wort zu sagen.

Schweigend bereiteten sie Reisbrei und kochten den Tee. Ihre Großmutter holte die Medizin gegen Fieber hervor, eine übel riechende und genauso übel schmeckende Mixtur von dem Kräuterkundigen aus dem Nachbardorf.

Langsam löffelte Mei Ling ihrer Schwester das Gebräu in den Mund, als Mah-ma hereinkam, um nach Jah Jeh zu sehen. Sie berührte die schweißnasse Haut ihrer Tochter und seufzte. Mei Ling verstand nicht, was ihre Mutter und ihre Großmutter sprachen, aber sie vermutete, dass sie gemeinsam überlegten, ob es sinnvoll sei, den Kräuterkundigen zu holen. Sie hatten seine Behandlung nicht mehr bezahlt, seit ihnen das Geld ausgegangen war. Wahrscheinlich wäre er daher ohnehin nicht bereit zu kommen.

Mei Ling warf einen Blick zu der Truhe in der Ecke des Raums. Der Gedanke, sie könnte morgen ausgepackt sein, sprang ihr in den Kopf, und ihr Herz bebte vor Freude. Vielleicht lag das Schicksal ihrer Schwester doch in China und nicht in den Vereinigten Staaten.

Niemand rief den Kräuterkundigen. Stattdessen verbrachten sie den Tag mit Gebeten und nur geflüsterten Unterhaltungen, während sie sich um Jah Jeh kümmerten. Als das Fieber am Abend immer noch nicht zurückgegangen war, befahl Mah-ma, dass Mei Ling bei Ahma schlafen solle. Mei Ling versuchte mit aller Kraft stillzuliegen, aber Unsicherheit und Angst erfüllten sie und auch ihre Träume. Doch auch am Morgen war keinerlei Veränderung eingetreten.

Als dann die Heiratsvermittlerin an die Tür klopfte, war Mei Ling überzeugt, dass ihre Schwester nicht mit der alten Frau abreisen würde.

* * *

Als sie die Tür öffnete, genoss Mei Ling das Prickeln der kühlen Brise auf ihrem Gesicht. Forschen Schrittes kam die Kupplerin herein, doch kaum bemerkte sie den leeren Platz zwischen Fuchan und Mah-ma, blieb sie abrupt stehen. Mei Ling verspürte eine tiefe Zufriedenheit, dass diese Frau nun eine sehr schlechte Nachricht erfahren würde.

Ihre Mutter goss Tee ein, während die Anspannung zunahm, ohne dass ein Wort gesprochen wurde. Sobald die Tassen am richtigen Platz standen, ergriff Fuchan als Erster das Wort.

»Ein Unglück hat unsere Familie getroffen.«

Die Frau hob die Augenbrauen und forderte ihn damit schweigend auf fortzufahren.

»Unsere Tochter ist zu krank für eine Reise«, erklärte Fuchan. »Es tut uns leid, aber wir können unseren Vertrag nicht erfüllen. Das Schicksal hat anderes mit unserer Jah Jeh vor.«

Mei Ling seufzte erleichtert, als die Worte ausgesprochen waren.

Ungläubig blickte sich die Frau um. »Wo ist sie?«, wollte sie wissen.

Mah-ma erhob sich, und die Heiratsvermittlerin folgte ihr ans Krankenbett. Jah Jeh lag zusammengerollt auf der Seite,

Schweiß glänzte auf ihrem fahlen Gesicht. Sie atmete flach und sie schien ihre Umgebung nicht wahrzunehmen. Eigentlich hätte Mei Ling voller Sorge um ihre kranke Schwester sein müssen, doch sie war vielmehr überglücklich, dass ihre liebste Gefährtin bei ihnen zu Hause bleiben würde.

Die Heiratsvermittlerin kehrte an den Tisch zurück. Es war nicht zu übersehen, wie wütend sie war.

»Wir sind eine ehrenhafte Familie, doch gegen das Schicksal können wir nichts ausrichten. Bitte, wir brauchen das Geld zurück«, erklärte Fuchan. »Sie können doch die Ehe mit der anderen Familie arrangieren.«

Langsam schüttelte die Frau den Kopf. »Es ist zu spät.«

Der Drache in Mei Ling rührte sich. Feuer loderte in ihrer Brust und scharfe Worte drängten aus ihrem Herzen. Wie konnte die Heiratsvermittlerin ihre berechtigte Bitte zurückweisen?

Die Frau blickte Mei Ling direkt an und musterte sie von Kopf bis Fuß wie eine Ware, die sie kaufen wollte. Panik verdrängte Mei Lings Wut. Ihr Drache schlug heftig mit den Flügeln, um sie zur Flucht zu bewegen.

»Wann bist du geboren?«, fragte die Heiratsvermittlerin.

»Nein!«, entgegnete Mei Ling, ohne nachzudenken.

Mah-ma wirkte besorgt. Sie starrte die Frau an, dann blickte sie zu Fuchan.

Fuchan flüsterte: »November 1904.«

»Ein Drache.« Die Frau schüttelte den Kopf. »Du darfst dein wahres Geburtsdatum nicht offenbaren. Er erwartet einen Hasen, daher musst du auch ein Hase sein. Aber abgesehen davon, wird es passen.«

Mei Lings Körper rebellierte. Ihre Knie gaben nach. Sie stützte sich auf Ahmas Stuhl. Dann schluckte sie hart und schüttelte den Kopf.

Böse funkelte die Frau Mei Ling an und drohte: »Wenn du nicht die Identität mit deiner Schwester tauschst, wirst du kein weiteres Angebot für eine Ehe erhalten – und sie auch nicht. Keine Heiratsvermittlerin wird je wieder mit deiner Familie zusammenarbeiten. Dein Schicksal und die Zukunft deiner Schwester verlangen von dir, dass du jetzt handelst.«

Mei Ling blickte zu ihrer Familie. Fuchan starrte zu Boden, die Verzweiflung war ihm ins Gesicht geschrieben. Mah-ma biss sich auf die Unterlippe und nickte Mei Ling zu. Wollte ihre Mutter sie beruhigen oder ermutigen? Wie auch immer, sie stimmte diesem Vertrag zu. Ahma flüsterte Mei Ling zu: »Es ist deine Bestimmung.« Ihr Ton klang entschieden.

Und plötzlich wurde Mei Ling etwas klar: Alle hatten mit dieser Wendung gerechnet. Ihr Drache brüllte voller Protest.

Sie blickte in die vom Schmerz gezeichneten Gesichter ihrer Familie. Doch heftige Gefühle änderten nichts an ihrer Situation. Für sie war die Zeit gekommen, ihr Zuhause zu verlassen. Alle hatten gewusst, dass dieser Tag irgendwann vor der Tür stehen würde, aber nicht heute, nicht so.

Mei Ling atmete einmal tief durch, um ihren Drachen zu beruhigen. Sie würde den Schmerz nicht noch durch einen Gefühlsausbruch verstärken.

Durch das Klingeln in ihren Ohren hindurch hörte sie dumpf die Stimme der alten Frau: »Ihr habt eine Stunde, um alles vorzubereiten. Ich warte am Tempel auf dich.« Dann erhob sich die Heiratsvermittlerin und trat hinaus in den Morgen, den Mei Ling erst vor Kurzem hereingelassen hatte, ohne zu ahnen, welche Gefahren und tief greifenden Veränderungen er mit sich bringen würde.

* * *

Mei Ling fühlte sich innerlich wie erstarrt. Sie brachte es nicht zustande, die Worte, die wie wild durch ihren Kopf tanzten, geordnet über die Lippen zu bringen. *Sie …? Was …? Jetzt?* Ihre Augen brannten.

Plötzlich regte sich Mah-ma und verschwand in ihr Schlafzimmer. Fuchan schlurfte heran und tätschelte Mei Lings Schulter. Mei Ling gab der Erdanziehungskraft nach, ihre Beine waren so schwer. Es war eine Erleichterung, sich nun auf den Stuhl sinken lassen zu können, der noch warm war von der Frau, die gerade dabei war, ihr Leben zu zerstören.

Ahma öffnete die Hand und zeigte ihr einen kleinen Haufen Goldmünzen. Mei Ling schnappte nach Luft. Schon seit vielen Jahren hatte sie nicht mehr so viel Geld gesehen. Feierlich ließ Ahma die Münzen in einen kleinen flachen Stoffbeutel gleiten, hob wortlos den Saum von Mei Lings Rock an und begann, den Beutel mit Nadel und Faden, die aus dem Nichts aufzutauchen schienen, in eine Falte von Mei Lings Kleid einzunähen.

»Eine Ehefrau gehorcht ihrem Mann«, erklärte Ahma. »Aber eine weise Frau verdient ihr eigenes Geld und spart für die Notfälle, die ein Ehemann nicht kommen sieht. Gib ihm das meiste deiner Ersparnisse, aber halte einen Teil zurück. Eine Mutter beschützt ihre Kinder – ohne Ausnahme.« Ahmas Stimme brach, und in Mei Ling breitete sich ein Gefühl tiefer Trauer aus.

»Für den Fall, dass er keine älteren Verwandten hat: Xinyi für euren Sohn, Jingyi für eure Tochter.«

Mei Ling war verwirrt, doch dann begriff sie: Ihre Großmutter gab ihr die zukünftigen Kindernamen.

Tränen sammelten sich in Mei Lings Augenwinkeln. Sie schämte sich ihrer offensichtlichen Gefühle, doch sie konnte nichts dagegen tun. All das war einfach zu viel auf einmal. Sie wollte protestieren, einen anderen Weg finden, doch die Bestimmtheit ihrer Mutter und Großmutter trieb sie voran.

»Glaubt ihr wirklich, mir können Kinder, die so fern von zu Hause geboren werden, Freude bringen?«, fragte Mei Ling mit angespannter Stimme.

Ahma antwortete: »Schon seit Jahrhunderten ist Frauen das Los in die Wiege gelegt, alles zurücklassen zu müssen, was sie lieben, um ein neues Leben zu beginnen. Du bist stärker als die meisten. Es gibt nicht den geringsten Grund, dass du kein harmonisches Leben führen kannst.«

Ihre Großmutter trat näher und umfasste sanft Mei Lings Gesicht. Mit ihren knotigen Daumen wischte sie Mei Lings Tränen fort. Ahma beugte sich vor und küsste ihre Enkelin aufs Haar. Mei Ling schien die Gefühle ihrer beiden älteren Verwandten geradezu einzuatmen. Ahma drückte Mei Lings Kopf sanft in den Nacken, um ihr ins Gesicht blicken zu können. Mei Ling wollte ihre Großmutter nicht direkt ansehen, weil sie fürchtete, dann völlig zusammenzubrechen. Aber Ahma ließ es nicht zu, dass sie sich ihr entzog. Als sie einander in die Augen blickten, sagte Ahma mit heiserer Stimme: »Und jetzt werde ich dir erzählen, was meine Großmutter zu mir gesagt hat, als ich sie das letzte Mal gesehen habe.«

Eine erneute Welle von Trauer brandete durch Mei Ling.

Ahma flüsterte: »Jedes Mal, wenn ich den Mond sehe, werde ich dir meinen Segen schicken, denn ich weiß, dass derselbe Mond bald auf dich scheinen und dir meinen Segen überbringen wird.«

Mei Ling atmete bebend ein und nickte. Sie versuchte zu lächeln, aber ihre Wangen waren viel zu angespannt. Nicht einmal ihren Kiefer konnte sie bewegen, um Worte zu formen. Sie hoffte, dass ihre Großmutter den unbeschreiblichen Schmerz in ihrem Herzen spürte. Ahma nickte ebenfalls und küsste sie noch einmal aufs Haupt. Dann entließ sie sie.

Sobald Ahma davongetappt war, kam Fuchan herangeschlurft, ein Buch in der Hand.

Mei Ling schwirrte von den Worten ihrer Großmutter immer noch der Kopf, als er sagte: »Für dich.«

Sie war verwirrt. Sie dachte, dieses Buch sei mit den meisten der anderen verkauft worden.

»Ich habe für jedes Kind eins aufgehoben. *Die Analekten des Konfuzius*. Weisheiten, die dir dabei helfen werden, ein rechtschaffenes Leben zu führen.«

»Vielen Dank, Fuchan.« Mei Ling schluckte und verneigte sich. »Ich werde es ewig in Ehren halten.«

»Schreib, wenn du kannst. Bitte.« Er legte Papier, Tinte und eine Schreibfeder vor sie auf den Tisch.

Mei Ling nickte.

Mah-ma ergriff ihre Hand und führte Mei Ling in die Küche. Sie musste schon darauf gewartet haben, dass Fuchan mit seinen Erklärungen zu Ende war. »Du wirst meine Guan Yin mitnehmen«, bestimmte sie.

»Wie? Nein!«, erwiderte Mei Ling. Es war der wertvollste Besitz ihrer Mutter.

»Doch«, beharrte Mah-ma. »Wir tauschen. Du bekommst meine von meiner Mutter. Ich nehme deine. Wenn deine Schwester uns verlässt, werden wir ebenfalls tauschen. Sie bekommt deine und ich bekomme ihre. Auf diese Weise bleiben wir alle miteinander verbunden … über all die Meilen und Stunden.« Mah-ma atmete einmal tief aus, dann fuhr sie fort: »Ich habe meine Mutter nie wiedergesehen, doch ich trage sie immer bei mir.«

Mei Ling nickte, ihre Kehle war in unerträglicher Weise zugeschnürt. Mah-mas weise Worte klangen ruhig und wohl gewählt, doch Mei Ling hörte, welche Gefühle in ihnen mitschwangen.

»Wir kennen unser Schicksal nicht. Vielleicht sagen wir uns heute für immer Leb wohl, vielleicht aber auch nur für einige

Jahre. Meine Liebe zu dir wird sich nie ändern, wie lange es auch dauert und wie fern du auch sein wirst.«

Mei Ling machte sich nicht die Mühe, die Tränen fortzuwischen, die ihr übers Gesicht strömten. Wie sollte sie für immer ihre Familie verlassen? Ihre Mutter und ihre Großmutter hatten es getan. Sie hatte sie darüber sprechen hören, aber doch nicht so jung, so verängstigt und voller Furcht. In den Geschichten erschienen sie immer schon alt. Hatten sie sich genauso gefühlt?

Mah-ma erklärte: »Es wird dir als unmöglich erscheinen, den ersten Schritt zu tun. Aber schon beim zweiten, da du den ersten ja bereits hinter dir hast, weißt du, dass du noch einen weiteren machen kannst. Dann noch einen und noch einen. Und ehe du dich versiehst, wirst du dein neues Leben betreten haben. Glaube nicht, dass du uns verrätst, wenn du dein neues Zuhause liebst«, fügte Mah-ma mit bebender Stimme hinzu, als sie ihre Gefühle nicht mehr zurückhalten konnte. »Ich … wir … werden dein Glück feiern. Und verbirg deine Sorgen nicht allzu sehr vor uns.«

Mei Ling nickte und bemühte sich, den Worten ihrer Mutter zu lauschen und nicht nur zu spüren, was sie fühlte.

»Ich habe meinen Mann gebeten, meinen Töchtern Lesen und Schreiben beizubringen, damit wir in Verbindung bleiben können, sollten wir getrennt werden.«

Mah-ma wickelte Pflanzenstiele aus einem hellgrünen Tuch.

»Zwei Chrysanthemen«, sagte sie angespannt. »Und zwei Pfingstrosen. Mögen sie in deinem neuen Leben Wurzeln schlagen und dir in den kommenden Jahren Schönheit zeigen und Trost spenden.«

Mei Ling sog scharf die Luft ein. Diese Ableger stammten von den Pflanzen, die die Mutter ihrer Mutter Mah-ma an jenem Tag gegeben hatte, an dem sie das Haus verlassen hatte. Seit Jahrzehnten trank die Familie Chrysanthementee und erfreute sich im Frühling an den Blumen, dic aus diesen

Ablegern ihrer Ahnen entsprangen. Mei Ling nahm die Stängel mit einer kleinen Verneigung und zitternden Händen entgegen.

»Arbeite hart, sei freundlich, sei bescheiden – und du wirst ein harmonisches Leben führen.« Mah-ma sagte genau das, was sie ihren Töchtern immer geraten hatte, solange Mei Ling denken konnte.

Mah-ma führte Mei Ling ins Schlafzimmer. Ein roter Seidenrock und eine Tunika mit einer ausnehmend fein bestickten Jacke lagen neben Jah Jeh auf dem Bett. Mei Ling verschlug es den Atem.

»Lege deine Hochzeitstracht an, und dann verabschiede dich von deiner Schwester«, sagte Mah-ma ausdruckslos.

Mei Ling holte tief Atem. Ihre Knie zitterten, als sie ihr Kleid abstreifte. Die neuen Kleidungsstücke aus Seide waren glatt und fühlten sich auf der Haut angenehm und doch fremd an, als würde sie in ein Kostüm schlüpfen. Mah-ma half ihr in die Jacke und schloss die Verschlüsse für sie, als sei Mei Ling noch ein Kind.

»Du bist bereit.« Mah-ma tätschelte Mei Lings Schulter. Tränen glänzten in den Augenwinkeln ihrer Mutter. Mei Ling fühlte sich nicht bereit, doch es hätte nichts geändert, das auszusprechen.

Sie trat zu ihrer Schwester und nahm Jah Jehs Hand in ihre eigene. Sie war schlaff und warm. Ihr Gesicht glänzte immer noch, und ihre Züge wirkten matt. Ihre reglose Schwester würde in einem Albtraum erwachen: Mei Ling war an ihre Stelle getreten. Es war schwer vorauszusagen, wie sie sich fühlen würde. Vielleicht in gewissem Maße erleichtert, verbunden mit etwas Furcht und Sorge, was ihre eigene unsichere Zukunft anbetraf. Oder auch außerordentlich wütend, dass Mei Ling ihre Mitgift an sich genommen hatte und nun als Erste verheiratet wurde.

»Ich werde jeden Tag an dich denken«, flüsterte Mei Ling der schlafenden Schwester trotz ihrer zugeschnürten Kehle ins Ohr. »Danke, dass du meine Jah Jeh bist.«

Mei Ling drückte die Hand ihrer Schwester, dann ließ sie sie los.

Die Truhe, die auf dem staubigen Boden im Wohnzimmer stand, war nicht länger mit Jah Jehs Besitztümern gefüllt. Mei Ling wurde ganz übel, als sie ihre eigene, ordentlich gefaltete Kleidung darin erspähte. Mah-ma legte die Guan Yin aus Jade, die fest in ein besticktes Seidentuch gewickelt war, zusammen mit dem Papier, der Tinte und der Schreibfeder in die Truhe. Obendrauf kam ein Bild der Familie. Es stammte aus der Zeit, als Dai Lo und Mui Mui noch am Leben gewesen waren. Das Buch und die Ausschnitte wurden an die Seite geschoben. Ihr Stickzeug kam ans andere Ende. Dann schloss Mah-ma den Deckel über Mei Lings Leben.

Mei Ling gab Dai Dai ein Zeichen. Mit gesenktem Kopf, das Gesicht verborgen, trat ihr Bruder auf sie zu. Sie beugte sich vor und flüsterte in sein Ohr: »Ich werde von der anderen Seite des Ozeans an dich denken. Sei ein gehorsamer und hilfreicher Sohn. Bald wirst du der Einzige sein, der sich noch um Fuchan und Mah-ma kümmert.«

Er nickte knapp. Sie streckte die Faust aus, drehte sie um und öffnete die Finger. In ihrer Handfläche lag eine Schildkröte aus Jade.

Dann erklärte sie: »Dies war Dai Los größter Schatz. Und jetzt gehört er dir, um dich an ihn zu erinnern … und an mich.« Sie schluckte. Nur zu gern hätte sie ihm einen beruhigenden Blick geschenkt, doch sie hielt die Augen gesenkt, damit er ihre Verzweiflung darin nicht sehen konnte.

Ahma ging zum Altar der Familie. Fuchan, Mah-ma und Dai Dai folgten ihr. Mei Ling nahm ihren Platz neben ihrem jüngeren Bruder ein. Zusammen machten sie ihren Kotau. Jeder von ihnen beugte sich bis zum Boden hinunter, atmete tief ein und erhob sich wieder, dreimal hintereinander. Mei Ling biss sich fest auf die Lippe, um die Trauer zurückzuhalten, die aus ihrer Kehle drängte.

Als sie ihre Ehrerbietung beendet hatten, verneigte sie sich tief vor Ahma und dann vor Mah-ma, den Blick gesenkt. Sie konnte ihnen nicht direkt in die Augen sehen, sonst hätten ihre Gefühle die Qual dieses Tages noch viel schlimmer gemacht. An der Schwelle verharrte Mei Ling einen Moment, um einen letzten Blick durch dieses Haus gleiten zu lassen, das nun nicht mehr ihr Heim war. Sobald sie verheiratet war, erwartete man von ihr, dass sie ihre eigenen Ahnen aus Treue zu ihrem Ehemann aufgab. Doch als sie ging, schwor sie sich, dass die Treue gegenüber ihrer eigenen Familie niemals enden würde.

* * *

Mei Ling folgte ihrem Vater und ihrem Bruder über den schlammigen Pfad, der zwischen den Häusern hindurchführte. Fuchan und Dai Dai trugen gemeinsam ihre Truhe. Ihre Großtante stand in der Tür, das Baby Lo Fun in den Armen. Mit dem Arm des winzigen Mädchens winkte die alte Frau zum Abschied. Lächelnd rief sie: »Ich gratuliere.«

Die Begeisterung der Frau stand im scharfen Gegensatz zu der Angst, die Mei Ling verspürte. Sie blickte sich nach anderen freundlichen Gesichtern um, doch sie konnte keine entdecken. Offensichtlich hatte sonst niemand ein Interesse daran, sie zu verabschieden.

Ihr Haus befand sich in der vierten Reihe an der Straße in ihrem kleinen Heimatdorf – siebzehn Behausungen in einem ordentlichen Quadrat, abgesehen von dem einzelnen Haus in der fünften Reihe. In nur wenigen Minuten erreichten sie den festgestampften Feldweg. Sie blickte nach links in Richtung des Tempels. Die Straße hinunter hatten sich Menschen um den Wagen versammelt. Ihr Dorf war erschienen, um ihr Lebewohl zu sagen.

Sie wandten sich von der Menge ab und gingen nach rechts zum östlichen Ausgang der Siedlung. Fuchan blieb vor dem Gott des Dorfes stehen, um ihm zu huldigen, indem er Papier und Weihrauch entzündete. *Möge ihnen nichts Schlechtes widerfahren. Mögen ihnen Leiden erspart bleiben. Mögen sie nur Freude erfahren*, erflehte Mei Ling für ihre Familie, obwohl sie wusste, dass es eine unmögliche Bitte war, selbst an einen Gott.

Hundert Schritte liefen sie bis zum Eingang ihres Dorfes, zu dem Wagen, der dort mitten zwischen den Menschen vor dem Tempel stand. Tiefe Trauer machte ihr bei jedem Schritt das Herz nur noch schwerer. Sie kniff sich in die Innenseite ihres Arms und nutzte den plötzlichen Schmerz, um ihre Verzweiflung zu verscheuchen. Es war ein Trick, den sie schon oft genutzt hatte, um ihre wahren Gefühle vor der Welt zu verbergen.

Die Menge teilte sich. Die vertrauten Gesichter der Nachbarn musterten Mei Ling. Kleine Mädchen verneigten sich. Renshu, der Junge, der zu schüchtern war, um auch nur mit Jah Jeh zu sprechen, starrte sie mit offenem Mund an. Gute Wünsche verschiedener Tanten füllten die Luft, aber sie konnte nicht heraushören, von wem sie stammten. Sie hörte ein erschrockenes Wispern: »Es ist Mei Ling, nicht Yu Ling.« Jemand tätschelte ihren Rücken. Oft schon war sie auf der anderen Seite an diesem Ritual beteiligt gewesen. Sie hatte die jungen Frauen beneidet, die dabei gefeiert und bejubelt wurden, ohne auch nur die geringste Ahnung zu haben, wie sehr sie sich fürchteten.

Ihr Vater und ihr jüngerer Bruder hoben die Truhe hinten auf den Wagen. Eine Sänfte mit Vorhängen, groß genug für zwei, thronte in der Mitte der Ladefläche. Ein kleiner Hocker wartete auf sie, um sich darauf niederzulassen.

Fuchan wandte sich an Mei Ling. Mit einer knappen Kopfbewegung bedeutete er ihr, dass sie mit ihm zum Tempel gehen sollte. Niemand folgte ihnen.

Vor dem Altar blieb sie einen halben Schritt hinter ihrem Vater stehen. Gemeinsam knieten sie nieder und senkten ihre Stirn bis zum Boden. Mei Ling atmete tief aus, als ihre Stirn den Boden berührte. *Hingabe.* Die vertraute Anweisung ihrer Mutter hallte in ihrem Kopf wider. In diesem Moment spendete sie Trost. Dann standen sie auf und wiederholten ihren Kotau noch zweimal. Fuchan legte eine Opfergabe aus Lebensmitteln auf den Altar, bevor sie wieder hinausgingen.

Mei Ling blieb vor der Sänfte stehen. Ihre Beine waren wie gelähmt und schienen ihr jeden weiteren Dienst zu verweigern. Plötzlich packte jemand sie um die Hüfte. Mei Ling fuhr herum und war bereit, den Angreifer zu schlagen. Doch ihr Arm erstarrte mitten in der Bewegung. Es war Dai Dai, der sein Gesicht in ihren Bauch drückte. Sie kniete sich hin. Als sie fest die Arme um ihn schlang, spürte sie seinen kleinen Körper, der ihr so sehr am Herzen lag. Viel zu viel von seinem Leben würde sie verpassen. Bald würde er das letzte Kind sein, das noch im Haus lebte. Ihr Herz konnte sie über diesen Verlust nicht belügen, und ihre Kehle schwoll zu. Sie drückte ihn fest. Ohne ihn direkt ansehen zu können, erhob sie sich, fuhr ihm durchs Haar und küsste ihn auf sein Haupt. Dann wandte Mei Ling sich ab, teilte die schützenden Vorhänge und schlüpfte in die Sänfte.

Kurz darauf gesellte sich die Heiratsvermittlerin zu ihr. Die Frau gab ein Zeichen, und der Wagen ruckte an. Mei Ling wandte den Kopf ab und starrte auf den Vorhang. Sie wollte ihr Gesicht vor der Frau verbergen, die ihr so viel Schmerz bereitete. Sie konnte es nicht ertragen, hinauszusehen und zu beobachten, wie die Welt, die ihr so vertraut war, hinter ihr immer kleiner wurde. Wieder kniff sich Mei Ling in den Arm, doch ihre Trauer konnte das nicht verdrängen. Sie versuchte es mit ihrer Wade, drückte so hart, wie sie konnte. Unwillkürlich zuckte sie ob des Schmerzes zusammen. Sie hatte ihr Ziel erreicht: Wut und Sorge überlagerten ihre Verzweiflung.

Kapitel 3

Guangzhou – März 1923

Die Reise nach Guangzhou würde, wenn alles gut ging, sechs Stunden dauern. Durch das Fenster der Sänfte betrachtete Mei Ling die vertraute Straße. Eine Fahrt in diese Richtung war immer eine Reise zu ihrem richtigen Zuhause gewesen, ihrem modernen Haus in einem neuen Viertel von Guangzhou. Das Dorf war das Dorf ihrer Ahnen gewesen, das man zu Festen und an freien Tagen besuchte und zu einem einfacheren Leben zurückkehrte. Als kleines Kind hatte sie diese Besuche im Dorf geliebt, durch die Felder zu laufen, den kleinen Tempel zu ehren und mit den Tieren zu spielen. Im Laufe der Zeit war ihr das einfache ländliche Leben zu öde geworden, und sie hatte sich zutiefst geschämt, als sie gezwungen waren, für immer dorthin zu ziehen.

Ihr Glück war es gewesen, dass sie, als die Soldaten kamen, ein Haus in einem Dorf besessen hatten. Mei Ling und Jah Jeh hatten einander beschwichtigt, dass es sich nur um eine vorübergehende Maßnahme handelte, dass sie bald wieder in die Stadt zurückkehren würden … in ihr richtiges Leben. Vielleicht hätte sie härter dafür gekämpft, in Guangzhou zu bleiben, hätte sie gewusst, wie sich die Dinge für sie entwickeln würden, dass sie einen Gam Saan Haak heiraten und mit ihm in ein fernes Land segeln würde.

Die Heiratsvermittlerin unterbrach ihre Gedanken. »Wenn wir zu der Zeit eintreffen, wie ich es vermute, werden wir direkt zur Kirche fahren. Du gehst durch den Mittelgang nach vorn, wo du während der gesamten Zeremonie stehen bleibst. Sie dauert nicht lange, du wirst also nicht ermüden. Der Geistliche wird dir jede Frage einzeln stellen. Du stimmst nur zu. Dann unterschreibst du die Papiere, und alles ist vorbei. Ich werde solange bleiben.«

Mei Ling nickte einmal kurz. Dann lehnte sie sich zurück, schloss die Augen und hoffte, die Frau würde sie einfach in Ruhe lassen. Stunden später öffnete Mei Ling ihre Augen wieder, als sie von außerhalb der Sänfte Geräusche hörte. Sie spähte durch einen der Vorhänge.

Beim Anblick dieser Stadt, ihrer Stadt, machte ihr Herz einen Freudensprung. Guangzhou – Kanton, wie es die Menschen aus dem Abendland nannten – umgab sie betriebsam wie immer. Sie war zu Hause, wenn auch nur für einen Tag.

* * *

Automobile, Rikschas und Karren füllten die festgestampften Straßen. Behälter mit Wasser, Öl und Nüssen hingen von Stangen, die sich tief gebräunte Männer über dünne Schultern gelegt hatten. Einige Händler wuselten durch den Verkehr und hofften, mit Fahrern und Passagieren das eine oder andere Geschäft zu machen. Mütter mit schmutzigen Babys saßen mit Bettelschalen am Boden. *Möge ihnen nichts Schlechtes widerfahren. Möge ihnen Leid erspart bleiben. Möge ihnen nur Freude zuteilwerden*, murmelte Mei Ling vor sich hin. Dies war ein Anblick, den Mei Ling nicht vermisst hatte. Niemand im Dorf ihrer Ahnen musste betteln, um essen zu können.

Sie bogen von der Hauptstraße ab und blieben viel zu schnell vor einem schlichten Gebäude mit dem christlichen Symbol stehen, dem einfachen weißen Kreuz an der Front. Er war dort drin. Chinn Kai Li, der Fremde, den das Schicksal ihr zugedacht hatte. In dem vergeblichen Versuch, ihr Herz zu beruhigen, das so heftig und schnell schlug, dass es schmerzte, holte Mei Ling zitternd Luft.

Die Heiratsvermittlerin stieg aus und flüsterte dem Fahrer etwas zu, das Mei Ling nicht verstehen konnte. Der Mann verschwand. Die Frau kehrte mit etwas Stoff in den Händen zu Mei Ling zurück.

»Das hier musst du über deinem Kopf tragen und dein Gesicht damit bedecken, bis die Zeremonie abgeschlossen ist«, erklärte sie.

Die geschwollenen Hände der alten Frau zitterten, während sie das durchscheinende weiße Material über Mei Lings dunkles Haar legte und dann das meiste davon über ihre Augen zog. Als der Stoff ihr Gesicht berührte, spannte sie sich unwillkürlich an. Mei Ling schloss die Augen, holte einmal tief Luft und rief sich in Erinnerung, dass es nur vorübergehend war. Mit den Händen zog sie das Gewebe etwas von ihrem Gesicht fort. Der federleichte Stoff war kratzig und rau. Wenn sie direkt nach unten blickte, konnte sie alles deutlich erkennen. Sie konzentrierte sich auf die Farben in ihrem Rock und ignorierte den weißen Schleier, der ihr die Sicht behinderte.

Die alte Frau kletterte wieder hinaus. Dann streckte sie einen Arm zwischen den Vorhängen hindurch und bot Mei Ling an, ihr aus der Sänfte zu helfen. Mei Ling übersah die Hand absichtlich und nutzte den hölzernen Rand, um sich festzuhalten. Dann folgte sie der Frau in die Kirche. Durch den schmalen Spalt, durch den sie ihre Umgebung klar erkennen konnte, folgte sie den schwarzen Schuhen der Frau durch den mit Fliesen ausgelegten Gang.

Als die Frau stehen blieb, tat Mei Ling es ihr gleich. Plötzlich packte die Heiratsvermittlerin Mei Lings rechtes Handgelenk, hob ihren Arm und legte ihre Hand in die eines Mannes. Beinah wäre Mei Ling zurückgezuckt, doch es gelang ihr gerade noch, sich zu beherrschen. Warme, feuchte Finger hielten halbherzig ihre Hand.

Mei Ling spähte durch den Schleier vor ihrem Gesicht, um einen Blick auf seines zu erhaschen. In diesem eher dunklen Raum war es schwer, ihn richtig zu erkennen, aber er war jung, in ihrem Alter. Wenigstens ein Trost. Er trug westliche Kleidung, den Anzug eines Kaufmanns. Aus dem Ausdruck auf seinem Gesicht wurde sie nicht klug – vielleicht war er argwöhnisch oder müde oder nervös.

Die Worte des Geistlichen gingen an Mei Ling vorbei. Wegen seines starken Akzents hatte Mei Ling Mühe, das Kantonesisch des Abendländers zu verstehen. Er stellte ihr eine Frage und wollte offenbar, dass sie zu irgendetwas ihre Zustimmung gab, gemeinsam mit Chinn Kai Li. Und ehe sie sich versah, gratulierte ihnen der Mann in der Robe aus vollem Hals und erklärte sie zu Mann und Frau. Dann, ohne jede Vorwarnung, wurde der Schleier gelüftet.

Nur für einen winzigen Augenblick sah Mei Ling ihren frisch angetrauten Ehemann, bevor sie den Blick abwandte. Sein glattes und rundes Gesicht bestätigte, dass er wohlgenährt war und nicht im Freien arbeitete. Ihr erster Eindruck war, dass er vielleicht durchaus gut aussah.

Sie spürte, wie Chinn Kai Li ihr Gesicht betrachtete. Ihr Herz hämmerte heftig. Er ließ ihre Hand los und wandte sich ab. Sie hob etwas den Blick. Mit einem modernen Füllfederhalter stand er etwas von ihr entfernt. Nachdem er seinen Namen auf dem Papier abgezeichnet hatte, reichte er ihr das Schreibgerät.

Die ersten Worte, die Mei Lings Ehemann zu ihr sprach, waren eine Frage: »Du kannst schreiben, richtig?«

Mei Ling nickte.

»Mach nur ein X«, sagte er zu ihr. »Wong Lu kann nicht … konnte nicht schreiben.«

Mei Ling griff nach dem Stift und besiegelte ihre Ehe, wobei sie sich das erste Mal verbarg. Aus dem Augenwinkel sah sie, wie ihr Mann der Heiratsvermittlerin einen Beutel gab. Sie verneigten sich voreinander.

Und dann verließ die Frau für immer ihr Leben, die es so grundlegend verändert hatte.

* * *

Kai Li ging ein paar Schritte in Richtung der Außenwelt. Mei Ling vermutete, dass sie ihm folgen sollte, doch sie zögerte, da sie sich nicht sicher war, welchen Abstand sie zu ihm halten sollte. Er blieb stehen, drehte sich zu ihr um und machte nur eine wortlose Kopfbewegung. Sie trat näher. Einen Schritt, zwei, drei. Als sie weniger als einen Schritt von ihm entfernt war, setzte er sich erneut in Bewegung. Es lag noch viel Arbeit vor ihnen, doch es schien, als erwarte er, dass sie sich dicht an seiner Seite aufhielt – eine weitere Bestätigung, dass er aus einer anderen Welt kam.

Sie gingen eine unbekannte Straße entlang. Dünne Männer zogen Rikschas mit gut gekleideten Chinesen und Weißen. Wunderhübsche Sänften zwischen zwei Stangen, die von vier Männern getragen wurden, verbargen Reisende. In ihrem früheren Leben war Mei Ling bei einigen besonderen Gelegenheiten in einer Sänfte getragen worden. Und auch in Rikschas war sie damals oft gefahren. Und obwohl sie jetzt zu Fuß unterwegs waren, würde es ihre Stellung als Frau eines Kaufmanns vielleicht erlauben, wieder durch San Francisco getragen zu werden. Ein Schauer überlief Mei Ling, als das vertraute und doch beängstigende Dröhnen eines Schiffshorns vom Fluss heraufwehte.

Mah-ma liebte dieses Geräusch. Sie war nur selten zum Perlfluss gelaufen, schwärmte aber immer von der Schönheit des Wassers, sobald sie ein Schiffshorn hörte. *Es ist alles noch da, Mah-ma*, sandte Mei Ling ihr ihre Gedanken. Sie dachte auch an Jah Jeh und fragte sich, ob sie inzwischen wieder gesund war und erfahren hatte, was geschehen war, doch dann wurde ihr klar, dass es nicht einmal acht Stunden her war, seit sie ihre Schwester verlassen hatte. Ihr Fieber war sicher noch nicht abgeklungen.

Kai Li bog in eine schmale Seitenstraße ab. Beinah hätte Mei Ling es nicht bemerkt, doch sie beeilte sich, ihren Ehemann wieder einzuholen. Sie befanden sich in einer unvertrauten Gegend, aber die köstlichen Gerüche in der Seitenstraße waren sehr verlockend. Mei Ling nahm den Duft von Ingwer und Knoblauch wahr, die in heißen Woks knisterten, und sie lächelte. Chinn Kai Li bemerkte es, nickte kurz zufrieden und lächelte ebenfalls. Mei Ling wurde rot.

Sie war verblüfft, als Chinn Kai Li ein heruntergekommenes Gebäude im westlichen Stil betrat. Mei Ling war überzeugt gewesen, ein Kaufmann würde in einem besseren Haus leben. Doch sie hielt sich vor Augen, dass er noch jung war. Am Anfang der Karriere war es weise, sein Geld nicht leichtfertig auszugeben. Ahma würde das sehr begrüßen.

Auf ausgetretenen Stufen stiegen sie bis ganz nach oben in den fünften Stock. Chinn Kai Li öffnete eine Tür, und dahinter befand sich ein düsterer, fensterloser Raum. Er befand sich in keinem besseren Zustand als das ganze Gebäude.

Ein sehr junges Kind saß allein auf dem Bett. Mei Ling erschrak, doch das war völlig unnötig. Das Kind musste sein Sohn Bo sein, der laut der Heiratsvermittlerin erst im August drei Jahre alt wurde. Mei Ling blickte sich nach jemandem um, der das Kind betreute, doch es war niemand da. Man hatte den Kleinen vollkommen sich selbst überlassen. Am liebsten wäre sie zu dem Kind geeilt, doch stattdessen wandte sie sich ihrem Mann zu. Der zeigte ihr den Ofen und das Wasserbecken, die so dicht nebeneinander an der vorderen Wand standen, dass sie kaum zu übersehen waren. Dann ging er zur anderen Seite zu dem einzigen Bett, um ihr zu zeigen, dass ihre Truhe bereits dort war.

Kai Li verneigte sich höflich, aber nicht tief genug, um Ergebenheit zu demonstrieren. Dann ließ er Mei Ling und den Jungen allein, der nun ihr Sohn war.

* * *

Mei Ling atmete einmal tief durch und schluckte die Beleidigung herunter, dass ihr Mann einfach wieder gegangen war, ohne sie und sein Kind miteinander bekannt zu machen. Sie wusste nicht, wer von ihnen beiden dieses Mindestmaß an Höflichkeit nicht verdient hatte – der Junge oder sie. Vielleicht auch sie beide.

Sie wollte gern ihre Truhe durchsuchen, um sicherzugehen, dass ihre Habseligkeiten darin waren, doch sie entschied sich, zuerst das Kind zu begrüßen. Der kleine Junge wirkte noch verängstigter, als sie sich fühlte. Seine pummelige Faust hielt irgendetwas umklammert. Sie sah näher hin und bemerkte zwei lange braune Ohren, die daraus hervorschauten. Es war ein geschnitzter Hase. Sie ging zum Bett und setzte sich so dicht neben den Kleinen, dass sie einander berührten. Seine Schulter zuckte, aber er wandte sich nicht ab.

»Ich bin deine neue Mutter«, erklärte Mei Ling behutsam und beobachtete das schmale Gesicht des Jungen, ob es irgendeine Reaktion zeigte. Aber der Kleine starrte ausdruckslos zu Boden.

Doch Mei Ling gab nicht auf. »Wie möchtest du genannt werden?« Mit seinen dunklen Augen blickte der Junge sie seitlich an, ohne jedoch den Kopf zu drehen, und er antwortete auch nicht auf ihre Frage.

»Du kannst mich …« Unsicher hielt Mei Ling inne, und ihre Kehle schnürte sich zu. Sie wusste nicht, was sie für dieses Kind war. Ihr stockte der Atem. Plötzlich hatte sie das Gefühl, in diesem schmutzigen kleinen Raum zu ersticken. Sie verließ den Jungen, um die Tür zu öffnen und frische Luft hereinzulassen. Der muffige Gang davor brachte kaum Erleichterung. Sie lehnte ihren Kopf gegen den Türpfosten und fühlte sich einfach nur überfordert und allein.

Da bemerkte sie im Augenwinkel eine Bewegung. Sie blickte hinüber. Der Junge lag jetzt auf dem Bett. Er hatte sich zusammengerollt und drehte ihr den Rücken zu. Scham stieg in ihr auf. Sie war für dieses kleine Wesen verantwortlich. Sie schuldete es ihm, eine gute Mutter zu sein.

Sie atmete durch, ging zurück zum Bett und hockte sich daneben, ihren Kopf dicht an seinem.

»Du kannst mich Mah-ma nennen«, sagte sie zu ihm. »Ich bin jetzt deine Mah-ma.«

Nun blickte er sie direkt an. In seinen Augen stand Unsicherheit, doch er nickte kurz. Mit einem kleinen Lächeln erwiderte sie sein Nicken, obwohl sie Zweifel spürte. Sanft berührte sie den Rücken des Jungen. Er zuckte zusammen, blieb aber liegen.

Wieder lächelte sie und sagte: »Hallo kleiner Hase. Hast du einen Namen?«

Bo blickte auf seine Hand, dann zurück zu Mei Ling.

»Darf ich die Ohren des Hasen streicheln?«, fragte Mei Ling.

Das Kind nickte kaum wahrnehmbar. Mei Ling strich über die Figur in seiner Hand. Sie lächelte Bo an, aber er hatte den Blick gesenkt. Sie seufzte ernüchtert und erhob sich.

Dann untersuchte sie die winzige Küchennische. Ein verbeulter Wok auf einer Kochplatte. Zwei Schüsseln und zwei Paar Stäbchen waren sorgfältig aufgestapelt. Das einzige Lebensmittel, das sie finden konnte, war ein kleiner Beutel Reis. Sie sehnte sich nach Tee, doch womit sollte sie ihn zubereiten?

Hinter ihr räusperte sich jemand. Sie fuhr herum und erblickte Chinn Kai Li, der im Türrahmen stand, in jeder Hand einen Stoffbeutel. Er ging zum Tisch und öffnete einen der Beutel. Daraus holte er Tofu, Senfkohl und schwarze Bohnenpaste hervor.

»Ich …« Anstatt seinen Satz zu beenden, hob er leicht einen Finger. Dann öffnete er den anderen Beutel und zog eine Schüssel und ein drittes Paar Stäbchen heraus. Schließlich griff er noch einmal tiefer hinein und nahm ein Päckchen Tee heraus. Pfingstrose. Ein Tee, um etwas zu feiern. Wortlos legte er das Päckchen auf den Tisch und wandte sich ab.

Die kleine Gabe rührte sie. Offenbar fühlte er sich genauso unsicher wie sie. Mei Ling betrachtete die einfachen Lebensmittel auf dem Tisch. Sie würde ihr Bestes geben, um daraus für ihre neue Familie eine Mahlzeit zu bereiten.

* * *

Zuerst trug sie ihrem Mann das Essen auf und dann dem Jungen. Als das Kind ein Essstäbchen fallen ließ, bot sie ihm eins von ihren an. Er starrte auf ihre ausgestreckte Hand, dann griff er zögernd danach. Als seine Schüssel leer war, brachte der kleine Junge mit seiner leisen Stimme einen überraschend langen Satz zustande: »Bo zufrieden. Danke.«

Mei Ling lächelte ihn an. »Sehr gern geschehen, mein Sohn.« Und in dem Moment war auch sie zufrieden.

Doch schnell kehrte die Angst zurück. Sie fürchtete sich vor den körperlichen Pflichten einer Ehefrau und wusste nicht, was sie an diesem Abend erwarten würde. Während sie nach dem Essen abwusch und sich fürs Bett vorbereitete, spürte Mei Ling, wie ihr das Herz in der Brust hämmerte und sie immer flacher atmete. Sie gab sich alle Mühe, um ihre Ängste zu verbergen, und war dankbar dafür, dass Chinn Kai Li keine Unterhaltung wünschte.

Mit Bo stellte Mei Ling sich im Flur in die Schlange, damit er sich erleichtern konnte, bevor er ins Bett ging. Nachdem sie zwanzig Minuten gewartet hatten, zwängten sie sich in den kleinen Raum. Es war befremdlich, mit einem Jungen, den sie gerade erst kennengelernt hatte, in so einer intimen Situation zu stecken, und doch fühlte es sich angenehm vertraut an, sich um ein kleines Kind zu kümmern. Als sie acht gewesen war, hatte man Dai Dai, der kurz zuvor einen Monat alt geworden war, ihrer Obhut anvertraut. Sie hatte ihn abgöttisch geliebt wie danach auch ihre jüngere Schwester. Nicht anders als ihre Mutter und ihre Jah Jeh.

Nachdem sie die Toilette beendet hatten, brachte sie den Jungen ins Bett. Sie legte sich neben ihn, um ihm eine Geschichte zu erzählen, genau, wie ihre Mah-ma es getan hatte, wenn sie krank gewesen war oder sich gefürchtet hatte.

»Kennst du die Geschichte vom Hasen im Mond?«, fragte Mei Ling. Der Junge betrachtete den hölzernen Hasen, den er fest umklammert hielt.

»Wenn der Mond rund und voll ist, können wir den Hasen sehen. Ich zeige ihn dir, wenn er das nächste Mal erscheint«, sagte Mei Ling. »Möchtest du die Geschichte hören?«

Bo nickte, ohne etwas zu sagen.

Also erzählte Mei Ling ihm die Geschichte, wie sie sie von ihrer Mutter in Erinnerung hatte.

»Jede Nacht blickt Chang'e, die Göttin, die auf dem Mond lebt, hinunter auf die Erde, um nachzusehen, wie es ihren Tieren und Menschen geht. Sie lächelt, wenn sie sieht, dass sie nach eines harten Tages Arbeit schlafen. Sie zwinkert Kindern zu, während sie einschlafen. Sie schwebt über Flüssen und Seen, beleuchtet die Wellen und die Ufer und hilft Tieren, sicher nach Hause zu finden. Dann segelt sie weiter zu anderen Ländern, um für die Kinder und Tiere, die dort leben, das Gleiche zu tun.

Eines Nachts vor langer Zeit beobachtete Chang'e, wie der Jadekaiser sich als hungernder alter Mann verkleidete, um die Güte der Tiere des Waldes auf die Probe zu stellen.

Er ging zwischen den Bäumen hindurch, bis er die Lichtung erreichte, wo Affe, Fuchs und Hase lebten. Als die Tiere ihn bemerkten, blickten sie ihn mit strahlenden Augen an.

›Guten Tag, mein Herr‹, sagte der Hase. ›Wie geht es Euch?‹

›Willkommen in unserem Wald‹, sagte der Affe, und der Fuchs verneigte sich tief.

›Oh, meine Freunde‹, erwiderte der alte Mann und stützte sich schwer auf seinen Gehstock. ›Es geht mir nicht gut. Ich bin alt und arm, und ich bin sehr hungrig. Glaubt ihr, ihr könnt mir helfen?‹

›Natürlich werden wir helfen‹, schnatterte der Affe.

›Wir helfen unseren Freunden immer‹, stimmte der Fuchs zu.

›Wir werden Euch etwas zu essen holen‹, versprach das Kaninchen, und ohne einen Moment zu zögern, rannten die drei davon, alle auf der Suche nach etwas Nahrung, die sie dem armen Bettler anbieten konnten.

Der alte Mann ließ sich nieder und lehnte sich gegen einen Baum. Er blickte hinauf zum Himmel und lächelte.

Dies sind gute Tiere, dachte er. *Und ich bin gespannt, wer von ihnen am großzügigsten ist.*

Es dauerte nicht lang, da kam der Affe zurück, den Arm voller Früchte.

›Bitte sehr‹, sagte der Affe. ›Die Bananen und die Beeren sind köstlich. Und nehmt auch von diesen Orangen und den Birnen. Ich hoffe, mein Geschenk sagt Euch zu.‹ Er legte die Früchte vor den Bettler.

›Vielen Dank, mein Freund. Du bist sehr gütig‹, erwiderte der Bettler. Noch bevor er seinen Satz beendet hatte, kam der Fuchs auf die Lichtung gerannt. Er trug einen fetten, frischen Fisch zwischen den Zähnen und legte ihn mit einer Verneigung vor dem Bettler ab.

›Mein Freund‹, sagte der Fuchs, ›ich biete Euch einen frischen Fisch an, um Euren Hunger zu lindern. Ich hoffe, er ist zu Eurer Zufriedenheit.‹

›Auch du bist gütig‹, sagte der alte Mann. ›Ich wusste gar nicht, wie freundlich die Tiere des Waldes sind.‹

›Natürlich sind wir freundlich‹, erklärte der Affe stolz.

›Und wir sind sehr erfahren darin, etwas zu essen zu finden‹, fügte der Fuchs hinzu.

Dann saßen alle drei da und warteten auf die Rückkehr des Hasen. Unterdessen rannte der Hase durch den ganzen Wald, doch so viel Mühe er sich auch gab, fand er doch nur Gras für den Bettler. Er war enttäuscht von sich, denn er wusste, menschlicher Hunger konnte nicht durch Gras gestillt werden. Schließlich kehrte auch er zu der Lichtung zurück.

›Freund‹, rief der Affe. ›Du bist zurück!‹

›Das bin ich‹, erwiderte der Hase traurig. ›Aber ich muss euch um einen Gefallen bitten, meine lieben Freunde. Bitte, Bruder Affe, würdest du Feuerholz für mich sammeln? Und Bruder Fuchs, würdest du mit diesem Holz ein großes Feuer für mich machen?‹

Der Affe und der Fuchs liefen sofort los, um zu tun, worum ihr Freund sie gebeten hatte, während der Bettler schweigend dasaß und staunte.

Als das Feuer loderte, wandte sich der Hase an den Bettler. ›Ich kann dir nichts anderes anbieten als mich selbst‹, sagte er. ›Ich werde ins Feuer springen, und wenn ich gebraten bin, bitte labe dich an mir. Ich kann es nicht ertragen, dich hungrig zu sehen.‹

Der Hase zog die Hinterbeine an, um sich ins Feuer zu stürzen. Sofort kam Chang'e vom Mond herab und fing den Hasen auf, bevor er die Flammen erreichte.

›Hab keine Angst‹, sagte Chang'e. ›Ich bin die Mondgöttin und ich habe gesehen, dass du das gütigste und großzügigste Tier von allen bist. Ich werde dich mit zu mir nach Hause nehmen, wo du mir helfen kannst, über die Kinder und Tiere auf Erden zu wachen und dafür zu sorgen, dass ihnen niemals ein Leid geschieht.‹

Die Göttin nahm den Hasen hoch und trug ihn hinauf zum Mond. Der Affe, der Fuchs und der falsche Bettler sahen ihr staunend und dankbar nach.

Und wenn du, sobald der Mond voll ist, ganz genau hinsiehst, wirst du den Hasen dort oben in Frieden leben sehen, von wo er uns alle bewacht. Deswegen kannst du in Frieden schlafen, denn da ist jemand, der auf dich achtet.«

Als die Geschichte zu Ende war, lächelte Bo verschlafen.

»Dreh dich auf die Seite. Ich reibe dir den Rücken«, befahl Mei Ling.

Er blinzelte, doch dann tat er, wie ihm geheißen. Nur wenige Augenblicke später schlief er tief und fest.

Mei Ling seufzte, erfüllt von einem warmen Gefühl der Zufriedenheit. All die Tricks, die sie gelernt hatte, als sie sich um Dai Dai und Mui Mui gekümmert hatte, wirkten auch bei ihrem neuen Sohn. *Möge es ihnen wohlergehen.* Sie segnete ihre beiden kleinen Geschwister, die für sie für immer verloren waren – durch die Entfernung und durch den Tod.

Als sie aufblickte, bemerkte sie, dass Chinn Kai Li sie beobachtete. Er nickte und drückte damit seine Zufriedenheit aus. Sie erwiderte die Geste, doch all das Selbstvertrauen, das sie gegenüber Bo verspürt hatte, verflüchtigte sich im Angesicht dessen, was ihr nun bevorstand.

Da Bo auf dem Bett schlief, fragte sich Mei Ling, ob sie den Vollzug der Ehe, von der Mutter und Jah Jeh ihr berichtet hatten, hinausschieben könnte. Sie deutete an, dass sie auf den Dielen schlafen könnte, aber Chinn Kai Li schüttelte den Kopf. Sanft hob er das schlafende Kind auf und bettete es auf den Boden.

Nun war es für Mei Ling an der Zeit, mit ihrem Ehemann das Bett zu teilen. Sie überlegte, einfach, wie sie war, unter die Decke zu schlüpfen, in ihrer roten Hochzeitstunika und ihrem Rock, doch die Furcht, beides zu ruinieren, war stärker als ihre Scham. Sie durchsuchte ihre Truhe nach einem Nachtkleid. Dann verneigte sie sich vor ihrem Mann und ging hinaus, um ein Badezimmer zu finden. Mei Ling atmete scharf aus, sobald sie den Flur erreicht hatte.

Die rote Seide vom Boden fernzuhalten, war eine Herausforderung, aber Mei Ling gelang es, sich umzuziehen, ohne sie zu beschmutzen. Dann kehrte sie in das kleine Zimmer zurück und legte sich aufs Bett. Chinn Kai Li ging nun ebenfalls hinaus, wahrscheinlich, um sich zu waschen. Kurz darauf kehrte er zurück und legte sich neben sie.

Chinn Kai Li schob ihr Nachthemd bis über die Knie nach oben. Erstarrt vor Unbehagen rührte sie sich nicht. Er stieg über sie und schob ihre Beine auseinander, damit er dazwischen passte. Nun barg er sein Gesicht an ihrem Hals und knabberte mit den Lippen an ihrer Haut. Bei der ersten Berührung zuckte sie zusammen, doch als sie sich entspannte, war es nicht unangenehm. Es war sogar fast zärtlich. Unwillkürlich fasste sie nach seinem Hinterkopf. Sie strich ihm übers Haar, als sei er ein Kind. Er gab leise Laute von sich, und dann drang er plötzlich in sie ein. Sofort verkrampfte sie sich und unterdrückte einen Schmerzensschrei. Sie zog die Schultern bis zu den Ohren hoch. Er stieß ein paar Minuten vor und zurück, dann erbebte er. Erschöpft sank er rechts neben ihr zusammen. Sie dachte, vielleicht war es schon vorbei.

Er lag so regungslos da, dass sie sich fragte, ob ihm etwas geschehen war, doch sie spürte seinen warmen Atem auf ihrer Haut, und er ging ganz ruhig und gleichmäßig. Durch den Stoff ihres Nachthemds tätschelte er sanft ihren Arm. Sie spürte, wie ein feuchter Tropfen auf ihre Schulter fiel. Sie wusste nicht, ob es Schweiß war oder eine Träne. Die Vorstellung des einen widerte sie an. Die Vorstellung des anderen rief zärtliche Gefühle in ihr hervor.

Er strich über ihre Wange und rollte sich zur Seite. Es war vorbei. Sie hatte es getan. Sie hatte sich einen Kuss vorgestellt wie in den Filmen aus dem Westen, aber abgesehen davon war alles gut. Sie war stolz und erleichtert, dieses Ritual überstanden zu haben.

Sie drehte sich auf die Seite. Ihr Herz raste und ihre Gedanken wirbelten. Bos leise Laute wehten vom Boden herauf. Mei Ling spähte über die Seite des Bettes. Der kleine Junge lag zusammengerollt auf dem harten, staubigen Holzboden, den geschnitzten Hasen fest umklammert. Kai Li beobachtete sie, als sie sich erhob, das Kind in ihre Arme nahm und in die Mitte des Bettes legte. Wortlos gab er mit einem Nicken sein Einverständnis.

Sie legte sich wieder nieder, abgewandt von Kai Li und Bo. Da sie nun nichts mehr ablenkte, sah sie sofort Jah Jeh vor sich, vom Fieber geschüttelt und allein in ihrem Zimmer. Sorge erfüllte ihr Herz und machte es ihr fast unmöglich, im Bett zu bleiben, doch sie wollte die Ruhe der Nacht nicht stören. Sie zwang sich stillzuliegen und tief zu atmen, um ihren Drachen zu beschwichtigen.

Mei Ling betete zu Guan Yin: *Bitte zeig Gnade und Barmherzigkeit gegenüber meiner Jah Jeh und den anderen in der Familie.* Sie blickte auf die schmutzigen Wände, die sie gefangen hielten, und wünschte sich, es gäbe ein Fenster darin, durch das sie hinaussehen könnte. Mei Ling tröstete sich, indem sie sich die Welt jenseits dieses Zimmers ausmalte. Sie ließ den Mond vor ihrem inneren Auge erscheinen und stellte sich vor, wie er auf ihre Familie im Dorf herabschien. Und dann malte sie sich aus, wie der Segen des Mondes auf dieses Haus herabströmte, durch diese Wände, auf sie und ihre neue zerbrechliche Familie in Guangzhou. *Möge ich lernen, eine ruhige und ergebene Ehefrau zu sein, damit wir eine harmonische Ehe führen und eine glückliche Familie sind.* Mit dieser Bitte auf den Lippen schlief sie ein.

Kapitel 4

Guangzhou – März 1923

In einem Traum stürzte Mei Ling, schlug hart zu Boden und erwachte erschrocken. Verwirrt blieb sie regungslos liegen, während ihr Herz schnell schlug. Sie spürte einen warmen Körper an ihrem Rücken, und dann fiel ihr ein, dass es nicht Jah Jeh war.

Leise erhob sie sich aus dem Bett. Sie betrachtete Bos Gesicht. Er hatte die Lippen zu einem kleinen Lächeln verzogen, und seine Augen wanderten unter den geschlossenen Lidern von einer Seite zur anderen. Sie warf einen Blick auf Kai Lis zerzaustes Haar, der dem kleinen Jungen zwischen ihnen den Rücken zugewandt hatte.

Mei Ling bereitete ein einfaches Frühstück zu, dann nahm sie sich ihren Füllfederhalter und wartete darauf, dass ihr Mann und ihr Sohn aufwachten. Sie würde die Ruhe des Morgens nutzen, um ihrer Familie von den neuesten Ereignissen zu berichten.

Sie setzte sich an den abgenutzten Holztisch und schrieb nach Hause.

Meine liebe Jah Jeh,

warst du erleichtert oder verärgert, als du erkannt hast, dass ich deinen Platz eingenommen habe? Mei Ling hätte es zu gern gewusst, aber sie wagte nicht zu fragen.

> Guangzhou ist immer noch so, wie wir es in Erinnerung haben. Es gibt kostümierte Artisten, überall wird verführerisches Essen angeboten, und die Straßen sind voller Menschen. Die auffälligste Veränderung sind die vielen Automobile, die zwischen Eselskarren, Rikschas und Sänften hindurchrauschen.
>
> Die Heirat deiner Schwester mit Chinn Kai Li ist vollzogen. Wir drei werden Guangzhou heute verlassen und uns per Eselskarren auf eine zwei- oder dreitägige Reise nach Hongkong begeben. Unser Schiff, die Persia Maru, soll am 31. März in See stechen.

Ich habe Angst und vermisse dich mehr, als du es dir vorstellen kannst, dachte Mei Ling und schrieb dann, weil sie wusste, dass Jah Jeh diesen Brief der ganzen Familie vorlesen würde:

> Ich befolge deine weisen Worte und tue, was notwendig ist, um eine harmonische Familie zu haben.

Noch bevor sie ihren Brief beendet hatte, setzte sich Kai Li im Bett auf. Sie eilte an seine Seite und brachte ihm sein Frühstück aus Tee und Reisbrei. Er nahm es mit einem knappen Nicken entgegen. Dann wandte sie sich wieder ihrem Schreiben zu und hoffte, es würde ihren Mann nicht stören, dass sie abgelenkt war, doch sie wollte den Brief gern aufgeben, bevor sie Guangzhou verließen, damit ihre Familie so schnell wie möglich erfuhr, dass es ihr gut ging.

> Bo, euer neuer Neffe, ist ein ruhiger Zweijähriger. Er ist sehr höflich und folgsam und hat bisher noch nichts von seiner neuen Mutter gefordert.
>
> Meine neue Adresse in San Francisco lautet 8 Brooklyn Place. Sie hat eine Glückszahl und trägt einen hübschen Namen. Erst in fast zwei Monaten werden wir dort eintreffen, aber ich freue mich auf eure Nachricht.
>
> Bitte ehre unsere Eltern und Ahma und umarme Dai Dai im Namen deiner jüngeren Schwester.
>
> Deine liebende Schwester Mei Ling.

Während sie ihren Namen daruntersetzte, legte Kai Li etwas neben sie auf den Tisch.

»Das musst du durchlesen«, erklärte ihr Ehemann.

Wie eine Welle überflutete sie die Erinnerung daran, dass sie eine Papierfrau war. Mei Ling blätterte durch die Dokumente, die mit einer Schnur zu einer Art Heft zusammengebunden waren. Komplizierte Einzelheiten über eine Familie und ein Dorf füllten die acht Seiten. Eine Karte zeigte das Dorf, in dem ein Haus eingekreist war. Für das Haus gab es noch einmal eine eigene Seite mit vielen Notizen. Eine davon lautete: *Erwähne die Dachfenster.*

Mei Ling blickte zu Kai Li, eine unausgesprochene Frage in den Augen.

»Wenn du auf Angel Island bist, wird man dir sehr viele Fragen stellen. Deine Antworten müssen zu den Angaben in diesem Lernheft passen oder sie lassen dich in San Francisco nicht an Land.«

»Ist dies das Dorf deiner Ahnen?«, erkundigte sich Mei Ling.

Ein wehmütiger Ausdruck glitt über sein Gesicht. Offenbar vermisste er sein Zuhause in China.

»Können wir es besuchen, bevor wir abreisen?«, wollte sie wissen.

»Dafür ist keine Zeit.« Er schüttelte den Kopf, als wolle er die Erinnerungen loswerden. »Wenn du eifrig lernst, werden wir Erfolg haben. Verstehst du das? Es ist sehr wichtig. Man will uns dort nicht und wird alles versuchen, dich zu überlisten, damit man dich abweisen kann. Du *musst* lernen.«

Mei Lings Herz zog sich zusammen, als ihr erneut bewusst wurde, dass die Vereinigten Staaten kein Freund der Chinesen waren, sie diesem fremden Land aber ihr Leben anvertraute … und diesem Mann.

Er fuhr fort: »In diesem Lernheft steht alles, wofür sich die Inspektoren interessieren. Es ist egal, was davon stimmt. Es muss nur übereinstimmen. Die Amerikaner führen eine Akte darüber, wann ich komme und gehe. Jedes Mal, wenn meine Verwandten ins Land gekommen sind und es wieder verlassen haben, wurde darüber ein Bericht geschrieben.

Wenn wir ihnen erklären, dass sich Dinge verändert haben, dass der Tempel versetzt worden ist, dass wir nicht mehr in dem Dorf leben, werden sie mich nicht mehr nach Hause lassen, deswegen erzählen wir ihnen das, was sie hören wollen.«

Nach Hause. Ein leichter Schauer überlief sie. Das Zuhause ihres Mannes war Kalifornien. Nicht China.

Kai Li legte ein weiteres Papier auf den Tisch. Zwei Bilder starrten sie aus der oberen linken Ecke des Dokuments an, das auf Englisch verfasst war. Kai Lis vertrautes Gesicht befand sich auf dem rechten. Eine hübsche junge Frau sah sie von der linken Fotografie an. Mei Lings Herz machte einen Satz.

»Das bist jetzt du«, erklärte ihr Ehemann. »Wong Lu Shi.«

»Deine Frau?«, fragte Mei Ling. *Erste Frau*, korrigierte sie sich im Stillen. *Mein Papierabbild.*

Kai Li nickte. Er starrte darauf und verlor seinen Faden, dann seufzte er.

»Und sie werden mir glauben, dass ich diese Frau bin?«, fragte Mei Ling voller Zweifel.

»Es hat schon weitaus weniger glaubhafte Wechsel gegeben«, erwiderte er.

»Aber sie ist so schön, und ich bin so farblos«, entgegnete Mei Ling.

Kai Li betrachtete sie. Ein Gefühl tiefer Scham breitete sich in ihrer Brust aus, und sie spürte die Hitze in ihren Wangen. Ein solches Gespräch hatte sie nicht führen wollen.

»Nicht farblos«, antwortete er. »Diese Geschichte werden sie ohne Weiteres glauben – wenn du alles auswendig lernst.«

»Wird man mich über sie befragen?«, wollte sie wissen.

»Ja.«

»Du wirst mir alles beibringen? Damit ich es ihnen erzählen kann?«

Er deutete auf das Lernheft. »Dort steht alles, was du wissen musst. Auch über sie.«

Plötzlich war Bo an ihrer Seite. Er musste gehört haben, dass sie sich unterhielten. Sie beobachtete ihn, während er das Bild auf dem Dokument ansah. Sein Gesicht war ausdruckslos.

»Mah-ma«, sagte er mit zarter Kinderstimme.

Mei Ling nickte. Voller Mitgefühl zog sich ihr Herz zusammen. Mit seinem kleinen braunen Finger strich er über das Foto.

»Das ist jetzt deine Mah-ma«, sagte Kai Li, nicht unfreundlich, aber entschieden.

Der kleine Junge blickte zu Mei Ling auf. Sie lächelte ein wenig in der Hoffnung, ihm etwas Sicherheit zu geben. Er blinzelte ein paar Mal, dann wandte er den Blick ab.

»Wir müssen uns fertig machen. Der Karren wird bald hier sein«, befahl Kai Li.

Mei Ling nickte. Sie nahm ihre neue Identität und packte sie in ihre Truhe.

* * *

Mei Ling und Bo standen bei dem Karren, während Kai Li und der Fahrer die Treppe hinauf- und hinunterliefen und die beiden Truhen auf die Straße brachten. Bo hatte keine eigene, daher waren seine Sachen mit in Mei Lings verstaut. Ein staubiges schwarzes Kissen lag auf der hölzernen Ladefläche des Karrens, doch es gab keine Vorhänge, die ihnen etwas Privatsphäre verschafft hätten. Mei Ling streckte ihre Hände in Richtung Bo aus, ein Angebot, ihn hochzunehmen. Doch der Junge reagierte nicht darauf. Mei Ling zögerte. Sie wollte Bo nicht einfach auf den Arm nehmen, wenn es ihm nicht recht war. Da packte Kai Li den Jungen von hinten und setzte ihn mit Schwung in den Karren. Unbeweglich stand Bo auf der Ladefläche und starrte nach vorn.

Mei Ling blickte sich nach einem Hocker oder einer Treppe um, konnte jedoch nichts entdecken, was ihr dabei geholfen hätte, zu dem Jungen zu klettern. Unsicher sah sie Kai Li an. Sie wollte nicht fordernd erscheinen.

»Es tut mir leid.« Ihr Mann wirkte gequält. Dann ließ er sich auf ein Knie nieder und bot ihr das andere als Stufe an.

»Das kann ich nicht«, sagte Mei Ling.

Kai Li nickte entschieden. »Bitte.«

Mei Ling war einerseits gerührt, aber es war ihr auch peinlich. Was für einen Mann hatte sie geheiratet? Ihr Vater hätte sich niemals hingekniet, um ihr sein Knie als Tritt anzubieten. Aber er war ein Gelehrter, kein Kaufmann. Kaufleute waren pragmatisch und voller Ideen.

Mei Ling nickte schüchtern und zog ihren Schuh aus. Sie stellte ihren nackten Fuß auf Kai Lis Bein, ergriff seine ausgestreckte Hand und stieg neben Bo in den Karren. Kai Li drückte ihre Hand ein wenig, bevor er sie losließ. Dann kletterte er neben den Fahrer, damit sie und Bo es sich hinten auf dem dünnen Kissen so bequem wie möglich machen konnten.

Vor dem Aufruhr, den die Kriegsherren verursacht hatten, hätte sie sich geweigert, mit dem Eselskarren zu reisen, aber es gab so vieles, was sie jetzt tat, obwohl sie es früher verabscheut hätte.

Sie fuhren um die nächste Ecke und waren sofort vom Lärm der Hauptstraße und all ihren verschiedenen Gesichtern umgeben. Auf einem freien Platz entdeckte Mei Ling eine Gruppe Akrobaten. Sie tippte Bo an und deutete hinüber, doch er konnte nicht über den Rand des Karrens hinwegsehen. Sie zog den Jungen auf ihren Schoß und zeigte es ihm erneut.

»Die Akrobaten sind gekommen, um uns Lebewohl zu sagen«, erzählte sie ihm.

Er starrte hinüber und klatschte dann, begeistert von den Verrenkungen der Truppe, in die Hände. Er drehte sich zu Mei Ling um und lächelte sie an. Vielleicht begann er ja, sich für sie zu erwärmen.

Es ging nur langsam voran, deswegen hatten sie noch Zeit, eine Pyramide aus sieben Menschen zu sehen, die sich hoch über ihre Köpfe erhob, bevor die Akrobaten aus ihrem Sichtfeld verschwanden.

Mei Ling bekam ein ganz hohles Gefühl im Magen, während sie durch ihr altes Viertel fuhren. Ihr Markt, ihr Tempel, ihre Straßen hatten sich seit der Flucht nicht verändert. Sie spähte in ihre alte Seitenstraße, in der Hoffnung, einen Blick auf ihr früheres Haus zu erhaschen, aber sie konnte es nicht sehen. Vielleicht war es abgebrannt und für immer verloren. Vielleicht stand es aber auch noch dort und wurde von einer anderen Familie bewohnt.

Mädchen in Schuluniformen liefen lachend vorbei und hielten sich an den Händen. Vor langer Zeit war sie auch einmal so sorglos gewesen. Mei Ling hatte die Schule geliebt und alles, was damit zusammenhing: ihre Lehrer, Freunde und auch den Unterricht. Damals hatte sie ihn nicht ausreichend zu schätzen gewusst, weil sie davon ausging, dass das Leben immer so einfach bleiben würde – und so opulent.

Viel zu schnell erreichten sie das Südtor, eine Grenze, an der sie oft gewesen war, sie aber nie überschritten hatte. Ihr Herz machte einen Satz, als sie durch das Tor fuhren und der Karren sie von ihrem geliebten Guangzhou forttrug. Eine einzelne Träne ran ihr über die Wange, aber sie glaubte kaum, dass irgendjemand sie bemerken würde, daher wischte sie sie auch nicht weg.

* * *

Die mehrtägige Reise von ihrer Heimatstadt zum Hafen war ermüdend, wenn auch ereignislos. Mei Ling war schon ganz steif vom Rumpeln der Karre und wund davon, ein fremdes Bett zu teilen. Sie vertrieb sich die Zeit damit, aus dem ihr anvertrauten Buch mehr über ihren Mann zu erfahren. Leider wurde die Frage, die ihr am meisten auf der Seele brannte, dort nicht beantwortet: Was war mit Bos leiblicher Mutter geschehen? Die Lösung des Rätsels würde sie nicht zwischen diesen Seiten finden, da ihre Abwesenheit nicht Teil der offiziellen Geschichte war. Mei Ling fragte auch nicht danach, und Kai Li behielt diese Information für sich.

Kai Li und sie sprachen kaum miteinander, aber das hatte sie auch nicht erwartet. Bald hatten sie einen Rhythmus gefunden, bei dem jeder seine eigenen Aufgaben verrichtete – genau, wie ihre Eltern es getan hatten.

Mei Ling vermisste Jah Jeh, ihre tägliche Begleiterin, mit der sie ihre Gedanken hatte teilen können. Jeden Tag schrieb sie weiter an einem Brief für ihre Schwester, berichtete von den Ereignissen der Reise, erwähnte aber nichts von ihren inneren Qualen. Sie wollte ihre Familie nicht mit ihren Ängsten belasten – ganz besonders nicht ihre Schwester, die vielleicht krank war oder wütend oder beides.

Hongkong hatte viel Ähnlichkeit mit Guangzhou und war doch auch irgendwie ganz anders. Der Kampf gegen die Nationalisten hatte die westlichen Firmen dazu gezwungen, ihre Im- und Exportgeschäfte von Guangzhou weiter südlich nach Hongkong zu verlegen. Die westliche Dominanz in Hongkong war an der geradezu blendenden Architektur der neuen Gebäude und den eben gepflasterten Straßen, die das Reisen so angenehm machten, leicht zu erkennen. Auf den Straßen wimmelte es, aber es herrschte Ordnung, und die meisten Menschen trugen westliche Kleidung.

Der Karren setzte sie bei einem weiteren fensterlosen Raum in der Nähe des Hafens ab. Kai Li begrüßte den Besitzer, als seien sie alte Freunde. Mei Ling sah zu, wie er von seiner Reise nach Guangzhou erzählte, und war erfreut, dass er sie und Bo dem Mann vorstellte, obwohl sie spürte, wie ihr Herz schneller schlug, als sie ihren falschen Namen hörte. Es gab keine Küche, in der man hätte kochen können, und auch sonst wurde in dem Fremdenheim kein Essen serviert, daher gingen sie hinunter zum Hafen, um ihren Hunger zu stillen.

»Wie wunderschön«, rief Mei Ling, als sie das Wasser sah.

Kleine Boote, Sampans genannt, schwammen im Hafenbecken. Dahinter erstreckte sich die offene See. Die kühle

Brise auf ihrem Gesicht erschien ihr wie ein Segen der Götter. Sie lächelte dem strahlenden Bo zu, der begeistert den Seevögeln zusah, die durch die Lüfte schossen. Mei Ling hätte sich dieses Treiben stundenlang ansehen können und wäre der ständigen Bewegungen und wechselnden Farben nie müde geworden.

Kai Li deutete auf ein großes Schiff im Hafen. »Unser Schiff, die *Persia Maru*, sieht ganz ähnlich aus, es fährt nur unter japanischer Flagge.«

Mei Ling betrachtete das riesige Schiff. Es war größer als ein Haus und fasste mehr Menschen als ihr ganzes Dorf. Mächtige Taue hielten es an seinem Liegeplatz, und Männer trugen Waren in großen Körben an Bord und andere an Land. Einige der Körbe waren so schwer, dass sie zwischen zwei Stangen hingen und von zwei Männern getragen werden mussten. In drei Tagen würde Mei Ling China in einer schwimmenden Stadt wie dieser verlassen, ein Gedanke, der überwiegend Furcht einflößend war, aber auch ein bisschen aufregend.

* * *

Am nächsten Morgen ging Kai Li mit ihnen zu einem Fotografen. Eine Erklärung dafür lieferte er nicht, doch Mei Ling spürte, dass es ihm wichtig war, ein Bild von ihnen allen gemeinsam zu besitzen.

Ein Gehilfe führte sie in einen Raum voller Kleidungsstücke, wobei die westlichen von den chinesischen getrennt hingen.

»Suchen Sie sich aus, was Ihnen gefällt. Die Größe spielt keine Rolle. Wir können immer dafür sorgen, dass alles aussieht, als würde es passen«, erklärte der kleine glatzköpfige Mann und ließ sie allein.

Mei Ling folgte Kai Li zu den chinesischen Kleidungsstücken. Sie waren nach Stil und Farbe zusammengestellt, und es gab viele verschiedene Größen. Kai Li sah sich einige an. Schließlich zog er eine Tunika aus leuchtend roter Seide mit Stickereien und so fein gearbeitet, dass sie einer Adligen gerecht geworden wäre, von der Kleiderstange.

Fragend blickte Kai Li sie an. Wollte er diese Sachen kaufen? Noch nie in ihrem Leben hatte sie etwas derartig Schönes getragen. Sie ging zu ihm, befühlte das Material und versuchte, seine Gedanken zu lesen.

»Es ist wunderhübsch«, sagte sie, um vorsichtig ihre Zustimmung zu äußern, ohne zu wissen, ob er es sich überhaupt leisten könnte.

Kai Li nickte, dann ging er hinüber zu der westlichen Kleidung. Er sah die verschiedenen Ensembles durch, bis er eins fand, das ihm gefiel. Ohne Mei Ling nach ihrer Meinung zu fragen, machte er sich auf die Suche nach dem Gehilfen.

Der Mann nahm die größte der roten Seidentuniken von der Stange und half Kai Li dabei, sie über seine Kleidung zu ziehen. Er zupfte sie zurecht und steckte sie mit Nadeln fest. Die Hosen band er mit Schnüren nach hinten, bis alles aussah, als sei es für Kai Li angefertigt worden. Dann wandte sich der Gehilfe Mei Ling zu, was ihr sehr unangenehm war, denn er schien sie von Kopf bis Fuß mit seinem Blick zu vermessen. Während ihr Kleidungsstück noch auf einer Art Schneiderpuppe hing, steckte er es hier und dort mit Nadeln zusammen. Dann bedeutete er ihr mit einer ausholenden Geste, es anzuziehen. Mei Ling war froh, dass er nicht versuchte, sie zu berühren, doch es war ihr peinlich, als die zwei Männer ihr zusahen, wie sie das lange Kleid zuknöpfte. Der Gehilfe wirkte zufrieden, da es von vorn wie angegossen zu sitzen schien. Der überflüssige Stoff war auf dem Rücken zusammengesteckt.

Bo einzukleiden, erwies sich als nicht so einfach. Er schrie, als der Mann ihn berühren wollte. Mit einer bloßen Kopfbewegung wies Kai Li sie an einzugreifen. Sie nahm dem Gehilfen das Oberteil und die Hose ab und kniete sich vor Bo.

»Wenn du das anziehst, passen wir alle zusammen, verstehst du?«, erklärte Mei Ling. Sie hob seine Arme hoch und streifte ihm das kleine Kleidungsstück über den Kopf. Er widersetzte sich nicht. Dann drehte sie ihn herum und hielt ihm die geöffneten Hosen hin, sodass er hineinsteigen konnte. Er stützte sich auf ihren Armen ab und schlüpfte in die Hosenbeine.

»Gut gemacht«, flüsterte sie ihm ins Ohr. Die Hosen waren so lang, sie fürchtete, er würde stolpern, wenn er auch nur einen Schritt machte. Weil sie keine weiteren Tränen riskieren wollte, nahm sie ihn einfach auf den Arm. Kai Li nickte zustimmend, und gemeinsam gingen sie in den Raum, wo die Kamera stand.

Der Fotograf stellte sie in einer Reihe auf, doch nachdem er einen Blick durch die Linse geworfen hatte, ließ er Bo auf einen Schemel steigen. Der Junge stand nun zwischen ihnen. Mit einer Hand umklammerte er den kleinen braunen Hasen, mit der anderen hielt er sich an Mei Ling fest. Der Mann blickte wieder durch die Kamera und bedeutete ihnen stillzustehen. Mei Ling bereitete sich innerlich darauf vor, sich längere Zeit nicht rühren zu können, doch da richtete sich der Fotograf schon wieder auf. In den fünf Jahren, seit sie das letzte Mal für ein Foto posiert hatte, war das Verfahren offensichtlich stark vereinfacht worden.

Der Fotograf nahm eine große Glasplatte aus dem Apparat und ersetzte sie durch eine neue. Nach einem weiteren Bild zogen sie sich um und schlüpften nun in die westliche Kleidung, die Kai Li ausgewählt hatte. Dieses Mal posierten sie dicht nebeneinander auf einem Sofa, wie es im Westen üblich war, wobei Bo auf dem Schoß seines Vaters saß.

Der Fotograf machte noch ein letztes Bild von Bos Gesicht, und dann war der Prozess beendet.

»Kommen Sie morgen wieder«, sagte der Mann. »Nach dem Mittag ist alles fertig.« Er nannte einen Preis für einen Abzug von jedem Motiv und bot weitere zu einem weitaus günstigeren Preis an.

Mei Ling bemerkte, dass Kai Li die Entscheidung nicht leichtfiel.

»Möchtest du eins für deine Familie?«, fragte er.

»Ja, bitte«, erwiderte Mei Ling. »Es würde sie sehr erleichtern, das Gesicht ihres neuen Sohns und ihres neuen Enkels zu sehen.«

Kai Li nickte und zeigte dem Fotografen zwei Finger.

»Vielen Dank!«, sagte sie, und ihr Herz erfüllte sich mit Freude, dass sie ihrer Familie dieses gar nicht kleine Geschenk würde senden können. »Und was ist mit deiner Familie?«, erkundigte sie sich.

»Da gibt es niemanden«, antwortete Kai Li.

In dem Buch stand etwas anderes, aber Mei Ling bohrte nicht weiter. Vielleicht hatte sie etwas missverstanden.

Kapitel 5

Hongkong – März 1923

Kai Li begleitete sie zurück zu ihrem Zimmer und verschwand dann wieder ohne jede weitere Erklärung. Mei Ling erwartete nicht, dass er ihr seine Pläne offenbarte, trotzdem war sein Verhalten befremdlich. Ein paar Stunden später kehrte er mit vollen Taschen zurück, von denen eine Rock, Bluse und Hut im westlichen Stil enthielt sowie auch schwarze kurze Hosen und ein zweireihiges gestreiftes Hemd für einen kleinen Jungen.

»Morgen gehen wir zum Konsulat der Vereinigten Staaten und holen unsere Reisepapiere. Ich hoffe, das hier passt alles«, sagte Kai Li.

Mei Ling hielt den kurzen dunklen Rock in die Höhe. Er war nicht annähernd so fein gewirkt wie das Kleid beim Fotografen und war offensichtlich bereits von jemand anderem getragen worden. Von seiner ersten Frau? Wenn nicht, wo hatte er ihn dann hier? Bo schien weder den Rock noch die weiße Baumwollbluse mit den Perlmuttknöpfen zu erkennen. Die Kleidungsstücke waren groß geschnitten, vielleicht ursprünglich für eine weiße Frau, doch sie würde sie ändern können, damit sie ihr gut passten.

Sie winkte Bo heran. Er stockte. Kai Li gab einen missbilligenden Laut von sich.

»War er schon früher so …?«, fragte sie. »Bevor seine Mutter gestorben ist?«

»Das weiß ich nicht«, erwiderte Kai Li.

»Hast du ihn eine Weile nicht gesehen?«, wollte Mei Ling wissen.

»Der Tag, an dem ich dich kennengelernt habe, war derselbe Tag, an dem ich auch ihn das erste Mal getroffen habe«, antwortete er.

Mei Lings Herz zog sich zusammen. Kai Li und Bo taten ihr leid. Doch sie ließ sich nichts anmerken und nickte nur bedächtig.

»Wann ist sie …?« Mei Ling fielen keine angemessenen Worte ein, um die Frage zu beenden.

»Am 23. März«, erwiderte Kai Li emotionslos.

»Letzte Woche? Oder letztes Jahr?«

»Letzte Woche.«

Mei Ling sog scharf die Luft ein. Die Heiratsvermittlerin hatte gesagt, seine erste Frau sei erst kürzlich gestorben, doch ihr war nicht bewusst gewesen, dass es erst ein paar Tage her sein sollte. Nun waren Bos Zurückhaltung und Kai Lis Eile, sich wieder zu verheiraten, weitaus verständlicher.

Seine Miene versteinerte sich, womit er zeigte, dass er keine weiteren Fragen beantworten wollte. »Trage morgen dein Haar so wie sie auf dem Bild.«

Dann ging er erneut und ließ Mei Ling allein mit Bo zurück. Sie zog das Buch hervor, um Antworten zu bekommen. Ihr Mann und Wong Lu Shi hatten im Oktober 1919 geheiratet. Die Braut war damals erst sechzehn Jahre alt gewesen. Acht Wochen nach der Hochzeit war Kai Li nach Kalifornien zurückgekehrt. Monate später war Bo geboren worden, lange nachdem Kai Li China verlassen hatte. Mei Ling prägte sich die Daten und Orte dieser Ereignisse ein, denn sie wusste, ihre Zukunft würde davon abhängen, dass sie sich daran erinnerte. Es gab so viel auswendig zu lernen, um in ihrer neuen Rolle glaubhaft zu sein.

Als Kai Li spät in der Nacht zurückkehrte, roch er nach Alkohol und Zigaretten. Zwar hegte sie ein gewisses Mitgefühl für ihn, da sie sich vorstellen konnte, wie sehr ihn die tief greifenden Veränderungen in seinem Leben verstören mussten, doch trotzdem stieß sein Zustand sie ab und verwirrte sie. Sie tat, als würde sie schlafen, als dieser ihr fast fremde Mensch zu ihr ins Bett kletterte.

* * *

Kai Li war offensichtlich nervös, als sie sich auf den anstehenden Tag vorbereiteten. Er wusch sich sorgfältig und zog wieder denselben westlichen Anzug an, den er für die Hochzeit getragen hatte. Er nickte zustimmend, als sie sich eingekleidet und ihr Haar zu einem tief sitzenden Knoten aufgesteckt hatte wie Wong Lu Shi auf dem Bild. Mei Ling war verlegen, als sie das Haus verließen. Der kurze Rock zeigte der Welt viel zu viel von ihren Beinen. Selbst mit den Strümpfen, die amerikanische Frauen so liebten, fühlte sie sich zu sehr entblößt.

Zuerst holten sie beim Fotografen die Bilder ab. Sie brauchten das von Bo für die Reisepapiere.

»Sie sehen wie richtige Amerikaner aus«, rief der Fotograf, beeindruckt von der westlichen Kleidung. Kai Li schüttelte ihm die Hand, anstatt sich zu verneigen. Dann machten sie sich auf den Weg zum Konsulat.

Mei Ling hoffte, dass sie nicht würde sprechen müssen, während sie bei den Amerikanern waren. Ihre Kehle war derart zugeschnürt, dass sie glaubte, es würde ihr unmöglich sein, auch nur ein Wort über die Lippen zu bringen. Das Gebäude an der Ice House Street wirkte mit seinen Säulen und mächtigen Gewölbedecken einschüchternd.

Eine junge weiße Frau mit diesen seltsam blauen Augen und strohblonden Haaren saß allein an einem Tresen.

»… … … …?«, erkundigte sie sich auf Englisch.

»… … … … … … … … … …, Bo«, erwiderte Kai Li. Verblüfft starrte Mei Ling ihren Ehemann an. Sein Englisch war perfekt, soweit sie es beurteilen konnte. In dem Buch stand, dass er mit sechzehn in die Vereinigten Staaten gekommen war. Er musste sehr intelligent sein, wenn er in sechs Jahren so viel gelernt hatte. Sie hoffte inständig, das ebenfalls schaffen zu können. Vielen Chinesen gelang es nie, der englischen Sprache Herr zu werden, auch wenn sie schon jahrelang in Kalifornien lebten.

Die Frau wandte sich Mei Ling zu und fragte: »… … … … … …?«

Mei Ling starrte sie verständnislos an.

»… … … …«, sagte Kai Li.

Noch einmal fragte die Frau: »Sie reisen auch?«

Völlig verblüfft von dem makellosen Kantonesisch, das diese weiße Frau beherrschte, gelang es Mei Ling nur zu nicken.

Die Frau lächelte, als sie Mei Lings Überraschung bemerkte.

»Ich habe fast mein ganzes Leben hier verbracht«, erklärte sie freundlich. Wahrscheinlich war sie das Kind eines Missionars oder eines Exporteurs. In Guangzhou war Mei Ling Menschen wie ihr begegnet und hatte sie bemitleidet, da sie nicht wirklich nach China gehörten. Nun würde sie bald eine von ihnen sein – eine Fremde in einem neuen Land.

Die Frau reichte Kai Li ein Formular und sagte etwas auf Englisch zu ihm. Er ging hinüber zu den Stühlen, die an der Wand standen, setzte sich und füllte das Dokument aus. Mei Ling folgte ihm mit Bo im Schlepptau. Sie beobachtete, wie der Stift über das Papier glitt, erkannte auch einige der Buchstaben, doch was sie bedeuteten, konnte sie außer den Zahlen, die sie von Banknoten kannte, nicht entziffern.

Nachdem er fertig war, warteten sie, bis ein großer weißer Mann mit einem roten Gesicht und diesen seltsam hellen Augen sie aufrief. Mei Lings Herz hämmerte ihr in der Brust, als sie sein Büro betraten.

Sie wich seinem Blick aus, während die beiden Männer auf Englisch miteinander sprachen. Der Antrag für Bo lag zwischen ihnen auf dem Schreibtisch. Kai Li klang so demütig wie eine Maus. Der weiße Mann dagegen führte sich auf wie ein knurrender Hund.

»… … … … … …, Wong Lu Shi«, sagte der ungeduldige Mann wütend.

Er sprach mit ihr! Mei Ling zuckte zusammen.

»Ich …« Mehr brachte sie nicht über die Lippen.

»… … … …«, erklärte Kai Li dem Mann.

Der erhob sich plötzlich. Er ging hinaus und kam mit der selbstbewussten Frau vom Empfang zurück.

»… … … … …«, sagte der Mann.

»Wann ist Ihr Sohn geboren worden?«, erkundigte sich die Frau freundlich.

Mei Ling erstarrte. Sie blickte zu Bo und suchte nach der Antwort.

»Bo?«, fragte sie die Frau.

»Er ist doch Ihr Sohn, oder?«, fragte die Frau, dann flüsterte sie: »Er macht die Leute gern nervös.«

»Nach der westlichen Zeitrechnung?«, fragte Mei Ling, um etwas Zeit zu gewinnen. Ihr Kopf war plötzlich vollkommen leer, obwohl sie sein Geburtsdatum noch am Abend zuvor gelesen hatte, konnte sie sich lediglich daran erinnern, dass er Affe war.

Die Frau nickte. Unbemerkt warf Mei Ling einen Blick zu dem Dokument auf dem Schreibtisch. Ein paar Daten fielen ihr sofort ins Auge. Eins davon erkannte sie.

»Am 20. August 1920.«

Im Augenwinkel bemerkte sie, dass ein Lächeln um Kai Lis Lippen spielte. Der weiße Mann nickte. Er sagte etwas, und die Frau ging wieder hinaus. Nach ein paar weiteren Fragen füllte der Mann eine eidesstattliche Versicherung aus, befestigte Bos Bild daran, versah es mit einem Prägestempel und unterzeichnete es schließlich mit einem silbernen Füllfederhalter. Er reichte Kai Li das Dokument, die beiden schüttelten sich die Hand, und damit war die Prozedur beendet.

Sobald sie das Konsulat verlassen hatten, strebte Kai Li den Hügel hinauf. Mei Ling und Bo folgten ihm, ohne irgendwelche Fragen zu stellen. Nach zehn Minuten erreichten sie einen üppigen grünen Garten, durch den ein Weg zu einer breiten Steintreppe führte. Kai Li ging entschlossen voran. Mei Ling zögerte, weil sie fürchtete, dort nicht willkommen zu sein.

Als Kai Li bemerkte, dass seine Familie zurückgeblieben war, blieb er stehen und erklärte: »Dies ist ein Park. Wir dürfen hinein.«

Er ging weiter, und ihr blieb keine andere Wahl, als ihm zu folgen. Die Treppe hatte so viele Stufen, dass sie völlig außer Atem war, als sie ein Plateau mit einer riesigen Fontäne erreichten, die ihr Wasser hoch in die Luft schoss. Von dort stürzte es in ein großes Becken und ergoss sich über den Rand in ein noch größeres, das von drei ineinander verschränkten Kreisen gebildet wurde.

Bo hüpfte zum Rand des Wasserspiels und betrachtete die Fontäne aus der Nähe. Mei Ling ging zu ihm und wagte es sogar, eine Hand in das kühle Wasser zu tauchen. Sie spürte, dass Kai Li sie beobachtete, und drehte sich zu ihm um. Er deutete über sie hinweg, und sie richtete sich auf, um zu sehen, was er ihr zeigen wollte.

Der spektakuläre Blick raubte ihr buchstäblich den Atem. Etwas Derartiges hatte sie noch nie zuvor gesehen. Von hier oben konnten sie hinunter auf die große Stadt und den geschäftigen Hafen sehen. Jenseits des Hafens erstreckte sich, so weit sie blicken konnte, der Pazifische Ozean. Er glitzerte in der Sonne und wirkte, als nähme er kein Ende, auch nicht weit über den Horizont hinaus. Der Anblick war wunderschön und beängstigend zugleich.

Vier Wochen würden sie mit dem Schiff nach San Francisco unterwegs sein, auf die andere Seite der Welt. Der Gedanke, sich so lange mitten auf dem Wasser zu befinden, ohne irgendein Land in Sicht, bereitete ihr Unbehagen, aber es beschwingte sie auch, sich vorzustellen, wie es sich wohl anfühlen würde, von so viel Schönheit umgeben zu sein.

Sie lächelte Kai Li zu, und diesmal strahlte er aus ganzem Herzen zurück und verzog nicht nur leicht die Mundwinkel. Als er sie mit seinen dunklen Augen musterte, konnte sie sich vorstellen, dass er zufrieden war. Sie hatte heute eine große Prüfung bestanden. Vielleicht nicht perfekt, aber sie hatte ein seltsames Kostüm angezogen und die richtige Antwort gegeben, als sei sie Kai Lis ursprüngliche Frau und die leibliche Mutter von Bo. Sie blickte hinab auf ihn, ihren neuen Sohn. Er sah einem Vogel nach, der vorbeiflog, dann wandte er sich wieder dem Wasserbecken zu.

»In San Francisco gibt es Berge und eine Bucht. Vielleicht wird es dir auch dort gefallen«, meinte Kai Li.

Mei Ling spürte, wie es ihr leichter wurde ums Herz. In diesem Augenblick glaubte sie, dass ihr ein Leben in San Francisco mit diesem Mann und diesem Jungen durchaus gefallen könnte. Kai Li war freundlich und behandelte sie wie eine echte Ehefrau, nicht nur wie eine auf dem Papier. Sie fühlte sich etwas weniger als eine Betrügerin und begann zu hoffen, dass sie tatsächlich zu einer harmonischen Familie zusammenwachsen würden.

* * *

Während der kurzen Zeit in Hongkong war Mei Ling die Stadt ans Herz gewachsen. Durch die kühle Brise von See fühlte sich alles so frisch an, und die Vögel boten ihr ununterbrochene Unterhaltung. In Restaurants zu speisen, war angenehm und bei ihr zu Hause alles andere als üblich gewesen, aber ohne eine Küche waren sie und ihre neue Familie in Hongkong fast immer zum Essen ausgegangen. Und wieder tat es ihr leid, dass sie abreisen mussten.

Erst eine Woche war es her, dass sie der Heiratsvermittlerin die Tür geöffnet hatte, doch es fühlte sich an, als seien seither Monate vergangen. Mei Ling betrachtete die beiden Bilder auf dem kleinen Tisch vor ihr, um auszusuchen, welches sie nach Hause in ihr Dorf senden wollte, bevor sie China verließen. Die Gesichter ihrer neuen Familie blickten ihr entgegen. Auf dem einen wirkte sie fremd. Auf dem anderen ganz chinesisch. Würde ihre Familie sie in dieser fremdartigen Kleidung überhaupt erkennen? Schließlich entschied sich Mei Ling für das Bild mit der westlichen Kleidung, damit ihre Familie sah, wie sie hoffte, in Zukunft leben zu können.

* * *

Am zweiten Tag in ihrem neuen kurzen Rock fühlte sie sich schon viel weniger gehemmt. Zwei Arbeiter trugen die Truhen, als sie sich auf den Weg zum Schiff begaben. Unterwegs kauften sie auf dem Markt noch einige Vorräte für die lange Reise. Kai Li versicherte ihr, dass es jede Menge zu essen auf dem Schiff gab, aber es war nicht immer besonders schmackhaft. Mei Ling war froh, dass er sich um ihre Bedürfnisse kümmerte.

Schon aus der Entfernung wirkte die *Persia Maru* groß, doch je näher sie ihr kamen, desto gewaltiger wirkte sie. Mei Ling fühlte sich wie eine Ameise, als sie in einer langen Schlange darauf warteten, an Bord gehen zu können. Sie hatte Angst, Bo in all dem Gewimmel zu verlieren, und umklammerte daher fest seine Hand. Normalerweise hätte sie ihn mit einem Seil an sich gebunden, doch da sie westliche Kleidung trug, schien das nicht angemessen. Er zog an ihrem Arm und wollte gern zum Rand des Anlegers laufen, um hinunter ins Wasser zu blicken. Kai Li nahm ihn hoch und setzte ihn sich auf die Schultern. Das war ein Aussichtspunkt, den der kleine Junge genoss.

Passagiere hingen über der Reling und beobachteten das Treiben unter ihnen. Viele Gesichter blickten herab. Alle Hautfarben und Haare von hell bis dunkel waren vertreten, und auch die Kleidung war entsprechend breit gefächert. Es war seltsam, so viele unterschiedliche Menschen derart dicht beieinander zu sehen. In Guangzhou hatte Mei Ling Amerikaner, Hindus, Russen, Mohammedaner und Filipinos gesehen, doch sie hatten alle unter ihresgleichen gelebt und sich selten miteinander vermischt. Mei Ling vermutete, dass all diese Menschen ihrer eigenen Wege gehen würden, sobald sie in San Francisco das Schiff verließen.

Ihre Nerven waren angespannt, als sie in der Schlange immer weiter nach vorn rückten. Ein Mann in einer weißen Marineuniform prüfte die Fahrkarten und Ausweise sämtlicher Passagiere. Kai Li sagte, er sei überzeugt, dass sie Wong Lu Shi ähnlich genug sah, um ohne Schwierigkeiten durchgelassen zu werden, doch er schien ebenso aufgeregt wie sie selbst, deswegen glaubte sie seinen Worten nicht.

Während sie sich immer weiter der Spitze näherten, brach vor ihnen ein Streit aus. Ein Mann brüllte den

Fahrkartenkontrolleur auf Kantonesisch an. Der Tumult ließ Mei Lings Herz schneller schlagen. Kai Li nahm Bo von seinen Schultern und reichte ihn ihr.

Dann ging er nach vorn und sprach mit den beiden Männern, sowohl auf Englisch als auch auf Kantonesisch. Mei Ling konnte nicht verstehen, was gesagt wurde, beobachtete aber, wie der Chinese ein Dokument aus seiner Tasche zog und es dem Kontrolleur gab. Der Mann in der weißen Uniform warf einen Blick darauf, nickte und gab das Papier zurück.

Der Chinese verneigte sich vor Kai Li, der die Geste erwiderte.

Der weiße Mann schüttelte Kai Li die Hand und sagte: »… … ….«

Kai Li kam wieder zu ihr zurück. Als sie die Spitze der Schlange erreichten, erkannte der weiße Mann Kai Li, winkte ab, als der ihm alle Papiere reichen wollte, und warf nur einen Blick auf die Fahrscheine. Er lächelte Bo zu und sagte: »… … … …, Wong Lu Shi.«

Mei Ling verneigte sich, um ihre Dankbarkeit zu zeigen, und ging an Bord. Sie war erleichtert, dass sie eine weitere Hürde überwunden hatten. Kai Li ging in die Richtung, in die der Mann gedeutet hatte. Am Heck des Schiffes befanden sich zwei Treppen. Er blieb dazwischen stehen, um einem weiteren Bediensteten ihre Fahrscheine zu zeigen.

Der Mann sagte: »… … … …, … … … ….«

Kai Li stieß einen tiefen Seufzer aus und wirkte gequält, während er für Mei Ling übersetzte: »Männer müssen nach links gehen und Frauen und Kinder nach rechts. Wir können nicht zusammenbleiben, aber ich werde dich sehen, wenn es uns erlaubt ist, an Deck zu kommen.«

Voller Scham hielt er den Kopf gesenkt, während er ihr zwei Papierstreifen gab. Er verneigte sich zum Abschied. Dann verschwand er die Treppe hinunter und ließ sie mit Bo zurück.

Sofort erwachte ihr Drache. Er war wütend. Ihr Mann war sich ihrer Unterbringung während der Reise durchaus bewusst gewesen. Das Mindeste wäre gewesen, sie vor der bevorstehenden Trennung zu warnen.

Schockiert und verwirrt blickte sie sich um, als könne sie noch einen anderen Weg finden. Der desinteressierte weiße Offizier betrachtete sie und wartete auf irgendeine Reaktion. Mei Ling würde ihm ihren Kummer nicht zeigen. Sie holte einmal tief Luft, nahm Bo auf den Arm und stieg hinunter in den Bauch der *Persia Maru*.

Kapitel 6

Die Persia Maru – April 1923

Argwöhnisch und angeekelt stand sie im Durchgang. Sie spürte Übelkeit in sich aufsteigen und presste eine Hand über ihre Nase, um den Gestank nicht riechen zu müssen. Der Frachtraum erschien ihr schlimmer als alles, was sie je gesehen hatte. Dunkel, heiß und laut. Hölzerne Kojen reihten sich endlos aneinander. Die abgestandene Luft in diesem fensterlosen Raum war erstickend. Alles schien ihr wie eine Unterkunft fürs Landvolk, nicht für die Familie eines Kaufmanns. Sie erinnerte sich an den schamvollen Ausdruck auf Kai Lis Gesicht und begriff, dass es kein Irrtum war. Bo und sie würden einen Monat lang hier schlafen.

Für den Augenblick hatte sie keine Möglichkeit, ihre Situation zu verändern. Irgendwie würde es ihr gelingen, diese unangenehmen Umstände zu überleben, während sie den Ozean überquerten, doch sie bekam allmählich den Eindruck, dass Kai Li ein weitaus weniger erfolgreicher Kaufmann war, als die Heiratsvermittlerin es dargestellt hatte, und das beunruhigte sie.

Lautes Gelächter drang an ihr Ohr, dann schoben sich Menschen grob an ihr vorbei.

»Wasserbüffel«, flüsterte eine Frau absichtlich laut ihrer Begleiterin zu. Noch mehr Gelächter erklang, während sie zwischen den Betten hindurchgingen. Ihre Wangen brannten ob dieser Beleidigung.

»Sie sind deine Ruhe nicht wert«, rief eine andere Frau von ihrem Bett. Dann winkte sie Mei Ling zu sich herüber.

Die Frau nahm Mei Ling die Papiere aus der Hand und überflog sie. »Das sind eure Betten«, sagte sie dann und deutete auf ein oberes und ein unteres Stockbett, die zum Glück an der Wand standen. Eine gewisse Erleichterung breitete sich in Mei Ling aus, als sie auf dem Boden ihre Truhe entdeckte.

Sie widerstand dem Bedürfnis, sich auf die schmutzige Matratze sinken zu lassen, und öffnete stattdessen ihr Gepäck. Mit ihrem Bettzeug machte sie es ihnen auf dem unteren Bett so gemütlich wie möglich. Dann sank sie auf die Matratze und gab sich der Verzweiflung hin. Bo kletterte neben sie. Sie streichelte seinen Rücken, und beide genossen diese Nähe. Bo war nun ihr einziger Gefährte.

Ihre Augen füllten sich mit Tränen und sie kramte die Guan Yin ihrer Mutter aus Jade hervor. Sie wickelte die kostbare Göttin aus und rieb über ihr freundliches Gesicht. *Bitte wach über uns und gib mir die Kraft, diese unerfreulichen Umstände zu überstehen.*

* * *

Kinderlachen weckte sie. *Bo!* Mei Ling fuhr auf, ihr Herz raste. Wie hatte sie nur an diesem verwahrlosten Ort, umgeben von Fremden, einschlafen können?

Aber er saß direkt neben ihr auf dem Bett und alberte mit einer anderen kleinen Chinesin herum. Bisher hatte Mei Ling ihn noch nie lachen hören. Sie lächelte.

Das Mädchen beugte sich zu Bo hinüber und flüsterte ihm ins Ohr: »Sie ist wach.« Die Kleine schien ungefähr fünf Jahre alt zu sein. Ihre Augen funkelten, und ihr schulterlanges braunes Haar wirkte wie ein Heuschober auf ihrem Kopf. Es war schon lange nicht mehr glatt gekämmt worden. Durch die Löcher in ihren zerlumpten Hosen konnte man die Haut ihrer Knie sehen.

Bo drehte sich zu ihr um und legte zur Begrüßung seine kleine Hand auf ihren Arm. Dann wandte er sich wieder dem kleinen Mädchen zu, um weiter mit ihm zu spielen. Das Mädchen senkte den Kopf und rührte sich nicht. Mei Ling fürchtete schon, dass sie das Spiel der beiden ungewollt beendet hatte. Gerade wollte sie dem Kind versichern, dass alles in Ordnung sei, als das Mädchen plötzlich den Kopf hob und wie ein Drache brüllte.

Bo lächelte und nickte und forderte das Mädchen auf weiterzumachen. Wieder senkte es den Kopf, erstarrte und ahmte im nächsten Moment für Bo ein anderes Tier nach. Er strahlte und klatschte in die Hände, während sie sich durch sämtliche chinesische Tierkreiszeichen arbeitete. Als das Mädchen den Affen zeigte, geriet Mei Lings kleiner Affe vor Begeisterung völlig aus dem Häuschen. *Danke.* Im Stillen bedankte sich Mei Ling bei Guan Yin, dass sie ihnen das kleine Mädchen geschickt hatte.

»Das ist sein Lieblingstier!«, erklärte das Kind bestimmt. Wie lange hatten die beiden schon gespielt?

»Er ist Affe!«, erwiderte Mei Ling.

»Ich bin Drache!«, sagte das Mädchen. Falls sie nicht im Februar geboren war, musste sie sechs Jahre alt sein. »Und du?«

Auch Drache!, schrie es in Mei Lings Kopf. Laut sagte sie jedoch: »Hase!«

»Hat er den deshalb?« Das Mädchen deutete auf die geschnitzte Figur, die Bo weiterhin umklammerte.

Mei Ling verzog die Lippen zu einem knappen Lächeln. Gerade wollte sie dem kleinen Mädchen erklären, dass Bo ihn von seiner leiblichen Mutter hatte, doch ihr fiel rechtzeitig ein, dass dies ein Geheimnis bleiben musste, und sie nickte stattdessen schnell.

Ein kräftiger Ruck ließ sie alle drei zusammenfahren.

»Wir legen ab!«, rief eine Frau.

Menschen strömten zur Tür, hinter der die Treppe nach oben führte. Das kleine Mädchen schloss sich der Menge an. Auch Bo wollte mitlaufen, doch dann drehte er sich zu Mei Ling um. Es war berührend und zugleich beunruhigend, dass ein Kind nach ihrer Führung suchte.

Sofort hatte sie Mui Muis stilles Gesicht vor Augen, nachdem sie ihren letzten Atemzug getan hatte. Mei Ling verdrängte den Anblick schnell, um nicht von Trauer überwältigt zu werden.

Genau wie dieses Mädchen hatte Mei Ling, als sie noch jung gewesen war, für Dai Dai und Mui Mui alles zu einem Spiel gemacht. Jah Jeh und sie waren für die jüngeren Geschwister verantwortlich gewesen, außer, sie saßen gerade in der Schule. Damals war sie so unschuldig gewesen, bis sie verstanden hatte, was im Leben alles aus dem Ruder laufen konnte.

Mei Ling stand auf und nahm Bo bei der Hand. Als die Menschen um sie herum zu sehr drängelten, nahm sie den kleinen Jungen auf den Arm.

Als sie an Deck kamen, erstreckte sich über ihren Köpfen ein klarer Himmel voller Sterne. Wie lange hatte sie geschlafen? Unten im Bauch des Schiffes verlor man jedes Zeitgefühl. Sie liefen über die Holzplanken, bis sie eine freie Stelle an der Reling fanden. Mei Ling hielt Bo ganz fest, denn sie hatte Angst, er könnte ins Wasser fallen. Dann spürte sie eine sanfte Hand an ihrem Bein. Das kleine Mädchen hatte sie erneut gefunden. Es deutete auf einen Vogel und krächzte. Bo beugte sich aus

Mei Lings Arm herab, um das Mädchen zu erreichen. Mei Ling zögerte, ob sie ihn auf den Boden setzen sollte.

»Ich halte ihn an der Hand«, erklärte das Mädchen. Sie wirkte so ernsthaft und hoffnungsvoll, dass Mei Ling sie nicht enttäuschen wollte. Sie stellte Bo auf die Planken und bedeutete ihm, bei ihr zu bleiben. Die Kleine ergriff seine Hand und hielt sie fest, wie sie es versprochen hatte.

Mei Ling blickte sich nach der Begleitung des Mädchens um, doch sie konnte keinen Erwachsenen entdecken, der ein Auge auf das Kind hatte. Alle Augen der Anwesenden waren auf die glitzernde Stadt gerichtet, die sie nun hinter sich zurückließen. Mei Ling zog sich das Herz zusammen. *Leb wohl, China.* Nun verließ sie wirklich ihre Heimat, vielleicht für immer.

Ein halber Mond, zu klein, um den Hasen zu zeigen, hing über der Stadt und beschwor abermals Abschiedsworte herauf. Mei Ling fragte sich, ob ihre Großmutter ebenfalls genau in diesem Moment genau diesen Mond sehen konnte. Sie schickte ihren Segen zu dem leuchtenden Himmelskörper. Zu wissen, dass er auch auf das Dorf herunterschien, machte alles nur noch bittersüßer.

Wenn Jah Jeh nicht sehr krank war, musste sie sich inzwischen erholt haben. War sie erleichtert oder bestürzt, dass Mei Ling ihr Leben gestohlen hatte? Es würde Wochen dauern oder sogar Monate, bis Mei Ling es erfuhr. Sie sehnte sich danach, einen Brief von ihrer Schwester zu lesen, in dem stand, dass es ihr gut ging und sie ihr verzieh, doch sie konnte nicht sicher sein, dass Jah Jeh tatsächlich ihren wirklichen Gefühlen Ausdruck verleihen würde. Genau, wie Mei Ling ihre Familie beschützen wollte, lag Jah Jeh daran, ihre Schwester nicht mit Unangenehmem zu belasten.

»Bah-ba!« Bos süße Stimme riss sie aus ihren Gedanken. Kai Li hatte sie gefunden. Er nickte kurz, blickte hinüber zum Hafen und dann auf seinen Sohn und das kleine Mädchen hinab, das zwischen ihnen stand. Ganz konnte sie ihre Verärgerung darüber, einfach allein gelassen worden zu sein, nicht verbergen, doch auf der anderen Seite war Mei Ling froh, dass er sie gesucht hatte, um diesen Moment mit ihnen gemeinsam zu erleben. Sie rief sich ins Gedächtnis, dass die Summe, die er für diese Fahrt bezahlen musste, sicher nicht gering war, auch nicht für einen Kaufmann. Er musste Jahre auf diese Überfahrt gespart haben, selbst für die feuchten Plätze unter Deck.

* * *

Als der Hafen außer Sicht war, fragte Mei Ling das kleine Mädchen: »Wo ist deine Familie?«

Das Mädchen deutete auf das Deck der zweiten Klasse.

»Mein Onkel ist dort«, sagte es und winkte zu den Menschen hinauf, die an der Reling über ihnen standen.

Mei Ling ließ ihren Blick schnell über die Leute gleiten, bis sie einen Mann in einem grauen Anzug samt Weste entdeckte, der ihnen zuwinkte.

»Siehst du ihn?«, fragte das Mädchen.

Das tat Mei Ling. »Ist irgendjemand mit dir hier unten?«

Die Miene der Kleinen verdüsterte sich. Sie schüttelte so heftig den Kopf, dass ihre Haare flogen. »Er ist allein ins Waisenhaus gekommen.«

Eine Welle von Mitgefühl überflutete Mei Ling.

»Fuchan, Ahma und mein GiGi sind im Winter alle zu Geistern geworden. Aber ich bin nicht mitgegangen, deswegen nimmt mein Onkel mich mit, damit ich in Amerika ein neues Leben beginnen kann.«

Typhus, Armut, die Pest, die Grippe, Brände. Es gab so viele Gründe, dass ganze Familien ausgelöscht wurden und Kinder zu Waisen wurden.

»Wir fahren auch nach Amerika, um ein neues Leben zu beginnen«, erzählte Mei Ling ihr. »Wie ist dein Name?«

»Shiya«, erwiderte das Mädchen.

Wie bei Bo ein einfacher Name für ein Kind mit einer komplizierten Geschichte.

* * *

Als die Stadt selbst am Horizont nicht mehr zu erkennen war, gingen sie mit Shiya wieder unter Deck. Kai Li wirkte bedrückt, als sie sich oben an den Treppen trennen mussten.

»Ich hoffe, ich sehe euch bald«, sagte er.

Mei Ling lächelte, gerührt von seinen Worten und doch auch immer noch verärgert, dass er sie nicht vor den Bedingungen an Bord gewarnt hatte.

Shiya lehnte Mei Lings Angebot ab, auf dem oberen Stockbett über ihnen zu schlafen. Stattdessen kehrte sie zu ihrem eigenen ein paar Reihen entfernt zurück. Wie die meisten Waisenkinder war sie sehr unabhängig und tapfer. Es gab zu viele Kinder, die viel zu schnell erwachsen werden mussten.

Es war kaum überraschend, dass die Waschgelegenheiten beengt und abstoßend waren. Mei Ling half sich, indem sie immer wieder daran dachte, dass dies alles vorübergehend war. *In ein paar Wochen werde ich in unserem neuen Haus in San Francisco sein.*

Da es an ihrem Bett kein Licht gab, war sie nicht in der Lage, Jah Jeh zu schreiben, doch sie entwarf einen Brief in ihrem Herzen und bat die Götter, ihre Familie zu beschützen. Sie fragte sich, ob es ihr schwerfallen würde einzuschlafen, doch die Bewegungen des Schiffes waren so beruhigend, dass sie schon bald mit Bo an ihrer Seite träumte.

Ein beunruhigendes Geräusch vom Boden weckte sie in der Nacht. Sie vermutete eine Ratte, und bei der Vorstellung, dass dieses Tier ihr so nah war, überlief sie ein Schauder. Mei Ling zog die Decke höher und blickte über den Rand des Bettes. Ein kleiner Arm schaute unter dem Bett hervor. Entsetzt kletterte Mei Ling vorsichtig auf den Boden und spähte unter die Koje. Dort lag Shiya und schlief.

Das kleine Mädchen brauchte ganz offensichtlich ihre Nähe, obwohl ihm das selbst gar nicht bewusst war. Mei Ling hob die Kleine auf und legte sie neben Bo. Dann kramte sie in ihrer Kiste herum und weckte dadurch die Frau in der nächsten Koje. Sie verneigte sich entschuldigend. Dann breitete sie neues Bettzeug auf dem oberen Stockbett aus und kletterte dort hinauf, ohne noch jemanden aufzuwecken. In dieser Höhe fühlte sie sich nicht wirklich wohl. Mei Ling drückte sich mit dem Rücken gegen die Wand, damit sie nicht aus dem Bett fiel, und das Schiff wiegte sie schnell wieder in den Schlaf.

Dass es Morgen war, merkte sie lediglich daran, dass Essen ausgeteilt wurde. An der Tür standen Frauen Schlange, um Schüsseln mit Reis und ein wenig Gemüse abzuholen. Mei Ling ließ ihre Kinder schlafen und stellte sich ebenfalls an.

Als sie mit dem Frühstück zurückkehrte, saßen die beiden im Bett. Bohnensoße und Sojasoße, die Kai Li besorgt hatte, machten das Essen einigermaßen genießbar. Auch der Frau, die ihnen am Vortag ihr Bett gezeigt hatte, bot sie etwas von der Soße an.

»June Young«, stellte sich die kleine Frau mit dem runden Gesicht und den Lotusfüßen vor, nachdem sie das Angebot angenommen hatte. Sie sprach Kantonesisch mit starkem Akzent. Vielleicht war Minnan ihre Muttersprache.

Mei Ling erstarrte. Es würde jetzt das erste Mal sein, dass sie eine andere Chinesin anlog, was ihren Namen betraf. »Wong Lu Shi«, sagte sie laut, und wegen ihrer Unehrlichkeit schlug ihr das Herz bis zum Hals.

»Ist Wong dein Ehename oder dein ursprünglicher Name?«, wollte June Young wissen.

Mei Ling starrte sie an, weil sie nicht wusste, was sie darauf antworten sollte.

Zur Klärung fügte June hinzu: »Ist Wong der Familienname deines Mannes?«

Das war eine Frage, die Mei Ling beantworten konnte. Sie schüttelte den Kopf.

»Wie ist sein Familienname?«

»Chinn«, sagte Mei Ling.

»Dann wird man dich in den Vereinigten Staaten Mrs Chinn nennen, Mrs Lu Shi Chinn. So macht man es im Westen, da benutzt man nur *einen* Familiennamen. Halte dich daran, oder du wirst Probleme bekommen, auf die du gut verzichten kannst.«

»Ich werde mir deinen Rat zu Herzen nehmen«, erwiderte Mei Ling mit einer leichten Verneigung. »Vielen Dank.« Ob nun Wong Lu Shi oder Mrs Lu Shi Chinn spielte keine große Rolle für sie. Sie war ja weder das eine noch das andere.

»Wie ich kannst du dich glücklich schätzen, dass du einen Namen hast, der sich auf Englisch gut ausspricht«, erklärte die Frau. Es war schwer zu sagen, wie alt sie war. Ihre Wangen waren rund, vom Alter und von guter Ernährung. Sie war vielleicht zehn oder fünfzehn Jahre älter als Mei Ling – Ende zwanzig oder Anfang dreißig.

Ohne Pause erzählte sie weiter. »Ich war Yun und dann wurde ich zu June. Du bist jetzt Lu. Du kannst zu Lou werden. Das verstehen die Amerikaner und werden deinen Namen richtig aussprechen. Wir müssen ihr Alphabet nur richtig nutzen, die Amerikaner lieben das Vertraute.« Die Frau lachte über sich selbst. »Vielleicht nicht nur die Amerikaner, was?«

Mei Ling lächelte, als würde sie absolut verstehen, wovon die Frau sprach. Wahrscheinlich hatte es etwas damit zu tun, dass englische Worte oft viele unterschiedliche Bedeutungen besaßen, genau wie chinesische Buchstaben.

»Ist dies deine erste Reise über das Meer?«, fragte June.

»Ja.«

»Ich bin 1909 dorthin gezogen. Ich war eine junge Mutter wie du. Wir leben in Oakland, auf der anderen Seite der Bucht von San Francisco. Wo wirst du wohnen?«

»In San Francisco«, erwiderte Mei Ling. »Mein Mann ist Kaufmann.«

Die Frau kniff die Augen zusammen und verzog die Lippen. Mei Ling konnte ihre Miene nicht lesen.

»Es war mein erster Besuch, um meine Mah-ma wiederzusehen. Sie wird alt. Ich flehe sie immer wieder an, mit mir zu kommen, aber sie beharrt darauf, zu bleiben und sich um die Gräber unserer Vorfahren zu kümmern.« June schnalzte mit der Zunge und schüttelte traurig den Kopf. »Manche Menschen können einfach nicht aus ihrer Haut.«

Und June fuhr fort: »San Francisco ist voller Leben. Drei Jahre haben wir dort gewohnt. Oakland dagegen ist ruhig. Es gibt viele Bäume. Und mehr Sonne. Und in die große Stadt nimmt man einfach eine Fähre.«

Diese Frau hatte eine fest gefügte Meinung, und sie sprach gern darüber. Mei Ling empfand sie als etwas erdrückend, aber irgendwie auch erfrischend. Noch nie hatte jemand so direkt mit ihr über Dinge gesprochen, die eigentlich nur Erwachsene angingen. Vielleicht lag es daran, dass sie verheiratet war und nun wie eine Frau behandelt wurde anstatt wie ein Mädchen.

Verschwörerisch beugte June sich vor und flüsterte: »Hast du ein Lernheft?«

Mei Ling runzelte die Stirn, denn sie wusste nicht, ob sie ihre neue Bekannte in dieses Geheimnis einweihen sollte, deswegen tat sie, als wisse sie nicht, wovon die Frau sprach.

»Das ist okay. Du brauchst dich nicht dessen zu schämen, was nötig ist, um ins Land zu kommen«, erklärte June mit erhobenem Zeigefinger. »Ich habe 1909 auch eins benutzt. Jetzt habe ich eine andere Ausgabe. Wer kann sich noch an die Einzelheiten aus dem Dorf des Großvaters meines Mannes erinnern? Die Regierung der Vereinigten Staaten ist listig. Sie schreiben alles auf, was wir sagen, aber wir Chinesen sind auch listig. Wir besorgen ihre Akten und schreiben sie ab. Wir könnten zusammen lernen.«

June schien keinerlei Zweifel daran zu haben, dass die beiden Verbündete sein würden, vielleicht sogar Freunde. Mei Ling war diese dominante Frau nicht nur angenehm, aber auf der anderen Seite freute sie sich, auf dieser Reise eine Gefährtin und Ratgeberin zu haben.

»Nach dem Frühstück gehen wir an Deck und schnappen etwas frische Luft. Dann lernen wir. Wir machen Pausen. Danach wieder an die frische Luft. Irgendwann essen wir dann zu Abend und schlafen. So geht die Zeit dieser Reise schnell vorbei. Wir machen das Beste draus, oder? Auf diese Weise werden wir Erfolg haben.«

Mei Ling lächelte etwas, um ihre Zustimmung zu signalisieren. June war wie ein Wirbelsturm und es war am besten, sich mit ihm treiben zu lassen, weise, sich ihm nicht zu lange auszusetzen, und klug zu erkennen, wenn man Gefahr lief, von ihm zu Boden geschleudert zu werden.

Kapitel 7

Die Persia Maru – April 1923

Mei Ling las gerade in ihrem Lernheft, als plötzlich das Dröhnen der Motoren verstummte und das Vibrieren des Schiffes nachließ. June tappte auf ihren Lotusfüßen an Deck, um nachzusehen, was geschehen war.

»Nagasaki!«, rief sie, als sie zurückkehrte, als sei Japan nicht ihr Feind. »Das müsst ihr euch ansehen.«

Mei Ling spürte einen Knoten im Magen, als sie an das meuchlerische Land dachte. Obwohl es weit von der Provinz Guangdong entfernt lag, hassten alle loyalen Chinesen die Japaner dafür, dass sie in die koreanische Halbinsel einmarschiert waren und versucht hatten, auch andere chinesische Territorien zu erobern. Trotzdem folgte sie June mit den beiden Kindern im Schlepptau an Deck. Bo hielt sich an ihrem Rock fest, und Shiya hatte seine andere Hand ergriffen. Wie June war auch Shiya eine willkommene Gefährtin auf dieser Reise, denn nun waren sie praktisch ständig zu viert.

Jetzt war Mei Ling eins der vielen Gesichter, die hoch oben von Bord zum Ufer sahen. Der gegenteilige Ausblick von dem, den sie vor gar nicht langer Zeit selbst gehabt hatte. Die Sonne auf ihrer Haut und die kühle Brise waren eine willkommene

Abwechslung zum heißen, dunklen Frachtraum unter ihr. Und trotz aller Verachtung, die sie im Herzen spürte, musste sie anerkennen, dass Nagasaki mit seiner Mischung aus westlichen und japanischen Gebäuden und den hohen Bergen beeindruckend war.

Mei Ling blickte sich nach Kai Li um, aber sie konnte sein vertrautes Gesicht in der Menge nicht entdecken. Sie seufzte und holte einmal tief Luft. Dann mahnte sie Shiya, dicht bei ihr zu bleiben und auf Bo zu achten, aber das war eigentlich gar nicht nötig. Das sechs Jahre alte Mädchen würde sie freiwillig niemals aus den Augen lassen, seit sie sich der kleinen Familie angeschlossen hatte.

Für Mei Ling war Shiyas Anwesenheit eine Erleichterung und eine Freude. Wie eine gehorsame und pflichtbewusste große Schwester beschäftigte sie sich mit Bo und passte auf ihn auf, wodurch Mei Ling Zeit hatte, ihren eigenen Gedanken nachzuhängen, die Fakten aus dem Lernheft auswendig zu lernen und an ihre Familie zu schreiben.

Während sie sich langsam dem Hafen näherten, bemerkte Mei Ling eine lange Schlange von Männern auf der hölzernen Landungsbrücke. Nur einige wenige Frauen und noch weniger Kinder warteten darauf, an Bord der *Persia Maru* gehen zu können.

»Siehst du sie?« June deutete auf eine Gruppe von ungefähr zehn Frauen in farbenprächtigen Kimonos, die direkt unter ihnen an Bord des Schiffes gingen. Die meisten waren in Mei Lings Alter, doch manche wirkten auch jünger, schienen fast noch Kinder zu sein. Sie waren wunderschön und voller Leben. Einige lachten und zeigten hinauf. Sie freuten sich ganz offensichtlich auf ein Abenteuer. Andere wiederum konnten ihre Verzweiflung nicht verbergen. Eine junge Frau mit geschwungenen Lippen und einem runden Gesicht blickte zum Ufer zurück, Sehnsucht in den Augen. Mei Lings Herz füllte sich mit Mitleid. Genauso musste sie ausgesehen haben, als man sie aus ihrem Dorf fortbrachte.

»Fotobräute«, erklärte June, allwissend wie immer. »Sie verkauft sie an ihre zukünftigen Ehemänner in Kalifornien. Sie müssen die ganze Zeit bewacht werden, denn Japanern kann man nicht trauen.« June senkte ihre Stimme verschwörerisch. Es schien ihr große Freude zu bereiten, ihr Wissen anzubringen. „Auf der letzten Fahrt hat ein japanisches Mädchen das Schiff auf Hawaii zusammen mit einem russischen Mann verlassen, der an Bord gearbeitet hat. Oh, die Betreuerin war ja so wütend, denn für das Mädchen hat sie natürlich auch ihren Obolus nicht bekommen.«

Mei Ling blickte June zweifelnd an.

»Es stimmt«, beharrte June. »Ich habe es von einem Koch gehört. Er würde mich nicht anlügen, wir gehören zum selben Clan.«

June hatte mit allen Chinesen gesprochen, die denselben Namen trugen, den sie jetzt benutzte, und auch mit jenen mit ihrem ursprünglichen Namen. Nachdem sie sich ein wenig mit ihnen unterhalten hatte, fand sie stets einen gemeinsamen oder zumindest scheinbar gemeinsamen Verwandten – was dann wieder die Vermutung bestätigte, dass sie zu einer Familie gehörten. Dieses Netzwerk nutzte sie, um alle Neuigkeiten auf dem Schiff zu erfahren und sie dann fröhlich Mei Ling zu berichten. Mei Ling glaubte, dass June oft um der Wirkung willen übertrieb, doch es war durchaus möglich, dass dieser Geschichte eine gewisse Wahrheit innewohnte.

»In Amerika können sie Japaner und Chinesen nicht unterscheiden«, flüsterte June, weil sie Mei Ling offenbar schockieren wollte. Doch stattdessen machte die nur ein ziemlich ungläubiges Gesicht.

Mei Ling entgegnete: »Wir sind Feinde und uns überhaupt nicht ähnlich.«

»Ich schwöre dir, dass es stimmt. Die Leute aus dem Westen kennen unsere Kleidung nicht oder unsere Sprache oder unser Essen oder unsere Religionen. Sie sehen nur unser dunkles Haar und die dunklen Augen und sie glauben, wir sind alle gleich.«

»Wie kann das sein?«

June erwiderte: »Du glaubst mir nicht, aber es ist wahr! Kalifornien ist völlig anders als China. Wir sind dort getrennt und doch vermischt. Meine Kinder gehen auf die öffentliche Schule, mit deutschen Schülern, mit Filipinos, Japanern und sogar mit einem Schwarzen.«

»Eine öffentliche Schule?«, fragte Mei Ling.

»Die Regierung stellt für alle Kinder Schulen zur Verfügung«, erklärte June und nickte entschieden.

Das war noch schwerer zu glauben, als dass eine Japanerin mit einem Russen fliehen würde. »Sogar Kulis?«

»Allen«, bestätigte June. »Natürlich sind manche Schulen besser als andere. Die chinesischen sind die besten, deswegen wollen andere Kinder gern auf unsere Schule gehen. Einige meinen, man sollte das noch mehr vermischen, aber ich finde das nicht. Alle sollen nett zueinander sein, natürlich, aber bei ihren eigenen Leuten bleiben.«

Mei Ling war sich nicht sicher, was sie davon halten sollte, so vermischt zu werden. Sie würde abwarten, bis sie dort waren, und überprüfen, ob Junes Geschichte stimmte. Für den Moment genoss sie die frische Luft und das Treiben unter ihr. Es dauerte Stunden, bis das Schiff seine Güter und Passagiere entladen und neue aufgenommen hatte. Doch weder sie noch die Kinder wurden müde, all dem zuzusehen.

Bevor sie wieder nach unten ging, blickte Mei Ling sich noch einmal suchend nach Kai Li um, doch sie konnte ihren Ehemann nirgends entdecken. Das beunruhigte sie. War er beschäftigt? Krank? Unentschlossen? Was seine Abwesenheit anging, konnte sie nur Vermutungen anstellen.

»Du suchst deinen Mann, aber er ist nicht hier?«, erkundigte sich June, obwohl es mehr wie eine Feststellung klang.

Mei Ling nickte.

»Ich werde den Koch aus meinem Clan bitten, dass er sich erkundigt«, erklärte June. »Dann bist du wieder glücklich.« June wirkte zufrieden, das Problem ihrer jungen Freundin gelöst zu haben. Mei Ling freute sich über das Angebot.

Sie kehrten zu ihren Kojen zurück, und Mei Ling nahm sich ihr Lernheft, weil sie noch ein wenig weiter lernen wollte, um vollständig vorbereitet zu sein, sobald ihre Zeit kam, von Bord zu gehen.

»Was ist ein Bürger?«, wollte sie von June wissen.

»Es bedeutet, dass du zu einem Land gehörst. Zeig mal her.«

Mei Ling reichte ihr das Lernheft, und June überflog die Seite.

»Das ist sehr gut! Dein Mann ist Amerikaner!«

»Nein, er ist Chinese«, entgegnete Mei Ling überrascht, dass June glaubte, sie habe einen Weißen geheiratet.

»Einige sind beides, sowohl Chinesen als auch Amerikaner«, erwiderte June. »Sieh hier.« Sie zeigte auf eine Reihe Buchstaben. »Der Großvater deines Mannes war Kuli beim Bau der Eisenbahn. Sein Sohn, der Vater deines Ehemanns, ist in Amerika geboren worden. Daher ist er ein Bürger der Vereinigten Staaten. So lautet dort das Gesetz. Wirst du dort geboren, bist du Staatsbürger und …«, Begeisterung erfüllte ihre Stimme, während sie sich vorbeugte, »… deine Kinder auch!« June fuhr fort. »Wie ich schon sagte, Amerikaner sind listig, aber Chinesen sind noch listiger. Ein Chinese namens Wong Kim Ark behauptet, dass sein Vater in Amerika geboren worden ist, was ihn zu einem Amerikaner macht. Der Streit ging bis vors Verfassungsgericht, und die obersten Richter haben ihm zugestimmt: Ist man in Amerika geboren, ist man auch Amerikaner. Was für ein großes Glück. Für deine Kinder hast du den richtigen Mann geheiratet.

Bo gilt ebenfalls als Amerikaner, sobald du bewiesen hast, dass er der Sohn deines Mannes ist.«

Mei Ling verstand immer noch nicht, wie Kai Li gleichzeitig Chinese und Amerikaner sein konnte, aber zu hören, dass sie eine förderliche Ehe eingegangen war, wenn auch nur von June, die dazu neigte, die Wahrheit etwas auszuschmücken, gefiel ihr.

»Wo kommen diese Lernhefte her?«, erkundigte sich Mei Ling. Die Frage lag ihr schon auf der Zunge, seit Kai Li ihr das Heft gegeben hatte.

»Für meins haben wir einem Makler in Chinatown in Oakland viel, viel Geld bezahlt. Er hat die Bestellung nach China geschickt. Als ich nach Guangzhou kam, habe ich es abgeholt«, erklärte June. »Manche Menschen haben das zu ihrem Beruf gemacht. Sie arrangieren alles für Söhne und Töchter und Ehefrauen auf dem Papier – sie stellen diese Lernhefte her, auch die Dokumente. Sie kaufen die Fahrscheine ...«

»Woher weißt du, ob das Heft gut ist? Ob es die richtigen Informationen enthält?«, wollte Mei Ling wissen.

June zuckte die Achseln. »Der Mann hat einen guten Ruf, deswegen vertrauen wir ihm. Wäre dieses Lernheft schlecht, würden wir es allen erzählen, und er würde sein Geschäft verlieren. Im Chinesenviertel von Oakland weiß jeder alles«, sagte June. Dann seufzte sie und schüttelte den Kopf. »San Francisco ist sehr groß. Dort gibt es zu viele Menschen. Dort jemandem zu vertrauen, ist sehr viel schwieriger geworden, seit die Einwanderungsvermittler sich die Folgen des großen Erdbebens zunutze machen.«

Überrascht legte Mei Ling den Kopf schräg und runzelte fragend die Stirn.

June erklärte: »Bei dem Erdbeben 1906 sind alle Akten verbrannt. Gerissene Chinesen sagen jetzt: ›Mein Vater ist in Amerika geboren, deswegen bin ich Staatsbürger, obwohl ich selbst in Guangdong zur Welt gekommen bin. Ich habe sechs

Kinder. Zwei Söhne sind bei mir in Amerika und zwei Söhne und zwei Töchter in China bei ihrer Familie‹, obwohl sie nur vier Kinder haben. Niemand kann das überprüfen, weil alle Akten vernichtet sind. Die beiden angeblichen Kinder bekommen Papiere, auf denen steht, dass sie Amerikaner sind, denn ihr Vater ist ja Staatsbürger. Man kauft einfach diese Dokumente und wird so zu einem Papiersohn oder einer Papiertochter.«

»Warum sollte jemand sich selbst dafür aufgeben?«, fragte Mei Ling, froh zu erfahren, was dieser Ausdruck bedeutete, den sie schon gehört, aber nie darüber nachgedacht hatte.

»Warum willst du nach Amerika?«

Ich will nicht nach Amerika, dachte Mei Ling, sagte es aber nicht.

»Um ein besseres Leben zu haben, oder?«, beantwortete June ihre eigene Frage. »Die meisten entscheiden sich nicht bewusst dafür. Es passiert einfach mit ihnen, wenn sie noch Kinder sind. Eltern, die in Armut leben, fürchten, dass alle verhungern werden. In Amerika als Diener zu arbeiten, ist für ihre Kinder weitaus besser. Einige Leute wollen auch keine Töchter, deswegen verkaufen sie sie. Und wenn du kein Geld hast, um dir eine Fahrkarte zu kaufen, willigst du ein, für die Überfahrt zu arbeiten.«

June berichtete weiter: »Reiche Familien sehen es als Investition an und hoffen, dass ihr zweiter Sohn in Amerika zu Reichtum gelangt und sie im Alter unterstützt. Andere wieder fahren hinüber, um bei ihrer leiblichen Familie zu sein, aber hinein kommt man nur mit gefälschten Papieren.«

Wie ich, dachte Mei Ling. Sie war mit Kai Li verheiratet, und ihre falschen Papiere waren die einzige Möglichkeit, nach Amerika zu kommen. Doch sie betrog auch ihren Mann, indem sie ihm sagte, sie sei ihre Schwester Yu Ling. Es war schon wirklich alles sehr verwirrend.

»So viele Menschen. So viele Gründe«, erklärte June.

Mei Ling blickte sich im Frachtraum um und fragte sich, wer sonst wohl noch in der gleichen Situation steckte und sein Leben auf falschen Voraussetzungen aufbaute. Sie blickte June an. Vielleicht präsentierte sie ihr ebenfalls eine erfundene Geschichte, die schon Generationen umspannte.

»Wie viele?«, erkundigte sich Mei Ling.

»Papiersöhne? Papiertöchter? Papierfrauen?«, erwiderte June.

Mei Ling nickte.

»Wer weiß? Vielleicht sind es viele. Vielleicht nur ein paar. Niemand spricht darüber.« June zuckte die Achseln und flüsterte: »Wer klug ist, behält es für sich.«

Mei Ling schlug das Herz hart in der Brust. Falls das eine Warnung gewesen sein sollte, wäre sie nicht nötig gewesen. Sie hatte nicht vor, irgendjemandem zu erzählen, dass sie eine Papierfrau war.

* * *

Nach mehreren Tagen an Bord war Mei Lings Reisekleidung zu verschmutzt, um sie noch weiter tragen zu können. Sie musste herausfinden, ob es irgendeine Möglichkeit gab, sie zu waschen, aber für den heutigen Tag schlüpfte sie erst mal in ein schwarzes Kleid und Hosen. Es gefiel ihr überhaupt nicht, ihre kostbaren Münzen nicht am Körper tragen zu können, war aber trotzdem erleichtert, nun in bequemeren und praktischeren Sachen zu stecken. Sie räumte die meisten Dinge aus ihrer Truhe, um das Kleid mit den eingenähten Münzen ganz unten darin zu verbergen.

Das Seidenbündel, das ihre Mutter an die Seite gestopft hatte, fiel ihr ins Auge. Mei Ling öffnete es und fand die vier gelben Stängel. Die Pflanzen verblassten in dieser dunklen Umgebung. Ihr wurde das Herz schwer. Vielleicht starben sie, bevor sie überhaupt die Vereinigten Staaten erreichten. Sanft rieb Mei Ling über die Stängel. *Seid stark und überlebt*, ermutigte sie die Pflanzen im Stillen.

Shiya blickte ihr über die Schulter und fragte: »Soll ich ein bisschen Wasser für sie besorgen?«

Mei Ling schüttelte den Kopf. »Meine Mah-ma hat gesagt, man soll sie in Ruhe lassen, bis sie wieder Sonne bekommen. Sie müssen sich einfach von dem ernähren, was in ihnen steckt.«

Mei Ling blickte Shiya an, aber das kleine Mädchen starrte auf das Bild, das Mei Ling aufs Bett gelegt hatte.

»Ist das deine Mutter?«, fragte Shiya und zeigte auf das Foto.

»Ja«, erwiderte Mei Ling. »Das ist meine Familie.« *War meine Familie*, dachte sie für sich. Es war verwirrend und schmerzhaft, an diese Menschen zu denken. Zwei von ihnen waren Geister, und auch die anderen vier würde sie vielleicht nie wiedersehen.

»Er ist hübsch! Wie Bo«, erklärte Shiya und deutete auf Dai Dai.

»Er ist inzwischen schon viel älter. Älter als du.«

Bo drehte sich um, weil er herausfinden wollte, was die beiden sich ansahen.

»Sieh mal, Bo«, meinte Shiya. »Das ist deine Familie.«

Mei Ling schnürte es die Kehle zu. Shiya zeigte eine Verbundenheit zu Bo, die sie sich ebenfalls wünschte, aber einfach noch nicht verspürte.

Bo zeigte auf Mui Mui und fragte: »Shiya?«

»Nein«, erwiderte Mei Ling, obwohl ihr die Ähnlichkeit zwischen den beiden Mädchen mit ihren runden Gesichtern und strahlenden Augen durchaus auffiel.

Shiya sagte: »Das bin nicht ich, das ist deine …« Das Mädchen blickte zu Mei Ling auf, um ihr die Antwort zu überlassen.

Mei Lings Herz füllte sich mit Trauer. »Deine Tante … meine kleine Schwester«, brachte sie mit erstickter Stimme hervor. »Sie ist jetzt ein Geist.«

»Genau wie meine Familie«, sagte Shiya wehmütig.

»Ja«, stimmte Mei Ling zu. *Und Bos leibliche Mutter*, dachte sie.

»Manila!«, unterbrach June ihr trauriges Gespräch. »Kommt mit, kommt schon.«

Mei Ling lächelte Shiya zu. Das Mädchen ergriff Bos Hand und zog ihn mit sich. Mei Ling genoss den Moment der Ruhe und nutzte ihn, um ihre Schätze wieder in der abgenutzten Truhe zu verstauen. Den Brief an ihre Familie, an dem sie immer weiter schrieb, behielt sie bei sich, damit sie ihre Eindrücke oben an Deck gleich schildern konnte.

Dann schob sie die Truhe unter das Bett, ganz bis hinten an die Wand. Während sie die Treppe hinaufging, fiel ihr auf, dass sie, ohne weiter nachzudenken, Bo der jungen Shiya anvertraut hatte. Sie waren inzwischen wirklich eine kleine Familie geworden, wie lange auch immer dieser Zustand auch andauern mochte.

Tief atmete Mei Ling die kühle, frische Luft oben am Treppenabsatz ein. Vom blauen Himmel strahlte die Sonne. Fast niemand war herausgekommen, um sich den Hafen anzusehen, daher fiel es ihr leicht, die anderen zu finden. Kai Li war nicht bei ihnen. So gern hätte sie herausgefunden, ob er krank war oder einfach nicht an ihnen interessiert. Beide Möglichkeiten besorgten sie, auch wenn sie ganz unterschiedliche Ängste in ihrem Herzen weckten.

June, die nichts von Mei Lings Bedenken ahnte, erzählte eifrig von den Philippinen. »Sie sind eine amerikanische Kolonie. Deswegen sind sie Amerikaner und doch keine Amerikaner. So wie Korea China ist, aber doch nicht China. Und Filipinos sind nicht so gewitzt wie Chinesen, damit die Richter entscheiden, dass sie echte Amerikaner sind. Ganz in der Nähe ist eine große amerikanische Militärbasis«, flüsterte sie. »Deswegen will Amerika die Philippinen. Sie haben Angst vor der Stärke der Chinesen, deswegen kommen sie den ganzen Weg hierher, um zu zeigen, wie stark sie sind.«

Mei Ling nickte nicht besonders interessiert, aber sie gönnte es June, ihr Wissen zu verkünden.

»Nach diesem Halt dauert es sehr, sehr lange, bis wir Hawaii erreichen«, fuhr June fort. »Dort ist es wirklich am schönsten. Ein Paradies auf Erden. Sie bauen so viel Zucker für Amerika an, dass er wirklich billig ist.«

* * *

Dreimal am Tag kamen Männer, die keine Chinesen waren, mit Essen in ihre dunkle Unterkunft. Wie Kai Li gesagt hatte, war das Essen passabel, aber nicht schmackhaft, weswegen Mei Ling nur umso dankbarer für die Soßen war, die er ihnen besorgt hatte. Die Gesichter verschiedenen Alters und verschiedener Herkunft wurden immer vertrauter, aber Mei Ling nahm keinen Kontakt zu ihnen auf, deswegen war es überraschend und befremdlich, als einer von ihnen fragte: »Bist du Bo?«

Shiya sprach anstelle ihres Pflegebruders: »Das ist er, und ich bin Shiya. Wer bist du?«

»Pasha«, antwortete der dunkelhaarige junge Mann, der fast noch ein Junge war, mit einem Lächeln. Dann beugte er sich zu Bo und sagte: »Ich habe eine Nachricht von deinem Vater.«

Sofort spitzte Mei Ling die Ohren. Vielleicht hatte dieser Mann die Antwort auf Junes Nachforschungen bezüglich des Wohlergehens von Kai Li.

Der junge Mann sagte: »Er ist zu krank, um seine Koje zu verlassen, aber er hat dich nicht vergessen.«

Voller Erleichterung, aber auch voller Sorge fragte Mei Ling: »Was fesselt ihn denn an sein Lager?«

Der junge Mann hob die Schultern und erwiderte: »Ich weiß es nicht, aber ich kann mich erkundigen.«

Erst später fiel Mei Ling überrascht auf, dass jemand, der kein Chinese war, Kantonesisch sprach.

Von nun an überbrachte Pasha an jedem Morgen, wenn er mit dem Frühstück erschien, Nachrichten von Kai Li. Zum Glück ging es ihrem Ehemann nicht schlechter, doch er war weiterhin schwach und hatte Schwierigkeiten, zu laufen oder Nahrung bei sich zu behalten.

Viele Frauen litten ebenfalls und verließen ihre Kojen nicht, es sei denn, sie mussten die Toilette aufsuchen. Mei Ling tröstete Junes Einschätzung, dass sie die Reise über den Pazifik von Übelkeit geplagt in ihren Kojen verbringen würden, ihnen aber eine schnelle Genesung bevorstand, sobald sie an Land waren. Die Übelkeit wurde von dem Schwanken auf See verursacht, das war alles.

Shiya unterhielt sich gern mit Pasha und zögerte nicht, ihn mit Fragen zu löchern. Mei Ling empfand es als unhöflich, sich nach persönlichen Umständen zu erkundigen, doch Pasha berichtete gern aus seinem Leben, und Mei Ling faszinierten seine Geschichten. Gelegentlich steckte Pasha Bo und Shiya kleine Stücke Ananas und getrocknete Mango zu.

Pascha stammte aus Honolulu auf der Insel Oahu in Hawaii. Er war auf einer Zuckerrohrplantage aufgewachsen und hatte gesehen, wie all die Schiffe in den Hafen kamen und ihn wieder verließen. Vor zwei Jahren, als er zwölf geworden war, hatte er angeheuert, um genug Geld zu verdienen, damit er sich den Traum von eigenem Land erfüllen konnte.

»Wieso sprichst du Kantonesisch?«, fragte Mei Ling eines Tages. Sie hatte sich inzwischen daran gewöhnt, auch persönliche Fragen zu stellen. Schon länger hatte sie überlegt, wie ein

Junge von Hawaii ihre Sprache hatte lernen können, und bisher hatte ihn niemand darauf angesprochen.

»Auf der Zuckerplantage war ich der Wasserträger. Ich bin von einem Feld zum anderen gelaufen. Ich habe Chinesisch gelernt, Japanisch, Okinawa, Koreanisch. Alles, außer Englisch.« Er lachte. »Auf den Feldern arbeitet niemand, der Englisch spricht. Die Amerikaner werden bald fort sein, deswegen wird Englisch auf Hawaii keine Rolle mehr spielen.«

Tage, nachdem sie Manila verlassen hatten, wurde auch Mei Ling seekrank. Am Morgen schaffte sie es gerade noch zu einem Becken, um ihren Magen zu entleeren. June bestand darauf, dass einfacher Reis und frische Luft das beste Heilmittel seien, also zwang sie sich dazu, ein wenig zu essen und kletterte dann an Deck. Sie ließ die Kinder im Frachtraum zurück und nahm nur Papier und Stift mit.

June hatte recht. Die kühle Luft und der weite Blick machten sie fast auf der Stelle wieder gesund. Die strahlende Sonne am Himmel ließ die Wellen glitzern. Es war geradezu magisch. Nirgends war Land zu sehen, nicht einmal Vögel. Da war nur dieses Schiff mitten auf dem riesigen Ozean.

In einer stillen Ecke fand sie eine Bank. Dort ließ sie sich nieder und setzte den Brief an ihre Familie fort.

Furcht ist mein ständiger Begleiter, dachte sie, schrieb es aber nicht.

> Jetzt, wo wir uns mitten auf dem Pazifik befinden und weit weg von zu Hause, sind viele krank von der Seefahrt. Mein Mann liegt im Quartier der Männer in seiner Koje, und wir haben ihn deswegen seit Tagen nicht gesehen. Seit Wochen. Meine Reisebegleitung versichert mir, dass er sich erholen wird, sobald wir wieder an Land sind, aber ich fürchte,

dass er ein schwacher Mann ist. Die Größe des Ozeans ist unglaublich und erschreckend, wenn ich bedenke, wie allein und verwundbar wir sind. Das Essen, das schon von Anfang an fürchterlich war, ist noch schlechter geworden, weil wir keinen neuen Proviant an Bord nehmen können. Wir versuchen, uns bei Stimmung zu halten, obwohl auch ich meinen Appetit verloren habe und mich ebenfalls krank fühle.

Zwei Mitreisende sind mir willkommene Begleiter auf unserer Reise. June, eine Chinesin, die zurück nach Shekki gereist war, um nach zehn Jahren ihre Mutter zu besuchen, macht mir Hoffnung, dass ich eines Tages dasselbe tun kann. Und Shiya, eine junge Waise mit großer Wissbegier und einem guten Herz wie unsere Mui Mui, hat uns für die Reise adoptiert. Sie beschäftigt Bo und hält uns alle bei Laune. Jeden Morgen verbringe ich Stunden damit, alles über meinen Ehemann und seine Familie zu lernen, damit ich die Befragung auf Angel Island bestehe. Abgesehen davon vertreiben wir uns die Zeit damit, Geschichten zu erzählen und aus Papier Tiere zu falten.

Damit ließ Mei Ling es vorläufig bewenden. Sie hatte noch viele Tage Zeit, um von der Reise zu erzählen, bevor sie in San Francisco ankommen würden.

* * *

Am nächsten Morgen wurde Mei Ling gleich wieder übel, als sie erwachte. Es gelang ihr, sich nicht zu übergeben. Dann zwang sie sich, etwas zu essen und ein wenig an der frischen Luft zu sitzen, bis es ihr besser ging. Am darauffolgenden Morgen gab Pasha ihr einen kleinen Beutel, nachdem er ihr Reis gebracht hatte. Fragend blickte sie ihn an.

»Von deinem Mann«, erklärte der Junge.

Sie öffnete den Beutel. Er enthielt kristallisierten Ingwer.

Pasha sagte: »Er hofft, der Ingwer wird dir besser helfen, deinen Magen zu beruhigen, als ihm.«

»Bitte überbringe meinen Dank«, erwiderte Mei Ling. Unabhängig davon, wie hilfreich der Ingwer gegen ihre Seekrankheit sein würde, hob die fürsorgliche Geste ihres Mannes sofort ihre Stimmung.

Ein paar Tage später hielt Pasha inne, als er Mei Ling den morgendlichen Reis brachte.

Er blickte sie intensiv an, beugte sich vor und sprach so leise, dass nur sie ihn hören konnte: »Das Mädchen wird dir große Freude bereiten.«

Mei Ling war verwirrt. »Shiya?«

Pascha sah zu Shiya, sein Blick wirkte glasig. Er schloss die Augen, als würde er sich auf etwas in seinem Kopf konzentrieren. Als er sie wieder öffnete, wirkte er bekümmert.

Dann erklärte er: »Nicht Shiya. Jenseits der Trauer und einer unglaublichen Herausforderung kann ich nichts sehen.« Er deutete auf Mei Lings Bauch und beugte sich vor. »Sie wird dir große Freude bereiten.«

Unwillkürlich legte Mei Ling eine Hand auf ihren Bauch. War sie …?

»Ich bekomme … eine Tochter?«, fragte sie.

Pasha nickte, und seine braunen Augen waren jetzt wieder klar, ruhig und freundlich. Mei Ling schwankte mit ihrem Reis davon. War das möglich? Sie überlegte, wie viele Wochen seit ihrer Hochzeitsnacht vergangen waren. Fast vier. Ihre monatliche Blutung war nicht eingetreten, als sie damit gerechnet hatte, doch sie hatte es den Anstrengungen der Schiffsreise zugeschrieben.

Ein Baby. Der Gedanke verstärkte nur ihre Furcht, aber sie spürte auch eine gewisse Aufregung. Sie warf einen Blick zu Bo, dem Kind, für das sie bereits Verantwortung trug. Er war ihr inzwischen fest ans Herz gewachsen. Sie berührte ihren Bauch. Auch dieses kleine Wesen würde noch mehr Liebe in ihr Leben bringen – und Freude, wenn man Pasha glauben konnte.

Ihr fielen wieder die Namen ein, die ihre Großmutter ihr genannt hatte. Xinyi und Jingyi. Ganz plötzlich hatte sie das Bedürfnis, den Mond zu sehen, damit sie ihm ihr Geheimnis anvertrauen und er es ihrer Familie überbringen konnte. Mei Ling trug ihre Enkelin unter dem Herzen.

Kapitel 8

Die Bucht von San Francisco – Mai 1923

»Aufwachen, aufwachen!« June rüttelte Mei Ling an der Schulter. »San Francisco. Wir sind zu Hause!«

Zu Hause. Mei Ling konnte Junes Begeisterung nicht teilen, doch verspürte sie eine gewisse Hoffnung. Noch war dies nicht ihr Zuhause, aber in zehn Jahren vielleicht würde sie genauso empfinden.

»Nimm dein Lernheft mit«, befahl June.

Mei Ling weckte die Kinder. Mit den wertvollen Seiten unter ihrem Mantel verborgen tappte sie wie alle anderen auch die Treppe hinauf. Draußen war der Himmel grau, und feuchter Morgennebel lag in der Luft, sodass die Stadt kaum zu erkennen war. Scheu und Furcht stiegen in Mei Ling auf. Auf dem Schiff war es nicht schön gewesen, aber sie hatte sich mit Bo auf die Abläufe dort einstellen können. Auf Angel Island würde man sie beurteilen und ihr dann entweder Einlass in ihr neues Leben gewähren oder sie beschämt zurückschicken. Dann würde sie sich von June und Shiya verabschieden müssen, die sie inzwischen als ihre Familie empfand.

»Sie ist da drüben, ich verspreche es dir. Bald wirst du sie selbst sehen«, erklärte June. »Die schönste Stadt der Welt.«

Andere Leute gesellten sich zu ihnen an Deck. Mei Ling blickte sich nach Kai Li um, doch wieder wurde sie enttäuscht.

»Da ist sie! Siehst du? Siehst du sie?« June deutete zum kaum erkennbaren Ufer. »In die Richtung ist Playland am Strand. Das ist ein Vergnügungspark. In der anderen liegt Marin County. Und vor uns, das ist das Goldene Tor.«

Sie sagte es, als sei es von großer Wichtigkeit und Bedeutung, doch für Mei Ling war es nur eine hohe Klippe verborgen im Nebel.

Als Mei Ling sich nicht angemessen äußerte, erklärte June: »Die Zufahrt zur Bucht von San Francisco!«

In dem Moment hörte sie, wie eine vertraute Stimme sagte: »Hallo Frau.«

Sie fuhr herum. Kai Li stand neben ihr. Eine Welle der Erleichterung überlief sie. Sie lächelte unwillkürlich, weil sie so froh war, ihn zu sehen, ihn nun an ihrer Seite zu wissen, egal, was ihr als Nächstes bevorstand.

Mei Ling musterte ihren Mann genau. Seine hohlen Wangen und eingesunkenen Augen zeigten, dass er während der Überfahrt viel an Gewicht verloren hatte. Der westliche Anzug hing von seinen Schultern. Wie sie selbst hatte auch er versucht, sich zu säubern, doch der Schmutz von der Überfahrt konnte auf dem Schiff nicht wirklich fortgewaschen werden. Ein Gefühl der Zärtlichkeit stieg in ihr auf. Bald würden sie in ihrem eigenen Haus sein, wo sie gut essen und sich gründlich baden konnten.

»Ich danke dir für den Ingwer, um meinen Magen zu beruhigen«, sagte sie.

Er lächelte schüchtern. »Ich hoffe, er hat geholfen.«

»Das hat er.« Sie überlegte, ihm von ihrer Vermutung zu berichten, dass sie sein Kind erwartete, doch irgendetwas in ihrem Innern hielt sie noch zurück. Es war zu früh. Nicht immer beschlossen Geister, auch zu bleiben. Und vielleicht war

Kai Li nicht so begeistert, eine Tochter zu bekommen – falls Pashas Voraussage zutraf.

»Jetzt!«, flüsterte June und warf ihr eigenes Heft über die Reling in den unendlichen Pazifischen Ozean.

Nein!, schrie eine Stimme in Mei Lings Kopf. Vielleicht würde sie es noch brauchen.

»Jetzt!«, beharrte June. »Bevor irgendjemand von der Insel es sehen kann. Sie ist noch weit weg. Mach es lieber so. Glaub mir, ich weiß es.«

Mei Ling blickte zu Kai Li. Sie öffnete ihren Mantel, um ihm zu zeigen, was sie dort verbarg.

»Hast du gelernt?«, fragte er.

»Ja.«

»Dann wird alles gut werden. Vertraue uns. Deine Freundin hat recht, wirf es fort«, sagte er. »So ist es sicherer.«

Sie ließ ihren Arm über die Reling hängen, das handgeschriebene Heft in den Fingern. Wie viele Stunden hatte es wohl gedauert, all diese Einzelheiten niederzuschreiben? Wie viel hatte es ihren Mann gekostet? Fuchan hatte immer verlangt, dass sie alles Geschriebene, alles Wissen in Ehren hielten und ihre Bücher sorgsam behandelten. Ihre Seele schrie Nein, aber sie entschuldigte sich bei ihren Ahnen und öffnete die Hand. Flatternd stürzten die Seiten in die Wellen und wurden schnell von ihnen verschlungen.

»Oh nein!«, rief Shiya.

»Nicht ›oh nein‹«, berichtigte June das Mädchen. »Es ist gut so – der richtige Schritt, um listiger zu sein als alle anderen.«

Mei Ling legte eine Hand auf ihr Herz und holte einmal tief Luft. Das Heft zu zerstören schmerzte, aber sie sagte sich, dass sie getan hatte, was notwendig war. Und sie war nicht die Einzige. Während sie durch das goldene Tor fuhren, die beiden Landspitzen, die den Zugang zur Bucht umrahmten, sah sie noch weitere Hefte ins Wasser segeln. Auf diesem Schiff gab es viele mit einer ähnlichen Geschichte – Söhne und Töchter und natürlich auch Frauen. Und wenn man June Glauben schenken konnte, nutzten sogar Menschen, die keine neue Identität annahmen, die Lehrhefte, um ins Land gelassen zu werden.

Sie durchquerten die Bucht auf der rechten Seite. Seltsame Büsche wuchsen am sandigen Ufer. Im Augenwinkel bemerkte sie eine Bewegung. Sie blickte hinunter und sah einen Mann außen an der Reling. Entsetzen durchflutete ihren Körper. Er musste gerettet werden! Doch bevor sie um Hilfe rufen konnte, fing sie seinen Blick auf, und er schüttelte den Kopf.

Sie sah, wie er tief Luft holte und dann losließ. Ihr hämmerte das Herz in der Brust, als er ins Wasser stürzte und im Kielwasser des Schiffs verschwand. Sie starrte auf den Punkt, wo er auf die Wasseroberfläche aufgetroffen war.

»Mann gefallen«, sagte Bo mit seiner süßen, hohen Stimme.

»Wo?«, fragte Kai Li.

Mei Ling zeigte auf die Stelle.

»Da ist er, Bo«, sagte Kai Li und zeigte ebenfalls in die Richtung.

Der Mann schwamm Richtung Ufer.

»Warum?«, wollte Mei Ling wissen, ohne sich in der Lage zu sehen, die ganze Frage zu formulieren.

»Keine Papiere«, erwiderte Kai Li und zuckte die Achseln.

* * *

Sie fuhren an vielen Anlegern vorbei, die sich hinaus in die Bucht erstreckten. In San Francisco standen die westlichen Häuser dicht an dicht auf den steilen Hügeln, die sich hinter dem Ufer erhoben. Eine gepflasterte Straße führte am Wasser entlang, auf denen nur Automobile entlangsausten. Mei Ling konnte keine Pflanzen oder Tiere entdecken.

»San Francisco!«, rief June. »Die schönste Stadt überhaupt.«

Mei Ling war nicht Junes Meinung. Vom Schiff aus betrachtet erschien sie ihr wie eine einzige Enttäuschung verglichen mit dem üppig grünen Hongkong oder Honolulu und selbst dem eleganten Nagasaki. Dies war ein fremdes Land für sie, in dem sie von vielen Fremden umgeben sein würde. Aber es war ihre neue Heimat. Sie würde einen Weg finden, es schätzen zu lernen.

* * *

Nach einem nervenaufreibend langsamen Anlegemanöver lag das Schiff schließlich neben einem hübschen Uhrenturm an einer Pier und rüttelte noch ein letztes Mal, als die Maschinen abgestellt wurden.

»Da drüben ist Oakland, wo ich lebe.« June deutete quer über die Bucht. Dann zeigte sie nach links. »Und da ist Berkeley. Siehst du die Türme? Sie sehen ganz gleich aus.«

Mei Ling betrachtete das Land. Mitten in ganz viel Grün sah sie zwei Türme in den Himmel ragen. Zusammen mit dem dritten ergaben sie ein Dreieck.

»Ich muss jetzt gehen«, unterbrach Kai Li die Geografiestunde.

»Was?« Es war Mei Ling unmöglich, ihre Panik zu unterdrücken.

»Staatsbürger steigen hier aus. Du fährst weiter zur Befragung nach Angel Island.« Er wirkte gequält, als er auf eine Insel mitten in der Bucht deutete. Dann beugte er sich vor und flüsterte: »Halte dich an alle Einzelheiten aus dem Heft. Sag niemals die Wahrheit, erzähle nur, was auf diesen Seiten gestanden hat.«

Ihr Kopf begriff, dass sie lügen musste, vorgeben, Wong Lu Shi zu sein, aber Mei Lings Herz wehrte sich. Redliche Töchter logen nicht. Und Frauen auch nicht. Was würde geschehen, wenn sie nicht geschickt genug war, um den Betrug zuwege zu bringen? In Schande würde man sie zurück nach China schicken, ohne dass sie ihren Mann noch einmal sehen konnte. Sie blickte zu Bo. Würde er mit zurückgesandt werden oder bekäme er die Erlaubnis, an Land zu gehen? Würde man ihre Geschichte nicht glauben, bezweifelte sie, dass ihr irgendjemand abnehmen würde, Bo könnte Kai Lis Sohn sein.

Würde seine Familie sie in ihrem Dorf aufnehmen? Würde ihre es tun? Sie schüttelte den Kopf, um diese Gedanken loszuwerden.

»Ich werde jeden Tag an dich denken, bis wir uns wiedersehen«, sagte Kai Li. Er strich Bo über den Kopf und tätschelte Mei Lings Schulter. Es wirkte, als wollte er noch etwas sagen oder noch etwas tun, doch er wandte sich lediglich ab und ging davon. Ihr Herz schlug heftig. Viel zu schnell verlor sie ihn in der Menge der dunklen Köpfe aus den Augen.

Von oben blickten sie auf die Landungsbrücke. Nur langsam kam die Schlange voran, während jeder Einzelne, die meisten Männer, seine Dokumente übergab. Eine weitere Gruppe ging nach rechts von Bord. Es waren alles Weiße. Mei Ling hatte gar nicht mitbekommen, dass so viele Europäer auf diesem Schiff waren. Der Drache in ihr erhob sich wütend, als sie sah, dass die Landungsbrücke sich bald geleert hatte, während die Chinesen, Japaner, Filipinos und Hawaiianer noch in einer langen Schlange warteten.

Bo streckte seinen kleinen Zeigefinger aus und hüpfte aufgeregt auf der Stelle. »Guck. Guck.«

Er hatte Kai Li entdeckt. Sie sahen, wie er dem Beamten, der einen Anzug trug, mit zitternder Hand seine Papiere übergab. Der Beamte musterte Kai Li von Kopf bis Fuß. Dann sagte er etwas. Kai Li antwortete. Der Mann schüttelte den Kopf, gab die Papiere zurück, und dann ging Kai Li über die hölzerne Landungsbrücke an Land. Er erreichte das Ufer und blieb am

Wasser stehen. Er stellte seinen Koffer ab und winkte zu ihnen herauf, ein bittersüßes Lächeln im Gesicht. Sie winkten zurück. Er blieb dort stehen. Es rührte sie, dass er wartete.

Schließlich löste sich das Schiff wieder vom Pier. Noch einmal winkte Kai Li. Mei Ling und Bo winkten zurück, bis das Schiff drehte und sie ihren Mann aus den Augen verlor.

Kapitel 9

Angel Island – Mai 1923

Vom Anleger auf Angel Island betrat man einen hübschen hölzernen Pier, gesäumt von Palmen, die sich in der Meeresbrise bogen. Er führte auf ein zweistöckiges weißes Gebäude zu. Ein Mann läutete eine große Glocke am Ende des Piers, um die Eintreffenden willkommen zu heißen. Vielleicht passte der Name dieses Ortes ja zu dem, was man dort erleben würde.

Gemeinsam kehrten sie in den Frachtraum zurück, um ihre Truhen zu holen. Shiya hatte einen kleinen Sack, den sie auf dem Rücken tragen konnte. Das Mädchen war noch jung, aber stark und tüchtig. Da es niemanden gab, der ihnen mit den Truhen helfen würde, bildeten sie eine Karawane. Mei Ling fasste Bos Hand und mit der anderen Hand packte sie einen der Griffe. Shiya schnappte sich den Riemen am hinteren Ende von Junes Kiste mit beiden Händen, und June in der Mitte nahm von jeder Truhe einen Griff.

Dann schlossen sie sich der Schlange von asiatischen Frauen und Männern an, die von Bord gingen. Dieses Mal erkannte Mei Ling die verschiedenen Nationalitäten: Japaner natürlich, aber auch Hindus, Sikhs, Mohammedaner und Filipinos. Während sie das Schiff verließen, bedankte sich Mei Ling bei den Geistern: *Danke, dass ihr uns sicher an diese Ufer gebracht habt.*

Sie blickte hinüber zu der Schlange von Weißen, hauptsächlich russische Juden. Die Frauen trugen Kopftücher. Ein weißer Mann in einem cremefarbenen Anzug schrie einen der Zollbeamten an, aber sie konnte nicht verstehen, worum es ging.

June beugte sich zu ihr herüber. »Ich verstehe ihn nicht, aber der Beamte hat auf Englisch geantwortet.«

Noch bevor June irgendetwas übersetzen konnte, bellte ihnen ein Offizier barsche Befehle zu: »… … … … … … … …!«

»Wir müssen auf diese Seite«, erklärte June. »Die Männer nach da drüben.«

Mei Ling betrat den Boden auf der anderen Seite der Welt. Sie holte tief Atem, um sich zu fangen, während sie ihre Truhe schleppte und darauf achtete, dass Bo und Shiya in ihrer Nähe blieben. Plötzlich wankte der Boden unter ihren Füßen. Sie stolperte, obwohl der Weg unter ihr ganz eben war, und ließ fast die Truhe fallen. Mei Ling blieb stehen, um ihr Gleichgewicht wiederzufinden.

»Dir ist von der Schifffahrt noch schwindelig«, erklärte June. »Das hält nicht lange an. Vielleicht ein paar Stunden oder höchstens Tage.«

Verwirrt blickte Mei Ling June an.

»Geh einfach ganz normal«, empfahl June. »Der Boden hier ist gut, auch wenn er sich nicht so anfühlt. Komm jetzt!«

Der Mann, den Shiya als ihren Onkel bezeichnet hatte – sein Name war Suk Suk –, kam auf sie zu. Ohne sich vorzustellen, sagte er: »Vielen Dank, dass Sie meine Nichte während der Reise in Ihre Familie aufgenommen haben. Komm jetzt, Shiya!« Dann ging er davon, um sich in die Schlange der Männer einzureihen.

Shiya starrte Mei Ling an. Ihr Blick war flehend. Mei Ling wurde das Herz schwer. Sosehr ihr das Mädchen auch ans Herz gewachsen war, hatte sie doch nicht das Recht zu fragen, ob das Mädchen bei ihnen bleiben könne.

Noch bevor Mei Ling sich zu einer Antwort durchringen konnte, zuckte Shiya die Achseln, lächelte und drückte Bo einen Frosch aus Papier in die Hand. Dann lief sie Suk Suk hinterher und winkte dabei.

Bo folgte ihr.

»Komm zurück!«, rief Mei Ling. Der Junge blieb zwar stehen, doch er ließ bedrückt den Kopf hängen und kehrte nicht um. Mei Ling lief zu ihm und zog ihn in die Schlange der Frauen. Er wirkte so niedergeschlagen, wie Mei Ling sich fühlte.

Doch es war keine Zeit, sich irgendwelchen sentimentalen Gefühlen hinzugeben. June deutete zum Kopf der Schlange. Dort musste man sein Gepäck in einem Schuppen zurücklassen. Es war klug gewesen, das Lernheft ins Meer zu werfen. Die Frauen durchwühlten hastig ihre Habseligkeiten und behielten nur, was sie tragen konnten.

»Es heißt, wir bekommen alles zurück. Aber das glaube ich erst, wenn ich es sehe«, meinte June lachend, »wie man hier in Amerika sagt.«

»Wie lange werden wir hier sein?«, fragte Mei Ling.

Ihre Freundin zuckte die Achseln.

»Wie lange warst du beim letzten Mal hier?«

»Früher gab es Angel Island noch nicht. 1909 wurden wir gleich nach San Francisco gebracht, in ein Haus am Kai. Eine Woche musste ich dortbleiben. Sie haben Angel Island gebaut, damit sie einen länger festhalten können. Manche bis zu einem Jahr, habe ich gehört.« June schnalzte verärgert mit der Zunge. Panik durchlief Mei Ling. *Ein Jahr!*

Sie beobachtete, wie die anderen Frauen ihre hoch aufgetürmten Habseligkeiten vorsichtig in das weiße Haus balancierten. Alle hatten Bettzeug dabei und Kleidung. Manche trugen Bilderrahmen und sogar Essen. Während sie in der heißen Sonne stand, grübelte sie darüber nach, welche Möglichkeiten sie hatte. Sie könnte sagen, dass Bo müde und durstig sei, aber er beschwerte sich nicht, während sie darauf warteten, ihre Sachen zurücklassen zu müssen.

Mei Ling öffnete ihre Truhe und wühlte darin. Eine Entscheidung zu treffen, ohne genau zu wissen, was auf sie zukam, überforderte sie. Sie war froh, dass sie den schmutzigen Rock mit den in den Saum eingenähten Münzen wieder angezogen hatte. Schließlich nahm sie für sie beide Kleidung zum Wechseln heraus, dazu ihre Familienbilder und die kleine Statue von Guan Yin.

Sie betrachtete Bo. Er würde sein eigenes Bettzeug, den kristallisierten Ingwer und die Bohnenpaste tragen können. Dann fiel Mei Ling der Stoff auf, in denen die Pflanzenstängel eingewickelt waren. Sie blickte sich um. Ganz offensichtlich war dies kein Ort, an dem sie Wurzeln schlagen konnten, aber wenn sie wochenlang hier sein würde oder sogar Monate, dann wollte sie die Stängel bei sich haben. Sie zog sie heraus. Den Rest ließ sie zurück.

Nachdem sie sich in dem großen weißen Gebäude gemeldet hatten, wurden sie zu einer medizinischen Untersuchung geschickt. Im ersten Raum hockten die Frauen am Boden wie Baumstümpfe. Man gab ihr eine Pfanne und sagte ihr, sie solle sich dort hinein entleeren. Etwas Privatsphäre konnte sie sich nur durch ihren Rock verschaffen.

June erfüllte diese Anforderung schnell und wurde weitergeschickt, obwohl sie darum bat, bei ihrer »kleinen Schwester« bleiben zu können. Mei Ling freute sich über den Wunsch der älteren Frau mit ihr zusammenzubleiben, doch sie würde dies alles allein durchstehen müssen. Bo stand neben ihr, Fremde gingen um sie her in die Hocke, und Scham brannte in ihrer Seele.

Ich werde tun, was notwendig ist, rief sie sich ins Gedächtnis. Sie schloss die Augen und atmete einmal tief durch, um sich zu entspannen.

Schließlich folgte ihr Körper ihrem Wunsch. Nicht alle hatten dieses Glück. Sie kam an einer alten Frau vorbei, der Tränen über das faltige Gesicht rannen. Die Schwestern waren nicht grausam, doch sie bestanden darauf, dass sie dortbleiben musste, bis die erniedrigende Aufgabe erfüllt war.

Im nächsten Raum unterzog ein Mann ohne Rücksicht auf jeden Anstand Mei Ling einer körperlichen Untersuchung. Sie fühlte sich wie Vieh, als er sie überall am Körper berührte. Er begann mit ihrem Kopf und diktierte der Schwester Worte, die sie aufschrieb.

Er untersuchte ihre Kopfhaut. »… …«

Er hob ihre Augenlider und musterte ihr Gesicht. »… … … … …«

Er drehte sie herum und fuhr mit einem Finger ihre Wirbelsäule entlang. »… … … … … … … … … …«

Und so ging es scheinbar endlos weiter. Mei Lings Augen brannten, und sie biss sich hart auf die Zunge, bis sie blutete. Der heftige Schmerz verdrängte die Tränen.

Bo blieb an ihrer Seite, ruhig und bescheiden so ohne Shiya. Mei Lings Herz krampfte sich bei dem Gedanken an das kleine Mädchen zusammen, das diese Prozedur auf der anderen Seite über sich ergehen lassen musste. Musste es sich für die Männer entblößen, während sie es untersuchten? So gern sie auch mehr erfahren hätte, sie wollte keine unnötige Aufmerksamkeit auf sich lenken, indem sie nach Shiya fragte. Ihr größter Wunsch bestand darin, diese Tortur so schnell wie möglich hinter sich zu bringen. Daher nutzte sie das einzige Mittel, das ihr zur Verfügung stand: Sie betete. *Guan Yin, bitte gib auf sie acht.*

Es war fast dunkel, als Mei Ling und Bo die Untersuchung hinter sich gebracht hatten und ihnen der Weg zum Schlafraum der Frauen gewiesen wurde. Mei Lings Magen knurrte, als sie die hölzernen Stufen hinaufstiegen. Sie dachte an Pasha, der im Frachtraum des Schiffes den Frauen immer Essen gebracht hatte. Der Dampfer war inzwischen auf dem Weg zurück nach Schanghai, um den Kreislauf von vorn zu beginnen, doch diesmal mit weniger Chinesen an Bord, wenn die Einreisebeschränkungen der Vereinigten Staaten tatsächlich ihren Zweck erfüllten.

Der große Schlafsaal war voller Chinesinnen verschiedenen Alters. Mächtige Metallpfosten reichten auf beiden Seiten des Raums vom Boden bis zur Decke. An jeder Seite der Pfosten waren auf drei Ebenen Metallbetten befestigt. Einige waren hochgeklappt wie die Flügel eines Schmetterlings. Doch auf den meisten lagen persönliche Habseligkeiten.

Zwischen den Lagerstätten verliefen enge Gänge, und von Pfosten zu Pfosten waren Wäscheleinen gespannt, die einem den Blick versperrten. Die letzten Strahlen der Sonne, die durch die vergitterten Fenster drangen, bestätigten ihre Furcht, dass sie sich in einem Gefängnis befand und nicht in einem Gästehaus.

* * *

»Hier, hier her.« Bei dem Klang von Junes vertrauter und entschiedener Stimme überlief Mei Ling ein Schauer der Erleichterung. Sie lächelte Bo zu und sie gingen zu der Stelle, wo sie die Stimme gehört hatten.

»Keine Betten neben mir, aber ich habe euch die beiden am Fenster besetzt. Ist ein guter Platz«, flüsterte June nun ganz nah. »In der Nähe der Toiletten. Gut für das Baby, oder?«

»Du weißt es?«

»Natürlich.« June strahlte und deutete auf sich selbst. »Ich habe zwei Kinder. Ich erkenne die Zeichen!«

Mei Ling starrte auf die kalten Metallbetten. Sie drückte gegen das Drahtgeflecht. Es gab nur wenig nach. Offensichtlich verdienten sie keine Matratzen. Sie legte sich auf ihr Bettzeug. Das fühlte sich schon etwas besser an. Das Drahtgeflecht war kaum noch zu spüren, und durch den Stoff war es auch nicht so kalt.

»Bo, du wirst hier schlafen.« Mei Ling deutete zu dem Bett auf der rechten Seite.

»Mit Shiya?«

Bei dem Namen des Mädchens machte Mei Lings Herz einen kleinen Satz. Sie sehnte sich ebenso nach der Kleinen, aber sie antwortete fröhlich: »Nein, mit mir. Ich werde direkt neben dir liegen.« Sie zeigte auf das Bett auf der linken Seite des Pfostens.

Bo schob die Unterlippe vor, und er begann zu zittern. Seine Augen füllten sich mit schimmernden Tränen.

Mei Ling schüttelte den Kopf und gab einen tadelnden Laut von sich, weil er seine Gefühle so deutlich zeigte. Sie teilte seine Trauer, aber sie würden ihren Schmerz nicht vor allen Leuten zeigen, schon gar nicht vor diesen Fremden.

Sie setzte sich auf das Bett und klopfte auf die Stelle neben sich. Er kletterte zu ihr, den Frosch von Shiya in einer Hand und den geschnitzten Hasen in der anderen. June setzte sich auf die andere Seite, ohne eine Einladung abzuwarten.

»Ich habe schon alle kennengelernt«, erklärte June und begann zu berichten. »Alle Frauen hier sind Chinesinnen. Andere Nationalitäten sind in anderen Sälen. Die Männer sind im anderen Gebäude – auch getrennt nach Chinesen und Nicht-Chinesen. Siehst du die Frau, die da drüben schläft? Sie ist seit über einem Jahr hier!«

Mei Ling zog sich der Magen zusammen. Ein Jahr! Sie hätte nicht einmal gedacht, auch nur zwei Wochen hier zu sein, ganz zu schweigen von Monaten. Ein ganzes Jahr – ihre Tochter würde dann längst geboren sein. Sie sah sich um an diesem fürchterlichen Ort. Die Wände glänzten weiß, Kleidung hing von den Bettgittern, und das dürftige Gepäck hatte man unter die Gestelle geschoben. Der Geruch von Menschen und Fett erfüllte die Luft.

Abgelenkt bekam Mei Ling nicht mit, was June sagte, doch als deren warnender Ton in ihr Bewusstsein drang, wandte sie ihr wieder ihre Aufmerksamkeit zu.

»Halt dich fern. Das sind böse Frauen, wenn du weißt, was ich meine. Sie sind nur wegen des Geldes hier.«

Mei Ling wusste nicht, was June meinte. »Wer?«

June deutete in die andere Ecke des Raums.

»Ich sehe es an ihrer modischen Kleidung. Sie sind nicht gut«, beharrte June.

Mei Ling musste ihre Verwirrung im Gesicht gestanden haben, denn June beugte sich vor und flüsterte ihr ins Ohr: »Huren.«

Mei Ling begriff und ein Schauer überlief sie. Die Huren waren kaum älter als Kinder, vielleicht vierzehn, und sie trugen schöne Seidenkleider in leuchtendem Rot. Ihre Lippen waren ebenfalls rot geschminkt, wodurch einige von ihnen irgendwie noch jünger wirkten.

Die drei Mädchen kicherten auf dem Bett. Eins von ihnen sah direkt zu Mei Ling, und sein Blick war herausfordernd. Peinlich berührt und mit einem unbehaglichen Gefühl wandte Mei Ling ihren Blick ab.

June zog an ihrer Hand.

»Wir lassen sie einfach in Ruhe, und sie lassen uns in Ruhe«, erklärte June.

»Werden die Amerikaner sie hineinlassen?«, wollte Mei Ling wissen.

»Ja. Wenn ihre Papiere und ihre Geschichte zusammenpassen und sie gesund sind, dann kommen sie ins Land. Die *Tongs* sorgen dafür – gegen Geld. Viele schaffen es auf diese Weise und bringen die Amerikaner gegen alle Chinesen auf.«

Sie wechselten das Thema. »Du hast das Essen verpasst, aber mein Clan stellt hier die Küche, deswegen habe ich dir Cracker mitgebracht. Mehr konnten sie mir nicht geben, um es hierherzubringen. Du kannst froh sein, dass du mich hast. Ich werde dafür sorgen, dass du auf Angel Island gutes Essen bekommst.«

Wieder fiel Mei Ling die Ironie des Namens auf. Vielleicht war es eine falsche Übersetzung. Vielleicht bedeutete *Angel* auf Englisch *böser Dämon* und nicht *freundlicher Geist*.

»Bo?«, ertönte plötzlich Shiyas vertraute Stimme.

Mei Lings Herz machte einen Satz, während Bo bereits geradezu vom Bett flog und in die Richtung stürzte, aus der dieser vertraute Klang gekommen war. Einen Moment später kam er zurückgelaufen, hielt Shiya an der Hand und strahlte über sein ganzes rundes Gesicht.

»Guck, Mah-ma. Shiya!«, rief Bo.

Mei Ling wäre fast vor Freude geplatzt. Shiya war da, und Bo hatte sie selbst Mah-ma genannt! Sie winkte Shiya herüber und verneigte sich.

»Drüben sind keine Mädchen erlaubt, deswegen kann ich wieder bei euch sein«, erklärte Shiya, zog die Schultern hoch und schob die Lippen vor, als sei sie verlegen und unsicher.

Mei Ling deutete auf das Bett, auf dem sie saß, um damit jede Furcht zu zerstreuen, dass Shiya vielleicht nicht willkommen sei. »Du schläfst gleich hier neben Bo.« Der Gedanke, ganz oben zu schlafen, behagte ihr nicht sonderlich, schon gar nicht, wenn sie Monate hier verbringen sollte und ihr Bauch dabei immer weiter wachsen würde, aber sie war so glücklich, Shiya wieder bei ihnen zu haben, dass es auch egal war. Die Kinder konnten unten auf den nebeneinander angeordneten Betten schlafen. Sie selbst würde mit dem oberen Bett schon zurechtkommen.

* * *

Am nächsten Morgen wurde Mei Ling von einer Glocke geweckt, bevor es draußen überhaupt richtig hell war. Sie blickte über den Rand des Bettes, in dem sie geschlafen hatte. Die Lagerstatt unter ihr war leer. Bo war verschwunden! Voller Panik sah sie nach, ob Shiya noch in ihrem Bett lag. Das tat sie, und Bo lag dicht an das Mädchen geschmiegt und schlief tief und fest. Er musste in der Nacht zu ihr gekrochen sein. Ein Schauer der Erleichterung überlief Mei Ling.

»Die Männer essen zuerst«, erklärte eine Bettnachbarin June. »Dann wir.«

Mei Ling kletterte nach unten und weckte die Kinder. Sie gingen in den kalten, gefliesten Waschraum, um sich vor dem Frühstück zu reinigen. Shiya zuckte zusammen, als die laute Toilettenspülung rauschte, da sie das Geräusch offenbar nicht kannte. Sie war ganz fasziniert von dieser Einrichtung und auch von dem fließenden Wasser aus dem Hahn. Mei Ling begriff, dass sie eigentlich sehr wenig über das Mädchen wusste. Entweder war es sehr arm oder hatte in einem ländlichen Dorf gelebt. Nach dem Aussehen von Suk Suk zu urteilen, war ihre Familie nicht arm, aber ein reicher Onkel in Amerika bedeutete noch lange nicht, dass er sich auch um seine Familie in China kümmerte. Mei Ling schwor sich, dass sie alle Reichtümer, die in Kalifornien den Weg zu ihr fanden, mit ihrer Familie teilen würde.

Der Speisesaal war dicht an dicht mit Tischen vollgestellt. Eine Schlange von Menschen wartete auf eine Portion verkochten Reis und schleimiges Gemüse. Kein Tofu. Keine Soße. Kein Tee. Selbst während des Niedergangs ihrer Familie hatte Mei Ling am Morgen immer zumindest eine Art Tee getrunken. Das hier dagegen war wirklich ein Gefängnis.

Mei Ling versuchte, das widerliche Essen herunterzubekommen, aber ihr Magen rebellierte. Und gegen ihre Morgenübelkeit half es auch nicht unbedingt. June allerdings hielt Wort und besorgte ihnen eine besondere Leckerei – eine

Banane. Auch die sah Shiya zum ersten Mal. Sie war misstrauisch, doch Bos Begeisterung, als er die gelbe Frucht entdeckte, war ansteckend, und dann bemerkte Shiya, dass sie sie ebenfalls mochte. Mei Lings Stück gelang es sogar, ihre Übelkeit zu besänftigen.

Als sie den Speisesaal verließen, fiel Mei Lings Blick auf Buchstaben, die in die Wand geritzt waren. Sie waren übermalt, aber sie konnte immer noch erkennen, dass es ein Gedicht war.

Der Mensch, der das gemacht hatte, musste lange gebraucht haben, um das Gedicht in die Wand zu ritzen. Würde sie auch so lange hier sein? Sie blickte sich in dem trostlosen Raum um. Dann legte sie eine Hand auf ihren Bauch. Würde der Geist dieses Babys hier aufwachsen wollen? Mit schwerem Herzen folgte sie June hinaus.

»Denk nicht darüber nach. Wir kümmern uns nicht um die traurigen Gedichte. Das Leben in Amerika ist nicht perfekt, aber du kannst für dich und deine Kinder etwas Gutes daraus machen. Ich verspreche es dir«, dozierte June.

Mei Ling lächelte, aber ihr Herz ließ sich nicht so leicht überzeugen.

Sie folgte den anderen Frauen zu einem kleinen Metallkäfig, an deren Rändern Bänke standen. Eine weiße Frau, die an einem Ende saß, begrüßte die neuen Frauen und stellte sich als Diakonin Katherine Maurer vor.

June beugte sich herüber und flüsterte: »Sie ist der Engel von Angel Island. Eine sehr berühmte Frau.«

Mei Ling fragte sich, ob sie ein hungriger Dämon oder ein hilfreicher Geist war. Wie sich herausstellte, war sie von beidem ein bisschen. Als Missionarin der Methodistenkirche bemühte sie sich, das Leben der hoffnungsvollen Gefangenen ein wenig erträglicher zu gestalten. An den meisten Tagen brachte sie vom Festland Päckchen und Briefe mit herüber, lehrte sie einige englische Worte und wiederholte einige grundlegende Fähigkeiten, die man brauchen würde, um in der neuen Heimat zu überleben.

Die drei geschminkten Mädchen flüsterten miteinander in einer Ecke, bis die Diakonin begann, Namen aufzurufen. Daraufhin hörten auch sie aufmerksam zu. Die Diakonin hatte Dinge vom Festland dabei. Freude durchzuckte Mei Ling, als ihr Name unter jenen war, die aufgerufen worden.

»Gleich hier!« June deutete auf Mei Ling.

»… … … … …«, sagte die weiße Frau zu Mei Ling. Als Mei Ling sie verständnislos anstarrte, verneigte sich die Frau leicht und überreichte ihr ein kleines Bündel. Mei Ling wickelte es auf der Bank aus, während Bo und Shiya ihr aufgeregt zusahen. Tee!

Erfreut und überrascht blickte Mei Ling June an und hoffte auf eine Antwort.

»Von deinem Mann«, erklärte June. »Er hat dich nicht vergessen.«

Ein kleines zufriedenes Lächeln glitt über Mei Lings Gesicht, während sie die beigelegten Zeilen las.

> Frau,
> ich hoffe, dieser Tee wird dir während deines Aufenthaltes Gutes tun. Ich warte auf Nachricht, dass du in deine neue Heimat aufgenommen worden bist.
>
> Dein Mann

Es war ein kurzer, aber freundlicher Brief. Mei Ling bewunderte die Kraft und Eleganz seiner Persönlichkeit.

Als die weiße Frau alle Pakete verteilt hatte, war die Enttäuschung in den Augen eines der Mädchen mit sehr rot geschminkten Lippen nicht zu übersehen. Es hatte nichts bekommen. Sie und ihre beiden Begleiterinnen stürzten aus dem Käfig. Das Mädchen mit den roten Lippen funkelte Mei Ling an, als es vorbeistürmte.

Die weiße Frau, die andere Ma riefen, sprach auf Englisch weiter. »… … … … … … ….«

»Sie lehrt euch jetzt Englisch«, meinte June und stieß Mei Ling an. »Sie hat gesagt: ›Hallo. Es freut mich, euch kennenzulernen‹«, übersetzte June. »Sie hat gesagt, ihr sollt es ihr nachsprechen.«

»…«, sagte Katherine Maurer.

Die Gruppe wiederholte, was sie gesagt hatte.

»… … …«, sagte die Lehrerin erneut vor.

Und wieder sprach die Gruppe ihr nach, was sie gesagt hatte, und diesmal fielen auch Bo und Shiya ein.

»… … … … …«, gab Diakonin Maurer vor.

Im Chor wiederholte die Gruppe jedes einzelne Wort. Mei Ling gelang es immerhin, laut »Hallo« zu sagen.

Bo, Shiya und June applaudierten ihr.

»Jetzt kennst du ein englisches Wort!«, rief June begeistert.

Der Unterricht ging weiter, und schnell kamen Sätze, bei denen sich nicht nur Mei Lings Zunge zu verknoten schien, sondern auch ihr Hirn. Bo und Shiya dagegen schien das alles nicht besonders schwerzufallen. Es war frustrierend, aber sie konzentrierte sich und tat ihr Bestes, um die fremden Laute hervorzubringen.

Als die Unterrichtsstunde vorüber war, erkundigte sich June bei Katherine Maurer, wann ihre Befragungen stattfinden würden, aber die ihnen wohlgesinnte Frau konnte es nicht sagen. Mei Ling würde einfach abwarten müssen – ohne zu wissen, ob es Tage, Wochen oder sogar noch Monate dauerte.

Kapitel 10

Angel Island – Juni 1923

Die Tage zogen sich hin, ohne dass die Langeweile durch irgendetwas unterbrochen wurde, genauso wenig wie die tiefe Verzweiflung. Das unappetitliche Essen, der schwache Höhepunkt jeden Tages, gab Mei Ling zumindest ein Gefühl dafür, wie die Zeit verging, doch es half nicht, ihren gereizten Magen zu beruhigen. June versuchte, ihr zu jeder Mahlzeit irgendetwas Ansprechendes als Zugabe zu besorgen, aber es reichte nicht aus, um sie bei Kräften zu halten. Mei Lings Gesicht wurde immer schmaler, während ihr Bauch weiter wuchs.

Mei Ling fürchtete, dass sie die Einzelheiten aus dem Lernheft vergessen hatte, bevor sie dem Inspektor gegenübersitzen würde. Immer wieder ging sie alles durch, wiederholte im Geiste die Geburtstage, die Abstammungen, die Anordnung des Dorfes und ihr angebliches Haus. Shiya hatte auf dem Schiff oft genug zugehört, sodass sie sich gleich einmischte, wenn sie einen Fehler bemerkte.

Eines Morgens, als Mei Ling einen weiteren Absatz an ihre Familie schrieb, kam das Mädchen mit den roten Lippen zu Mei Ling.

»Du kannst lesen?«, fragte sie in perfektem Kantonesisch.

Mei Ling versicherte sich, dass keine Wache in der Nähe war, dann nickte sie. Mit misstrauischem Gesicht hielt das Mädchen ihr ein Stück Papier hin.

»Was steht da?«, wollte sie wissen. Wie für die meisten Frauen ergaben die Schriftzeichen für sie keinen Sinn.

Mei Ling nahm das zerknitterte Papier und las es laut vor:

> Große Gefahren erwarten dich in Amerika!
>
> Hüte dich vor Fahn Quai: Donaldina Cameron, dem weißen Teufel. Sie lebt in einem Missionshaus aus Stein auf einem Hügel in Chinatown. Fahn Quai hält chinesische Mädchen im Keller gefangen. Sie wird dich foltern und vergiften. Die fremden Teufelsfrauen essen die Organe von schönen chinesischen Mädchen, weil sie glauben, davon stärker zu werden. Gehe niemals zu dem Haus auf dem Hügel! Tien Wu steht unter Fahn Quais Bann. Traue keinem von beiden.

Mei Ling verzog das Gesicht und blickte das Mädchen an. Der Drache in ihrem Innern war außer sich.

»Wo hast du das her?«, fragte sie das Mädchen.

Die Kleine mit den roten Lippen zuckte die Achseln.

Mei Ling blickte auf das Papier und las noch einmal die Worte, um sie sich einzuprägen und die Warnung zu befolgen.

Das Mädchen streckte die Hand nach dem Papier aus. Mit einem harten Ausdruck im Gesicht nahm sie es an sich und ging davon. Dann drehte sie sich noch einmal um und zeigte durch eine kleine Verneigung ihre Dankbarkeit. Mei Lings Drachen knurrte, weil er das Mädchen beschützen wollte, das nun zurück zu seinen Freundinnen ging.

Jemand musste ihr helfen, einen Weg in ein ehrbares Leben zu finden. Vielleicht hatte Ma Maurer eine Idee für das Mädchen.

»Pullern?«, fragte Bo und unterbrach damit ihre Gedanken.

Mei Ling nahm ihn bei der Hand und ging mit ihm zu den ekligen Waschräumen. Hier an diesem Ort konnte sie sich kaum um Bo, Shiya oder sich selbst kümmern. Was sollte sie für die Mädchen mit den roten Lippen tun?

* * *

Immer wenn sie die Möglichkeit bekam, ging Mei Ling zu den Veranstaltungen mit Diakonin Maurer. Eines Morgens war sie hocherfreut, als man ihr eine Serviette, eine Nadel und farbenprächtiges Stickgarn anbot. Im Gegensatz zu einigen der anderen Frauen konnte Mei Ling bereits gut mit der Nadel umgehen. Stich für Stich ein Bild zum Leben zu erwecken, war eine willkommene Ablenkung von ihrer tristen Zwangsunterbringung. Während sie kein Lob für ihr Englisch erhielt, waren viele der Frauen, einschließlich der Diakonin, von der Schönheit ihrer Stickarbeiten ganz begeistert.

Nach sechs Tagen bot eine weiße Matrone, die mit den Ärzten die Inspektionen durchführte, den Frauen in ihrem Schlafsaal einen Gang um die Insel an. Mei Lings geschwächter Geist lehnte sich gegen den Gedanken einer solchen Anstrengung auf, doch sie konnte den Kindern die Gelegenheit, etwas frische Luft zu bekommen und sich zu bewegen, nicht versagen.

Nur eine kleine Gruppe schloss sich dem Spaziergang an, während die meisten der Frauen aus den Baracken emotional oder körperlich zu müde waren und lieber in dem schäbigen Saal eingesperrt blieben. Sobald sie sich etwas von dem Haus entfernt hatten, war Mei Ling froh, dass sie die Energie aufgebracht hatte, mit hinauszugehen. Der Blick war in jede Richtung atemberaubend. Die Wellen glitzerten im Sonnenlicht, während die kleine Gruppe Richtung Norden ging, bis, nur ein kleines Stück entfernt über das Wasser, das Städtchen Tiburon in Sicht kam. Es war ein grün-braunes Kleinod, das sich an der Bucht erhob.

Da es verboten war, die ganze Insel zu umrunden, drehten sie um und wanderten einen Weg entlang, der an der Krankenstation vorbeiführte, in dem die Frauen lagen, die nicht gesund waren.

Shiya und Bo liefen vor Mei Ling und hielten einander an den Händen, während sie einem Pfad folgten, der zwischen verkümmerten Bäumen hindurchführte. Shiya erzählte Bo leise von Zaubertieren, die in diesem Land lebten, wobei sie wild mit der linken Hand gestikulierte, um ihre Geschichte zu unterstreichen. Schließlich hatten sie den niedrigen Wald hinter sich gelassen, und plötzlich bot sich ihnen ein herrlicher Blick auf das Land jenseits der glitzernden Bucht.

June deutete hinüber und sagte: »Seht ihr den Sather Tower, das Wahrzeichen der Universität von Berkeley? Wir haben ihn auch schon vom Schiff aus gesehen.«

Mei Ling folgte Junes Finger. Sie nickte, als sie ebenfalls das hohe Gebäude mit einem dreieckigen Dach entdeckte, das am Fuß der Hügel in die Höhe ragte.

»Eines Tages werden wir zusammen dorthin fahren«, erklärte sie. Dann blickte sie zu Bo und Shiya, um sicherzugehen, dass sie ihr lauschten. »Und auch meine Kinder Dorothy und Timothy. Neue Freunde für euch!«

June bemerkte es nicht, aber Mei Ling sah, wie ein Hauch von Furcht und Trauer über Shiyas Gesicht huschte. Wie Mei Ling wusste auch das kleine Mädchen, dass dies alles nicht für die Ewigkeit bestimmt war.

»Vielleicht erlaubt Suk Suk es, dass wir uns besuchen können«, machte Mei Ling dem betrübten Kind Hoffnung.

»Wirklich?«, fragte Shiya.

»Ich werde ihn fragen. Er schien mir ein netter Mann zu sein«, erwiderte Mei Ling.

Shiyas Gesicht verlor jeden Ausdruck, und sie zuckte mit den Achseln. Mei Lings Herz zog sich voll Mitleid zusammen. Ihre Familie, ihr Zuhause und ihr Land zu verlieren, war schon für Mei Ling mit ihren achtzehn Jahren schwer. Wie viel erschreckender musste es noch für eine Sechsjährige sein. Gern hätte sie die richtigen Worte gefunden, um Shiyas Ängste zu mildern, wie es ihrer Großmutter immer bei ihr gelungen war, doch ihr fiel einfach nichts ein.

Stattdessen tätschelte sie Shiyas Rücken, wie Fuchan es immer bei ihr getan hatte, und verstand plötzlich, was diese Geste eigentlich bedeutete – sie stellte das Bedürfnis da, Trost zu spenden, wenn man nicht in der Lage war, etwas an der Situation zu ändern.

* * *

Als sie in die Baracke zurückkehrten, lief das Mädchen mit den auffällig rot geschminkten Lippen vor ihrem Bett auf und ab und rief irgendetwas auf Minnan, einer Sprache, die Mei Ling fremd war. June schien ihren Worten folgen zu können.

Zu viert verfolgten sie das kleine Drama, das sich nur ein paar Betten von ihnen entfernt abspielte.

June beugte sich herüber und flüsterte Mei Ling eine Erklärung ins Ohr. »Sie hat entdeckt, dass sie ein Baby bekommt, aber sie ist nicht verheiratet.« June schnalzte missbilligend mit der Zunge. »Sie muss mit dem nächsten Schiff zurückfahren. Wie ich schon sagte, sie ist nicht gut.«

Im nächsten Moment kam die junge Frau zu ihnen herübermarschiert. Wut brannte in ihren dunklen Augen. Sie beugte sich so weit vor, dass ihr Haar Mei Lings Wange berührte, und schrie auf Kantonesisch: »Du kennst mich nicht, du blöde Kuh!«

Ein wütender und mächtiger Dämon hatte sich dieser jungen Frau bemächtigt. Sie wirkte, als wolle sie June töten.

Mei Lings Herz schlug hart und schnell in ihrer Brust. Sie schob sich schützend vor Bo und Shiya, doch bevor sie noch etwas sagen konnte, fuhr das junge Mädchen herum, lief zu ihrem Bett und warf sich darauf. Ohne all den Ärger, den sie nun gerade herausgeschrien hatte, wirkte sie eher wie ein verängstigtes Kind denn wie ein böser Geist.

Ihre Freundinnen strichen ihr über die Schultern. Die anderen Frauen in der Baracke ignorierten sie. Wahrscheinlich fürchteten sie, ihr Zustand könne ansteckend sein, wenn sie ihr zu nahekamen. Bald kam eine Wache an die Tür und rief: »Yui Lan.«

Das junge Mädchen erhob sich. Sie hatte ein kleines Bündel mit Habseligkeiten im Arm. Ihre Freundinnen verneigten sich zum Abschied und blickten ihr schweigend nach, als sie davonging. An der Türschwelle drehte sie sich noch einmal um und bemerkte, dass Mei Ling sie beobachtete. Yui Lans harte, traurige Augen brannten sich in Mei Lings Erinnerung. Wie konnte jemand nur so tief fallen?

* * *

Die Nacht hindurch und bis in den Morgen blieb in der Baracke alles ruhig. Der Albtraum, so abgeschoben zu werden wie ihre Leidensgenossin, begleitete Mei Ling noch bis zum Frühstück. Alle fürchteten, dass auch ihnen ein ähnliches Schicksal wie Yui Lan blühen konnte. Selbst June, die sich ansonsten verhielt, als sei die Aufnahme ins Land nur eine Formsache.

Als June an ihren Tisch zurückkehrte, brachte sie vier kostbare hart gekochte Eier von dem Koch mit, der zu ihrem Clan gehörte, doch selbst dieser Leckerbissen konnte den Schatten, der sich über Mei Lings Seele gelegt hatte, nicht lüften.

»Ich höre sehr, sehr Trauriges von Yui Lan«, berichtet June ohne auch nur den Hauch von Fröhlichkeit, die sonst immer in ihrer Stimme mitschwang, wenn sie interessante Nachrichten zu überbringen hatte.

Das Herz bereits voller Schmerz blickte Mei Ling zu June auf, denn sie ahnte, was sie gleich zu hören bekommen würde.

»Die Köche berichten, sie sei vom Schiff gesprungen, als sie schon weit, weit draußen auf See waren.« June schüttelte langsam den Kopf. »Niemand konnte etwas tun. Sie haben ihr nur noch einmal zuwinken können.« Mei Ling nahm Junes Hand. Sie stellte sich vor, wie Yui Lans Kopf in den Wellen auf und ab getanzt war. Hatte sie Panik in ihren harten, traurigen Augen gehabt? Waren ihre Lippen immer noch rot gewesen? Hatte sie zurückgewinkt? Hatte sie sich aufgegeben? Oder war sie wütend gewesen? Yui Lan tat Mei Ling leid, aber sie fürchtete auch um sich selbst.

Vielleicht hatte sich die Kindfrau in einen wütenden Geist verwandelt und June, Mei Ling und die ganze Baracke als Ziel ihrer Rache auserkoren. Mei Ling sehnte sich danach, Weihrauch zu entzünden und etwas Nahrung als Opfer darzubringen.

Viel zu aufgeregt, um irgendetwas zu essen, selbst um einen Schluck Tee zu trinken, verbarg sie ihr Ei im Unterkleid ihrer Tunika, um es dem hungrigen Geist zu geben. *Guan Yin, gib Yui Lans Geist frei, damit sie Frieden finden kann*, betete Mei Ling. Und dann verspürte sie eine Welle der Reue, als sie erkannte, dass sie nicht daran gedacht hatte, für diese Kindfrau zu beten, bevor sie ein Geist geworden war.

Mei Ling erhob sich vom Tisch, um zu gehen. Plötzlich verschwamm die Welt um sie herum und alles drehte sich, bis ein schwarzer Schatten auf sie fiel. Sie griff nach dem Tisch und versuchte, sich wieder zu setzen, aber es hatte keinen Sinn. Das Letzte, was sie sah, bevor sie das Bewusstsein verlor, war Shiyas erschrockenes Gesicht.

* * *

Als Mei Ling wieder zu sich kam, hatte sie keine Ahnung, wo sie sich befand. Sie hatte lediglich das Gefühl, sich vorwärts zu bewegen. Ihr Kopf lehnte gegen einen menschlichen Körper. Zwei Männer trugen sie, indem sie mit ihren Armen eine Art Stuhl bildeten. Ruckartig richtete sie sich auf, doch einer von den beiden schnauzte: »Sitz still.«

Sie eilten mit ihr einen Weg entlang, der zu einem Gebäude führte, das sie nicht kannte. Das Rauschen der Brandung sagte ihr, dass sie sich immer noch auf der Insel befand. Behutsam legte sie eine Hand auf ihre Brust. Das Ei war immer noch dort. Sie versuchte, nach dem Saum ihres Kleides zu greifen, um sich davon zu überzeugen, dass sich die Münzen noch dort befanden, doch er hing zu tief, um ihn zu erreichen.

Sobald sie das Gebäude erreicht hatten, wurden die drängenden Stimmen von gelangweilten Antworten übertönt. Dann legte man sie in ein Bett mit sauberen weißen Laken und einer weichen Matratze. Die Männer, die sie hierher getragen hatten, gingen ohne ein weiteres Wort.

Sie wandte den Kopf, um sich in dem Raum umzusehen, und hinter ihrem linken Ohr explodierte der Schmerz. Als sie die Stelle befühlte, ertastete sie eine dicke Beule an ihrem Kopf. Eine amerikanische Frau in weißer Schwesterntracht, der Farbe des Todes, trat an Mei Lings Seite.

»… … … … … … …«, sagte die Frau.

Mei Ling starrte sie an.

»… … … … … … … … … … …, … … … … … …?«

Mei Ling begriff, dass man ihr eine Frage gestellt hatte, aber sie konnte sie nicht verstehen. Sie zuckte die Achseln und hoffte, dass die Geste auf der ganzen Welt dasselbe bedeutete.

»Geht es meinen Kindern gut?« Mei Ling bettelte um ein paar Informationen. »Bo und Shiya?«

Dieses Mal zuckte die Schwester mit den Schultern. Sie tätschelte Mei Lings Arm und ging. Mei Ling wünschte, sie könnte sich aufsetzen, um aus dem Fenster zu sehen und zu erkennen, wo sie sich befand, doch sie fürchtete, wieder die Besinnung zu verlieren. Ohne den Kopf zu bewegen, blickte sie sich um. Sie war in einer anderen Baracke, doch es gab weniger Betten und sie standen nicht übereinander. In der Ecke neben Mei Ling war niemand, doch in den anderen Betten lagen Frauen und schliefen. Mei Ling begriff, dass sie sich auf der Krankenstation der Insel befand.

Die Schwester kehrte zurück und stellte eine Tasse Wasser und eine Schüssel mit Brei auf den kleinen Metalltisch. Der Arzt, ein Weißer, kam zu ihr herüber und legte seine Hände auf ihren Körper, ohne sich vorzustellen oder um Erlaubnis zu fragen. Mei Ling unterdrückte den Wunsch, seine Hände beiseite zu schlagen oder ihn anzuschreien. Sie atmete einmal tief durch, damit sie nicht zurückzuckte. Genau wie während der ersten Untersuchung berührte er sie, sagte etwas zu der Schwester, die es niederschrieb, und wandte sich dann dem nächsten Bereich ihres Körpers zu. Er begann ganz oben und arbeitete sich dann langsam nach unten. Im Gegensatz zu einem chinesischen Arzt betrachtete er weder ihre Zunge, noch maß er ihren Puls. Ihr Herz schlug schneller, als er auf ihren Bauch drückte. Sie musterte sein Gesicht, aber er zeigte keine Reaktion. Dann kränkte er sie weiter in ihrer Ehre, indem er ihre Brüste befühlte.

Schließlich gingen die beiden Weißen. Mei Ling holte mehrfach tief Luft, um sich zu beruhigen. Sie hatte immer noch keinen Appetit, aber sie zwang sich, das Wasser zu trinken und den faden amerikanischen Brei zu essen. Nun wieder allein, döste sie ein wenig in der Ruhe dieses Ortes. Der Blick aus dem Fenster war wunderschön, aber er lenkte sie nicht von ihren Sorgen über ihre Kinder und ihre unsichere Situation ab.

»Sind Sie verheiratet?«, fragte eine andere Patientin zwei Betten weiter.

Mei Ling nickte.

»Dann wird alles gut. Er glaubt, dass Sie schwanger sind. Er ist hinausgegangen, um Ihre Akte zu finden und sicherzugehen, dass Sie eine gute Frau sind, damit man Sie nicht zurückschicken muss wie dieses andere Mädchen«, erklärte die Frau.

Trotz der Versicherung der Frau war Mei Ling außer sich vor Furcht. Stundenlang musste sie ausharren, ohne Genaues zu wissen.

Erst als die Sonne unterging, kam der Arzt zurück.

»Du … … … …, … … … … …, … …, … … … … …?« Er redete irgendein Kauderwelsch.

Verständnislos blickte Mei Ling ihn an und benutzte die wenigen englischen Worte, die sie kannte. »Entschuldigung. Nicht viel Englisch.«

Wut huschte über seine Züge und verängstigte Mei Ling. Er wandte sich ab und eilte davon. Wieder war sie allein gelassen mit all ihrer Verwirrung und Unsicherheit.

Diesmal kam der Arzt schneller zurück. Er hatte einen Chinesen bei sich.

Der Mann verneigte sich zur Begrüßung und sagte auf Kantonesisch: »Ich bin Übersetzer. Der Arzt hat mich um meine Dienste gebeten. Welche Sprache ist Ihnen am liebsten? Seiyap, Minnan oder Kantonesisch?«

»Sie sprechen sie alle?«, fragte Mei Ling trotz ihrer Furcht völlig fasziniert auf Kantonesisch.

Er nickte und fügte hinzu: »Und natürlich Englisch.«

»Kantonesisch bitte«, bat Mei Ling.

Gereizt sagte der Arzt: »… … …: Du … … … … …, … … … … … … … … …?«

Scham und Wut zuckten über das Gesicht des Übersetzers, bevor er sagte: »Er vermutet, dass Sie schwanger sind – zum ersten Mal. Obwohl in Ihrer Akte steht, dass Sie einen Sohn haben. Vielleicht sind Sie nicht die, für die Sie sich ausgeben.«

Mei Ling bekam große Augen, und ihr Herz hämmerte in der Brust. Wie Yui Lan würde man sie in Schande zurückschicken. Sie wollte für ihre Ehre kämpfen, diesen Fremden sagen, dass sie eine verheiratete Frau war, eine gute Frau, doch ihr Hirn war wie benebelt und sie konnte einfach nicht die richtigen Worte finden. *Bo!* Würde sie ihn jemals wiedersehen? Und Kai Li?

Der Arzt sprach wieder in seinem Kauderwelsch mit dem Übersetzer, dann warf er Mei Ling einen Blick zu, den sie nicht deuten konnte. Er hatte das Kinn gesenkt und die Augenbrauen gehoben.

Der Übersetzer sagte: »Es muss ja niemand erfahren. Verstehen Sie?«

In Mei Ling keimte Hoffnung auf, doch sie war sich nicht sicher, was der Arzt damit andeuten wollte. Hatte der Übersetzer gefragt, ob sie es verstanden habe, oder hatte der amerikanische Arzt es gesagt und der Übersetzer es nur wiederholt?

»Ich verstehe es nicht«, sagte sie kleinlaut.

Der Übersetzer wiederholte ihre Aussage auf Englisch. Der Weiße betrachtete sie voller Abscheu im Blick. Er hob eine Hand. Mei Ling zuckte zurück, weil sie fürchtete, dass er sie schlagen würde, doch anstatt auszuholen, rieb der Arzt seinen dicken Daumen gegen seine anderen beiden blassen Finger. Dann drehte er sich um und ging davon. Der Arzt wollte etwas von ihr, aber sie wusste immer noch nicht, was es war. Mei Ling blieb verwirrt und verängstigt zurück.

»Er will ein Schmiergeld«, erklärte der Übersetzer. »Für eine kleine Zahlung wird er Ihr Geheimnis für sich behalten.«

Plötzlich begriff Mei Ling. Natürlich. Der Arzt verhielt sich eben wie alle Regierungsbeamten.

Erleichterung und Aufregung bildeten eine ungewöhnliche Mischung. Sie würde nicht sofort ausgewiesen werden, aber sie besaß kein amerikanisches Geld.

»Wie viel?«, fragte sie.

»Zehn Dollar würde ich vorschlagen«, antwortete er.

Als sie die hohe Summe hörte, sog sie scharf die Luft ein. »Woher soll ich das nehmen?«, fragte sie.

»Sie können Versprechungen machen oder Gefallen erweisen«, antwortete er.

Sie starrte ihn an, weil sie nicht begriff, welche Gefallen oder Versprechungen er meinte. Ihre Gedanken kreisten, und dann wurde ihr übel, als sie begann zu verstehen: Er schlug vor, dass sie sexuelle Dienste anbot.

»Habe ich Zeit, meinen Mann um das Geld zu bitten?«, fragte sie, obwohl sie nicht wusste, ob Kai Li zehn Dollar besaß.

Der Übersetzer zuckte die Achseln und schüttelte dann den Kopf. »Das hängt von der Laune des Arztes ab. Vielleicht braucht er sie heute Abend, dann wäre es morgen schon zu spät.«

Mei Ling nickte und ihre ruhige Miene verbarg ihren inneren Aufruhr.

»Wenn du ein Geschäft machen willst, dann suche in der Küche nach Sun. Er arrangiert solche Dinge. Die Kosten sind hoch, aber vielleicht nicht so teuer wie die Alternative. Viel Glück.«

Mei Ling war zuvor schon schwindelig gewesen, doch nun war ihr Kopf völlig vernebelt. Sie spürte die Augen der Fremden im nächsten Bett. Ohne die Frau anzusehen, drehte sie sich auf die Seite zur Wand und wandte dem Raum den Rücken zu. Sie wusste, was sie zu tun hatte, obwohl ihr ganz schlecht bei dem Gedanken war, die hart erarbeiteten Schätze ihrer Ahma zu verschleudern. Mei Ling hatte keine Ahnung, wie viel eine Goldmünze wert war, aber sie hoffte inbrünstig, dass sie ausreichte, um das Schweigen des Arztes zu erkaufen.

Ganz langsam hob sie den Saum ihres Rocks. Als sie die kleine Tasche erreichte, versuchte sie ihren Finger in den Spalt zwischen dem oberen Saum und dem Rock zu schieben, doch der war viel zu fest zugenäht. Mit dem Daumennagel rieb sie über den Faden, immer wieder hin und her. Bald war ihr Finger wund und sie nahm einen anderen. Und schließlich hatte sie es geschafft und der Faden riss. Dann zog sie den nächsten Faden ganz heraus, bis sie eine der Münzen aus ihrem Versteck drücken konnte.

Sie rollte sich zusammen und betrachtete zum ersten Mal die Goldmünze. Der gezahnte Rand umgab den Kopf einer alten Frau: Victoria, die frühere Königin des Vereinigten Königreichs. Sie blickte zur Seite, ihr reifes Gesicht geschmückt von einer Krone und bedeckt von einem Schleier. Mei Ling drehte die Münze um. Ihr Herz schlug schneller, als sie das Bild auf der Rückseite sah: Es war ein Mann auf einem Pferd, bereit, einen Drachen zu erschlagen. Die Münze trug keine Zahl außer dem Datum, deswegen hatte sie keine Ahnung, was sie in Britischen Pfund wert war, ganz zu schweigen von Amerikanischen Dollar. Sie betete einfach, dass es ausreichen würde.

Als der Arzt zurückkehrte, allein, drückte sie die Münze in seine verschwitzte Hand. Seine Lippen verzogen sich zu einem Grinsen. Das Glitzern in seinen Augen hinterließ bei ihr den Eindruck, mehr als genug gezahlt zu haben – vielleicht sogar viel zu viel.

Es dauerte nur Minuten, bis ein Mann sie zurück zu ihrer Baracke führte. Der Wächter sprach kein Kantonesisch und sie natürlich kein Englisch, deswegen konnte sie auf die Fragen, die in ihr brannten, keine Antwort bekommen. Sie würde einfach abwarten müssen, ob der Arzt seinen Teil des Handels einhielt.

Kapitel 11

Angel Island – Juni 1923

In dieser Nacht schlief Mei Ling wenig. Kaum schloss sie die Augen, sah sie das Bild von Yui Lans Kopf, der immer wieder zwischen den Wellen auftauchte. Ihr Herz raste aus Mitleid. Was mochte diese Kindfrau in ihren letzten Augenblicken auf dieser Erde wohl gedacht haben? Mei Ling setzte sich im Bett auf und starrte durch das mit Maschendraht verstärkte Fenster. In der oberen Ecke war eine schmale Mondsichel zu erkennen. Ahma, Mah-ma, Guan Yin. Sie sehnte sich nach ihnen.

Gebt mir Kraft … und Weisheit, bat sie.

Sie blickte zu Bo und Shiya, die dicht aneinandergeschmiegt in einem der Metallbetten lagen. Würde man sie morgen zurückschicken – ohne die beiden? Die Ausweisungen geschahen immer sehr schnell, es sei denn, es gab einen Einspruch. Doch eine unsittliche Frau hatte kein Recht auf Einspruch.

Bisher hatte sie vermieden, darüber nachzudenken, aber es würde der Zeitpunkt kommen, an dem sie diese Insel verlassen würde – und dann musste sie Shiya und vielleicht Bo zurücklassen.

Selbst wenn der Arzt sie nicht meldete, gab es noch die Vernehmung. Sie zu bestehen, würde bedeuten, dass Bo und sie ins Land kamen – aber ohne Shiya, es sei denn, das Mädchen hatte die Grenzkontrollen dann schon hinter sich. Mei Ling zwang sich, darüber nachzudenken, was geschehen würde, wenn sie nicht bestand. Bo würde vielleicht mit ihr zurückgeschickt werden oder auch zu Kai Li – oder auf der Insel bleiben müssen.

Sie beschloss, mit der Diakonin zu sprechen, um herauszufinden, was mit Kindern geschah, wenn eine Mutter zurück aufs Schiff geschickt wurde. Sie brauchte einen Plan für Bo … und für Shiya.

Am Morgen gab sich Mei Ling trotz ihrer Erschöpfung vor den Kindern ruhig und fröhlich. Ein Bediensteter kam an den langen Tisch, wo sie ihr *Jook* aßen – ihren Reisbrei.

»Der Doktor hat extra Essen für die schwangere Dame angefordert!«, erklärte er, während er feierlich einen Korb vor Mei Ling stellte. Sie blickte hinein und entdeckte sechs gekochte Eier, drei Bananen und eine Orange.

Die Kinder und June klatschten in die Hände. Mei Lings Herz machte einen freudigen Satz, als sie die Wohltat entdeckte. Vielleicht hatte sie Ahmas Geld ja doch nicht sinnlos vergeudet. Der Arzt hielt seinen Teil des Handels ein – und mehr noch. Sie wurde nicht fortgeschickt und bekam zusätzliches Essen. Mit dieser Versorgung würde der kleine Geist in ihr zu einem starken Wesen heranwachsen.

Während ihrer Stunde bei Ma Maurer kam ein Wächter herein und rief Junes Namen. Mei Lings Herz hämmerte voller Mitgefühl. Es war schrecklich aufregend – jeder war erpicht darauf, dass sein Name ausgerufen wurde, um zur Befragung geholt zu werden –, aber es war auch ein Risiko dabei, selbst für jemanden wie June, bei der eigentlich keine Zweifel bestanden, dass man sie ins Land lassen würde. Trotz ihrer äußerlich zur Schau getragenen Gelassenheit sah Mei Ling die Angst in den Augen ihrer Freundin.

Obwohl sie nichts für June tun konnte, war Mei Ling nicht mehr in der Lage, sich auf den Unterricht zu konzentrieren. Die Befragung erinnerte sie daran, dass sie für den Zeitpunkt, wenn sie ausgewiesen oder ins Land einreisen durfte, Vorbereitungen für die Kinder treffen musste.

Als die Stunde vorbei war, sprach sie mit der Diakonin. Die Frau sagte ihr, dass Bo zu klein war, um allein auf der Insel zurückgelassen zu werden. Würde man Mei Ling ausweisen, käme Bo zu Kai Li oder mit ihr zurück aufs Schiff, doch die ältere Frau wusste nicht, wonach diese Entscheidung getroffen wurde.

Ma Maurer bestätigte Mei Lings Vermutung, dass Shiya als alt genug betrachtet würde, um ohne eine Erwachsene im Quartier der Frauen zurückzubleiben. Mei Ling beschloss, eine der älteren Frauen zu bitten, ein Auge auf das Mädchen zu haben, sollten sie getrennt werden, bevor das Kind die Insel verließ. Sie ging die Gesichter jener Frauen durch, die in letzter Zeit eingetroffen waren, denn sie würden höchstwahrscheinlich noch hier sein, wenn Shiya ins Land gelassen wurde.

Mit der Nettesten von ihnen würde sie sich anfreunden und einen Teil der Wohltaten des Arztes nutzen, um es ihr schmackhafter zu machen, nach Shiya zu sehen. Mei Ling würde sich nicht mehr lange um das Wohlergehen des Kindes kümmern können, aber sie konnte es in die Obhut einer anderen Frau übergeben. Und vielleicht würde diese Frau dann dafür sorgen, dass Shiya in der Zukunft eine Chance bekam.

Nach dem Gespräch mit der Diakonin lief sie nach oben, aber June war noch nicht zurück. Es war erst eine Stunde vergangen, und Befragungen gingen niemals besonders schnell.

Als June ein paar Stunden später zurückkehrte, strahlte sie. »Ich habe bestanden. Wie ich es gesagt habe. Ich fahre mit der Fähre um vier Uhr.«

Mei Ling zwang sich zu einem Lächeln. Ihre Kehle war wie zugeschnürt. Sie wünschte June, dass sie nach Hause zurückkehren konnte, ihre Kinder sehen, aber sie würde ihre Freundin auch vermissen.

Während June schnell ihre Sachen zusammenpackte, befahl sie: »Schreib auf!«

Mei Ling nahm sich ein Stück Papier.

»Die Chinesische Presbyterianische Kirche in Oakland, Ecke 6. Straße und Harrison. Jeden Sonntag findest du mich da. Meine eigene Adresse ist 911 Alice Street, Oakland. Wie der Frauenname. Sehr hübsch. Nur ein paar Straßen von der Fähre an der 70. Straße entfernt. Komm mich bald besuchen. Vergiss es nicht. Okay?«, trug June ihr auf.

Mei Ling verneigte sich und blinzelte die Tränen fort. »Du hast Bo und Shiya einen Ausflug zu dem Turm an der Universität in Berkeley versprochen. Das werde ich nicht vergessen. Niemals.«

June verneigte sich ebenfalls. Dann umarmte sie Mei Ling fest.

»Danke«, sagte Mei Ling und schluckte die ihr so peinlichen Gefühle herunter. Sie legte ihren Kopf auf Junes Schulter.

»Wir guten Frauen müssen zusammenhalten«, sagte June. Auch ihre Augen schimmerten, während sich die beiden Frauen ein letztes Mal zum Abschied verneigten.

Mei Ling, Bo und Shiya gingen zum Fenster und blickten durch den in Glas eingelassenen Maschendraht. Schließlich erschien draußen June. Sie sahen, wie sie ihre Habseligkeiten aus dem Schuppen holte und dann an Bord der Fähre ging. Sie winkten ihr nach, als sie ihrem richtigen Leben entgegenfuhr.

* * *

Drei Tage später kam ein Wächter an die Tür und brüllte Mei Lings Namen. Ihr Herz begann zu rasen. Jetzt war es so weit. Ihre Befragung.

Sie nahm Bos Hand und winkte Shiya. »Komm.«

»Kein Kind-a«, bestimmte der Wächter auf Kantonesisch, aber mit einem seltsamen Akzent.

Mei Lings Magen zog sich zusammen. Sie hatte die Kinder nicht alleingelassen, seit June abgefahren war. Sie würden ganz auf sich gestellt sein.

»Ich werde mich gut um Bo kümmern!«, versprach Shiya.

Mei Ling lächelte dem kleinen Mädchen zu. »Du bist eine gute große Schwester. Ich danke dir. Eure Tante ist dort drüben, wenn ihr irgendetwas braucht.«

Mei Ling deutete zu der Frau, mit der sie vereinbart hatte, dass sie auf Shiya achten würde, falls man sie selbst bald ins Land ließ. Shiya lächelte. Mei Ling strich den Kindern über die Köpfe, dann ging sie.

Mit jedem Schritt ließen die Kraft ihrer Beine und ihr Selbstbewusstsein nach. Es war schon zu lange her, dass sie in dem Heft gelernt hatte. In Gedanken war sie alles immer wieder durchgegangen, doch sie fürchtete, nicht jede Einzelheit richtig zu erinnern oder etwas gefragt zu werden, was nicht im Lehrheft gestanden hatte.

Der Wächter blieb vor einer offenen Tür stehen und deutete in einen kalten, dunklen Raum ohne natürliches Licht. Auf der einen Seite des Metalltisches saßen ein Weißer, ein Chinese und eine weiße Frau, die eine Maschine vor sich stehen hatte.

»Sie dürfen sich dorthin setzen.« Der Übersetzer deutete auf einen Stuhl. »In Ihrer Akte steht Kantonesisch. Ist das Ihre bevorzugte Sprache?«

Mei Ling nickte. Sie war ausgesprochen dankbar, dass Wong Lu Shi die gleiche Muttersprache hatte. Wahrscheinlich war das kein Zufall. Die Heiratsvermittlerin hatte einen Ruf zu verteidigen.

Der Weiße öffnete eine Akte, die vor ihm auf dem Tisch lag. Er fragte etwas auf Englisch. Die Frau tippte es in die Maschine, ihre Finger flogen wie ein Kolibri über die Tasten.

Der Übersetzer sagte: »Bewerberin 3-23. Ist Ihnen bewusst, dass Sie hier unter Eid aussagen und der Wahrheit verpflichtet sind? Wenn Sie des Meineids überführt werden, können Sie ausgewiesen oder von der Einwanderungsbehörde der Vereinigten Staaten in Haft genommen werden.«

Mei Ling nickte erneut.

Der Übersetzer mahnte: »Sie müssen sprechen, damit Ihre Antworten aufgezeichnet werden können.«

Mei Ling räusperte sich. »Ja.«

»Haben Sie verstanden, dass Sie sofort darauf hinweisen müssen, wenn Sie den Übersetzer nicht vollumfänglich verstehen?«, fragte der Übersetzer.

Mei Ling wollte gerade nicken, besann sich dann aber eines Besseren und sagte: »Ja.«

»Der Bewerber 3-24 ist noch zu jung, um unter Eid auszusagen«, erklärte der Chinese und meinte damit Bo. Mei Ling setzte an, um etwas zu sagen, aber der Weiße sprach weiter, bevor sie das Wort ergreifen konnte.

»Wie lauten Ihre sämtlichen Namen?«, fragte der Übersetzer.

Mein einziger Name ist Mei Ling. Sie schluckte und dann erzählte sie ihre erste Lüge: »Wong Lu Shi. Das sind alle.« Doch dann fiel ihr noch ein: »Mir wurde gesagt, in den Vereinigten Staaten würde ich Mrs Chinn sein.« Und schließlich fügte sie mit einer Verneigung hinzu: »Wenn ich Ihre Billigung finde.«

Sie sah, wie ein Lächeln über das Gesicht des Inspektors huschte.

»Verzichten Sie auf das Recht, sich während Ihrer Aussage durch irgendjemanden vertreten zu lassen – einen Freund, einen Verwandten oder einen Anwalt?« Der Übersetzer wiederholte die Frage, die der Prüfer gestellt hatte.

Diese Freundlichkeit hat man mir nie angeboten, dachte Mei Ling, aber laut sagte sie: »Ja.«

Der Übersetzer fragte: »Gibt es irgendwelche Personen in den Vereinigten Staaten, abgesehen von Ihrem Ehemann, die Sie vielleicht in China gesehen haben und wissen, dass Sie in der von Ihnen behaupteten Beziehung zueinander stehen?«

»Nein«, erwiderte Mei Ling.

»Wie alt sind Sie?«

Achtzehn, schoss es ihr durch den Kopf. »Ich bin zwanzig.«

»Beabsichtigen Sie, ständig hier zu leben, wenn Sie einreisen dürfen?«, erkundigte er sich.

Mei Ling wog ihre Antwort genau ab. Bisher hatte sie noch keinen Fuß nach Amerika gesetzt, und man erwartete von ihr, dass sie ihr Leben dort verbringen würde – samt ihren Kindern. Sie blickte den Inspektor an. Sein Gesicht war ausdruckslos. Wollte er eine Chinesin für immer hier haben?

In der Hoffnung, dass es die Antwort war, die er hören wollte, sagte sie: »Ja.«

»Können Sie lesen und schreiben?«

Ja, ich bin eine gebildete Frau! Doch Mei Ling sagte: »Nein.«

»Sind Sie jemals von den Vereinigten Staaten verhaftet und ausgewiesen worden?«

Mei Ling empfand diese Frage als beleidigend, aber sie antwortete nur: »Nein.«

Doch der Übersetzer fuhr gleich mit den Beleidigungen fort: »Haben Sie oder ein Elternteil von Ihnen jemals Zeit in einer Irrenanstalt verbracht?«

Mei Ling blickte ihn direkt an und sagte entschieden: »Nein.«

Zufriedenstellenderweise war es dem Übersetzer sichtlich unangenehm, die nächste Frage zu stellen: »Sind Sie eine Anhängerin der Polygamie?«

»Nein.«

Mit einem kleinen Schulterzucken, als wolle er sich entschuldigen, fragte der Übersetzer: »Sind Sie Anarchistin?«

»Nein«, entgegnete sie, dankbar für diese ebenfalls beleidigende, aber einfach zu beantwortende Frage.

Die Befragung ging weiter, und Mei Ling antwortete jedes Mal langsam und bedächtig, um genügend Zeit zu haben, sich an alle Einzelheiten aus dem Heft zu erinnern, als die Fragen immer mehr in die Tiefe gingen. Nach ungefähr einer Stunde ging die Tür auf, und ein junger Chinese kam herein. Der bisherige Übersetzer stand auf und ging ohne ein weiteres Wort hinaus. Der neue Mann setzte sich auf den Stuhl, der nun leer war.

»Haben Sie den vorhergehenden Übersetzer verstanden?«, erkundigte sich der neue Übersetzer.

Mei Ling war überrascht, erneut danach gefragt zu werden, aber sie antwortete einfach: »Ja.«

»Wie groß ist das Dorf Ihres Ehemannes, wo Sie seit Ihrer Hochzeit gelebt haben?«

Mei Ling erinnerte sich an die entsprechende Seite und antwortete entschieden: »Es sind etwas über hundert Häuser.«

»In welcher Richtung liegt das Dorf?«

Mei Ling überdachte die Frage. Sie stellte sich die Zeichnung des Dorfes vor und antwortete: »Nach Westen.«

»Wie viele Häuser stehen in Ihrer Reihe?«

»Zehn Häuser«, erwiderte Mei Ling entschieden.

»Wenn man von oben her zählt, das wievielte ist Ihr Haus?«

Wieder stellte Mei Ling sich die Zeichnung vor und zählte in Gedanken. Dann überprüfte sie es noch einmal aus der anderen

Richtung. »Das fünfte Haus in der neunten Reihe. Oder von Norden her ist es das fünfte Haus in der dritten Reihe.«

Der Inspektor schob zwei Blatt Papier und einen Bleistift über den Tisch.

Der Übersetzer sagte: »Malen Sie auf das eine Blatt eine Skizze von Ihrem Haus und benennen Sie alle Räume. Auf das andere Blatt zeichnen Sie das Dorf und benennen die Gebäude, die Felder und die Grabstätten.«

Mei Lings Hand zitterte, als sie nach dem Bleistift griff. Sie schob ihn in ihren Fingern zurecht, als sei sie nicht daran gewöhnt, einen Stift zu halten. Langsam und sich nur zu gut dessen bewusst, dass alle Augen auf sie gerichtet waren, zeichnete sie auf, woran sie sich aus dem Buch erinnerte. Sie wollte die Gebäude benennen, doch gerade noch rechtzeitig fiel ihr ein, dass die Frau, für die sie sich ausgab, nicht schreiben konnte.

Sie nannte den Namen von jedem einzelnen Raum, und der Übersetzer schrieb auf Englisch, was sie sagte. Als sie fertig war, nickte der Inspektor, doch seinem Gesichtsausdruck war nicht anzusehen, was er dachte. Er stellte eine weitere Frage auf Englisch.

Der Chinese übersetzte. »Ist der Ofen in der Küche transportabel oder eingebaut?«

Panik explodierte wie ein Feuerwerk in Mei Lings Brust. Davon hatte nichts in dem Heft gestanden.

Sie dachte sich einfach etwas aus. »Transportabel.«

Die weiße Frau tippte ihre Antwort ohne Unterlass in ihre Maschine. Fragend blickte Mei Ling die beiden Männer an, die ihr gegenübersaßen, doch keiner von beiden ließ sich anmerken, ob ihre Antwort richtig war oder falsch.

Stattdessen stellten sie weitere Fragen über das Haus: die Anzahl und Position der Fenster, wer wo geschlafen hatte und wie es gebaut war. Nach einer weiteren zermürbenden Stunde schloss der Inspektor die Akte und sagte etwas.

»Für heute sind wir durch«, erklärte der Chinese und nickte.

Völlig erschöpft atmete Mei Ling erleichtert auf. Wäre es noch viel länger gegangen, hätte sie wahrscheinlich größere Fehler begangen.

Als sie in die Baracke zurückkehrte, war Shiya gerade dabei, Bo mit einer Geschichte zu unterhalten. Er grinste Mei Ling entgegen und tätschelte ihr Bein, als sie sich zu den beiden auf das schmale Bett setzte. Ein Gefühl süßer und rührender Erleichterung überflutete Mei Ling.

Sie war Shiya so dankbar. Die Fröhlichkeit des Mädchens hatte ihre Zeit auf der Insel erträglich gemacht. Es würde ihr und Bo das Herz zerreißen, sie hier zurücklassen zu müssen. Und noch viel schlimmer war, dass Mei Ling nicht wissen konnte, was aus dem Mädchen werden würde.

Um sich zu beruhigen, zog Mei Ling die Statue von Guan Yin hervor. Sie stellte sie ans Ende des Bettes und machte vor ihr mehrere Kotaus, die ihr zwar peinlich waren, sie aber auch beruhigten. Sie konzentrierte sich auf ihren Atem, atmete Liebe ein und Frieden aus. Dann meditierte sie voller Liebe für das Mädchen. *Möge Shiya nichts Schlechtes widerfahren. Möge Shiya Leid erspart bleiben. Möge Shiya nur Freude zuteilwerden.* Und dann tat sie dasselbe für den Prüfer, denn ihre Großmutter hatte sie gelehrt, auch für Menschen zu meditieren, auf die sie wütend war. *Möge ihm nichts Schlechtes widerfahren. Möge ihm Leid erspart bleiben. Möge ihm nur Freude zuteilwerden.* Ein letztes Mal atmete sie tief durch, dann öffnete sie die Augen.

Shiya stand neben dem Bett und starrte Mei Ling an. Ihre durchdringenden braunen Augen füllten sich mit Tränen. Sie blinzelte sie fort.

Shiya flüsterte: »Meine Mah-ma hat das immer gemacht.« Sie senkte den Blick, um ihre tiefen Gefühle zu verbergen. Mei Ling spürte, wie sich ihr vor Mitleid die Kehle zuschnürte, aber sie sagte nichts. Sie berührte den Arm des kleinen Mädchens.

Shiya blickte auf. »Sie hat gesagt, sie würde es mir beibringen, aber sie hat es nie getan.«

»Ich bin sicher, das hätte sie. Du warst einfach noch so jung …« Mei Ling versagte die Stimme.

»Wirst du es mir beibringen?«, bat Shiya inständig.

Mei Ling biss sich auf die Lippe und nickte. »Ja. Das werde ich.«

An jenem Abend wiederholte Mei Ling alles, was ihre Mutter und Großmutter sie gelehrt hatten für Shiya. *Beuge dich tief hinunter. Unterwirf dich deinen Ahnen, übergibt ihnen deine Probleme. Bitte um Gelassenheit für dich.* Versuche bei allem, was du tust, ruhig zu bleiben. *Segne andere, besonders jene, die dich wütend machen. Atme. Atme. Atme.*

»Danke«, sagte Shiya, als sie geendet hatten. Ihr Blick wirkte eindringlich, als wolle sie etwas sagen, fürchtete sich aber davor.

Mei Ling blickte sie an und nickte auffordernd.

Ungewöhnlich schüchtern starrte Shiya auf das Bett und sprach so leise, dass Mei Ling sie kaum verstehen konnte: »Ich wünschte, du wärst meine neue Mah-ma.«

Mei Ling zerriss es das Herz. Bevor sie irgendetwas antworten konnte, sprang Shiya vom Bett und gesellte sich zu Bo, der am Boden saß und spielte.

Mei Ling betrachtete das Mädchen und war froh, nicht antworten zu müssen. Es war eine rührende und süße Bitte – und doch unmöglich. Shiya hatte eine Familie, zu der sie gehörte. Abgesehen davon war Mei Lings Leben noch alles andere als beständig. Sie musste sich erst einmal daran gewöhnen, Bo eine Mutter zu sein. Zwar besaß sie diesen Instinkt zu beschützen, aber zunächst musste sie herausfinden, ob ihr Mann ihres Vertrauens würdig war.

Doch sie war überzeugt, egal, wie unwahrscheinlich und unsinnig es war, sollte sich ihr die Gelegenheit bieten, würde sie nur zu gern die Verantwortung für Shiya übernehmen.

Kapitel 12

Angel Island – Juni 1923

Mei Ling rechnete damit, später am Tag wieder aufgerufen zu werden, doch an diesem Nachmittag holte sie niemand. Jeden Morgen und jeden Nachmittag erwartete sie, ihren Namen zu hören, aber drei Tage vergingen, und niemand rief sie. Ein Spaziergang mit einem Wächter war eine willkommene Abwechslung von der Qual des Wartens. Sie gingen einen Hügel hinauf, zwischen mächtigen Eichen und niedrigem Gestrüpp. Angel Island war sehr trocken und braun verglichen mit den Bergen hinter ihrem Heimatdorf.

Ein Gefühl der Verachtung stieg in ihr auf, als sie an dem Krankenhaus vorbeikamen, in dem der bestechliche Arzt arbeitete. Doch sie verdrängte ihre Abscheu, da sie entschlossen war, diese relative Freiheit zu genießen. Bo und Shiya hüpften ein Stück voraus und erreichten den Gipfel des Hügels etwas vor ihr. Als sie die beiden einholte, verschlug es ihr bei dem unglaublichen Blick über das Wasser, das im Sonnenlicht schimmerte, den Atem. Auf der anderen Seite der Bucht erhob sich das Festland. Shiya deutete auf den Turm in der Ferne, den Sather Tower der Universität in Berkeley.

»Dort wirst du bald leben!«, erklärte Shiya Bo, und ihre junge Stimme klang entschieden und aufgeregt. Sie musste sich an Junes Versprechen erinnert haben, dass sie eines Tages dort sein und es zu ihrem Zuhause machen würden.

Mei Ling wurde das Herz schwer. Sie wollte die Hoffnung der beiden nicht zerstören, aber sie wollte auch nicht, dass sie an eine Lüge glaubten.

Also entschied sie sich für einen Mittelweg. »Wir hoffen, sie uns eines Tages anzusehen, aber niemand lebt dort. Es ist nur eine Uhr. Eine sehr große Uhr.«

Die Kinder schienen zufrieden mit dieser Erklärung und liefen weiter. Sie folgten einigen anderen Frauen. Bo und Shiya waren die einzigen Kinder. Mei Ling machte sich nicht die Mühe, irgendwelche Gespräche anzufangen – sie wollte sich nicht an noch jemanden binden. Ihr Herz würde keine weiteren Verluste mehr verkraften können.

Sie liefen weiter, bis der hohe Tribune Tower in Oakland in Sicht kam. Mei Ling schickte einen schweigenden Gruß an June, die erzählt hatte, dass sie oft daran vorbeiging. Der Wächter zwang sie umzudrehen, bevor ihr zukünftiges Zuhause in Sicht kam – San Francisco, wo hoffentlich Kai Li auf sie wartete.

Mei Ling zog Kraft und Vertrauen aus der Vorstellung ihres neuen Heims in San Francisco. Sie hatte es im Geist ihrem Haus in Guangzhou nachempfunden, einschließlich eines Gartens, in dem sie sich unter ihrer behutsamen Pflege die blühenden Pfingstrosen und Chrysanthemen vorstellte, die Schönheit in ihr harmonisches Leben bringen würden. In ihrer Vorstellung war sie eine gut gekleidete Frau eines Kaufmanns, die mit ihren beiden Kindern und ihrem fürsorglichen Ehemann in einem warmen, modernen Haus wohnte. Vielleicht würde Shiya sogar in der Nähe leben, sodass sie sie regelmäßig besuchen konnte – die Kinder verhielten sich, als seien sie Cousins und Cousinen in einem Land ohne eigene Familie. Ihr Vertrauen auf eine bessere Zukunft gab ihr die Kraft, guter Stimmung zu bleiben, trotz der tristen Bedingungen, unter denen sie zurzeit lebte.

* * *

Wochen vergingen, bevor ein Wächter ihren Namen von der Tür aus rief. Sofort schlug ihr Herz schneller. Noch an diesem Nachmittag würde man sie vielleicht einreisen lassen – oder abschieben. Im ersten Fall musste sie Shiya zurücklassen, im anderen beide Kinder. Sie atmete einmal tief durch, um sich zu beruhigen, kniff sich in den Arm, um die Trauer zu verscheuchen, und tätschelte die Kinder zum Abschied.

Der Wächter deutete auf die Kinder, zeigte dann zur Tür und sagte: »… … …, … … … …«

Mei Ling zeigte auf Bo und Shiya und deutete dann ebenfalls zur Tür, um sicherzugehen, dass er meinte, die Kinder sollten ebenfalls kommen. Der Wächter nickte.

»Ihr könnt mitkommen«, sagte Mei Ling so unbeschwert wie möglich.

»Komm, Bo!« Shiya nahm seine kleine Hand. Die Kinder wirkten in der Erwartung dessen, was nun passieren würde, ganz begeistert.

Doch an der Tür hob der Wächter die Hand und hielt Shiya zurück. »… … … die …«

Trauer legte sich über Shiyas Gesicht und Mei Lings Herz.

»Es tut mir leid. Wir sind bald zurück«, sagte Mei Ling, doch dann berichtigte sie sich. »Vielleicht nicht bald, aber wir kommen zurück.«

Shiya blinzelte ihre Tränen fort, drehte sich um und ging langsam zum Bett zurück. Ihre hochgezogenen Schultern zeigten, wie verletzt sie war.

Mei Ling war innerlich völlig zerrissen, aber es war keine Zeit, irgendetwas zu erklären oder das Mädchen zu trösten. Sie war gezwungen, die Kleine auf der Stelle zurückzulassen und dem Wächter nachzueilen, der schnell davonging.

Er führte sie zu demselben kleinen Raum mit dem Metalltisch. Sie sah sich drei unbekannten Gesichtern gegenüber, die sie musterten, als sie sich setzten. Bo hatte einen eigenen Stuhl, aber er konnte kaum über die Tischkante sehen.

Der Inspektor sprach Englisch, und der Übersetzer sagte: »Der Inspektor hat sich mit Ihrem Fall vertraut gemacht. Verstehen Sie mich?«

»Ja«, erwiderte Mei Ling.

»Verstehen Sie, dass Sie immer noch unter Eid stehen?«, wollte der Mann wissen.

Mei Ling erwiderte: »Ja.«

»Ihr Sohn ist zu jung, um einen Eid zu leisten, aber wir müssen ihm trotzdem ein paar Fragen stellen«, sagte der Chinese.

»Ja«, sagte Mei Ling, obwohl es keine Frage gewesen war.

»Wie alt bist du?«, wandte sich der Mann an Bo.

Bo starrte den Mann an.

»Spricht er?«, wollte der Mann wissen.

Mei Ling wusste nicht, was sie darauf antworten sollte. Bo hörte nur selten auf zu reden, wenn er mit Shiya zusammen war, aber sie bezweifelte, dass er gegenüber diesem Fremden den Mund aufbekommen würde. Und sie würde ihn ganz sicher nicht ermutigen, die Fragen des Mannes zu beantworten, denn seine Antworten könnten Zweifel säen, was ihren Fall anging. Der kleine Junge könnte behaupten, dass Shiya seine Schwester sei oder seine erste Mah-ma erwähnen. Deswegen schüttelte Mei Ling einfach nur den Kopf.

Doch sie erinnerte sich noch rechtzeitig und sagte laut: »Nein.«

Der Übersetzer sprach mit dem Prüfer: »... ... ...«

Der Übersetzer schüttelte den Kopf und schnalzte ärgerlich mit der Zunge. Er fragte die Referentin: »… … … … … … … … … …?«

»… … … …«, erwiderte sie.

Ärger rötete Mei Lings Wangen. Die Einzelheiten dessen, was gesagt wurde, entzogen sich ihr, aber der verächtliche und voreingenommene Ton war nicht zu überhören und traf ihren Stolz. Am liebsten hätte sie Bo lautstark verteidigt. Er war ein kleiner Junge, der so viel verloren hatte. Was bildeten die sich ein, ihn zu verurteilen oder sie?

Der Inspektor stellte eine Frage auf Englisch, und der Übersetzer wandte sich wieder an Mei Ling, wobei er wieder einen respektvollen, neutralen Ton annahm, als habe sie nicht bemerkt, dass die drei über sie und ihren Sohn gelacht hatten.

»Ihr Mann sagt, dass der Ofen in der Küche fest eingebaut ist, was im Widerspruch zu Ihrer Aussage steht. Was haben Sie dazu zu sagen?«

Mei Lings Antwort war falsch gewesen! Man würde sie zurückschicken. Ihr Drache sandte eine Welle der Energie aus der Mitte ihrer Brust. Sie hatte zu viel geopfert, um jetzt wegen eines Küchengeräts alles zu verlieren.

»Mein Mann verbringt keine Zeit in der Küche«, erwiderte sie, und Entrüstung überspielte die Furcht in ihrer Stimme. »Wieso glauben Sie, dass er sich mit unserem Ofen auskennt? Er wirkt, als wäre er eingebaut, aber das ist ein Trugschluss. Es soll einfach nur so aussehen.«

Sie hörte das Klicken der Maschine, als die Frau ihre Antwort eintippte. Der Inspektor räusperte sich, zeigte aber nicht, ob er ihr glaubte. Die Befragung zog sich noch stundenlang genauso hin, wie es die erste getan hatte. Manche Fragen wurden sogar erneut gestellt. Sie hätte sich gelangweilt, wäre der Ausgang für sie nicht so entscheidend gewesen.

Sie übergingen Bo, der irgendwann seinen Kopf auf den Tisch legte. Mei Ling fürchtete, dass sie ihn züchtigen würden, deswegen nahm sie ihn sanft am Arm und zog ihn auf ihren Schoß, damit er sich ausruhen konnte. Zunächst widersetzte er sich, doch dann gab er nach.

Als die Befragung endete, schlief Bo immer noch. Der Inspektor stand auf und verließ mit ihrer Akte in der Hand den Raum. Die Stille wurde zunehmend unerträglich. Mei Ling lauschte den Wellen, die gegen das Ufer schlugen, und dem gelegentlichen Schrei eines Seevogels. Nach ungefähr zwanzig Minuten kehrte der Weiße zurück. Er schrieb etwas in die Akte und sagte dann etwas. Die Frau tippte.

Der Inspektor schob ein Blatt Papier zu ihr hinüber, das auf Englisch beschriftet war.

»Machen Sie hier Ihr Zeichen«, befahl der Übersetzer.

Mei Lings Finger zitterten, als sie nach dem Stift griff. Gerade wollte sie ihren eigenen Namen schreiben, doch schnell erkannte sie ihren Fehler und machte ein krakeliges X auf die schwarze Linie. Der Mann schnappte sich das Papier und schob es nachlässig in »ihre« Akte.

»Sie sind fertig«, sagte der Übersetzer, stand auf und verneigte sich leicht. »Viel Glück.«

Die guten Wünsche klangen irgendwie unheilvoll. Verwirrung machte sich in Mei Ling breit, doch der Übersetzer war verschwunden, bevor sie sich nach ihrem Status erkundigen konnte. Sie erhob sich, nahm den schlafenden Bo in die Arme, verneigte sich respektvoll und ging hinaus. Sollte sie ausgewiesen werden, würde sie sich ihre Verzweiflung nicht anmerken lassen.

Niemand erwartete sie, um sie zurück nach oben in den Schlafsaal der Frauen zu eskortieren. Sie musste alleine zurückgehen. *Schenke mir Gleichmut, was immer mir auch bevorsteht*, flehte sie zu Guan Yin. Sie spürte das Gewicht von Bos Leben, während sie seinen schweren kleinen Körper die kalten Stufen hinauftrug. Noch vor zwei Monaten hatte sie sich vor der Last gefürchtet, für ihn sorgen zu müssen. Nun entsetzte sie der Gedanke, von dem kleinen Jungen getrennt zu werden.

* * *

Mei Ling sank auf das untere Stockbett. Bo, immer noch im Halbschlaf, kroch hinüber zu Shiya auf dem angrenzenden Bett. Das Mädchen zog ihn zu sich und er schloss wieder die Augen. Träumte er bereits wieder oder döste er nur? Mei Ling starrte zum Fenster. Das helle Blau des vom Maschendraht im Glas zerschnittenen Himmels blieb eine ständige Erinnerung daran, dass sie eine Gefangene war. Der Nebel hatte sich verzogen, während sie in dem kleinen Raum gewesen war. Für all jene, die sich daran erfreuen konnten, schien es ein schöner Tag zu werden.

Überwältigt von der Sinnlosigkeit ihrer Situation, legte sie sich aufs Bett. Shiya streckte eine Hand aus und drückte Mei Lings Arm. Sie spürte, dass Mei Ling verstört war. Mei Ling lächelte dem Mädchen zu, das sie verlieren würde, wenn man sie zurück nach China schickte.

China. Der Gedanke daran zurückzukehren, erfüllte sie mit Scham und Furcht. Sie und das Baby würden für ihre Eltern eine Last bedeuten, von der sie geglaubt hatten, befreit zu sein. Sie würde nicht in das Dorf zurückkehren, sondern sich ein Leben in Hongkong aufbauen. Eine Stelle als Bedienstete würde sie sicher irgendwo finden.

Ihr Herz begann zu rasen. Zunächst musste sie ihren Plan für Bo und für Shiya ausführen. Sie wollte, dass die Kinder nach San Francisco kamen, zu Kai Li und Suk Suk, bevor man sie selbst abschob.

Sie setzte sich auf, holte ihr Schreibpapier heraus und begann einen Brief an Diakonin Maurer, damit sie ihn Kai Li überbrachte. Es war ihr egal, wenn sie nun erfuhren, dass sie schreiben konnte. Was hatte sie noch zu verlieren?

Bevor sie das erste Schriftzeichen setzen konnte, erschien ein Wächter in der Tür. Alle Augen wandten sich ihm zu.

Auf Chinesisch brüllte er: »*Dai Fo*: La Bo Lo, Wong Lu Shi, Yui Lum Shi, Chinn Bo.«

Dai Fo. Die erste Stadt. Sie stand auf der Liste der Leute, die als Erste einreisen durften.

Sie eilte zu dem Wächter. Sie deutete auf ihre Brust und fragte: »Dai Fo? Wong Lu Shi?«

Der Mann nickte.

»Chinn Bo?« Sie deutete auf Bo.

Der Mann nickte.

»Shiya?«, flehte Mei Ling geradezu.

Der Mann presste voll Mitleid die Lippen aufeinander, schüttelte aber den Kopf. Mei Ling schloss fest die Augen und unterdrückte das Bedürfnis, mit dem Wächter zu streiten. Sie holte einmal tief Luft, um ihren Drachen zu besänftigen. Dann nickte sie. Der Mann hob beide Hände und sagte auf Englisch: »… … … ….«

Mei Ling hob alle ihre Finger. »Zehn Minuten? Wir müssen in zehn Minuten aufbrechen?«

Der Mann nickte und rief: »… … … … … … … … … … …!«

Hektisch packte Mei Ling ihre Sachen zusammen und rollte das Bettzeug ein. Tränen standen ihr in den Augen, während Shiya einfach nur zusah und der inzwischen wieder völlig wache Bo an ihrer Seite saß. Sie musste das Gespräch mitgehört haben. Mei Ling nahm sich ein Stück Papier. Dann schrieb sie ihren Namen, den von Kai Li und *Presbyterianische Kirche* darauf.

Sie setzte sich dicht neben Shiya.

»Bo und ich müssen jetzt gehen, und man lässt dich nicht mitkommen«, sagte Mei Ling sanft und mit möglichst ruhiger Stimme.

»Die Tante hat versprochen, sich um dich zu kümmern, bis du wieder bei Suk Suk bist.« Mei Ling ging die Verabredung noch einmal durch. Hoffentlich würde man Shiya vor der älteren Frau ins Land lassen.

Mei Ling drückte den Zettel in Shiyas Hand. »Verliere ihn nicht. Benutze ihn, um uns zu finden. Du musst nach uns suchen, denn ich kenne den Familiennamen deines Onkels nicht und ich weiß auch nicht, wo er lebt.«

Shiya nickte. Sie konnte die Tränen kaum noch zurückhalten.

»Ich werde jeden Tag an dich denken. Und Bo auch. Du bist seine Heldin!«

Mei Ling biss sich auf die Lippe. Sie blätterte durch ihr Notizbuch, bis sie die Seite fand, auf die Shiya ein Bild von Guan Yin gemalt hatte. Sie riss die Seite heraus und reichte sie Shiya mit zitternder Hand.

Dann befahl Mei Ling: »Du bittest Guan Yin um Kraft. Sie wird dir immer beistehen. Ich werde sie auch darum bitten – für dich.«

Was war, wenn sie diesem Kind gerade zum letzten Mal etwas Weisheit vermitteln konnte? Sie rief sich die Worte ins Gedächtnis, die Mah-ma ihr eingeschärft hatte. Das Rezept für ein gutes Leben: »Arbeite hart, sei freundlich und bescheiden – dann wirst du ein harmonisches Leben führen.«

Shiya nickte, aber das alles zu verarbeiten, war für eine Sechsjährige einfach zu viel.

»Wir lieben dich«, sagte Mei Ling, und ihr Drache brüllte voller Trauer und Wut.

»Ich liebe euch auch«, erwiderte Shiya.

»Bald wird man dich ins Land lassen, und wir werden alle gemeinsam zu dem Turm gehen, von dem June uns erzählt hat. Von dort aus werden wir Angel Island sehen können, aber dann ist es nicht mehr unser Gefängnis.« Sie sagte es laut und mit bebender Stimme, doch sie fürchtete, dass es nur ein Traum bleiben würde.

Shiya nickte. Sie drängte sich gegen Mei Ling, schlang ihre Arme um deren Taille und drückte sie fest. Auch Mei Ling umarmte das Mädchen, während ihr die Tränen in den Augen brannten. Sie ließ nicht los, bevor Shiya es tat. Das Mädchen streichelte Bos Wange. Sie beugte sich vor und rieb ihre Nase an seiner.

Mit schwerem Herzen schlang sich Mei Ling ihre Tasche über die Schulter und nahm Bo bei der Hand. Mit der anderen hielt er Shiyas. Mei Ling zog ihn mit, bis die Hände der beiden Kinder sich lösten.

»Komm mit, Shiya. Komm«, rief Bo mit seiner kleinen Stimme und winkte ihr, ihnen zu folgen.

»Macht's gut«, sagte Shiya. Sie lag auf dem Bettrahmen aus Metall, allein, und blickte ihnen nach. Ungewohnte Tränen in ihren glänzenden braunen Augen.

Mei Ling fühlte sich wie eine Verräterin, weil sie das Kind nicht mitnehmen konnte.

Kapitel 13

San Francisco – Juli 1923

Mei Ling winkte in Richtung der Baracken, als sie zum Anleger ging, aber sie konnte nicht sehen, ob Shiya zurückwinkte. Hinter dem Maschendraht des Fensters war das Gesicht des Mädchens kaum zu erkennen.

»Shiya?«, fragte Bo.

Mei Ling deutete hinüber und sagte dann bemüht fröhlich: »Shiya winkt uns Auf Wiedersehen. Wink zurück, bevor wir auf die Fähre gehen … nach San Francisco. Wir fahren jetzt zu deinem Bah-ba.«

Die Nachricht, dass er seinen Vater wiedersehen würde, konnte den Ausdruck von Bestürzung nicht aus Bos Gesicht vertreiben. Sie ließen Shiya zurück. Mei Ling verstand die Gefühle ihres Sohnes nur zu gut.

Der Wächter wies Mei Ling an, die Truhe herauszusuchen, die sie hatte einlagern müssen, und befahl ihr, sich zu beeilen. All diese Wochen hatte sie gewartet, und nun sollte sie sich beeilen.

Die Truhe war nicht dort, wo sie sie zurückgelassen hatte. Ihr Herz raste bei dem Gedanken, sie könnte ihr abhandengekommen sein. Der Wächter befahl ihr weiterzusuchen. Schließlich fanden sie sie in einer Ecke. Sie wollte sich überzeugen, dass noch alles darin war, doch er gab ihr nicht die Zeit dazu. Der junge Mann rief nach einem Träger, der sich die Truhe auf die Schulter hob und mit schnellen Schritten zur Fähre ging. Mei Ling hielt Bos Hand und eilte über den hölzernen Landesteg, um mit dem schlaksigen Mann Schritt zu halten. Für die kurze Fahrt hinüber nach San Francisco stellte er die Truhe einfach auf das Deck.

Sie waren die Letzten, die an Bord kamen, und noch bevor sie sich richtig gefasst hatte, legte die Fähre auch schon von der Insel ab. Sie schafften es kaum an die Reling, um in Richtung des Gebäudes zu winken, aus dem Shiya ihnen wahrscheinlich nachblickte. Mei Ling wollte in keinem Fall, dass das Mädchen dachte, sie hätten es auf der Stelle vergessen. Mei Ling hatte gewusst, der Tag würde kommen, an dem sie sich von Shiya trennen musste. Doch dieses Wissen machte es nicht weniger schmerzhaft. *Hilf, dass wir uns wiederfinden*, bat Mei Ling Guan Yin.

Sie fuhren an der Ostseite von Angel Island entlang, an jenen Bereichen, die sie noch nicht gesehen hatte, und dann an dem Zuchthaus auf Alcatraz. Ein junger Mann, vielleicht ein Gefangener, vielleicht eine Wache, winkte vom Anleger herüber. Sie winkte zurück.

Hinter der Gefängnisinsel kam San Francisco in Sicht. Der lang gezogene Landstrich endete am Goldenen Tor, wo sich die Bucht zum Pazifik hin öffnete. Yui Lan war in dieses Wasser gesprungen. Wieder sah Mei Ling ihren Kopf in den Wellen hüpfen. Doch sie verdrängte es schnell. Sie hatte jetzt keine Zeit, sich Gedanken über die Kindfrau zu machen.

Sie blickte nach vorn, wo der Hafen und das Fährgebäude in Sicht kamen.

»Sieh nur, Bo, das ist unser neues Zuhause.« Mei Ling deutete auf die aneinandergedrängten Gebäude, die die Bergseite bedeckten, die sich von der Bucht erhob. Sie atmete einmal tief ein und ließ den Moment auf sich wirken.

»Mah-ma?«, fragte Bo. Fragte er nach ihr oder nach seiner leiblichen Mutter, überlegte Mei Ling.

Schnell beruhigte sie ihn. »Ja. Ich werde dort mit dir zusammen leben.«

Die Antwort schien ihn zufriedenzustellen. »Shiya?«, fragte er als Nächstes.

»Shiya wird bei ihrem Onkel leben. Sie hat nur eine Weile mit uns verbracht, aber bald wirst du eine kleine Schwester haben, um die du dich kümmern kannst«, erzählte sie ihm und klang selbstsicherer und zufriedener mit der Situation, als sie sich tatsächlich fühlte. Bo wirkte verwirrt, aber er stellte keine weiteren Fragen.

Ungefähr zwanzig Minuten später legten sie an. Mei Ling blickte sich nach Kai Lis vertrautem Gesicht um, aber sie konnte ihn nicht entdecken. Sie hoffte, er war benachrichtigt worden, dass sie sich auf dem Weg befanden, doch alles war so schnell geschehen, es war eher unwahrscheinlich, dass er auf sie wartete.

Eine Menge Leute eilten an ihnen vorbei von Bord. Sie standen neben ihrer Truhe und hofften auf einen Träger, doch keiner kam. Da Mei Ling Sorge hatte, die Fähre würde mit ihnen an Bord wieder ablegen, beschloss sie, die Truhe so weit zu schleppen, wie sie konnte.

»Bo, du schiebst, und ich ziehe. Wir müssen hier aussteigen«, erklärte sie.

Sie beugte sich hinunter, und Bo tat, wie ihm geheißen. Sie holte tief Luft und zog. Langsam gelang es ihnen, ihre weltlichen Besitztümer in Richtung der Landungsbrücke zu befördern. Ein Mannschaftsmitglied oben an der Rampe bellte etwas auf Japanisch. Mei Ling zuckte die Achseln. Der Mann brüllte erneut. Da erschien ein Träger, packte ihre Truhe und schleppte sie an Land. Verärgert über diese Art, aber froh, der

Last entledigt zu sein, folgten Mei Ling und Bo dicht hinterdrein. Ohne besondere Vorsicht ließ er die Truhe zu Boden gleiten, drehte sich um und ließ sie einfach in der vorbeieilenden Menge stehen.

Mei Ling packte Bos Hand, bevor er von den hastigen Menschen noch mitgerissen wurde.

»Hilf mir«, forderte sie den Jungen auf.

Gemeinsam schoben sie die Truhe über den Boden bis zum Rand der Menge. Dann ließ Mei Ling sich außer Atem darauf nieder und zog Bo neben sich. Sie vertraute darauf, dass Kai Li sie finden würde, sobald er seine Tagesarbeit verrichtet hatte, wenn sie einfach abwartete.

Ein Fremder kam zu ihr, ein Chinese, und fragte auf Kantonesisch: »Eine Fahrt gefällig? Die beste Fahrt in der Stadt. Sehr billig!« Er hob schon die Truhe an, obwohl sie noch darauf saßen.

»Nein. Mein Mann wird bald hier sein«, wies sie ihn brüsk zurück und hoffte, selbstbewusst zu klingen.

Der Mann zuckte die Achseln und ging davon. Noch zwei weitere Männer boten an, sie irgendwohin zu fahren, doch sie weigerte sich. Mei Ling und Bo saßen einfach da, sahen zu, wie das Schiff, das bald San Francisco verlassen würde, mit Waren und Passagieren beladen wurde. Sie dachte an den Kreislauf dieser Reise. Für sie war es ein ganz besonderes Erlebnis, doch für die Mannschaft war es deren Leben. Irgendwann saßen sie fast ganz allein auf dem Anleger.

»Pullern?«, ließ Bo sich vernehmen.

»Du musst dich gedulden und warten, bis dein Bah-ba kommt«, sagte Mei Ling, obwohl sie selbst ebenfalls am Ende ihrer Geduld war.

Bo nickte.

»Trinken«, erklärte Bo.

»Ich auch. Bah-ba wird bald hier sein. Dann können wir etwas essen und auf die Toilette gehen.«

Bo nickte, aber er runzelte die Stirn. Mei Ling tätschelte ihm beruhigend das Bein, obwohl sie inzwischen ebenfalls argwöhnisch war. Der Uhrturm zeigte die Zeit, und daher war ihr bewusst, dass inzwischen bereits eine Stunde vergangen war. Wenn Kai Li nun gar nicht wusste, dass er sie abholen musste? Sie versuchte, sich an die Adresse zu erinnern, die sie ihrer Familie gegeben hatte. Brooklyn war die Straße, aber Mei Ling konnte sich nicht an die Hausnummer erinnern, und die Fahrer waren zusammen mit allen anderen Menschen verschwunden. Eine Goldmünze in der Öffentlichkeit hervorzuziehen, wäre dumm. Es war immer noch das Beste zu warten, doch wenn ihr Mann bei Sonnenuntergang noch nicht aufgetaucht war, würde sie sich ein Taxi zur Kirche nehmen. Vielleicht würde sie dort Hilfe finden.

»Hab gepullert«, meinte Bo, seine Stimme voller Sorge. Mei Ling musterte ihn. Und tatsächlich, da war ein feuchter Fleck zwischen seinen Beinen.

Scham stieg in Mei Ling auf. Sie biss sich auf die Unterlippe und holte einmal tief Luft.

»Schon gut, Bo. Wir besorgen dir bald trockene Hosen«, sagte sie, obwohl sie keine Ahnung hatte, woher sie welche bekommen sollte.

»Da bin ich.« Plötzlich war Kai Li an ihrer Seite. Er grinste verlegen und verneigte sich zur Begrüßung. Erleichterung verdrängte Mei Lings Ärger.

»Kommt.« Kai Li nahm die Truhe und führte sie zu einer wartenden Rikscha.

* * *

Sie fuhren nur ein kurzes Stück über die Embarcadero am Wasser entlang und bogen dann nach links in eine steile Kopfsteinpflasterstraße ein. Kai Li sprang hinaus und half, die Rikscha den ansteigenden Hügel hinaufzuschieben. Nur ein paar Straßen vom Ufer entfernt fühlte sich Mei Ling, als sei sie wieder in China. Die Gebäude waren zwei und drei Stockwerke hoch, gebaut und bemalt wie in Guangzhou. Schriftzeichen auf Kantonesisch warben für Fleisch, Obst und Gemüse, Kräuter und Stoffe. Männer rösteten Nüsse und verkauften sie an Passanten. Händler verkauften alle Arten von Waren. Mei Ling konnte sich die Namen all der Straßen nicht merken, durch die sie kamen, doch schließlich blieben sie in der Mitte einer kleinen Seitengasse stehen.

Kai Li bezahlte den Fahrer und hob die Truhe von der Rikscha. Mei Lings Hoffnungen, was ihr neues Haus betraf, sanken, als sie die schwach beleuchteten Stufen hinaufstiegen. Der Boden war bedeckt mit schmutzigen, gesprungenen Fliesen, und von der Wand blätterte die Farbe. Das Gebäude war so alt, dass ihr von dem moderigen Geruch ganz übel wurde. Sie atmete durch den Mund, um den Gestank zu meiden, doch es half nur wenig.

Im dritten Stock blieb Kai Li vor einer ramponierten Tür stehen. Er öffnete sie, und dahinter kam ein Raum zum Vorschein, in dem sich ein Bett, ein Tisch und eine Küche befanden – wie in ihrem Zimmer in Hongkong. Es war keinesfalls das, wovon sie geträumt hatte. Sie spürte, dass er ihre Reaktion bemerkte, aber sie war müde und hungrig und zu verärgert, um ein freundliches Gesicht aufzusetzen.

Stumm packte Mei Ling ihre Sachen aus. Die Spannung im Raum war spürbar, und sie hatte das Gefühl, der Drache in ihr würde jeden Moment explodieren. Bo sah ihr zu, ohne irgendwelche Forderungen zu stellen. Auch sprach er weder mit ihr oder Kai Li. Erinnerte er sich überhaupt an diesen Mann?

Würde Kai Li auch nur ein Wort darüber verlieren, dass er sie hatte stundenlang warten lassen?

»Pullern?«, fragte Bo schließlich kleinlaut und unterbrach damit Mei Lings Grübeleien.

Ihr fiel ein, dass Bo eine frische Hose brauchte. Sie zog eine aus der Kiste und winkte ihn herüber. Ängstlich folgte er ihrer Aufforderung. Mei Ling schloss die Augen und atmete einmal tief durch, um den knurrenden Drachen in ihrem Innern zu beruhigen.

Hunger. Obwohl ihr übel war, brauchte sie etwas zu essen. Sie ging zu der winzigen Küchenzeile, und zu ihrer eigenen Überraschung empfand sie es zum ersten Mal seit Monaten beruhigend, ein Mahl zuzubereiten. Als sie das Essen auf den kleinen Tisch stellte, hatte sie das Gefühl, ihre Gelassenheit wiedergefunden zu haben.

Mei Ling bediente ihren Mann und suchte in seinem Gesicht nach irgendeiner Reaktion. Er lächelte, aber ihr war bewusst, dass das Essen nicht besonders gut schmeckte. Sie wusste nicht, wie man die Soßen in dieser gut ausgerüsteten Küche nutzte, obwohl sie hoffte, es eines Tages zu lernen.

Nachdem sie alle gegessen hatten, aber bevor sie den Tisch verließen, ergriff Kai Li schließlich das Wort. »Ich bin froh, dass man dich ins Land gelassen hat. Musstest du lange warten?«

Da Mei Ling sich Harmonie in ihrem kargen Zuhause wünschte, überlegte sie sich genau, was sie sagte. »Nicht allzu lange, danke. Wir sind auch froh, hier zu sein. Ist es nicht so, Bo?«

Bo nickte.

»Ich glaube nicht, dass er sich an mich erinnert«, meinte Kai Li und klang resigniert.

»Es ist zwei Monate her, dass er dich einen kurzen Moment lang gesehen hat. Bald wird er dich fragen, ob du ihm Geschichten erzählst«, antwortete sie.

»Shiya Geschichten«, sagte Bo.

Es schnitt ihr ins Herz, den Namen des Mädchens zu hören. Sie antwortete: »Dir haben Shiyas Geschichten gefallen, nicht wahr?«

»Das kleine Mädchen vom Schiff?«, fragte Kai Li.

»Sie war mit uns in der Baracke. Sie hat sich um Bo wie um ihren kleinen Bruder gekümmert. Er vermisst sie«, erklärte Mei Ling. Dann fügte sie hinzu, als würde sie es zu ihrer Schwester sagen: »Wir vermissen sie beide.«

Und auf einmal sehnte sie sich danach, etwas von ihrer Familie zu hören.

»Mann, hast du irgendwelche Briefe von meiner Familie bekommen?«, fragte sie.

Erschrocken weiteten sich Kai Lis Augen. Und Mei Ling wurde ganz übel, als sie begriff.

»Du kannst nicht lesen, oder?«, fragte sie.

Kai Li schüttelte den Kopf.

»Und auch nicht schreiben?«

Wieder schüttelte er den Kopf.

»Du hast jemanden dafür bezahlt, die Nachrichten zu schreiben, die du mir auf die Insel geschickt hast«, vermutete sie und versuchte, nicht anklagend zu klingen, allerdings ohne Erfolg.

Er nickte.

Wieder erwachte der Drache in ihr, und diesmal konnte sie den Vorwurf nicht zurückhalten: »Du bist gar kein Kaufmann, nicht wahr?!«

Scham und Furcht zeigten sich auf seinem Gesicht, und voller Erniedrigung senkte er den Kopf.

Ihr Drache brüllte so laut, dass sie Schwierigkeiten hatte, sitzen zu bleiben. All diese Wochen auf dem Schiff und der Insel hatte sie nur durchgestanden, weil sie sich ein schönes Haus ausgemalt hatte, keine armselige Hütte.

»Mann, darf ich einen Spaziergang machen? Allein?«, fragte sie zwischen zusammengebissenen Zähnen.

Er blickte zu ihr auf, Furcht in den Augen, vielleicht auch ein Funken Ärger. Dann nickte er kurz und knapp.

Mei Ling stürmte aus dem Raum und hatte Mühe, ihre überwältigenden Gefühle der Trauer und Wut zu verbergen. Sie lief die Treppen hinunter bis in die Nebenstraße. Nichts Grünes war in der Nähe zu sehen. Nur Gebäude, und die schienen sie zu erdrücken. Sie merkte sich die Zeichen an der Ecke von Stockton und Sacramento, damit sie wieder zurückfinden würde. Dann ging sie die Stockton Street entlang, stieg einen steilen Hügel hinauf, suchte nach etwas Grün und einem offenen Platz. Pflanzte denn niemand irgendetwas in dieser Stadt? Auf der Hügelkuppe blickte sie zwischen den eng stehenden Häusern hindurch und erhaschte einen Blick auf die Bucht. Es war dasselbe Wasser, das sie auf Angel Island umschlossen hatte.

Plötzlich hegte sie den heftigen Wunsch, wieder in der Baracke bei Shiya zu sein. Dort hatte sie immerhin noch von einem schönen Zuhause geträumt, das auf sie wartete und das ihr Kraft und Hoffnung gab. Doch nun hatte die Wirklichkeit sie eingeholt.

Sie würde in einer kleinen Mietwohnung leben, zusammen mit zwei, bald drei Leuten. Ihr Mann war Analphabet, wahrscheinlich ein Arbeiter, genau wie sie und ihre Kinder es bald sein würden. Alles, was ihre Eltern in ihre Zukunft investiert hatten, war vergeudet gewesen.

Mei Ling lehnte sich gegen eine Mauer. Menschen hasteten vorbei, ohne auf sie zu achten. Sie sank in die Hocke. Die immer noch von der Sonne erwärmten Ziegelsteine taten ihrem Rücken gut. Tränen rannen ihr aus den Augenwinkeln. Sie biss sich auf die Lippe, es half aber nichts, um ihre Trauer zu verscheuchen. Seit Monaten war sie zum ersten Mal ganz für sich allein und ließ all die aufgestauten Gefühle an diesem öffentlichen Ort aus sich heraus. Die Tränen hörten gar nicht auf zu fließen.

Als schließlich keine Tränen mehr kamen, stand sie auf. Über dem Gebäude im Osten zeigte sich der silberne Neumond. Kam er von China oder ging er dorthin? Eigentlich beides, wurde ihr bewusst.

Sie spürte den Segen ihrer Ahma, der mit dem Mondlicht auf sie herabstrahlte. Sie atmete ihn ein. Dann schickte sie ihren eigenen Segen hinauf zum Mond, damit er auf ihre Familie herabscheinen möge, wenn er auf die andere Seite der Welt reiste. Sie spürte die Gnade dieser Verbindung hinweg über Meilen und Monate.

Mei Ling atmete tief ein und spürte, wie der feuchte Nebel in ihre Lungen drang. *Ich werde stark sein. Ich werde für Harmonie sorgen.* Sie wischte sich die Augen trocken und entspannte bewusst ihre Kiefermuskeln. Dann setzte sie ein heiteres Gesicht auf, bevor sie zurück zu der armseligen Behausung ging, die jetzt ihr einziges Heim war.

Kapitel 14

San Francisco – Juli 1923

Als sie zurückkehrte, verlangte sie keine Erklärung von Kai Li, doch er war bereit, sie ihr zu geben. Er bat sie, ihm gegenüber an dem wackeligen Tisch in ihrer Einzimmerwohnung Platz zu nehmen.

Sein Gesichtsausdruck schwankte zwischen Scham und Selbstgerechtigkeit, während Kai Li gestand: »Frau, wie du erkannt hast, bin ich kein Kaufmann. Ich arbeite als Hausdiener in einer Villa in Nob Hill, einem kleinen Stadtteil von San Francisco.«

Mei Ling zwang sich, ruhig zu bleiben und nickte bedächtig, damit er fortfuhr.

Kai Li erklärte: »Seit Generationen haben Gam Saan Haak in den Vereinigten Staaten gearbeitet und haben ihre Familien in China nur besucht. Aber die US-Regierung macht diese Regelung nun unmöglich. Die Gesetze werden immer strenger. Bevor der Zugang ganz geschlossen wurde, habe ich eintausend Dollar für Papiere bezahlt, auf denen stand, dass ich Besitzer der Western Produce Company in Oakland bin. Mich als Kaufmann auszugeben, war die einzige Möglichkeit, für Wong

Lu Shi und für Bo ein Visum zu bekommen.« Er blickte sie an. »Für dich.«

Kai Li senkte den Blick wieder gen Boden und fuhr fort: »Ich hatte keine tausend Dollar oder das Geld für unsere Fahrscheine, deswegen habe ich mir den Rest geliehen, bevor es zu spät war. Die Beerdigung und die Heiratsvermittlerin haben unsere Verpflichtungen noch erhöht. Wir werden nicht immer unter solchen Bedingungen leben. In vier oder fünf Jahren ist die Schuld abbezahlt und wir werden in ein größeres Haus ziehen.«

Unsere Verpflichtungen. Mei Ling ließ sich nichts anmerken, während sie zuhörte. Sie nickte, als würde sie verstehen, während sie innerlich vor Wut fast explodierte und sie die aufsteigende Übelkeit unterdrücken musste.

Sämtliche Aussagen der Heiratsvermittlerin konnten Lügen sein. Sie wusste nicht, was der Wahrheit über ihren Mann entsprach, von dem ihr Leben abhing. Sie wollte mehr wissen, aber sie wollte auch nicht jene Tür öffnen, die ihn dazu einladen könnte, sie selbst zu hinterfragen und sie zu veranlassen ihn anzulügen und ihre eigene Redlichkeit zu untergraben.

Er war nicht der Einzige, der in dieser Ehe getäuscht hatte. Auf den Rat der Heiratsvermittlerin hin hatte Mei Ling ihn angelogen. Kai Li hatte behauptet, Kaufmann zu sein, um ein Visum zu erhalten und als passender Partner für Jah Jeh infrage zu kommen. Mei Ling gab sich ihm gegenüber als Jah Jeh aus, als Hase und als Christin.

Sie verbarg den Drachen in ihr und ihren Glauben. Sie hatten sich beide unaufrichtig verhalten und steckten nun in einem Leben fest, dem jede Rechtschaffenheit fehlte.

Sie war in törichter Weise naiv gewesen, die Geschichte zu glauben, die man ihr aufgetischt hatte. Vielleicht war Bo noch nicht einmal sein Sohn, sondern ein Papierkind, für das Kai Li Geld bekommen hatte, um es mit herüberzubringen. Vielleicht war der Name dieses Mannes nicht einmal Kai Li. Sie passten wirklich gut zusammen, nicht weil sie Büffel und Hase waren, sondern sie beide ziemlich hinterlistig.

Er war ein Papierhändler und sie eine Papierfrau. Ihre Familie hatte nur zu bereitwillig die Lehren des Konfuzius über ein ehrenhaftes Leben aufgegeben, um ihre Zukunft zu sichern. Es war nicht ihre Entscheidung gewesen, diesen Mann zu heiraten. Nur ihre Pflicht gebot es, den Wunsch ihrer Eltern zu respektieren und ihren Wünschen zu folgen, aber sie fürchtete, sie waren dumm gewesen, sie solchen Umständen zu überlassen.

Bisher hatte Mei Ling gezögert, Kai Li von dem Kind zu erzählen, das in ihr wuchs. Und jetzt verstand sie auch warum: Sie vertraute ihm nicht. Sie wusste, dass Pasha die Wahrheit gesprochen hatte – dieses Baby würde ein Mädchen sein. Die wenigsten Männer begrüßten die Geburt einer Tochter, und Kai Li gehörte vielleicht dazu. Mei Ling musste einen Ausweg finden, falls ihr Mann verlangen sollte, dass sie dem Leben des Mädchens ein Ende setzten oder falls er sie verlassen würde, sobald ihre Tochter geboren war.

Sie drückte die Münzen, die ihre Großmutter ihr gegeben hatte, gegen ihr Bein. Sie fühlten sich wie ein Talisman an. So wie eine davon ihr geholfen hatte, Angel Island zu überstehen, hoffte sie, sie würden ihr ebenfalls helfen, einen sicheren Platz zu finden, wenn sich dieser Mann als absolut nicht vertrauenswürdig erwies. Sie wusste nicht, wie lange das Geld reichen würde, um Bo und sie zu versorgen und auch die Tochter, die unterwegs auf diese Welt war, aber die Münzen gaben ihr eine gewisse Sicherheit.

Mei Ling atmete tief durch, um sich zu beruhigen und sagte Kai Li, was er ihrer Meinung nach hören wollte: »Mann, wir müssen tun, was notwendig ist, um in diesen schweren Zeiten zu überleben. Das verstehe ich.«

Er seufzte und lächelte sie an. Er wirkte sehr erleichtert, aber Mei Ling ließ sich weder von seinem Gesichtsausdruck noch von dem, was er sagte, so einfach täuschen.

* * *

In dieser Nacht besuchte Shiya Mei Ling in einem Traum. Shiyas kleines Gesicht war gegen einen Maschendraht gedrückt wie dem in den Fenstern der Baracken auf Angel Island, aber gleichzeitig waren es auch irgendwie Gefängnisgitter. Das Mädchen streckte seine Arme bis zu den Schultern zwischen den Stäben hindurch und griff nach Mei Ling, doch ein unsichtbarer Schleier trennte sie. Trauer erfüllte Mei Lings schlafendes Herz. Langsam wirkte Shiyas Gesicht immer verzweifelter, bis es sich schließlich vollkommen verzerrte. Ihre strahlenden Augen wurden hart, bis sie wie dunkle Steine in den Höhlen lagen. Dann verwandelten sich Shiyas Finger in scharfe Bärenkrallen. Sie hieb nach dem unsichtbaren Schleier, konnte ihn aber nicht zerschneiden. Furcht gesellte sich zu der Trauer, und Mei Ling schreckte aus dem Schlaf. Ihr Herz raste, während sie sich in dem immer noch dunklen, immer noch stillen Zimmer umsah.

Ihr Mann, der praktisch ein Fremder für sie war, lag auf ihrer rechten Seite. Bo döste zu ihrer Linken. Etwas Feuchtes rann ihr über die Wange. Vorsichtig glitt sie aus dem Bett. Sie zog das Bild ihrer Familie aus der Truhe und ihre Figur von Guan Yin. Voller Verzweiflung, irgendwo Kraft und Vertrauen zu finden, errichtete sie in einer Ecke des Raums einen kleinen Altar, obwohl ihr Mann dem Christentum anhing. Sie machte einen Kotau vor Guan Yin und ihrer Familie und übergab ihnen ihre Furcht und Trauer und meditierte liebevoll für Shiya und Kai Li und bat um Kraft für sich selbst und Harmonie in ihrer neuen Familie.

* * *

Als Kai Li aufstand, bereitete Mei Ling ihm Tee und Reisbrei. Sie würde ihre Pflichten ihm gegenüber erfüllen. Vielleicht würde er seine ebenfalls nicht vernachlässigen. Die Zeit würde zeigen, ob dies eine wirkliche Ehe war.

Er bemerkte den Altar in der Ecke, sagte jedoch nichts und verzog auch keine Miene. Sie war erleichtert, dass sie nicht darüber sprechen musste.

»Chinatown ist klein, nur ein paar Straßenzüge. Es gibt ein paar gefährliche Orte in der Nähe, die nicht angemessen sind für eine ehrenhafte Frau«, erklärte Kai Li. »Die Straßen sind in Ordnung, aber halte dich von den Seitengassen fern … besonders von der Bartlett Alley. Dort gibt es nur schlechte Frauen.«

Mei Ling verstand, was das bedeutete. Sie nickte.

»Und das Postamt. Weißt du, wo es ist?«, fragte sie. »Ich möchte gern einen Brief an meine Familie aufgeben.«

Seine Wangen brannten rot, vor Scham oder Wut, das wusste sie nicht. Er erklärte ihr den Weg zum Postamt, riet ihr, wo der beste Markt zu finden sei und ließ ein paar Münzen für sie da.

»Morgen gehe ich auf den Gemüsemarkt in Oakland«, sagte er. »Ich werde aufstehen, wenn es noch dunkel ist, und du kannst ruhig noch weiterschlafen. Ich kaufe mit für dich ein, wenn ich die Einkäufe für meinen Arbeitgeber erledige.«

Mei Ling nickte. Dann machte sich Kai Li auf den Weg in das in der Nähe gelegene Nob Hill, wo er sechs Tage pro Woche als Hausdiener in einer Villa arbeitete. Was seinen sozialen Stand anging, war ihr Mann wenig mehr als ein einfacher Arbeiter.

* * *

Als Bo wach und angezogen war, band Mei Ling ihn sich auf den Rücken. Sie würden dieses fremde Land gemeinsam erkunden. Sie wollte etwas über ihre neue Stadt erfahren und sich dabei auf die Suche nach Shiya machen. Außerdem wollte sie herausfinden, wie sie überleben konnte, sollte Kai Li sich als unzuverlässiger Ehemann erweisen.

Sie folgte Kai Lis Wegbeschreibung zum Postamt. Eine lange Schlange Chinesen hielt Päckchen und Briefumschläge in den Händen und wartete darauf, an die Reihe zu kommen. Mei Ling passte genau auf, damit sie wusste, was sie zu tun hatte, sobald sie an der Reihe war. Beide Postbeamte sprachen Kantonesisch, deswegen konnte sie den Gesprächen folgen. Bisher hatte niemand nach einem Brief gefragt. Die Leute ließen entweder ihre Post dort oder kauften Briefmarken. Im Stillen übte sie, was sie sagen würde.

Als sie an der Reihe war, sagte sie der Frau am Schalter: »Ich möchte diesen Brief bitte in mein Heimatdorf in der Nähe von Guangzhou schicken.«

»Möchten Sie nur die eine Briefmarke?«, fragte die Frau, ohne Mei Ling anzusehen.

»Brauche ich denn mehr als eine?«, erkundigte sich Mei Ling.

Die Frau erwiderte: »Wollen Sie denn mehr als einen Brief versenden?«

»Nein. Nur den einen. Um meine Familie wissen zu lassen, dass ich gut hier angekommen bin.« Mei Lings Stimme versagte. Sie räusperte sich.

Die Chinesin blickte auf und musterte Mei Ling. »Ist dies Ihr erster Tag?«

Mei Ling nickte verlegen.

»Willkommen. Es ist schön hier. Lassen Sie sich von niemandem entmutigen«, riet ihr die Frau. Dann sagte sie: »Sechs Cent. Für den Brief. Er wird zwei Monate brauchen, bis er ankommt.«

Mei Ling nickte. Zwei Monate. So viel Zeit und so viel Geld. Aber es war ihre einzige Möglichkeit, mit ihrer Familie in Verbindung zu bleiben, abgesehen von ihren Meditationen.

»Ist irgendwelche Post für mich angekommen? Wong Lu Shi«, fragte sie. Ihr Herzschlag beschleunigte sich vor Aufregung und sie verhaspelte sich bei dem falschen Namen.

Die Frau schüttelte den Kopf, aber sie hatte nicht einmal nachgesehen.

Dann erklärte sie: »Die Post wird zu Ihrem Haus gebracht. Haben Sie Ihrer Familie die Straße und die Hausnummer genannt?«

Mei Ling nickte.

»Die Post wird zugestellt, kurz nachdem sie hier eintrifft«, sagte die Frau.

Mei Ling musste ziemlich verwirrt gewirkt haben, denn die Frau lachte.

»Vieles hier ist überraschend. Das erste Jahr ist das schwierigste, aber danach wird es immer besser. Glauben Sie mir – ich spreche jeden Tag mit Leuten, die vom Schiff kommen.«

Mei Ling schob der Frau ein paar Münzen und den Umschlag hin. »Vielen Dank«, sagte sie. »Für Ihre Freundlichkeit und für die Information.«

Die Frau lächelte mit einem Nicken und winkte dann den nächsten Kunden heran.

Mei Ling stieg einen steilen Hügel hinauf in Richtung des Ladens, den ihr Mann ihr empfohlen hatte, um dort einzukaufen. Unterwegs zeigte sie Bo die bunten Laternen und Gebäude. Sie fand das Geschäft, lief aber weiter. Sie wollte zunächst zum Anleger gehen, falls Shiya auf der morgendlichen Fähre war. Vielleicht würde Suk Suk auf das Mädchen warten und sie könnten ein Treffen vereinbaren.

Sie kamen in eine kurze Straße mit hoch aufragenden, spektakulären Gebäuden, die bunt angestrichen waren. Sie hatten Veranden, und vor ihnen flatterten Transparente. Ein Tin Hau gewidmeter Tempel wimmelte von Bittstellern, die hinein- und herausströmten. Mei Ling schwor sich, nach dem Einkauf zurückzukehren und ein paar Orangen dort zu lassen, um der Meeresgöttin für die sichere Ankunft in diesem Land zu danken. Bei einigen Gebäuden waren Worte in die Fassade gemeißelt. Dort stand Wong Familie, Hip Sing Tong. Das mussten die Wohltätigkeitsverbände sein, die den Menschen dieser Clans halfen.

Mei Ling ging die Grant Street hinauf, eine florierende Geschäftsstraße, über der leuchtend rote Laternen hingen, und bog in die Jackson Street ein, die in Richtung der Bucht führte. Die Gegensätze in diesem kleinen Viertel waren geradezu dramatisch. Ein paar Schritte weiter blieb sie abrupt stehen. Dort sah sie die Bartlett Alley, eben jene Gasse, vor der Kai Li sie gewarnt hatte. Nur ein kleines Stück von der Grant Street entfernt, war sie schon in einer vollkommen anderen Welt. Mei Ling starrte die schlammige Nebenstraße entlang. Frauen blickten durch vergitterte Fenster. Eine Kindfrau fing Mei Lings Blick auf. Sie hatte ihre schlanken Finger durch das Drahtgeflecht gesteckt, und ihr Blick aus ihren dunkelbraunen Augen war bar jeder Hoffnung. Mit dem Zeigefinger winkte sie lockend. Mei Ling sog tief die Luft ein. Dann eilte sie weiter, aber das Gesicht der Kindfrau bekam sie nicht aus dem Kopf.

Ihre Beine zitterten und machten es ihr schwer, mit Bo auf dem Rücken den steilen Hügel hinunterzusteigen. Erleichtert seufzte sie, als sie die Uferstraße erreichte. Ein Weißer knurrte irgendetwas, als er an ihr vorbeiging. Sofort schlug ihr Herz schneller. Sie verstand nicht, was er sagte, doch sein Ton war eindeutig drohend gewesen. Sie ging schneller, bis sie die Stelle erreichte, wo sie am Tag zuvor mit Bo auf Kai Li gewartet hatte. Der Bereich war fast vollkommen verlassen. Sie war die einzige Frau weit und breit.

Sie band Bo los und führte ihn zu den Felsen am Rande des Wassers. Er kletterte auf einen Stein und kreischte die Seemöwen an.

Ein anderer weißer Mann kam zu ihnen und schnaubte: »… … … … … … …?« Dann lachte er und ging weiter.

Du bist hier nicht willkommen. Die Aussage war mehr als eindeutig, egal, in welcher Sprache sie formuliert wurde. Auf dem verlassenen Anleger war sie dieser unwillkommenen Aufmerksamkeit und geringschätzigen Behandlung schutzlos ausgeliefert. Bebend holte sie Luft und unterdrückte dann ihre Furcht. Während sie hinaus über die Bucht blickte, dachte sie an Shiya auf Angel Island. Sie stellte sich vor, was das Mädchen wohl gerade tat. Mei Lings wohl vergebliche Hoffnung war, dass Shiya nach ihrer Befragung ebenfalls die Fähre bestieg. Sie stellte sich die Überraschung und Freude auf dem Gesicht des kleinen Mädchens vor, wenn es sehen würde, dass Bo und sie in San Francisco auf sie warteten, um sie willkommen zu heißen. Und wenn das schon nicht gelingen würde, vielleicht saß sie dann wenigstens im Englischunterricht von Ma Maurer.

Mei Ling spürte, dass jemand sie beobachtete. Sie wandte ein wenig den Kopf und entdeckte eine Gruppe weißer Männer, die herüberstarrte. Ihr Herz klopfte schneller. Sie waren hier nicht sicher.

»Komm her, Bo!«, rief sie ihrem Sohn zu. Sie nahm ihn hoch und eilte davon, ohne ihn sich erst noch auf den Rücken zu binden.

Erleichterung erfüllte sie, als sie Chinatown erreichte. Sie wollte Shiya wirklich gern begrüßen, wenn sie ans Festland kam, aber nicht, wenn das bedeutete, Bo in Gefahr zu bringen. Das Mädchen würde sie in der Kirche suchen müssen, oder sie würden einander auf der Straße treffen. Chinatown war nicht besonders groß. Es würde nicht lange dauern, bis sich ihre Wege kreuzten.

* * *

Mehrere Tage lang erkundeten Mei Ling und Bo Chinatown. Sie suchte nach einem größeren Platz, wo vielleicht Kinder spielten, aber sie fand nichts, wo Bo hätte einfach herumlaufen können. Ganz Chinatown war zugepflastert oder bebaut. In China gab es selbst in Städten wie Guangzhou solche Plätze.

Für die drei Pflanzen von Mah-ma fand Mei Ling Tontöpfe. Eine der Pfingstrosen war unterwegs verendet, aber die drei übrigen klammerten sich ans Leben. Sie überlegte, eine ihrer eigenen drei Münzen für den Kauf zu benutzen, aber Kai Li sollte nicht erfahren, dass sie eigenes Geld besaß. Stattdessen bat sie Kai Li um Erlaubnis, etwas vom Haushaltsgeld dafür zu nehmen. Er fand, es sei eine gute Idee, da die Pflanzen ihnen lindernden und gesunden Tee bescheren würden, wenn sie Wurzeln schlagen und blühen würden.

Während all der Tage hielt Mei Ling ununterbrochen Ausschau nach Shiya. Jedes Mal, wenn sie ein Mädchen mit kurzem schwarzem Haar entdeckte, klopfte ihr Herz voller Hoffnung, doch jedes dazugehörige Gesicht war eine Enttäuschung.

Eines Tages ging Mei Ling die Stockton Street einmal in die andere Richtung und fand etwas Großartiges für Bo. Die Straße endete in einem breiten Tunnel, durch den die Kabelstraßenbahn und gelegentlich auch ein Auto fuhren. Fußgänger gingen an der Seite entlang oder hinauf auf den Tunnel zu einem eleganten Balkon, der auf seltsame Weise fehl am Platz wirkte. Nur einen Block entfernt von der Treppe fuhr die Straßenbahn die California Street entlang. Mei Ling fand eine Stelle am Bordstein, wo sie sich hinsetzen konnten, und dann beobachteten sie, wie die Bahnen vorbeifuhren. Bo winkte den Schaffnern zu und wurde gelegentlich dadurch belohnt, dass einer die Klingel ertönen ließ.

Später gingen sie weiter den steilen Hügel hinunter, bis sie den Union Square erreichten, einen schicken Einkaufsbezirk mit einem öffentlichen Platz in der Mitte. Mei Ling hoffte, dies sei ein guter Ort, an dem Bo ein wenig frei herumlaufen konnte. Doch die Blicke und Kommentare, die sie zu hören und zu sehen bekamen, machten ihr schnell klar, dass sie dort nicht hingehörten. Also kehrten sie wieder in die California Street zurück, um den Straßenbahnen zuzusehen, denn hier befand sich ihre Grenze.

Mei Ling hatte sich nie zuvor so einsam gefühlt. Außer mit dem kleinen Jungen konnte sie mit niemandem sprechen. Es gab keine Schulfreunde, keine Dorfbewohner, keine Familie, denen sie sich anvertrauen konnte.

Kai Li war sanft und freundlich und das in einem Maße, dass sowohl ihr Herz als auch ihr Verstand zu glauben anfingen, er sei, entgegen ihrem ersten Eindruck, vielleicht ein treuer Ehemann. Jeden Abend kam er erschöpft nach Hause, aber er fragte sie stets, ob ihr Tag gut verlaufen sei. Sie bemerkte, dass sie sich auf ihn freute, aber sie ermahnte sich, vorsichtig und aufmerksam zu bleiben.

Regelmäßig schrieb Mei Ling treulich an ihre Familie, aber ihre Lebenssituation schilderte sie nicht bis in alle Einzelheiten. Es gab keinen Grund, ihnen Sorge zu bereiten. Jeden Tag warf sie einen Blick in den Korb im Eingang in der Hoffnung auf einen Brief, doch bisher hatte sie keinen bekommen. Den größten Trost brachte ihr jeder Morgen und jeder Abend, wenn sie vor ihrem Altar den Kotau machte und ihre Ahnen und Guan Yin um Kraft und Führung bat.

Immer wenn sie Wut auf ihre Lebensumstände oder Trauer darüber verspürte, erinnerte sie sich daran, dass Mah-ma so viel verloren hatte – ihr Heim und zwei ihrer Kinder – und es ihr doch gelang, Gleichmut zu bewahren. Mei Ling wollte es ebenso halten.

Sie hatte das Bild von Kai Li, Bo und ihr selbst neben das Foto von ihrer Familie in China gestellt. Der Gedanke, dass ihre Mutter, ihre Schwester und Großmutter so viele Meilen entfernt auf dasselbe Bild blickten, tröstete sie. Bis sie einen Brief von ihnen bekommen würde, war dieser Gedanke ihre beste Aufmunterung.

Jeden Abend kochte Mei Ling etwas zu essen, doch keinem von ihnen schmeckte es. Oft aß Kai Li kaum etwas von dem, was sie auf seinen Teller füllte, und sie bemerkte, dass er sich zwingen musste, auch nur die wenigen Bissen herunterzubekommen, die er nahm. Es war demoralisierend, aber sie musste ihm recht geben. Sie versuchte schmackhafte Mahlzeiten zuzubereiten, aber ihr Essen war so schlecht wie das Angebot auf Angel Island und dem Dampfboot. Und das Baby, das in ihr heranwuchs, machte ihr auch nicht unbedingt mehr Appetit.

* * *

Am Sonntag wurde ihre Einsamkeit ein wenig gelindert. Kai Li blieb zu Hause, und sie freute sich auf einen ganzen Tag zusammen. Er zog sich seinen Anzug für die Kirche an und schlug vor, sie solle ebenfalls ihre westliche Kleidung tragen. Es hätte sie nicht überraschen sollen, doch sie hatte nicht bedacht, dass dies alles dazugehörte, wenn man in einer christlichen Familie lebte.

Mei Ling nickte. Es machte sie nervös, in die Kirche zu gehen. Wenn sie sich an diesem fremden Ort unangemessen benahm, würde Kai Li vielleicht eine ihrer Lügen durchschauen. Aber andererseits hoffte sie auch, dass Shiya dort sein würde, da sie den Namen dieser Kirche auf das Stück Papier geschrieben hatte. Falls sie nicht mehr auf der Insel war, würde Suk Suk sie vielleicht dorthin bringen und vielleicht konnte Mei Ling in einer christlichen Kirche auch eine Bekanntschaft schließen oder vielleicht sogar eine Freundin finden.

Ihre Hände waren schweißnass, als sie den Bau betraten. Sie gingen die Treppe hinauf in den ersten Stock. Ohne die anderen um sie herum aus den Augen zu lassen, hielt sie sich eng an Kai Li. Bo war durch die Größe der Kirche vor Ehrfurcht verstummt. Vielleicht war er ebenfalls nie zuvor bei einem christlichen Gottesdienst gewesen.

Der Altarraum war auf angenehme Weise kühl und dunkel, obwohl es keine Kerzen gab und auch keinen Altar mit Opfergaben. Sie setzten sich auf eine hölzerne Bank mit einer Rückenlehne. Vor ihnen befand sich eine Skulptur aus Metall mit einem Kreuz in der Mitte, das von metallenen Weinreben umgeben war, deren Enden aus Kerzenhaltern in Form von Flammen bestanden. Als die Musik endete, erhob sich ein weißer Mann in einer Robe. Er sprach lange auf Kantonesisch. Es war schwer, seinen Worten zu folgen und sie spendeten keinen Trost. Irgendwann hörte sie ihm nicht mehr zu und sah sich in dem großen Raum um. Vielleicht war eins der kleinen anwesenden Mädchen ja Shiya. Plötzlich erhoben sich alle Anwesenden, und die Orgel begann zu spielen. Mei Ling sprang auf und zog Bo ebenfalls neben sich auf die Füße.

Kai Li griff nach einem gebundenen Buch und schlug es an einer bestimmten Stelle auf. Er hielt es hoch, damit auch sie etwas sehen konnte. Er musste die Worte auswendig können, denn er sang mit wunderschöner Stimme. Ein süßer Schauer rann ihr über den Rücken.

Sie betrachtete die Menschen um sich herum – Fremde, die gemeinsam sangen. Eine grauhaarige Frau in der Reihe vor ihr schob ihren Arm durch die Krücke des alten Mannes, neben dem sie stand. Mei Ling spürte, wie sich ihr Herz ein wenig öffnete. Vielleicht würde sie eines Tages mit ihrem Ehemann ebenso vertraut sein. Mei Ling blickte wieder auf das Buch und folgte den gedruckten Schriftzeichen. Bald wagte sie es, mit den anderen mitzusingen.

Viel zu schnell endete das Lied, und alle setzten sich wieder. Der Pastor sprach erneut, und sie gab sich wieder ihren eigenen Gedanken hin, bis zwei vertraute Namen ihre Aufmerksamkeit erregten: Donaldina Cameron und Tien Wu.

Sie kannte beide von dem Papier, das sie Yui Lan auf der Insel vorgelesen hatte. Dort hatte gestanden, dass sie chinesische Mädchen foltern würden, aber dieser Pastor lobte sie dafür, dass sie der chinesischen Gemeinde dienten. Er sagte, sie würden Mädchen und Frauen zur Seite stehen, die der Zwangsprostitution entkamen oder von ihren Ehemännern verstoßen wurden. Er bat darum, dass man Spenden zum Presbyterianischen Missionshaus in der Nähe bringen solle.

Verstoßen von ihren Ehemännern. Dieser Satz riss Mei Ling wieder zurück in die Wirklichkeit. Sie sah zu Kai Li, der weiterhin nach vorn zum Pastor blickte. Sie rieb über ihren Bauch und grüßte das kleine Wesen, das da in ihr wuchs. Sie musste umsichtig und wachsam sein, durfte sich nicht von der Hoffnung einlullen lassen, dass Kai Li vielleicht ein liebender und zuverlässiger Ehemann und Vater sein würde. Sie verfolgte weiter die Doppelstrategie, eine harmonische Ehe zu führen und gleichzeitig einen Weg zu finden, auch ohne ihn überleben zu können. Noch diese Woche würde sie eine Spende zum Missionshaus bringen, um den Weg dorthin zu ebnen, sollte sie eine Zuflucht brauchen, sobald ihre Tochter geboren war.

Schließlich war der Gottesdienst beendet. Kai Li brachte sie hinaus, noch bevor sie die Möglichkeit hatte, mit irgendjemandem zu sprechen und zerstörte damit ihre Hoffnung, vielleicht die eine oder andere Chinesin kennenzulernen. In der Tür blieb sie ein letztes Mal stehen, um sich nach Shiya umzusehen, aber sie konnte das Mädchen nirgends entdecken.

* * *

Endlich, am 10. August, Wochen und Wochen, nachdem sie ihre Familie in China verlassen hatte, sprang Mei Ling vor Aufregung fast das Herz aus der Brust, als sie auf einem Briefumschlag, der an Wong Lu Shi adressiert war, Jah Jehs präzise Schrift erkannte. Sie eilte die Stufen hinauf und achtete kaum darauf, ob Bo mit ihr Schritt halten konnte. Sie zwang sich, den Umschlag vorsichtig zu öffnen, damit sie den kostbaren Brief nur nicht zerriss. Ihre Hände zitterten, während sie las.

15. April 1923

Liebste Schwester,

deine Familie dankt dir, dass du uns hast an deinem neuen Leben teilhaben lassen. Das Foto mit deinem gut aussehenden Ehemann und gesunden Sohn hat in unserem Heim einen Ehrenplatz. Deine Worte haben Hongkong zum Leben erweckt. Es fühlt sich an, als seien wir selbst dort gewesen. Du hast ein wahres Abenteuer erlebt.

Das Dorfleben hat sich nicht verändert. Wir bauen jetzt unseren Reis an und ernten vielleicht einen Überschuss, den wir auf den Märkten verkaufen können. Die Süßkartoffeln, Erdnüsse und Litschi sind gepflanzt, und wir hoffen auf eine baldige reiche Ernte. Bitte lache nicht über deine Schwester, aber du würdest mich mit meinem Strohhut und in meiner bäuerlichen Kleidung kaum wiedererkennen. Ich habe bemerkt, dass es mir nichts ausmacht, in der Sonne zu arbeiten.

Mah-ma hat ein paar der kostbaren Münzen benutzt, um einen Mandarinenbaum zu kaufen. Wir hoffen, dass er uns zum Neujahr reiche Früchte tragen wird.

Wir freuen uns auf Nachricht aus deinem Leben.

Für immer und ewig
Deine liebende Schwester

Tränen strömten über Mei Lings Gesicht. Die ruhigen und freundlichen Worte ihrer Schwester trafen sie mitten ins Herz. Mei Ling vermisste Jah Jeh und die anderen schmerzlich.

Der Brief endete viel zu schnell. Zu gern hätte sie mehr über das Leben ihrer Familie gelesen, aber sie war dankbar für die überwiegend guten Nachrichten. Ihre Schwester hatte sich wieder erholt und niemand anders war krank geworden. Am wichtigsten war, dass Jah Jeh ihr in gewisser Weise vergeben hatte: *Ich habe bemerkt, dass es mir nichts ausmacht, in der Sonne zu arbeiten.*

15. April. Vor vier Monaten hatte ihre Schwester dieses Papier berührt. Mei Ling roch daran und hoffte, den vertrauten Duft wahrzunehmen, aber sie wurde enttäuscht. Das Getreide, von dem Jah Jeh berichtet hatte, war längst herangereift und geerntet, die Reste untergepflügt, um den Boden fruchtbarer zu machen.

Die Beziehung zu ihrer Familie fand nur noch zeitversetzt statt. Veränderungen in ihrem Leben würde sie erst viel später erfahren. Und umgekehrt war es nicht anders. In diesem Moment mochte Jah Jeh vielleicht verheiratet sein und mit der Familie ihres Mannes weit weg vom Heimatdorf leben. Es war sogar sehr wahrscheinlich, dass Mah-ma sich bemüht hatte, Ersatz zu finden, bevor Jah Jeh zu alt war.

Noch einmal las Mei Ling den Brief, langsamer diesmal, und sie entdeckte noch einiges mehr zwischen den Zeilen. Dass ein Mandarinenbaum gekauft worden war, bedeutete, ihre Familie rechnete damit, in dem Dorf zu bleiben und hatten die Hoffnung aufgegeben, nach Guangzhou zurückzukehren. Das überraschte sie nicht, trotzdem tat es ihr leid. Sie stellte sich vor, wie Jah Jeh unter einem großen kegelförmigen Hut auf dem Feld arbeitete und aussah wie alle anderen dort draußen. Ein weiterer Hinweis darauf, dass sie nicht in die Stadt zurückkehren wollten. Noch im letzten Jahr hatte man ihnen, obwohl sie es angeboten hatten, nicht erlaubt, die Erde zu berühren, als die Familie mit Mah-ma gepflanzt hatte, weil man darauf bestand, dass sie ihre Hände schützten, um den bestmöglichen Partner zu finden.

Jah Jehs Hände waren nun nicht länger unbefleckt und verrieten, dass sie auf dem Feld arbeitete. Für sie gab es kein Zurück. Mei Ling warf einen Blick auf ihre eigenen sauberen und gepflegten Finger. Sie seufzte und atmete einmal tief durch. *Eigentlich hätte ich das sein sollen*, dachte sie.

Du kannst ihr Schicksal nicht ändern. Ahmas Worte hallten in ihrem Kopf wider.

Noch einmal atmete Mei Ling tief durch und betete:

Möge ihr nichts Schlechtes widerfahren. Möge ihr Leid erspart bleiben. Möge ihr nur Freude zuteilwerden.

Kapitel 15

San Francisco – September 1923

Während das Baby in ihrem Bauch heranwuchs, ließ ihre Energie immer mehr nach. Jeden Tag war sie müder und antriebsloser als noch am Tag zuvor. Jeder in ihrem Umfeld konnte sehen, wie es ihr ging, aber sie sprach nicht darüber.

Eines Abends, nachdem sie ins Bett gekommen war, fragte Kai Li zaghaft: »Vielleicht werden wir eines Tages einen weiteren Sohn bekommen.«

»Sehr bald, Mann, davon bin ich überzeugt«, erwiderte sie.

Wieder lächelte er auf seine süße Art und seine dunkelbraunen Augen strahlten. Fast hatte sie geglaubt, sie hätten die gleichen Vorstellungen vom Leben, doch das Wort *Sohn* hatte diese Hoffnung zerstört. Liebevoll tätschelte Kai Li ihren Arm. Zu ihrer Enttäuschung drehte er sich dann von ihr fort, anstatt sich ihr zuzuwenden. Sie traute ihm nicht vollständig, aber inzwischen freute sie sich auf seine Berührungen.

* * *

Mei Ling hatte vorgehabt, jeden Tag mit Bo vor die Tür zu gehen, aber manchmal ging die Sonne unter, und sie waren noch nicht draußen gewesen. Ihre Laune änderte sich mit der Jahreszeit. Der kühle Nebel ließ sie frieren, und nur wenn sie sich in viele Decken hüllte, konnte sie sich einigermaßen warmhalten. Wenn sie dann zum Küchenfenster stakste, fing sie zumindest den einen oder anderen Leben spendenden Sonnenstrahl auf. Ihre dürftige Versorgung der Familie konnte kaum verhindern, dass alle immer grauer wirkten. Sie fürchtete, dass Kai Li sie für ihre schlechten Kochkünste und nachlässige Haushaltsführung bestrafen würde, doch wenn er nach Hause kam und es aufgewärmten Reis und getrockneten Fisch gab, schien er eher besorgt als wütend.

Eines Tages, als er durch die Tür trat, brachte er Essen mit.

Schüchtern sagte er: »Frau, bei meiner Arbeit hat man mir das hier mitgegeben.« Er hob eine Tüte hoch. »Darf ich das zu unserem Abendessen hinzufügen?«

Mei Ling nickte.

Er öffnete einen Behälter, und ein köstlicher Duft stieg daraus auf. Kai Li schöpfte Fischsuppe mit Lilienzwiebeln und Karotten in Schüsseln. Der vertraute Geruch trieb ihr die Tränen in die Augen. Er verneigte sich ein wenig, und dann setzten sie sich zum Essen nieder. Sie spürte, wie er sie beobachtete, während sie die traditionelle Herbstsuppe in sich hineinlöffelte. Sie war köstlich und tröstlich, und Mei Ling spürte, wie ihr ganzer Körper sich entspannte und von innen gewärmt wurde.

Sie lächelte und sagte: »Die Suppe ist äußerst schmackhaft. Bitte sag eurer Köchin meinen Dank.«

Er schien sehr erfreut über ihr Lob. Sie runzelte die Stirn. Eigentlich hatte sie das nicht beabsichtigt, aber er verhielt sich irgendwie verdächtig.

»Ich habe sie gekocht«, gestand er.

Ein Mann, der kochte! Mei Ling war verblüfft und erfreut. Aber als Hausdiener konnte er wahrscheinlich viele Dinge, die sonst eher Frauen verrichteten.

»Ich kann mich wirklich glücklich schätzen«, erklärte sie. »Du bist ein sehr guter Koch.«

Er nahm ihr Lob mit einem schüchternen Nicken entgegen.

Von diesem Tag an brachte er jeden Abend etwas Nahrhaftes und Köstliches mit nach Hause, um ihre einfachen Gerichte zu ergänzen. Trotz seiner Sorge, genug Geld zu haben, um sie alle zu ernähren und das Dach über ihrem Kopf zu bezahlen, gab er kostbares Geld für Ingwer aus, um ihre Übelkeit zu lindern, und für Brombeerblätter- und Honigblumen-Tee für ein starkes *Qi*. Sie genoss das Essen und Kai Lis Fürsorge. Trotzdem linderte all seine Aufmerksamkeit weder ihre Einsamkeit noch ihr Misstrauen. Sie plante weiterhin in zwei unterschiedliche Richtungen. Entweder würde sie ihr Leben mit Kai Li verbringen oder ihren eigenen Weg gehen. Es rührte sie, wie aufmerksam er sich um ihre Bedürfnisse kümmerte, doch sie würde sich so lange nicht auf ihre Ehe verlassen, bis sie sah, wie er auf die Geburt ihrer Tochter reagierte.

* * *

Kai Li hoffte, das Baby würde zu Jesu Geburt auf die Welt kommen, aber Mei Ling dachte, das sei zu früh. Ihrer Schätzung nach würde sie kurz nach dem westlichen Neujahr ihr Kind gebären.

Die christliche Feier der Geburt eines Kindes war ein schönes neues Erlebnis für sie. Am Sonntag in der Kirche sprach der Pastor über die Herausforderungen des Advent – der Zeit des Wartens. Normalerweise fand Mei Ling keinen Trost in den christlichen Botschaften, doch in jener Woche fühlte es sich an, als würde der Pastor direkt zu ihr sprechen und ihr im Angesicht des Unbekannten tröstende Worte schenken. Es erinnerte sie daran, dass alles möglich war, wenn man nur glaubte. Sie teilte seine Ansicht nicht, dass Jesus ihr alles geben würde, was sie brauchte, trotzdem verlieh die Botschaft ihr Hoffnung.

Und wieder bat der Pastor die Gemeinde, sich gegenüber dem Presbyterianischen Missionshaus großzügig zu zeigen.

Mehr als einmal hatte sie eine Gabe Reis zu dem Gebäude an der Ecke von Sacramento und Joice Street gebracht, das ihr vielleicht vorübergehend eine Zuflucht bieten konnte, sollte Kai Li sich von einer anscheinend sanften Seele in ein Monster verwandeln, sobald ihre Tochter geboren war. Falls es nötig war, würde sie all ihre Kraft zusammennehmen und zu dem Haus gehen und dann June in Oakland suchen. Weiter ging ihr Plan noch nicht, aber ihre unmittelbare Zukunft war damit gesichert.

Mei Ling vertraute darauf, dass ihre Freundin schon Ideen hätte, wie eine Frau wie sie in diesem Land ohne Mann überleben könnte. Wahrscheinlich würde sie Näherin oder Hausbedienstete werden. Es wäre ein einsames, unglückliches Leben. Sie wollte nicht verstoßen werden, aber sollte Kai Li sie zwingen zu fliehen, dann hatte sie zumindest einen Plan. Sie wusste, wohin sie gehen konnte.

* * *

Ein warmes Rinnsal an ihrem Bein weckte sie. Sie drückte ihr Nachthemd zwischen die Schenkel, verließ das Zimmer und ging, voller Scham, dass sie sich eingenässt hatte, den Flur entlang zur Gemeinschaftstoilette.

Dort zog sich ihr Bauch in unglaublich schmerzhafter Weise zusammen, sodass sie fast laut aufgeschrieben hätte. Dann begannen die Muskeln, sich langsam wieder zu entspannen. Sie setzte sich, atmete tief ein und zitterte am ganzen Körper, bis der Krampf vollkommen verschwunden und ihr Bauch wieder ganz weich war. *Sie kommt!* Furcht und Aufregung mischten sich zu gleichen Teilen in Mei Lings Herz. Noch nie war sie bei einer Geburt dabei gewesen, doch sie hatte gehört, die erste könne lange dauern und sei meistens am unangenehmsten. Ihre Mutter und ihre Großmutter hatten ihr und Jah Jeh gesagt, dass man sie nicht zu fürchten bräuchte und die Belohnung hinterher all die Anstrengung wert sei.

Vielleicht hatte Kai Li ja recht. Sollte es mehrere Tage dauern, würde ihr Kind vielleicht am gleichen Tag wie Jesus geboren. Mei Ling rieb sich den Bauch und sandte eine Nachricht an ihre Tochter: *Bald wirst du in meinen Armen liegen. Ich verspreche, ich werde mich um dich kümmern, egal, was geschieht.*

Shiyas Gesicht blitzte vor Mei Lings geistigem Auge auf. *Ich hoffe, dir geht es gut, Kleines. Wenn meine Tochter alt genug ist, werde ich mich auf die Suche nach dir begeben.*

* * *

In der Dunkelheit hatte Mei Ling ein Handtuch aufs Bett gelegt und war zurück unter die warme Decke gestiegen. Sie schmiegte sich an ihren Mann und drückte ihren Rücken gegen Kai Li. Im Schlaf legte er einen Arm über ihre Hüfte und umfasste mit einer Hand ihren Bauch. Er hatte keine Ahnung, dass sich ihr Leben gerade dramatisch veränderte.

Die Unsicherheit, die ihr ständiger Begleiter gewesen war, würde sich nun klären. Sie wollte ihr Leben mit Kai Li als ihrem Mann verbringen. Mei Ling betete zu Guan Yin: *Bitte lass ihn seiner Tochter genauso zugetan sein wie Bo.*

Sie schlief unruhig, döste nur zwischen einzelnen milden Wehen. Irgendwann, ohne dass sie es mitbekam, verließ Kai Li das Haus und ging zur Arbeit. Als sie aufwachte, war sie allein mit Bo. Abgesehen von der ersten Wehe waren die Schmerzen erträglich genug, um sie zu verbergen. So gut sie konnte, erledigte sie ihre Tagesarbeit und hielt nur inne, um zu atmen und sich zu strecken, wenn ein Krampf ihre volle Aufmerksamkeit forderte.

Mei Ling hatte keinerlei Erfahrung mit einer Geburt, aber sie vertraute darauf, dass alles seinen natürlichen Weg ging – und dass sie es schon schaffen würde. Sie hatte gehört, dass es klug sei, ein scharfes Messer zur Hand zu haben, um die Nabelschnur zu durchtrennen. Zudem stellte sie eine Schüssel mit Wasser neben das Bett.

Am späten Nachmittag war sie nicht mehr in der Lage, sich noch um irgendetwas anderes zu kümmern als um die Wehen. Sie ging auf und ab, bis der Schmerz von ihrem Körper Besitz ergriff. Dann kniete sie sich neben das Bett, legte Arme und Kopf darauf und ließ ihren Bauch tief nach unten hängen. Bo streichelte dann sanft ihren Rücken.

»Mah-ma geht es bald besser«, erklärte sie ihm. »Das Baby kommt jetzt zu uns.« Sie versuchte, ihn beruhigend anzulächeln, aber wahrscheinlich gelang ihr nur eine Grimasse, als eine neue Welle des Schmerzes sie überrollte. Für den Jungen musste das alles sehr verwirrend sein. Sie bedauerte es, Kai Li nicht gesagt zu haben, dass das Baby kam. Vielleicht hätte er zu Hause bleiben können, um sich um Bo zu kümmern und auch sie ein wenig zu trösten, obgleich Männer bei einer Geburt nichts zu suchen hatten. Mehr als alles vermisste sie Jah Jeh, Ahma und Mah-ma.

Die Wehen kamen nun eine nach der anderen und erlaubten ihr kaum, wieder zu Atem zu kommen, bevor sich die nächste meldete. Sie war bald völlig erschöpft und begann sich zu fürchten, dass irgendetwas nicht in Ordnung sein könnte. Warum war das Baby noch nicht auf der Welt? Es war so viel schwerer, als sie erwartet hatte.

»Oh, oh!«, drang Bos Stimme durch ihre Benommenheit.

Sie hob den Kopf vom Bett. Er deutete auf den Boden. Sie blickte zwischen ihre Beine. *Blut!* Ein roter Strom rann ihre nackten Schenkel hinunter. Wann hatte sie sich die Sachen vom Leib gezogen? Sie begann so stark zu zittern, dass sie überhaupt nicht wieder aufhören konnte. Bei der nächsten Wehe erfüllte das Gebrüll eines Tieres ihren Kopf. Wo kam das her? Von Bo?

Jemand war an ihrer Seite.

»Mah-ma!«, rief Mei Ling, obwohl ihre Mutter weit, weit fort war.

Sie öffnete die Augen. Es war Kai Li. Er strich ihr das Haar aus dem Gesicht. Dann zog er an ihren Armen, aber sie setzte sich zur Wehr. Sie konnte nicht aufstehen. Eine weitere Wehe traf sie. Das Geräusch wiederholte sich. Ihre Beine zitterten.

Mei Ling griff nach ihrem Mann. Verzweifelt. Sie blickte ihm flehend direkt in die Augen. »Hilfe«, rief sie. »Hilf mir.«

Kai Lis dunkelbraune Augen wurden ganz groß und rund vor Panik. Als der Schmerz nachließ, sank sie wieder über das Bett. Er wich von ihr zurück. Benommen sah sie, wie er Bo nahm und mit ihm durch die Tür verschwand. Sie streckte einen Arm aus und wollte einen protestierenden Schrei ausstoßen, aber sie hatte nicht die Kraft.

Tränen rannen ihr über die Wangen, und sie schluchzte haltlos. Alles, was sie gefürchtet hatte, war eingetroffen und das noch viel schlimmer. Kai Li hatte sie verlassen und dazu noch Bo mitgenommen. Sie würde in diesem Raum allein sterben.

Inzwischen konnte sie die unaufhörlichen Wehen nicht mehr mitzählen. Die Tür ging auf. Eine schlanke Frau kam herein und eilte sogleich an ihre Seite.

Mei Ling griff nach der Fremden. »Hilf mir«, flehte sie.

Die Frau antwortete mit ruhiger Stimme: »Aus diesem Grund bin ich hier. Dein Mann hat mich geschickt, um dir beizustehen.«

Erleichterung durchflutete Mei Ling. Sie würden nicht allein sterben.

»Ich werde dich berühren. Du brauchst dich nicht zu schämen, denn all das ist die Natur.«

Mei Ling lehnte ihren Kopf gegen das Bett, atmete tief aus und überließ sich der Fürsorge dieser Frau. Kühle Tücher reinigten sie zwischen den Beinen. Warmer Tee floss über ihre Lippen. Starke Arme drückten auf ihren Rücken. Stunden vergingen, bis sie plötzlich unaufhaltsam zur Toilette musste. Sie kämpfte sich auf die Beine.

»Es ist das Baby, das auf die Welt will«, erklärte die Frau. »Du brauchst nicht zur Toilette. Drück ihn einfach hier in diesem Zimmer heraus.«

»Mein Baby ist ein Mädchen«, erwiderte Mei Ling.

»Dann wird sie genau hier ihren ersten Atemzug tun«, erwiderte die Frau leichthin.

Mei Ling kamen die Tränen. »Er will einen Sohn. Was ist, wenn er sie nicht akzeptiert?«

Die Frau seufzte und schüttelte den Kopf.

»Was mache ich nur?«, beschwor Mei Ling sie.

»Du wirst tun, was getan werden muss. Wie alle Mütter es vor dir gemacht haben«, erklärte die Frau. »Aber sorge dich jetzt nicht darum. Bring einfach nur dieses Baby auf die Welt.«

Der Drang baute sich in ihr auf, bis er wie ein galoppierendes Pferd durch sie hindurchraste. Sie konnte an nichts anderes mehr denken als an den verzweifelten Wunsch, dieses Kind zu gebären. Dann ließ der Druck nach.

Wieder und wieder überkam sie dieses heftige Verlangen und zwang sie, mit aller Kraft zu pressen. Dann ließ es wieder nach. Zwischen den Wehen tätschelte die Frau ihren Arm, bot ihr Tee an und wischte ihr mit einem kühlen Tuch den Schweiß von der Stirn. Mei Ling war unfähig, sich vom Bett fortzubewegen, deswegen kniete die Frau neben ihr und versorgte sie auf dem harten Holzfußboden.

»Ich kann das Haar sehen!« Die Frau strahlte Mei Ling an. »Gutes Mädchen. Du machst das wunderbar. Du bist eine gute Mutter.«

Mei Ling fasste zwischen ihre Beine und tastete nach der Wölbung. Die Frau führte ihre Hand, bis … sie ihr Baby zum ersten Mal berührte. Mei Ling lief das Herz über. Ihre Tochter war fast da!

Mit der nächsten Wehe kam der Kopf des Babys zwischen ihren Beinen hervor.

»Eine noch!«, ermutigte sie die Frau.

Aber ihre Kraft war erlahmt.

»Du musst pressen«, rief die Frau. »Jetzt liegt es an dir. Press!«

Mei Ling nahm alle Kraft zusammen, und dann spürte sie, wie der Rest des Babys aus ihrem Körper herausrutschte. Eine mächtige Welle der Erleichterung durchlief sie.

Nun war der ganze Schmerz vergessen und etwas ganz anderes in den Mittelpunkt gerückt. Sie hob ein Bein über die Nabelschnur, die sie immer noch mit dem Kind verband. Sie setzte sich auf Tücher und Matten, die auf dem Boden lagen, und lehnte sich gegen das Bett. Dann griff sie nach ihrem Kind. Ein Mädchen. Wie Pasha es vorausgesagt hatte. Eine perfekte, wunderschöne Tochter.

Sie drückte das Baby an ihre Brust, während das kleine Wesen atmete, und wiegte den Kopf ein wenig. Sie rieb den klebrigen Rücken, unbeeindruckt von der Mischung aus roten, weißen und klaren Geburtsflüssigkeiten.

»Alles ist gut. Ich bin hier«, flüsterte Mei Ling ihrer Tochter zu. »Du bist in Sicherheit.«

Das kleine Mädchen hustete und spuckte und bemühte sich darum, was jetzt am wichtigsten war: zu atmen. Mei Ling staunte über die Pracht und Herrlichkeit dieses kostbaren Kindes, während die Frau sich um die Nachgeburt kümmerte und die Nabelschnur abband. Ihre Tochter dagegen versuchte Mei Lings Brust zu erreichen. Mit weit offenem Mund wanderte der Kopf ungelenk herum, bis die Lippen den geschwollenen Nippel fanden. Im nächsten Moment saugte sie so fest, dass Mei Ling erschrak und ihre Gebärmutter sich zusammenzog. Der Schmerz ließ nach kurzer Zeit nach, und Mei Ling spürte, wie ihr ganzer Körper nur noch von Freude durchflutet wurde.

Freude! Mei Ling blickte auf ihre Tochter. So viel Liebe füllte ihre Brust, dass es in wundervoller Weise schmerzte. Ihre Großmutter hatte eine gute Wahl getroffen – Jingyi war der perfekte Name für ihre Tochter. Mei Ling hielt diese Freude direkt in ihren Armen.

* * *

Das Baby trank, während die Frau Mei Ling säuberte und mit Kräutern versorgte, um die Blutung zu stoppen. Nachdem das beendet war, kletterte Mei Ling ins Bett. Die Frau wusch Joy, was Jingyi auf Englisch hieß, und wickelte sie in ein sauberes Tuch. Dann ging sie, um ihrer Familie zu sagen, dass es vollbracht war. Mei Ling starrte auf das kostbare neue Leben in ihren Armen, als Kai Li und Bo zurück ins Zimmer kamen.

Kai Li stand in der Tür. Seine Miene war schwer zu deuten. Er wirkte vor allem ängstlich, aber vielleicht auch ein wenig erleichtert. Er trat vor und verneigte sich. Bo folgte seinem Vater und ahmte ihn nach. Dann kletterte er zu Mei Ling aufs Bett.

»Baby?«, fragte Bo.

Mei Lings Herz schlug aufgeregt in ihrer Brust. »Ja. Das ist deine Schwester?« Eigentlich hatte es wie eine Feststellung klingen sollen, doch es kam mehr wie eine Frage über ihre Lippen. Sie lächelte Bo an. Er streckte seinen kleinen Finger aus und strich vorsichtig über Joys Wange.

Mei Ling lächelte über seine Zärtlichkeit. Dann hob sie den Blick zu Kai Li. Tränen strömten über sein Gesicht. Er war verärgert. Mei Ling wurde das Herz schwer und ihre Kehle schnürte sich zu. Alles Glück schwand aus ihrem Körper. Sie schluckte hart und biss sich auf die Lippe, um nicht selbst weinen zu müssen.

»Eine Tochter?«, fragte Kai Li.

Mei Ling nickte, ihr Gesicht so hart wie ihr Herz. Doch sie spürte auch Wut in sich aufsteigen. Wut, mit der sie dieses Kind beschützen würde.

Mit stählerner Stimme flüsterte sie: »Du bist enttäuscht, dass es kein Sohn ist, Mann.«

»Nein«, flüsterte Kai Li und schüttelte den Kopf. »Wir haben doch einen Sohn.« Er blickte sie an, ohne sich die Tränen aus dem Gesicht zu wischen. »Und jetzt haben wir auch noch eine kostbare Lotusblume. Sie ist wunderschön. Ich danke dir, Frau.«

Mei Lings Herz öffnete sich wie das Himmelstor selbst. Sie presste eine Hand auf den Mund, um ein Schluchzen zu unterdrücken. Ihre Schultern bebten, als sie erleichtert weinte. Sie würde nicht vor Kai Li fliehen müssen, um ihre Tochter zu beschützen. Sie konnte ihren Lebensweg gemeinsam mit ihm gehen. Bo wischte ihr mit seiner kleinen Hand über die Wange.

»Mah-ma traurig?«, fragte er.

Langsam schüttelte sie den Kopf. »Nein. Mah-ma ist glücklich. Sehr glücklich.«

Sie lächelte Kai Li an und hatte zum ersten Mal das Gefühl, dass sie zu einer starken und angesehenen Familie zusammenwachsen könnten, trotz der Täuschungen, mit denen ihre Ehe begonnen hatte.

Sie hob ihre Tochter hoch und bedeutete ihrem Vater, sie in den Arm zu nehmen. Seine Augen wurden groß.

»Komm her und setz dich. Halte deine Tochter«, wies sie ihren Mann an.

Vorsichtig ließ er sich nieder. Sie legte das Neugeborene in seine Arme. Voll Staunen betrachtete Kai Li ihre Joy.

Schließlich ergriff er das Wort, seine Stimme war rau: »Ich habe meinen Sohn nicht gesehen, als er geboren wurde. Ich habe so viel versäumt. Diesmal wird mir das nicht passieren.«

Bo lehnte sich gegen Mei Ling und streichelte das zierliche Baby in Kai Lis Armen. Mei Ling drückte seinen kleinen Körper und küsste ihn aufs Haar. Sie lächelte ihren Mann an, der die kleine Joy vorsichtig hielt, und ihr Herz explodierte vor Glück.

Kapitel 16

San Francisco – Dezember 1923

Mrs Wu, die Geburtsbegleiterin, kehrte am nächsten Tag mit Suppen und Kräutern zurück. Kai Li hatte die Frau für den traditionellen Monat der Ruhe engagiert. Mei Ling würde die meiste Zeit im Bett verbringen, um wieder zu Kräften zu kommen, damit sie nahrhafte Milch geben konnte. Viele Männer investierten in diesem Monat nach der Niederkunft nur für Söhne, doch Kai Li wollte gute Milch für seine Joy. Mrs Wu ging sogar jeden Tag mit Bo vor die Tür, damit Mei Ling Zeit hatte, sich auszuruhen und sich an ihrer neugeborenen Tochter zu erfreuen.

Kai Li verließ ihre Wohnstatt noch während der Dunkelheit und kehrte auch erst nach Sonnenuntergang wieder zurück. Er arbeitete noch länger, um die Kosten für Joys Geburt bestreiten zu können. Jeden Abend brachte Kai Li eine köstliche von ihm gekochte Mahlzeit mit nach Hause, um Mei Ling gut zu ernähren und ihre Stimmung zu heben. Sie war so dankbar für seine Bemühungen und wünschte, sie könnte mehr tun, um ihm einen Teil der finanziellen Last abzunehmen, die er für ihr Heim trug.

Sie fragte Mrs Wu: »Wie kann eine Frau ihre häuslichen Pflichten erfüllen und trotzdem zum Einkommen beitragen?«

»Viele Frauen nähen zu Hause«, erklärte Mrs Wu. »Manche tun es einfach mit der Hand oder mieten eine Maschine, aber ich habe eine andere Idee für dich. Diese Stickereien sind ausgezeichnet. Ich kenne ein Geschäft, das gut dafür bezahlen wird.«

»Dafür?« Mei Ling deutete auf eine Blume auf Joys kleiner Decke. Jede Frau stickte doch. Sie konnte sich nicht vorstellen, dass jemand sie dafür bezahlen würde.

»Ja. Viele Männer in Amerika haben keine Ehefrauen. Und einige Weiße kaufen gern, was wir Chinesinnen herstellen.« Die Frau zuckte die Achseln. »Wir Frauen müssen jeden Vorteil nutzen, der sich uns bietet, oder?«

»Ja, das müssen wir«, stimmte Mei Ling ihr zu.

»Ich arrangiere das für dich«, sagte die Frau. Sie zeigte auf den Tischläufer. »Darf ich ihn mitnehmen, um die Qualität deiner Arbeit zu zeigen? Ich werde einen sehr guten Preis für dich verhandeln.«

Ein paar Tage später kehrte Mrs Wu mit guten Nachrichten zurück. Sie zog ein paar Läufer aus grüner Seide hervor, die schwarz umsäumt waren. »Mein Käufer sagt, er gibt dir zwei Dollar für jeden, den du fertigstellst.«

Mei Ling verschlug es den Atem. Sie konnte einen Tischläufer in drei Tagen besticken. Vielleicht war sie in der Lage, pro Woche fünf Dollar für die Haushaltskasse zu verdienen! Abzüglich der Kosten für das Stickgarn, das sie mit einer von Ahmas Münzen kaufen konnte. Ihre Fähigkeiten und Ahmas Großzügigkeit würden zum Wohlergehen ihrer Familie beitragen. Sie beschloss, Kai Li noch nichts von diesen Neuigkeiten zu erzählen, bis sie sicher war, dass sie Erfolg haben würde.

* * *

Als der Monat vorbei war, ging Mei Ling auch allein wieder mit Joy und Bo hinaus. Sie stillte das Mädchen, wickelte es neu und band sich die Kleine vor die Brust. Es war ein süßes Gefühl, Joy so nah zu spüren, als befände sie sich wieder in ihrem Innern.

Sie griff sich den Brief für ihre Familie, in dem stand, dass sie eine neue Enkelin hatten, und machte sich mit Bo an der Hand auf den Weg. Die Luft war immer noch feucht und grau. Sie konnte mit Joy nicht lange draußen bleiben, aber es war ein gutes Gefühl, wieder durch die schon bekannten Straßen zu gehen. Bo lief neben ihr her, glücklich bei seiner Mutter und seiner Schwester zu sein.

Mei Ling betrachtete jedes junge Gesicht und hoffte, das Kind zu entdecken, das immer wieder durch ihre Träume geisterte, aber sie rechnete nicht länger damit, eines Tages einfach auf Shiya zu treffen. Wahrscheinlich lebte das Mädchen nicht in San Franciscos Chinatown. Sie hatte inzwischen gelernt, dass Kalifornien sehr groß war, größer noch als die Provinz Guangdong. Shiya war vielleicht Hunderte von Meilen entfernt.

Zuerst gingen sie den steilen Hügel zum Postamt hinauf, dann weiter zu dem Gemüsemarkt, wo Mei Ling am liebsten einkaufte. Die Frauen auf dem Markt machten einen großen Wirbel um die drei, schenkten ihnen Knoblauch und Papaya für die neue Mutter und eine Zuckerstange für den neuen Bruder. Zuletzt ging sie noch auf den Fleischmarkt, um Schweinefüße zu kaufen.

Mei Ling kochte nur noch selten am Abend, da Kai Li immer köstliches Essen mitbrachte. Trotzdem wollte sie eine Suppe machen, damit im Winter ihrer aller Leber warm blieb und das Baby kräftig. Als sie in ihre Einzimmerwohnung zurückkehrte, war sie erschöpft und bereit für ein Nickerchen, aber sie war auch stolz auf sich selbst. Mit zwei Kindern hatte sie sich in den Straßen von San Francisco zurechtgefunden.

* * *

Mrs Wu kam nun nicht mehr jeden Tag, aber einmal in der Woche holte sie Mei Lings akribisch bestickte Mützen und Tischläufer ab und brachte neues Material.

»Der Boss mag deine Arbeit«, sagte die Frau, als sie ihr zwei Silberdollar für vier Mützen übergab. Mei Ling freute sich über das Kompliment. Sie hatte sich mit jeder einzelnen viel Mühe gegeben, um sicherzugehen, dass die Qualität hoch genug war, um weitere Aufträge zu bekommen.

Die Frau fuhr fort: »Aber du brauchst sie nicht so schön zu machen.«

Verwirrt starrte Mei Ling sie an.

»Arbeite lieber schneller. Mach mehr davon. Er verkauft sie alle.« Die Frau lachte.

»Das werde ich.« Mei Ling stimmte zu, schneller zu arbeiten und etwas weniger Qualität zu liefern.

Kai Li würde sehr glücklich sein und erleichtert, wenn er von ihrem Erfolg erfuhr. Sie hatte begonnen, ihre Einnahmen nach ein paar Wochen guter Verkäufe mit ihm zu teilen. Zwar hatte sie die Worte ihrer Ahma nicht vergessen und behielt einen Teil ihres Einkommens zusammen mit den Münzen ihrer Großmutter für sich, aber das meiste benutzte sie, um die Schulden mit abzuzahlen.

Bei der Geschwindigkeit, mit der sie zahlten, würde es noch zwei Jahre dauern, bevor die Kosten der Einwanderung für sie und Bo beglichen waren. Kai Lis Verdienst deckte ihre täglichen Kosten für Essen, Kleidung und Miete. Das Geld reichte gerade, solange sie gesund blieben und weiterhin zu viert in dem einen Zimmer lebten.

* * *

»Frau«, sagte Kai Li beim Abendessen. Sein formeller Ton besorgte sie sofort. »Man hat mir ein sehr gutes Angebot gemacht.« Er klang enttäuscht, was völlig im Widerspruch zu seinen Worten stand.

Sie blickte ihn an, ohne eine Miene zu verziehen, um die Furcht, die am Horizont aufzog, nicht zu nah an sich heranzulassen.

»Der Johnson Produce Market hat mir angeboten, als Straßenhändler auf Alameda Island zu arbeiten. Der Mann, der es augenblicklich macht, zieht nach Norden ins Delta, um für seinen Onkel zu arbeiten. Ich könnte fast das Doppelte verdienen, und unsere Kinder würden nicht länger einen Diener zum Vater haben.«

Mei Ling wartete darauf, was der Haken an dieser scheinbar guten Gelegenheit war. Kai Li musterte sie und wartete auf eine Reaktion.

»Das sind sehr gute Nachrichten, Mann«, erwiderte Mei Ling. Dann bohrte sie behutsam nach. »Aber ich höre Sorge in deinen Worten.«

»Ich werde jeden Tag außer sonntags sehr früh aufbrechen müssen, um die Fähre nach Oakland zu bekommen«, sagte Kai Li. »Und ich werde sehr, sehr spät zurückkehren.«

»Du wirst uns nie sehen, wenn wir wach sind?«

»Ich wollte keinen Tag von ihrem jungen Leben verpassen. Jetzt verpasse ich alles.« Er schüttelte den Kopf und seufzte. Er blickte Mei Ling direkt an, und in seinen Augen stand tiefe Verwirrung. »Es tut mir leid, dass ich dich mit meinen törichten Wünschen belaste. Diese Gelegenheit ist ein Segen für unsere Familie, und ich muss dankbar dafür sein.«

»Mann, es ist nicht töricht, dass du deine eigenen Kinder aufwachsen sehen möchtest.« Mei Ling war so froh, dass es ihm am Herzen lag. In der Hoffnung, ihn etwas aufzuheitern, fragte sie: »Und sonntags wirst du den ganzen Tag zu Hause sein?«

»Ja.«

»Dann wird das unser Familientag. Einmal in der Woche ein Urlaub. Bo und Joy werden dich ganz für sich haben. Das ist mehr, als mancher Vater und seine Kinder genießen können.« Mei Ling dachte an all die Kinder in China, deren Väter in den Vereinigten Staaten lebten und sie nur alle paar Jahre sahen, wenn überhaupt.

Er schürzte die Lippen, und in seinem Gesicht waren die widerstreitenden Gefühle deutlich zu erkennen. Schweigend saßen sie da und versuchten, die bittersüßen Neuigkeiten zu verkraften.

* * *

Die neue Arbeitsstelle bedeutete, dass Kai Li aufbrach, noch bevor die Sonne aufging und erst bei völliger Dunkelheit wieder zurückkehrte. Er sah Joy, wenn sie in der Nacht aufwachte, um gestillt zu werden, aber Bo schlief die ganze Zeit, wenn Kai Li zu Hause war – außer an den Sonntagen. Mei Ling war gar nicht bewusst gewesen, wie viel Kai Li ihr mit den Kindern geholfen hatte, bis er es nicht mehr konnte. Sie alle vermissten seine köstlichen und sättigenden Mahlzeiten. Er war es gewesen, der die Kinder im gemeinschaftlichen Badezimmer den Flur hinunter wusch, was ihr eine willkommene Zeit der Ruhe geschenkt hatte. Doch nun war es mit der anstrengendste Teil des Tages – sie alle drei in diesem engen feuchten Raum zu säubern.

Sie fühlte sich einsam und war erschöpft. Und unter der Oberfläche brodelte Wut. Sie schämte sich für ihre kindischen Gefühle, aber es gelang ihr nicht, sie zu überwinden. Auch Kai Li war müde und angespannt. Ihre Ersparnisse wuchsen, aber ihre Stimmung sank.

An den Sonntagen schlief Kai Li und knurrte die Kinder an, wenn sie ihn störten. Er ging nicht einmal mehr zum Gottesdienst.

Er wurde dünn und schwach. Nach einigen Wochen konnte Mei Ling ihre Sorge nicht mehr für sich behalten.

»Mann«, sagte sie an einem Sonntagabend zu ihm, nachdem er spät zurückgekehrt war, »du arbeitest hart, um unsere Familie stark zu machen. Ich danke dir dafür. Aber wir können nicht stark sein, wenn unser Kopf schwach ist.«

Kai Li funkelte sie an. Einen solchen Blick hatte sie noch nie bei ihm gesehen.

»Frau, du weißt offenbar nicht, wo dein Platz ist!«, entgegnete er mürrisch.

Mei Ling antwortete: »Ich habe nur dein Wohlergehen im Sinn.«

Kai Li schnalzte mit der Zunge, was pure Verachtung ausdrückte. Dann ging er hinaus in die Nacht und ließ sie allein mit den schlafenden Kindern.

Ärger und Sorge brannten in ihr. Sie war mit dieser schwierigen Situation nicht gut umgegangen. Statt ihren Mann zu trösten und zu unterstützen, hatte sie ihn aus dem Haus getrieben. Nun war er wütend auf sie. Und sie fühlte sich noch einsamer als zuvor.

Stunden später, es war schon früher Morgen, wurde die Tür wieder geöffnet. Mei Ling tat so, als würde sie schlafen und hatte sich schützend zusammengerollt. Er trat neben das Bett und beugte sich über sie. Als sie den Alkohol roch, wurde ihr Herz schwer, und die Kehle zog sich ihr zusammen. Sie spürte seine Finger an ihrer Schulter. Ihr Herz schlug schneller. Er tippte sie an. Sie rührte sich nicht. Kai Li umfasste ihren Oberarm und rüttelte sie. Nicht heftig, aber eindringlich. Nun konnte sie nicht länger so tun, als würde sie schlafen. Sie öffnete die Augen und wappnete sich gegen seine Wut.

»Frau. Es tut mir leid, dass meine Gefühle mit mir durchgegangen sind«, sagte er. Mei Ling ließ die Schultern sinken, dann atmete sie einmal tief aus.

Er wirkte wahrlich voller Reue. Langsam setzte sie sich auf. Er sank aufs Bett.

»Ich muss arbeiten«, beschwor er sie. »Aber ich bin zu müde, um ein liebevoller Mann und Vater zu sein.«

»Mann«, flüsterte Mei Ling und nahm seine Hand. »Du opferst zu viel. Können wir nicht näher an deinen Arbeitsplatz ziehen?«

Er hob die Augenbrauen und blickte sie erstaunt an, als würde sie ihm einen wunderbaren, aber unmöglichen Vorschlag machen, ähnlich einem Flug zum Mond. Doch dann schien er über die Idee nachzudenken.

»Wir haben einen Mietvertrag«, sagte er schließlich.

»Wann endet er?«, entgegnete sie.

»Nächstes Jahr«, erklärte er. »Dann können wir umziehen.«

»Wie hoch wäre die Strafzahlung, wenn wir früher kündigen?«

»Zu hoch«, antwortete er. »Eine Monatsmiete.«

»Mann, deine Gesundheit ist ganz sicher eine Monatsmiete wert.«

Zweifelnd blickte er sie an.

Sie fragte: »Was würdest du für die Fähre sparen?«

»Zehn Cent am Tag«, sagte er.

Das war ein Anfang, kam aber nicht an eine Monatsmiete heran. »Vielleicht sind die Mieten in Oakland oder Alameda günstiger«, gab sie zu bedenken.

Er wirkte, als würde er den Gedanken tatsächlich durchspielen.

»Bitte, Mann, wirst du es herausfinden?«

»Ich werde es versuchen«, versprach er, obwohl er nicht sehr überzeugt schien. Sie lächelte ihn an und berührte sanft seinen Arm. Er beugte sich vor, und sie schlang ihre Arme um ihn, froh, dass dieser Konflikt beigelegt war.

Kapitel 17

San Francisco – Mai 1924

Nur wenige Tage später kam Kai Li noch vor Sonnenuntergang nach Hause. Sichtlich aufgeregt brachte er eine pinkfarbene Schachtel mit und platzierte sie mit einer überschwänglichen Geste auf den Tisch. Dann bedeutete er Bo mit einem Nicken, sie zu öffnen.

»Kekse!«, rief Bo, als er die kleinen, weißen westlichen Kekse und die Sesambällchen mit roter Bohnenpaste sah.

»Frau«, erklärte Kai Li wie ein aufgeregtes Kind. »Du bist weise und gütig.«

Mei Ling lachte über das Lob. Die Freude ihres Mannes war ansteckend.

»Ich habe in Oakland ein neues Zuhause gefunden. Wie du vermutet hast, kostet es weniger im Monat. Selbst mit der Strafzahlung stehen wir besser da«, erklärte Kai Li. »Und das Beste ist, es liegt nur drei Blocks vom Gemüsemarkt entfernt.«

»Oh, Mann! Das sind wunderbare Nachrichten. Ich freue mich so sehr für dich.« Sie strahlte ihn an. »Für uns.«

Obwohl Bo das Gespräch nicht in vollem Umfang verstand, begriff er doch, wie glücklich seine Eltern waren. Er klatschte in die Hände und sprang vergnügt auf und ab.

Am Sonntagmorgen bereits luden Umzugsleute ihre Habseligkeiten auf eine Rikscha. Es war nervenaufreibend, all ihren Besitz diesen Fremden zu übergeben, aber Kai Li vertraute den Männern. Doch die kostbarsten Sachen behielt Mei Ling bei sich: all die Dinge von ihrem Altar. Sie überlegte sogar, ob sie die Gefäße mit den kraftlosen Ablegern der Pfingstrosen und Chrysanthemen selbst transportieren sollte, aber sie erkannte, dass sie ihr unterwegs wahrscheinlich eher kaputtgehen würden als den Umzugsleuten. Mei Ling hinterließ einen Zettel mit ihrer neuen Adresse im Briefkasten, in der Hoffnung, dass Briefe aus China ihren Weg zu ihr finden würden.

Dann gingen sie zum Fähranleger, Joy fest an Mei Ling gebunden und Bo an ihrer Hand. Die Mailuft fühlte sich auf ihrer Haut wunderbar an, und die Sonne strahlte vom blauen Himmel. Es war bitter, jenen Raum zu verlassen, wo Joy geboren worden war, aber auch so schön, in ein neues Zuhause zu ziehen. Mei Ling hatte bereits ihre Papiere durchgesehen, um den Zettel zu finden, den June ihr geschrieben hatte. Endlich konnte sie sich auf die Suche nach ihrer Freundin machen.

Sie gingen an Bord der Fähre nach Oakland. Während sie oben an der Reling standen, beobachteten sie das Treiben unter ihnen. *Mach es gut, San Francisco.* Mei Ling war überrascht, wie sehr ihr die Stadt ans Herz gewachsen war. Sie würde ihren ersten Wohnort in Amerika vermissen.

Sobald sie an Yerba Buena Island vorbeigefahren waren, kam auf der linken Seite Angel Island in Sicht, und ihr Herz zog sich zusammen. Sofort sah sie Shiyas liebliches Gesicht vor sich, und sie hätte so gern gewusst, ob es dem Mädchen gut ging. Sobald sie sich in Oakland zurechtgefunden hatten, schwor sie sich, würde sie herausfinden, wie es dem Mädchen ergangen war. Vielleicht hatte June ja eine Idee, wie man die Kleine finden konnte.

»Bo, da ist Angel Island, wo wir …« *gefangen gehalten worden sind*, dachte sie, doch laut sagte sie: »… gewohnt haben.«

Sie blickte über die Bucht. »Und da ist der Turm. Der Sather Tower. Erinnerst du dich?«

Bo schüttelte den Kopf. Natürlich erinnerte er sich nicht. Es war bereits fast ein Jahr her, seit sie die Insel verlassen hatten.

»Eines Tages werden wir ganz nach oben auf den Turm fahren. Mit unseren Freundinnen Shiya und June«, erklärte sie.

Bo runzelte die Stirn. Er versuchte, sich zu erinnern. Dann zeigte er auf eine Möwe, die hoch über ihren Köpfen flog. Mei Ling lächelte und nickte.

Sie legten an einem Holzsteg an, der weit ins Wasser hinausragte. Auch auf dieser Seite der Bucht gab es Hügel wie in San Francisco, doch sie lagen weiter im Inland und waren mit Bäumen bestanden und nicht mit Gebäuden. Die Sonne schien von einem strahlend blauen und wolkenlosen Himmel. Mei Ling genoss die deutlich wärmere Luft.

Kai Li führte seine Familie zu einer elektrischen Straßenbahn. Sie war gefüllt mit den verschiedensten Leuten. Mei Ling wappnete sich innerlich gegen feindliche oder neugierige Blicke, doch sie zog keinerlei besondere Aufmerksamkeit auf sich. Als Bo seinen hölzernen Hasen fallen ließ, hob ein farbiger Mann in einer dunkelblauen Uniform ihn auf und reichte ihn ihm mit einem Lächeln zurück, als sei es völlig normal, dass sie alle zusammen im selben Waggon waren.

Sie fuhren am Rand der Innenstadt vorbei, in der es ein paar große Gebäude gab. Oakland wirkte wie eine Stadt, aber sie war viel weniger dicht bebaut als San Francisco. Wie June gesagt hatte, gab es hier drüben mehr Bäume und weniger Leute. An der Ecke 6. Straße und Webster Street stiegen sie aus.

In diesem Chinatown waren die Straßen breit genug gebaut, sodass Autos hindurchpassten. Die ein- oder zweistöckigen modernen Gebäude hatten oft Läden im Erdgeschoss und waren auf Englisch und Chinesisch beschriftet. In den oberen Stockwerken befanden sich Wohnungen.

Kai Lis Hand zitterte, als er den Schlüssel in das Schloss der Eingangstür steckte. Mei Ling fragte sich, ob er nervös oder aufgeregt war. Wahrscheinlich beides. Sie schwor sich, Freude zu zeigen, egal, wie ihre neue Wohnstätte aussehen würde. Sie traten durch eine polierte Eichentür und gingen hinauf in den ersten Stock. Mei Ling würde es nicht vermissen, sich jedes Mal vier Stockwerke hinaufzuschleppen. Kai Li öffnete eine weitere Tür, die zu ihrer Wohnung führte. Es war ein großer Raum, ausgestattet mit einer einfachen braunen Couch und zwei Sesseln auf der einen Seite und einem großen Tisch mit sechs leichten Holzstühlen auf der anderen. Hinter dem Tisch erkannte sie durch einen Bogendurchgang eine Küche. Mei Ling war verwirrt.

»Aber es gibt kein Bett«, stellte sie besorgt fest, obwohl sie sich vorgenommen hatte, positiv zu bleiben.

Kai Li durchquerte das Zimmer und öffnete mit großer Geste eine weitere Tür. Dahinter befand sich ein weiterer Raum mit zwei Betten und einer Kommode.

»Ein abgeteiltes Schlafzimmer!«, rief Mei Ling nun wirklich begeistert.

Kai Li nickte und sagte: »Und sieh nur.«

Er ging zu einer weiteren Tür und öffnete sie.

Mei Ling schnappte nach Luft und ein Schauer lief ihr über den Rücken. Mit großen Augen starrte sie Kai Li fassungslos an.

»Unser eigenes Badezimmer!«, rief sie. »Mann, können wir uns das wirklich leisten?«

Kai Li wirkte so unglaublich stolz, als er antwortete: »Ja, Frau, das können wir.«

»Mah-ma, guck mal!«, ertönte Bos Stimme hinten aus dem Schlafzimmer.

Mei Ling lief zu ihm. Er deutete aus dem Fenster in einen kleinen Garten. Sie würde sogar ein Beet anlegen können. Die Pfingstrose und die Chrysantheme würden endlich aus ihren Töpfen herauskommen und tiefe Wurzeln schlagen können. Seit der Geburt von Joy war Mei Ling nicht mehr so glücklich gewesen.

»Mann, du hast uns ein wundervolles Zuhause gefunden.«

Kai Li strahlte.

* * *

Nachdem sie ausgepackt hatten, machten sie sich auf, ihr neues Viertel zu erkunden. Mei Lings Herz jubilierte über diesen herrlichen Maitag. Es war sonnig und warm, und es wehte eine leichte Brise. Sie schlenderten die Webster Street hinunter, über die Eisenbahnschienen in den Ortsteil, wo es Obst und Gemüse gab. Dort roch die Luft nach verfaultem Obst und Gemüse, obwohl die Geschäfte an diesem Ruhetag geschlossen waren. Kai Li blieb vor Johnson Produce stehen.

»Hier suche ich das beste Gemüse und das beste Obst für meine Kunden aus. Dann ziehe ich meinen Karren nach Alameda.« Er deutete die Webster Street hinunter. Sie gingen drei Blocks weiter, dann waren sie am Wasser.

Eine ungewöhnliche Brücke überspannte den Meeresarm zwischen Oakland und Alameda. Zwei breite hölzerne Kreise an jeder Uferseite wurden durch eine Metallkonstruktion verbunden.

Automobile und Pferdewagen fuhren in der Mitte der Brücke in beide Richtungen. Fußgänger überquerten das Konstrukt an den Außenseiten.

»Während der Woche ist es hier sehr voll«, meinte Kai Li. »Die Metallbrücke in der Mitte dreht sich, damit Schiffe durchfahren können. Wenn sie aufschwenkt, muss ich mit allen anderen warten, bis sie wieder an ihrem eigentlichen Platz eingerastet ist. Dann hastet jeder weiter zu seinem Ziel.«

Sie schlenderten an der rechten Seite des hölzernen Kreises entlang. Bo ließ Mei Lings Hand los und lief an die Kante. Mei Ling fürchtete, er könnte ins Wasser fallen und von der Strömung mitgerissen werden und rannte ihm nach, aber Kai Li erreichte ihn zuerst.

»Du musst hier sehr vorsichtig sein«, ermahnte Kai Li seinen Sohn.

Er kniete sich neben den Jungen und deutete über den Rand des Kais. Er hielt Bo fest, während der Kleine hinunter in das trübe Wasser weit unter ihnen blickte.

»Wenn du dort hineinfällst, treibst du durch das Goldene Tor in den Pazifischen Ozean, und wir würden dich für immer verlieren.«

Bo bekam ganz große Augen und wich zurück. Kai Li erhob sich und setzte Bo mit Schwung auf seine Schultern.

»Wir gehen ein anderes Mal über die Brücke«, sagte er. »Lasst uns heute die Chinatown von Oakland ansehen.«

Sie gingen wieder zurück in Richtung ihrer Wohnung, vorbei an ihrer Straße, und bogen dann nach rechts in die 6. Straße ab.

Mei Ling verschlug es den Atem. Ein Block hinter ihrem neuen Zuhause befand sich ein Park. Er war eher schlicht gehalten, aber grün und es gab Bäume. Kinder, chinesische Kinder, spielten im Gras. Sie fanden eine Bank, auf der sie sich niederlassen konnten. Bo beobachtete die anderen Kinder schüchtern, aber Kai Li nahm seine Hand und ging mit ihm zu ihnen hinüber.

Dann hockte er sich neben Bo und flüsterte ihm etwas ins Ohr. Ihr Sohn nickte und rannte los. Kai Li jagte ihm in großen Kreisen hinterher.

Mei Ling lachte. Sie hatte keinen der beiden je so ausgelassen spielen sehen. Bo kam auf sie zugelaufen, warf sich über ihren Schoß und rang nach Atem. Mit der Hand rieb sie ihm den Rücken zwischen den Schulterblättern. Joy spähte von Mei Lings Rücken um ihre Mutter herum. Bo verbarg sein Gesicht in ihrem Rock, dann schoss er plötzlich in die Höhe, strahlte seine Schwester an und rief: »Buh!« Joy lachte und strampelte mit den Beinen. Niemand konnte Joy so wunderbar zum Lachen bringen wie Bo.

Ebenfalls etwas außer Atem setzte sich Kai Li zu ihnen auf die Bank. Mei Ling tätschelte seine Hand. Sie lächelten einander an. Kai Li wirkte so glücklich, wie sie sich fühlte.

»Unsere neue Kirche ist nicht weit von hier«, sagte Kai Li. »Ich habe mich an den Pastor gewandt und ihn um Hilfe gebeten. Er hat uns die neue Wohnung besorgt.«

»Wir haben Glück, dass wir Presbyterianer sind«, meinte Mei Ling und verspürte zum ersten Mal ein Gefühl der Dankbarkeit gegenüber der Kirche. »Meine Freundin June geht auch in diese Kirche.«

Kai Li schien verwirrt.

»Von der Insel«, erinnerte ihn Mei Ling.

»Oh, ja«, erwiderte er. »Wir können am nächsten Sonntag vorbeisehen. Vielleicht triffst du sie dort.«

Mei Ling würde nicht eine ganze Woche warten, um sich auf die Suche nach June zu machen. Schon morgen wollte sie zu der Adresse gehen.

»Es gibt Englischkurse in der Kirche, falls du daran teilnehmen möchtest«, sagte Kai Li.

»Englisch sprechen? Ich?«, fragte Mei Ling.

»Wieso nicht?«, entgegnete er. »Sie werden stolz auf dich sein.«

Wer?, wollte Mei Ling gerade fragen, doch dann folgte sie seinem Blick. Die Kinder. Bo und Joy würden irgendwann fließend Englisch sprechen können.

»Es gibt eine Schule, auf die kann Bo gehen, sobald er fünf ist«, erklärte Kai Li. »Gleich da drüben.«

Mei Ling folgte seinem ausgestreckten Zeigefinger. Auf der anderen Seite der Straße befand sich ein flaches Gebäude mit einem Spielplatz drum herum. Sie blickte zu Bo, der immer noch mit Joy spielte, während sie und Kai Li sich unterhielten.

»Werden wir wirklich so viel Geld haben, um ihn auf diese Schule zu schicken?«, fragte sie. Sie wollte wissen, ob Junes Behauptung stimmte, dass in diesem Land jeder zur Schule gehen konnte.

»Dafür zahlt die Regierung. Sogar für chinesische Schulen«, erwiderte er. Dann korrigierte er sich. »Keine Schulen, an denen Chinesisch gesprochen wird. Die sind privat, wie die Kuomintang-Schulen. Aber die Regierung zahlt für Schulen, in denen man Lesen, Schreiben und Rechnen lernt, auch für alle Chinesen, die hier leben.«

»Sogar für Mädchen?«, erkundigte sie sich, und ihr Herz schlug heftig und voll Hoffnung. Sie wollte, dass ihre Tochter eine gute Ausbildung erhielt.

Kai Li lächelte. »Ja, auch für Joy. Mädchen und Jungen gehen gemeinsam auf diese Schule.«

Zufrieden nickte Mei Ling. Ihr Mann war ein Straßenhändler, aber ihre Kinder würden es vielleicht weiter bringen.

Sie verließen die Bank und gingen zu den verschiedenen Märkten. Kai Li kaufte Gemüse, Tofu und ein Hähnchen, um ihr neues Zuhause zu feiern.

Mei Ling stickte im Wohnzimmer, während Kai Li ihnen ein Festmahl zubereitete. Bald zogen verlockende Düfte durch die Wohnung.

»Mann, das ist nicht fair«, sagte Mei Ling mit ernster Stimme.

»Was?«, erkundigte sich Kai Li besorgt.

»Ich bin die Einzige, die dein köstliches Essen wird genießen können«, neckte sie ihn.

Er lächelte. Gerade wollte er noch etwas sagen, doch dann hielt er inne.

»Was?«, fragte sie.

»Es ist nur ein alberner Gedanke«, sagte er und wirkte verärgert über sich selbst.

»Und was ist das für ein Gedanke?«, fragte sie erneut, weil sie wissen wollte, was ihm durch den Kopf ging.

»Ich wollte immer mein eigenes Restaurant haben«, erklärte Kai Li, und ein kleines Lächeln spielte um seine Mundwinkel.

»Wirklich?«, fragte Mei Ling überrascht.

Er nickte. »Wie ich schon sagte, es ist ein alberner Gedanke.«

»Das ist überhaupt nicht albern, Mann«, erwiderte sie. »Ich finde, das ist ein prachtvoller Plan.«

Kai Li schüttelte den Kopf. »Es ist kein Plan. Nur der dumme Traum eines törichten Kindes.«

Mei Ling ging das Herz auf. Sie dachte an all die Träume, die sie durch harte Zeiten getragen hatten. Es war gar nicht lange her, da hatte sie auf Angel Island gestanden und davon geträumt, genau dort zu sein, wo sie sich jetzt befand. Ohne diesen Traum hätte sie vielleicht nicht den Willen gehabt, jeden Morgen wieder aufzuwachen.

»Mann, es ist niemals töricht, einen Traum zu haben. Selbst wenn er sich niemals verwirklicht. Er kann dir die Hoffnung schenken, die dich am Leben hält.«

Er zuckte die Achseln. Er wirkte resigniert und ein wenig verdrießlich.

»Vielleicht wirst du eines Tages in einem berühmten Restaurant Koch«, sagte sie.

Er schüttelte den Kopf.

Verwirrt sah sie ihn an. Warum war er so skeptisch?

»Ich habe versucht, eine Anstellung in einem Restaurant zu bekommen«, erklärte er. »Ich habe nicht die nötigen Beziehungen, weil ich zu keinem Clan gehöre.«

»Wieso gehörst du nicht zum Chinn-Clan?«, wollte sie wissen.

»Es ist teuer und kompliziert, dieser Vereinigung beizutreten. Sie behaupten, sie helfen jedem Chinn, aber manche ziehen mehr Nutzen daraus als andere. Die Kirche reicht. Wir brauchen keinen Clan«, beharrte er.

»Vielleicht haben sich die Dinge geändert, weil wir jetzt in Oakland sind«, gab sie zu bedenken.

Wieder zuckte er die Achseln. Dann änderte sich sein Ton und wurde fröhlicher. »Frau, heute Abend feiern wir das, was wir haben. Mein kindischer Traum soll uns nicht den ersten Abend in unserem neuen Heim verderben.«

Mei Ling lächelte und nickte. Doch seinen Wunsch würde sie nicht vergessen.

* * *

Am Morgen machte sich Kai Li auf den Weg zum Markt, und Mei Ling hielt ihre Andacht, bevor die Kinder erwachten. Wortlos waren sie und Kai Li zu einer Übereinkunft gekommen. Sie ging in die Kirche, wie er es erwartete, und zu Hause lebte sie weiterhin die religiösen Traditionen ihrer Familie. Sie nippte an ihrem Tee und staunte über ihr neues Zuhause.

Dann durchsuchte Mei Ling ihre Truhe, bis sie den Zettel fand, auf den sie Junes Adresse notiert hatte: *911 Alice Street, Oakland.* An diesem Morgen würde sie sich auf die Suche nach ihrer Freundin machen.

Unter einem strahlend blauen Himmel legten sie nur wenige Blocks zurück. Mei Ling war ganz aufgeregt, aber sie fürchtete sich auch ein wenig. Würde June sich genauso sehr freuen, sie zu sehen wie umgekehrt?

Mei Ling klopfte an das eingeschossige Gebäude. Ihr Herz hämmerte schnell, während sie darauf wartete, dass jemand an die Tür kam. Schließlich öffnete eine weißhaarige Frau mit tiefen Falten im Gesicht.

Nachdem sie sich respektvoll verneigt hatte, fragte Mei Ling: »Wohnt June hier?«

Die Frau sah chinesisch aus, aber sie schien Mei Ling nicht zu verstehen. Mei Ling grübelte, ob sie Junes Namen noch irgendwie anders aussprechen konnte, aber ihr fiel nichts ein. Sie schrieb das Schriftzeichen in ihre Handfläche, aber die alte Frau schüttelte den Kopf und sagte etwas, das nach Min klang.

Mei Ling war so enttäuscht. Sie hatte kein Papier mitgebracht, um eine Nachricht zu hinterlassen, aber sie konnte später noch einmal wiederkommen und es nachholen.

Tränen traten ihr in die Augen. Mei Ling verneigte sich zum Abschied gegenüber der alten Frau. Sie nahm Bo bei der Hand und stieg die Stufen wieder hinunter. Während sie die Straße entlanggingen, überlegte sie, welche Möglichkeiten ihr blieben. June hatte gesagt, die Kirche würde immer wissen, wo sie sei. Vielleicht hatte das Büro ja heute geöffnet. Mei Ling wollte dort vorbeisehen, bevor sie wieder nach Hause ging.

»Mei Ling?«, unterbrach eine Stimme ihre Gedanken.

Mei Ling fuhr herum. June stand keinen Meter hinter ihr. Mei Lings Brust füllte sich mit der Energie puren Glücks.

»Bo!«, rief June. Sie stürzte vor und umarmte die beiden. Sie sah immer noch genauso aus wie auf dem Schiff.

»Ich habe schon so sehr auf euch gewartet«, schalt June. »Warum hast du mich nicht besucht?«

Mei Ling lachte. Sie war immer noch dieselbe June.

»Ist das das Baby? Schon auf der Welt? Die Zeit verfliegt, was?«

»Das ist Joy«, erklärte Mei Ling. »Sie ist fünf Monate alt.«

»Ein Mädchen, ja?« Sie senkte die Stimme. »Wie hat er es aufgenommen?«

»Kai Li liebt Joy sehr«, erwiderte Mei Ling.

»Hurra! Du hast wirklich einen guten Mann. Komm mit.« June nahm Mei Ling bei der Hand und führte sie nach hinten in den Garten.

Jetzt, da sie mit June zusammen war, bedauerte Mei Ling wirklich, sie nicht schon früher gesucht zu haben. Als sie noch in San Francisco gelebt hatte, war es ihr als ein zu großes Abenteuer und auch als zu teuer erschienen, die Bucht zu überqueren. Und sie hatte gefürchtet, dass June sich vielleicht gar nicht freuen würde, sie zu sehen, aber nun, in der Gegenwart ihrer Freundin, waren all diese Unsicherheiten wie weggeblasen.

»Die Ahma, die an die Tür gekommen ist, kannte deinen Namen nicht«, erklärte Mei Ling.

»Hatte ich vergessen zu sagen, dass du zur Rückseite des Hauses kommen sollst?«, fragte June.

»Ja.«

»Das tut mir leid. Wirklich. Aber jetzt ist ja alles gut. Wir sind wieder zusammen.« June lächelte. Mei Ling umarmte ihre alte Freundin, weil sie so glücklich war, sie wiederzuhaben.

June führte sie zu ihrer Wohnung, die sich auf der Rückseite eines gepflegten kleinen Hauses befand. Sie stellte Mei Ling ihrer Schwiegermutter vor, die bei ihnen wohnte. Die kleine grauhaarige Frau war ganz begeistert von dem Baby und bot an, Joy und Bo zum Spielen mit in den Garten zu nehmen.

Als die ältere Frau außer Hörweite war, flüsterte June: »Sie zankt mit mir, weil ich ihr nicht mehr Enkel schenke, aber kluge Chinesinnen nehmen die entsprechenden Kräuter, damit ihre Familien klein bleiben. Ein Sohn. Eine Tochter. Das ist genug.«

Mei Ling lachte. »Das wirst du mir genau erklären müssen. Wo ist der Rest deiner Familie?«

»Dorothy und Timothy sind in der Schule. Mein Mann ist bei der Arbeit in der Konservenfabrik in Emeryville.«

June bereitete Tee zu und servierte ihn in feinen blau-weißen Porzellantassen. Zusammen saßen sie an einem Holztisch in der Küche und berichteten einander, was inzwischen geschehen war.

»Hast du Shiya gesehen?«, lautete Junes erste Frage.

Mei Ling schüttelte den Kopf, und ihr wurde das Herz schwer, als sie den Namen des Mädchens hörte. Es verging kein Tag, an dem sie nicht für Shiya betete, und das Mädchen wanderte oft durch Mei Lings Träume, doch sie hatte zu viel mit Bo und Joy zu tun, mit der Stickerei, dem Kochen und Saubermachen, um sich auf die Suche nach dem Mädchen zu machen.

June gab einen tadelnden Laut von sich. »Das ist so traurig. Sie ist so ein entzückendes Mädchen«, meinte June. »Ich hoffe, es geht ihr gut, obgleich ich fürchte, dass wir es nie erfahren werden.«

Bei diesem Gedanken wurde Mei Ling ganz übel.

»Hast du eine Ahnung, wie ich sie finden könnte?«, fragte Mei Ling.

»Wie heißt ihr Onkel? Jeder kennt hier jeden. Ich könnte mich umhören.«

Mei Ling schüttelte den Kopf. »Sie hat ihn immer nur Suk Suk genannt.«

Als June erfuhr, dass Mei Ling inzwischen nur ein paar Blocks entfernt wohnte, quiekte sie vor Begeisterung. Sie bestand darauf, Mei Ling in Chinatown herumzuführen, sie den Marktbesitzern vorzustellen und ihr über all den Tratsch in der Gegend zu berichten. Als sie sich schließlich trennten, versprachen sie einander, sich am Nachmittag im Lincoln Square Park zu treffen, damit die Kinder miteinander spielen konnten.

Als Mei Ling nach Hause ging, jubilierte ihr Herz. Sie würde eine Freundin im Park treffen, wo die Kinder spielen konnten. Dort gab es Bäume – zwar nicht viele und auch nicht besonders große, aber immerhin entlang der Straße. Ihr Mann würde rechtzeitig zu Hause sein, damit sie gemeinsam zu Abend essen konnten. Sie hatten ihr eigenes Badezimmer, in dem es sogar eine Toilettenspülung gab, und einen Hinterhof, in dem sie einen Garten anlegen konnte. Sie freute sich darauf, nach Hause zu schreiben. Endlich gab es Gutes aus ihrem neuen Leben zu berichten.

* * *

»Du hast letzte Nacht wieder viel geträumt«, bemerkte Kai Li. Er sagte es nur nebenbei, aber Mei Ling spürte, dass er verärgert war. Ihre Albträume störten den Schlaf ihres Mannes, den er so sehr brauchte.

Mei Ling erwiderte: »Es tut mir leid. Joy und ich werden im Wohnzimmer schlafen, damit du deine Ruhe hast.«

»Ich mache mir keine Sorgen über mein eigenes Wohlergehen«, entgegnete Kai Li. »Ich mache mir Sorgen, dass du nicht glücklich bist.«

»Ich bin sehr zufrieden mit unserem neuen Zuhause«, widersprach Mei Ling. Er sollte nicht glauben, dass sie undankbar sei.

»Frau, bitte sag es mir. Was treibt dich um im Schlaf? Warum hast du jede Nacht Albträume?«

»Jede Nacht?«, fragte Mei Ling.

Er nickte.

Scham überflutete sie wie eine Welle. Sie dachte, es sei ihr gelungen, ihre unangebrachten und törichten Sorgen um Shiya für sich zu behalten. Sie blickte ihren Mann an. Dann beschloss sie, ihm die Wahrheit zu sagen.

»Ich träume von Shiya«, offenbarte sie ihm. »Sie besucht mich in meinen Träumen, und sie ist sehr unruhig. Am Tag rede ich mir ein, dass es ihr gut geht. Doch jede Nacht kehrt sie zurück, um mir anderes zu berichten.« Mei Lings Augen füllten sich mit Tränen. »Es tut mir leid, Mann. Sie hat nichts mit dir zu tun, und doch stört sie deinen Schlaf.«

Über Kai Lis Gesicht glitt Erleichterung, dann Mitgefühl. Er sagte: »Ich werde versuchen herauszufinden, wo sie ist, ob es ihr gut geht. Dann können wir beide besser schlafen.« Er lächelte.

Mei Ling wollte ihm gern versichern, dass es seine Mühe wert sein würde. »Wenn ich gewiss sein kann, dass man sich in einem schönen Zuhause um sie kümmert, werde ich wieder gut schlafen.«

»Du hast ein weiches Herz, Frau«, sagte Kai Li.

Mei Ling nickte, aber sie war unsicher, ob ihr Mann ihr ein Kompliment gemacht hatte oder einen Vorwurf.

Um ihm deutlich zu machen, wie stark ihre Gefühle waren, erzählte Mei Ling mehr über ihre Vergangenheit. »Shiya erinnert mich an meine Schwester. Wenn ich mir vorstelle, dass sie alleine ist, voller Angst oder krank, dann … Mui Mui war erst sechs, als sie an der Cholera gestorben ist. Wir haben sie gepflegt, aber innerhalb von drei Tagen war sie bereits zu schwach …« Mei Ling seufzte. »Es war schrecklich, aber sie war wenigstens nicht allein. Was ist, wenn Shiya allein ist?«

»Du vertraust ihrem Onkel nicht?«, wollte Kai Li wissen.

»Er schien mir, die Bedürfnisse eines kleinen Mädchens nicht zu verstehen. Er hat weder auf dem Boot noch auf der Insel irgendwelche Vorkehrungen für sie getroffen. Vielleicht meint er es durchaus gut, aber er weiß nicht, wie man sich um ein Kind kümmert.«

»Hat er eine Frau?«, fragte Kai Li.

Mei Ling zuckte die Achseln.

Kai Li ergriff ihre Hand. Es war ihr unangenehm, dass die Bedürfnisse eines kleinen Mädchens, das sie nur ein paar Wochen gekannt hatte, sie so beschäftigten. Es gab so viel Leid auf der Welt, sie würde nicht alles lindern können. Viel klüger wäre es von ihr, sich auf ihre eigene Familie zu konzentrieren und darauf zu vertrauen, dass man sich schon um Shiya kümmern würde, wo immer sie auch war, doch in Bezug auf dieses kleine Mädchen verhielt Mei Ling sich vollkommen töricht.

»Danke«, sagte Mei Ling. Sie war erleichtert, dass sie nun vielleicht Frieden finden würde, und dankbar, dass ihr Mann ihre tiefen Gefühle respektierte.

»Barmherzigkeit ist nichts, dessen man sich schämen müsste«, sagte ihr Mann sanft.

Kapitel 18

Oakland – Juli 1924

Mei Ling betrachtete ihre schlafenden Kinder. Joy lag auf dem Rücken, einen Arm über dem Kopf. Ein paar feine schwarze Haare klebten in ihrem feuchten Gesicht. Bo lag auf der Seite, einen Arm über seiner Schwester. Seine Augen bewegten sich unter den Lidern. Dann spielte ein feines Lächeln um seine Mundwinkel. Mei Lings Herz platzte fast vor Liebe. Nach weniger als einem Monat begann Oakland bereits, sich wie ihre neue Heimat anzufühlen.

Ein Jahr war es her, seit sie die Insel verlassen hatte. Ein Jahr, seit sie stundenlang an dem Kai gesessen hatte, unsicher darüber, welche Gefühle Kai Li für sie hegte. Ein Jahr, seit sie begriffen hatte, dass sie mit einem Straßenhändler verheiratet war, nicht mit einem Kaufmann. Sie wünschte, sie könne noch einmal zu jenem Zeitpunkt zurückkehren und sich selbst zuflüstern: *Es wird alles gut.*

Denn das war es jetzt, und zwar mehr als gut. Damals hätte sie sich nicht vorstellen können, dass sie mit ihrem neuen Leben so zufrieden sein würde, obwohl sie mit Kai Li verheiratet war, einem Mann, der sie belogen hatte und dem sie nach wie vor ihren wahren Namen verheimlichte. Auch hatte sie nicht geahnt, dass sie diese Kinder derart lieben würde, von denen sie eines nicht einmal selbst geboren hatte, doch das war ihr egal. Jetzt kümmerte sie sich um die Wohnung, von der aus man kein einziges Feld sehen konnte, die aber nichtsdestotrotz ihr Zuhause war. Mit einer eigenen Wasserspülung im Badezimmer! Und dann verdiente sie mit ihrer Stickerei auch noch Geld für ihre Familie.

Trotzdem war sie sich stets bewusst, dass dieses Leben auf tönernen Füßen stand. Wenn die Kinder krank würden, wenn Kai Li verletzt würde, wenn ihre Wohnung abbrennen sollte, wenn er die Wahrheit über sie erfahren und ihr nicht mehr vertrauen würde. Wenn … wenn … wenn … Immer wieder musste sie sich ermahnen, nicht ständig daran zu denken, was alles passieren könnte. Es gab zu viele Möglichkeiten. Im Moment war sie zufrieden, und das war mehr, als sie sich im letzten Jahr noch erträumt hatte.

Wie versprochen zog Kai Li Erkundigungen über Suk Suk und Shiya ein. Da er nur wenig Hinweise hatte, würde es einiges an Mühe kosten, wie bei einer Schatzsuche oder einem Rätsel. Nachdem er in mehreren Sackgassen gelandet war, fand Kai Li jemanden, der Zugriff auf die Passagierliste des Schiffes hatte. Zu ihrem Glück waren nur zwei männliche chinesische Passagiere mit einem kleinen Mädchen an Bord gekommen. Einer der Männer hieß Wong, der andere Li. Sie würden zu den Häusern der Familien Wong und Li in San Francisco gehen, in der Hoffnung, dort zu erfahren, wo die beiden lebten.

Am nächsten Sonntag nach dem Gottesdienst nahm die ganze Familie den Zug zum Pier an der 7. Straße, wo sie die Fähre nach San Francisco bestiegen. Die Überfahrt löste viele Gefühle in Mei Ling aus. Es war erst ein paar Wochen her, seit sie auf dieser Seite der Bucht eingetroffen war, unsicher und voller Angst. Nun kehrte sie nach San Francisco zurück, in der Hoffnung, Antworten zu finden, die ihr aufgewühltes Herz beruhigen würden, doch sie fürchtete, sie würde sie nicht finden. In der Ferne erkannte sie die verhasste Insel. Sie sandte eine Botschaft hinüber: *Du hast mich nicht besiegt.*

Im Gebäude der Wongs herrschte geschäftiges Treiben. Sie warteten auf Stühlen mit harten Rückenlehnen darauf, dass jemand kam und ihnen Nachricht gab. Die gesamte Vereinigung war nur gegründet worden, um alle Mitglieder der Familie Wong, die in die Vereinigten Staaten emigriert waren, aufzuspüren und zu unterstützen. In vielen Städten gab es Ortsverbände, an die sich jeder Wong wenden konnte, wenn er einen Kredit brauchte, eine Unterkunft, eine Anstellung oder Hilfe bei einer Auseinandersetzung. Es hieß, einiger dieser Familienvereinigungen hätten Verbindungen zu weniger respektablen Organisationen, aber die meisten dienten lediglich dem Zweck, die Gemeinschaft der Chinesen zusammenzuhalten und ihnen in einem neuen Staat, der ihnen wenig half, Unterstützung zu bieten.

Mei Ling fragte sich immer noch, ob sie aus einem Kontakt zur Vereinigung der Familie Chinn einen Nutzen ziehen konnten. Die meisten Chinesen, selbst jene, die in christliche Kirchen eingetreten waren, hielten solche Kontakte zu einem Zweig der Familie. Aber Kai Li bestand darauf, dass die Kirche vollkommen genügte.

Ein Mann kam aus einem Büro und hielt ein großes, in Leder gebundenes Buch in der Hand. Er setzte sich zu ihnen und blätterte durch die Seiten, bis er den Mann fand, nach dem sie gefragt hatten. Er schrieb die Adresse von Mr Wong auf einen Zettel und gab ihn ihnen. Der Mann lebte an der Ecke 12. Straße und Harrison in Oakland. Mr Jack Wong war praktisch ihr Nachbar. Sie würden sich noch gedulden müssen, bis sie ihn aufsuchen konnten, doch von zu Hause aus war es kein Problem.

Im Gebäude der Familie Li ließ man sie länger warten, gab ihnen dann aber ebenfalls die erbetene Information heraus. Mr Li lebte in der Washington Street nicht weit von dort. Mei Lings Nerven waren zum Zerreißen gespannt, während sie einen steilen Hügel zu der Adresse emporstiegen. Kai Li klopfte an die Tür. Mei Ling blieb mit den Kindern ein wenig zurück. Sie hielt Bos Hand ganz fest.

Ein Teenager öffnete die Tür.

Kai Li fragte: »Ist Mr Li zu Hause?«

Der Junge schüttelte den Kopf.

Kai Li warf Mei Ling einen Blick zu. »Frag nach Shiya«, flüsterte sie.

»Wohnt Li Pui Yu hier?« Kai Li benutzte ihren offiziellen Namen vom Schiff.

Wieder schüttelte der Junge den Kopf.

»Shiya?«, platzte Mei Ling heraus. »Wohnt Shiya hier?«

Herablassend, fast verächtlich, verzog der Junge das Gesicht. »Nein. Hier wohnt keine Pui Yu. Und auch keine Shiya.«

Mei Ling zog sich das Herz zusammen. Sie seufzte. »Vielen Dank für deine Mühe«, sagte sie.

Der Junge schloss ihnen vor der Nase die Tür. Ernüchtert machten sie sich auf den Heimweg.

* * *

Sie gingen noch an ihrer alten Wohnung vorbei, um nachzusehen, ob ein Brief von Mei Lings Familie eingetroffen war. Es schmerzte Mei Ling, das Haus zu betreten, in dem Joy geboren worden war, doch andererseits war sie froh, diese feuchte und überbelegte Unterkunft hinter sich gelassen zu haben. Der Inhalt des Korbs im Eingang enttäuschte sie, da er keinen Brief mit ihrem Namen enthielt. Sie hatte ihre neue Adresse beim Postamt hinterlassen und auch einen Zettel in den Korb gelegt.

Vielleicht war ein Brief von ihrer Familie bereits auf dem Weg zu ihr nach Oakland.

Bevor sie den Hügel wieder hinunter zur Fähre gingen, statteten sie noch Golden Imports einen Besuch ab, dem Geschäft, das Mei Lings bestickte Tischläufer und Mützen verkaufte. Noch nie zuvor war sie dort gewesen, doch nun, da Mei Ling in Oakland lebte, war Mrs Wu nicht mehr in der Lage, als Botin zu fungieren. Mei Ling freute sich darauf, endlich selbst den Besitzer kennenzulernen. Überrascht und erfreut bemerkte sie, dass einer ihrer Tischläufer im Schaufenster ausgestellt war. Sie erinnerte sich noch daran, welche Herausforderung es gewesen war, die Schwanzfedern der Fasane genau richtig umeinander zu wickeln.

»So viel Geld!« Kai Li schnappte nach Luft.

Mei Ling warf einen Blick auf das Preisschild. Schlagartig schlug ihr das Herz bis zum Hals. Konnte das stimmen?

»Ich bekomme nur knapp ein Zehntel dieser Summe«, flüsterte sie. Ungläubig blickte sie Kai Li an.

»Bist du sicher, dass es sich um deine Arbeit handelt?«, fragte er.

Sie nickte entschieden.

»Lass uns behutsam vorgehen«, sagte er. »Wie vorsichtige Hasen.« Er lächelte liebevoll, und ihr Herz setzte einen Schlag aus. Er glaubte, von ihr zu sprechen, aber eigentlich war das ja ihre Schwester. Sie verspürte Scham, dass sie ihn belog, und dann fragte sie sich, ob er sie auch immer noch hinterging. Um sich zu beruhigen, atmete sie einmal tief ein und versteckte ihre Gefühle hinter einem knappen Lächeln.

Der Laden war vollgestopft mit Schätzen der verschiedensten Art. Statuen von Buddha und Guan Yin in vielen Größen und aus verschiedenen Materialien füllten die Regale zur Linken. Rechts gingen sie durch Gänge voller Küchenutensilien: wunderschöne und schlichte Schüsseln, Teller, Essstäbchen und

Messer. Mei Ling hob Bo hoch und gab ihn Kai Li. Sie wollte nicht, dass er etwas kaputt machte, was sie am Ende nicht bezahlen konnten.

Ein freundlich dreinblickender älterer Herr kam auf sie zu. »Ich habe nur die besten Waren im Geschäft. Sie können sicher sein, dass Sie wirkliche Qualität bekommen, wenn Sie bei mir kaufen. Wie kann ich Ihnen helfen?« Er sprach perfektes Kantonesisch, aber Mei Ling hörte einen amerikanischen Akzent heraus. Er war in den Staaten geboren worden.

»Meine Frau ist Näherin, die einige Ihrer Waren bestickt«, erwiderte Kai Li, »sie wollte Sie gern kennenlernen.«

Der Mann blickte Mei Ling an und hob zweifelnd die Augenbrauen. »Da müssen Sie sich täuschen. Ich suche alle meine bestickten Waren persönlich aus. Wir haben uns noch nie gesehen.«

»Der Tischläufer dort«, platzte Mei Ling heraus. »Ich habe ihn gemacht.«

»Nein. Nein.« Der Mann schüttelte den Kopf. »Den hat mir Mrs Wu gebracht. Sie ist sehr geschickt. Was immer sie mir auch bringt, verkauft sich sehr, sehr schnell.«

»Mrs Wu hat Ihnen gesagt, das sei ihre Arbeit?«, fragte Mei Ling, und ihr Herz zog sich zusammen wie die Klaue eines Drachens.

»Es ist ihre Arbeit«, beharrte der Mann.

Mei Ling nahm zwei Tischläufer und drei Mützen aus ihrer Tasche.

»Oh«, rief der Mann. »Ich verstehe.« Es gab keinen Zweifel. Mei Lings einzigartiger Stil bewies, dass sie die Wahrheit sagte.

»Ich kaufe sehr gern direkt bei Ihnen«, erklärte der Mann. »Mrs Wu wollen wir vergeben, dass sie ihre Entdeckung für sich behalten hat. Wir alle tun, was wir tun müssen, um zu überleben, aber ich brauche keinen Zwischenhändler.«

Der Ladenbesitzer lachte herzlich. Offensichtlich fand er das alles sehr amüsant, aber Mei Ling war außer sich vor Wut und beschämt, dass sie sich so hatte ausnutzen lassen. Sie hatte der alten Frau in dem Glauben vertraut, dass sie nur Mei Lings Wohlergehen im Sinn gehabt hatte, obwohl sie in Wirklichkeit ausschließlich ihre eigenen Zwecke verfolgte.

Der Mann verschwand hinter einem Vorhang und kehrte mit amerikanischem Geld in der Hand zurück.

»Drei Mützen, zwei Tischläufer?«, fragte er und sah ihr direkt in die Augen, was ihre Vermutung bestätigte, dass er in Amerika geboren worden war.

Sie hielt seinem Blick stand und nickte. Er gab ihr eine Zehndollarnote und vier Silberdollar – das Vierfache von dem, was Mrs Wu ihr bezahlt hatte. Sie würde immer so viel verdienen können, wenn sie bereit war, dafür die Fähre nach San Francisco zu besteigen. Sie wartete einen Augenblick, weil sie erwartete, dass er ihr unbestickte Mützen und Tischläufer geben würde, wie Mrs Wu es immer getan hatte, aber das tat er nicht. Er starrte sie nur an. Sie würde sie also selbst nähen müssen. Aber selbst mit den Kosten für die Seide und die Fähre würde sie unter dem Strich viel besser dastehen.

»Sonst noch etwas?«, fragte der Ladenbesitzer.

Gerade wollte sie den Kopf schütteln, doch dann fragte sie: »Soll ich vielleicht irgendetwas Besonderes für Sie anfertigen?«

Der Mann musterte sie und schien zu überlegen. Dann nickte er.

»Ich würde mich sehr über ein Hochzeitskleid für meine Tochter freuen. Sie heiratet am 14. September«, erklärte er.

»Es wird mir eine Ehre sein«, erwiderte Mei Ling mit einem Lächeln und begann das Kleid im Kopf bereits zu entwerfen. »Im amerikanischen Stil oder traditionell chinesisch?«, erkundigte sie sich.

Der Mann seufzte. »Meine Frau wird es chinesisch wollen. Meine Tochter amerikanisch.«

»Fragen Sie beide, was ihnen am wichtigsten ist. Ich kann beides kombinieren«, sagte Mei Ling. »Ich werde eine perfekte Mischung hinbekommen. Ihre Frau *und* Ihre Tochter werden zufrieden sein. Das verspreche ich. Und dann sind auch Sie glücklich.«

Er nickte und lächelte. »Also werde ich Sie öfter persönlich sehen?«, fragte er.

»Das werden Sie«, bestätigte Mei Ling.

Hochzufrieden verließ sie mit Kai Li das Geschäft. Sie hatten eine Adresse in Oakland, die sie, das spürte Mei Ling, zu Shiya führen würde. Und in Zukunft konnte sie noch mehr Geld verdienen, um ihre Familie zu unterstützen. Alleine heute hatte sie genug Geld verdient, um fünf Dollar in ihrem nächsten Brief nach China schicken zu können, und sie war zuversichtlich, dass sie noch mehr würde entbehren können, nachdem man sie für das Kleid bezahlt hatte. So ganz im Einklang mit dem Leben und mit ihrem Mann lächelte sie Kai Li an, und er strahlte zurück.

Kapitel 19

Oakland – Juli 1924

Als sie schließlich nach Hause kamen, war es zu spät, um noch an eine fremde Tür zu klopfen. Mei Ling brannte innerlich vor Ungeduld, doch sie würde bis zum nächsten Tag warten müssen, um herauszufinden, ob Shiya nur ein paar Blocks von ihr entfernt lebte.

Am nächsten Morgen machte sich Kai Li zur üblichen Zeit auf den Weg, um seine Ware abzuholen. Doch statt die Brücke zu überqueren, um seine Produkte in Alameda feilzubieten, kehrte er wieder nach Hause zurück.

Er schob den Karren voll farbenfroher Früchte und prächtigem Gemüse hinter das Haus. Mei Ling fürchtete, dass sein Arbeitgeber ärgerlich sein würde, aber Kai Li versicherte ihr, dass er das selbst entscheiden könne. Sobald es draußen vollkommen hell war, ging die ganze Familie zur Harrison Street.

Das Haus war wunderhübsch. Frisch gestrichen in hellen Tönen, rote und gelbe Farbe betonte die architektonischen Details der viktorianischen Verzierungen. Es war das Haus einer wohlhabenden Familie. Mei Ling verspürte das warme Gefühl von Erleichterung. In diesem Zuhause würde Shiya es gut haben.

Voller Spannung stieg sie die zwölf Stufen zu der schmalen Eingangstür empor. Kai Li klopfte. Kurz darauf wurde geöffnet. Mei Lings Herz machte vor Aufregung einen Satz, als ihr Suk Suks breites Gesicht entgegenblickte. Doch dann zog sich ihr Herz zusammen, als er die Stirn runzelte. Schließlich dämmerte ihm, mit wem er es zu tun hatte, und alarmiert riss er die Augen auf, während sein Gesicht rot anlief. Vor Scham? Wut? Sie wusste es nicht.

Schnell trat er hinaus auf die Veranda und schlug die Tür hinter sich zu. Wütend funkelte er Mei Ling an und fragte: »Was hast du hier zu suchen?«

Kai Li ergriff das Wort. »Meine Frau würde sich gerne versichern, dass es Ihrer Nichte Shiya gut geht.«

»Das tut es«, bellte Suk Suk sie an. »Ich werde sie grüßen.«

»Dürfen wir sie sehen?«, bat Mei Ling trotz ihrer Furcht inständig. »Bo mag sie so sehr und vermisst sie.« Mei Ling versagte die Stimme. *Und ich auch*, dachte sie.

»Nein.« Der Mann öffnete wieder die Tür und verschwand ebenso schnell, wie er aufgetaucht war.

Mei Ling starrte auf die rote Tür. Sie wollte dagegen hämmern und Shiya rufen, aber sie beherrschte sich.

Flehentlich blickte Bo zu ihr auf und sagte mit seiner kindlichen Stimme: »Shiya?«

Aufgebracht und unglücklich holte Mei Ling zitternd tief Luft. Sanft legte Kai Li ihr eine Hand auf den Arm.

»Wir können es an einem anderen Tag noch einmal versuchen, Frau.«

Sie nickte und blinzelte die Tränen fort. Sie waren so nah an ihrem Ziel und doch noch so weit davon entfernt, dass sie wieder hätte ruhig schlafen können.

Langsam trotteten sie zurück zu ihrer Wohnung. Mei Lings Herz war so schwer, dass sie kein Wort herausbekam. Kai Li ging hinter das Haus, um seinen Karren zu holen. Mei Ling, Bo und Joy warteten vor dem Haus auf ihn. Mei Ling beobachtete, wie ein Vogel in sein Nest flog, den Schnabel voller Futter. Drei Vogelkinder zwitscherten ihm entgegen.

Kai Li manövrierte den sperrigen Karren um das Haus. Stapel von Gemüse und farbenfrohen Früchten türmten sich darauf. Kai Li nahm Bo hoch und zeigte auf sein Angebot: Salat, Zwiebeln, Tomaten, Zitronen, Limetten und sogar Bananen.

Kai Li nahm eine kleine leuchtend rote Frucht und gab sie Bo. »Probier mal. Sie ist gut.«

Zaghaft knabberte Bo daran. Dann leuchteten seine Augen begeistert auf, und er schob sich den ganzen Rest auf einmal in den Mund.

Kai Li lachte. »Nicht den grünen Teil. Den isst man nicht.«

Bo zog ihn wieder heraus. Mit einem Lächeln gab Kai Li auch seiner Frau eine der kleinen Früchte. Seine Fürsorglichkeit trieb ihr die Tränen in die Augen. Er sah, wie niedergeschlagen sie war.

Mei Ling biss in die kleine Frucht und genoss den süßen, leicht herben Geschmack.

»Erdbeeren«, erklärte Kai Li mit einem Grinsen. »Man nennt sie Erdbeeren.«

»Er-Bären!«, wiederholte Bo. »Lecker.«

Mit einer kleinen Verbeugung reichte Kai Li Mei Ling den Korb mit den Früchten. Sie nahm ihn dankbar entgegen. Kai Li stellte Bo wieder auf den Boden, küsste Joy und drückte Mei Lings Arm voller Zuneigung. Dann packte er die Griffe seines Holzkarrens und schob ihn die Straße hinunter. Mit widerstreitenden Gefühlen in ihrem Herzen sah Mei Ling ihm nach. Vielleicht liebte sie diesen Mann, den geheimnisvollen Straßenhändler mit dem guten Herz. Es gab so vieles, was sie nicht über ihn wusste, und so vieles, was er nicht über sie wusste, aber sie war sich sicher, dass ihre Kinder und sie ihm am Herzen lagen.

* * *

Am Nachmittag im Park erzählte Mei Ling ihrer Freundin June, was am Vormittag geschehen war. Sie arbeitete dabei an einer Mütze, genoss die Nachmittagssonne und die frische Luft, während ihre Kinder spielten. Joy krabbelte um ihre Füße, entfernte sich aber nur auf Armeslänge, bevor sie schnell wieder zurückkam.

»Wo ist das Haus?«, wollte June wissen.

»Harrison, Ecke 12. Straße«, erklärte Mei Ling.

»An der Ecke? Das große gelbe mit den roten Absätzen. Ein schickes, schickes Haus.«

Mei Ling nickte.

»Ah, da wohnt Jack Wong«, sagte June.

»Ja!«, erwiderte Mei Ling. »Suk Suk ist Jack Wong.«

»Er ist kein guter Mann.« June beugte sich vor und flüsterte in jenem Ton, den sie für Prostituierte auf der Insel benutzt hatte: »Er spielt die ganze Zeit. Seine Frau hat große Angst.«

»Woher weißt du das?«

June deutete auf ihr Ohr. »Ich höre immer genau zu, um viel zu erfahren. Seine Kinder gehen auch auf die Lincoln-Schule. Wir Mütter reden miteinander, aber seine Frau ist nie dabei.«

Mei Ling fragte: »Hast du Shiya jemals in der Lincoln-Schule gesehen?«

»Nein. Das hätte ich dir doch wohl gesagt«, erwiderte June tadelnd »Dann würde ich dich doch nicht nach Shiya fragen, sondern dir von ihr erzählen.«

»Wenn sie bei den beiden lebt, kann sie aber doch auf die Lincoln-Schule gehen, oder?«

»Ja«, erwiderte June, doch es klang zurückhaltend.

Mei Ling blickte ihre Freundin an, um sie zu ermutigen weiterzusprechen.

»Sie ist jung«, erklärte June. »Vielleicht zu jung, um schon in die Schule zu gehen, und sie schicken sie erst später hin oder …«

Mei Ling nickte und ihr zog sich das Herz zusammen, während sie darauf wartete, dass June fortfuhr.

»Oder … vielleicht werden sie sie auch nie auf die Schule schicken. Vielleicht haben sie sie als Bedienstete mitgebracht und sagen den Amerikanern nur, sie sei ihre Nichte.«

Mei Ling seufzte. June hatte recht. Geschichten vom Schiff durfte man nicht trauen. Shiya konnte genauso gut eine Papiernichte sein.

»Shiya scheint dort aber ein schönes Zuhause zu haben, selbst wenn sie als Bedienstete arbeitet. Es wäre nur einfach eine Erleichterung, sie einmal zu sehen«, sagte Mei Ling.

»Manche Leute tun gern so, als hätten sie keine Vergangenheit«, meinte June. »Und das hat vielleicht seine Gründe, aber er ist kein besonders netter Mann.«

Mei Ling trieb es die Tränen in die Augen.

»Shiya ist ein gutes Mädchen«, erklärte June. »Ich werde herausfinden, ob sie glücklich ist.«

Mei Ling schenkte ihrer Freundin ein Lächeln. »Danke. Vielen Dank.«

* * *

Zwei Tage später kam June mit Neuigkeiten. »Ich habe seine Frau nach dem kleinen Mädchen gefragt, das bei ihnen lebt. Ich habe erwähnt, dass wir auf dem Schiff und auf der Insel unsere Betten nebeneinander hatten. Ich habe gesagt, dass sie ein sehr nettes Mädchen ist. Es müsse schön sein, wenn sie für einen arbeitet.«

Voller Hoffnung spitzte Mei Ling die Ohren. »Was hat sie geantwortet?«

»Sie hat gesagt, sie wisse nicht, wovon ich rede.«

»Was?«

June verzog den Mund und schüttelte langsam den Kopf. »Shiya wohnt nicht bei ihnen. Die Frau weiß nichts über sie.«

Mei Ling hatte auf einmal einen so dicken Kloß im Hals, dass sie kaum atmen konnte.

»Ich glaube nicht, dass sie mich belügt, aber ich habe gemerkt, dass sie wütend war. Wütend über die Frage«, sagte June. »Obwohl ich sehr freundlich gefragt habe.«

Mitfühlend tätschelte June Mei Lings Bein, aber es half nicht, ihre aufgewühlten Gefühle zu beruhigen. Statt ihre Sorge zu lindern, befeuerte sie sie nur noch mehr. Wenn Jack Wong sich um eine ehrenhafte Zukunft für Shiya gekümmert hätte, wäre er bereit, ihren Aufenthaltsort mitzuteilen. Mei Lings Drache brüllte und brannte darauf, die Wahrheit zu erfahren.

Am nächsten Morgen kehrte sie zu der Straßenecke zurück, an der Suk Suks Haus stand. Sie würde immer wieder dorthin kommen und mit ihren Kindern warten, bis er ihr sagte, wo Shiya war. Das war er ihr einfach schuldig, nachdem sie sich so viele Monate um Shiya gekümmert hatte.

Mit Joy auf ihrem Rücken blickte sie an dem Haus empor. Bo spielte unterdessen unbekümmert mit seiner Schwester. Mei Lings Beine wurden müde, deswegen begannen sie, auf und ab zu gehen. Die Straße war ruhig, obwohl einige Leute vorbeiliefen. Nach einer Stunde kam sie sich allmählich töricht vor. Wahrscheinlich hatte er noch nicht einmal bemerkt, dass sie überhaupt da war. Vielleicht war das alles zwecklos, aber sie konnte Shiya nicht einfach ihrem Schicksal überlassen.

Gerade als ihr Magen knurrend vermeldete, dass es Zeit fürs Mittagessen war, wurde die Haustür geöffnet. Mei Ling spannte sich an. Eine Frau mittleren Alters kam heraus. Sie starrte Mei Ling an, sagte aber nichts, als sie an ihr vorbeiging.

Mei Ling blieb so lange, wie sie es nur aushalten konnte, aber Bo musste unbedingt etwas schlafen, und sie alle brauchten etwas zu essen. Also ging sie mit den beiden nach Hause, doch sie schwor Shiya: *Wir werden weiter nach dir suchen.*

Am nächsten Tag kam Mei Ling wieder. Und am Tag darauf ebenfalls. Kai Li erzählte sie nichts davon, wie sie ihre Morgen verbrachte, weil sie nicht wollte, dass er sie für ihre Dummheit schalt. Zudem konnte er ihr nicht verbieten, auf diese Weise etwas über Shiya herausfinden zu wollen, solange er nicht wusste, dass sie den einzigen Weg, den sie für sich sah, verfolgte.

Am fünften Tag wurde wieder die Tür geöffnet. Diesmal erschien Suk Suks wütendes Gesicht und funkelte sie an. Vielleicht hatte er ihre Mahnwache schon länger beobachtet. Er kam die Stufen herab. Mei Lings Herzschlag beschleunigte sich bei jedem seiner Schritte. Sie fürchtete sich vor ihm, aber sie war auch aufgeregt, weil sie nun vielleicht die Antwort auf ihre Frage bekommen würde. Um sich zu beruhigen, holte sie einmal tief Luft, obwohl ihr Herz weiterhin hämmerte. Er kam drohend auf sie zu und blieb viel zu dicht vor ihr stehen.

»Was tust du hier?«, wollte er wissen.

»Sagen Sie mir, wo sie ist, und ich lasse Sie in Ruhe«, erwiderte Mei Ling, wobei es ihr nicht gelang, das Zittern in ihrer Stimme zu verbergen.

»Das Mädchen geht dich nichts an!«, brüllte er.

Wut wallte in ihr auf. Sie brüllte zurück: »Sie haben mir nicht vorzuschreiben, was mich etwas angeht! Ich werde jeden Tag hier stehen, bis Sie mir sagen, wo das Mädchen ist!« Sie funkelte ihn an und blickte ihm gerade in die Augen. Dann sagte sie etwas ruhiger: »Ich muss mich davon überzeugen, dass es ihr gut geht.«

»Es geht ihr gut. Sie ist nur ein Mädchen.« Verachtung schwang in seiner Stimme mit. »Ein Waisenmädchen, das auf den Straßen von Guangzhou hätte verhungern können, wenn ich es nicht mit hierhergenommen hätte.«

Statt sie zu beruhigen, bestärkten seine Worte und sein ganzes Verhalten Mei Ling nur noch in ihrem Entschluss. »Die Adresse!«, forderte sie.

»Ich versichere dir, sie arbeitet als Bedienstete in einem guten Haus.« Mei Lings entschiedener Blick ließ ihn die Taktik wechseln. »Wäre sie in China geblieben, hätte sie kein so gutes Leben gehabt. Ich habe sie vor einem Leben in der Gosse bewahrt.«

»Die Adresse«, beharrte Mei Ling. »Ich lasse Sie nicht in Ruhe, bevor ich das Mädchen nicht gesprochen habe.«

Er musterte Mei Ling von Kopf bis Fuß. Sie ließ es zu, dass der Drache in ihr sich aufrichtete und all seine Kraft zeigte. Die Anspannung war geradezu schmerzhaft spürbar, aber sie weigerte sich, den Blick abzuwenden oder auch nur zu blinzeln. Während sie den Mann finster anstarrte, stellte sie sich Shiyas Gesicht vor, was ihr die Kraft gab, nicht zurückzuweichen.

Bo legte eine Hand an ihr Bein, doch sie ließ sich dadurch nicht ablenken. Vielmehr zog sie weitere Kraft aus seiner Berührung. Für ihn war es genauso wichtig, Shiya wiederzusehen wie für sie.

Suk Suk seufzte. Sie hatte gewonnen.

»11. Straße, Nummer 672 in Oakland. Nimm die Hintertür, wenn du dorthin gehst.« Er schüttelte den Kopf. »Was du da tust, ist reine Zeitverschwendung.«

»Nichts, was ich für sie tue, ist verschwendet.«

Sie drehte sich um und ging davon. Sie zitterte derart vor Wut, dass sie fürchtete, dass ihre Knie sie nicht tragen würden, doch sie ging mit festem Schritt weiter, bis sie außer Sicht des Mannes war. Erst dann blieb sie stehen, lehnte sich gegen einen Laternenmast und atmete einmal tief durch.

Sie blickte hinunter zu Bo. »Wir haben es geschafft! Ich habe ihre Adresse. Wenn dein Bah-ba nach Hause kommt, können wir uns auf die Suche nach Shiya machen.«

»Shiya«, wiederholte er mit seiner süßen Kinderstimme und klang, als würde er sich nach ihr sehnen, obwohl Mei Ling bezweifelte, dass er sich überhaupt an das Mädchen erinnerte, das vorübergehend seine große Schwester gewesen war.

* * *

Von ihrer Wohnung bis zu der Adresse war es nicht einmal eine Meile, doch unterwegs passierten die vier viele verschiedene Welten. Zuerst durchquerten sie Chinatown. Die mehrstöckigen hölzernen edwardianischen und viktorianischen Gebäude standen dicht an dicht und hatten Läden im Erdgeschoss und Wohnungen in den Stockwerken darüber. Auf dem Bürgersteig davor waren Waren ausgestellt, um Kunden in die Geschäfte zu locken. Als sie den Broadway erreichten, die Hauptstraße von Oakland, blieb Kai Li stehen, um ihnen Wahrzeichen unter den Art-déco-Hochhäusern zu zeigen: den Tribune Tower und das Rathaus. Sie waren modern und elegant und erinnerten Mei Ling an die neuesten Gebäude in Guangzhou. Ein paar Blocks jenseits des Broadways wichen die Geschäfte Wohngebieten voller wunderschöner viktorianischer Häuser mit großen Gärten an den Seiten, davor und dahinter.

Schließlich erreichten sie ein prachtvolles Haus in der 11. Straße. Es trug die Nummer 672 und war das schönste Haus, das sie je in den Vereinigten Staaten gesehen hatte. Es hatte zwei Stockwerke und war mit kunstvollen goldenen Verzierungen geschmückt. Es musste die Residenz einer sehr wohlhabenden, äußerst angesehenen Familie sein. Erleichtert und ein wenig eingeschüchtert folgte sie Kai Li um das Haus herum und die Stufen der Veranda hinauf. Es gab zwei Türen. Er betrachtete beide, zuckte die Achseln und entschied sich dann für die linke.

»Bitte sag nichts«, wies Kai Li sie an.

Mei Ling stellten sich bei seinen Worten die Nackenhaare auf, doch sie wusste, er hatte recht. Ihr emotionsgeladenes Verhalten würde ihnen in dieser Situation kaum helfen. Sie musste sich jetzt wie ein sanftmütiger Hase verhalten und ihn als Büffel den Weg freipflügen lassen.

Ihr Herz hämmerte heftig, als er sanft an die Tür klopfte. Als ihnen geöffnet wurde, hielt er sechs leuchtende Orangen als Geschenk vor sich.

Eine weiße Frau mittleren Alters mit hellblauen Augen und dunklem Haar stand in der Tür. Mei Ling wurde das Herz schwer. Wie sollten sie sich miteinander verständigen?

Doch dann ergriff zu ihrer Überraschung Kai Li das Wort: »… … … … ….«

Sie hatte ganz vergessen, dass er so gut Englisch sprach. Er lebte ja noch ein zweites Leben, das nichts mit ihrem zu tun hatte und in dem er jeden Tag mit seinen Vorgesetzten und den Kunden sprach.

Die Frau erwiderte: »… … …, … ich … … …?«

Mit einer Verneigung bot er ihr die Orangen an. Die Frau wirkte verwirrt, dann amüsiert. Sie nahm die Früchte entgegen.

»… … … … … … … … … … … …«, sagte er. »… … … …, Shiya?«

»Ja, … … Shiya … … … … ….«

Ja. Shiya. Sie war dort drin!

Die Frau musterte ihn eindringlich. Dann blickte sie zu Mei Ling, die mit einem Lächeln versuchte, die Frau für sich zu gewinnen.

»Shiya?«, rief Bo.

Mei Ling versuchte, ihn zum Schweigen zu bringen, aber die Frau lächelte den kleinen Jungen an.

»… … …«, sagte sie. Dann schob sie die Tür ein Stück zu.

»Und?«, wollte Mei Ling wissen.

»Sie hat ›natürlich‹ gesagt, was in der Regel ja bedeutet. Ich glaube, sie holt Shiya.«

»Shiya?«, fragte Bo erneut.

Erinnerte er sich wirklich an sie oder nur an Mei Lings Geschichten über das Schiff und die Insel? Mei Ling zitterte vor Anspannung. Durch den Türspalt spähte sie in das Haus und sehnte sich danach, einen Blick auf Shiya zu erhaschen, doch sie konnte lediglich ein Regal erkennen und das auch nur zum Teil.

Dann wurde die Tür weit geöffnet, und vor der weißen Frau stand Shiya. Mei Lings Herz machte einen Freudensprung. Das Mädchen sah genauso aus, wie Mei Ling es in Erinnerung hatte, nur ein wenig größer war es geworden. Shiya trug ein kariertes westliches Kleid, und ihr dunkles, glänzendes Haar war glatt gebürstet. Sie wirkte gesünder, als sie auf dem Schiff ausgesehen hatte, doch Mei Ling bemerkte eine gewisse Traurigkeit in ihrem Blick. Shiya starrte sie an und sah zwischen Mei Ling und Bo hin und her. Mei Ling wurde das Herz schwer.

Shiya schien sich nicht an sie zu erinnern oder sich darüber zu freuen, sie wiederzusehen. Das Kind hatte in Mei Lings Gedanken eine große Rolle gespielt, aber sie hatten nicht besonders viel Zeit miteinander verbracht. In dem Jahr, das seither vergangen war, hatte Shiya sie vielleicht vergessen oder andere Beziehungen geknüpft.

Plötzlich breitete sich ein strahlendes Lächeln auf dem Gesicht des Mädchens aus. »Bo!«, quietschte Shiya. »Du bist es wirklich!« Das Mädchen lief zu Bo, umarmte ihn und hob ihn hoch, sodass sie ihm in die Augen sehen konnte.

Dann schlang Shiya ihre Arme um Mei Lings Hüfte. Die pure Freude stand ihr ins Gesicht geschrieben, als sie zu ihr aufblickte und rief: »Du hast mich gefunden! Wie du es versprochen hast!«

Mei Ling lächelte das Mädchen an, und sie spürte eine Welle der Erleichterung und der Freude. Sie hatten es tatsächlich geschafft. Sie hatten Shiya gefunden!

Shiya sagte: »Ich wollte euch suchen, aber ich habe den Zettel verloren. Es tut mir leid.«

Das Mädchen wirkte so aufrichtig und bestürzt, dass Mei Ling bedauerte, ihr diese Last überhaupt auferlegt zu haben.

»Es ist nicht deine Schuld. Wir beide haben alles in unserer Macht Stehende getan, damit wir uns wiedersehen. Und nun ist es so weit!«, erklärte Mei Ling, um sich selbst und das Mädchen zu beruhigen.

Dann kniete sie sich hin und zog Shiya in ihre Arme. Das Mädchen versteifte sich zunächst ein wenig, doch dann schmiegte es sich an Mei Ling und schlang ihre Arme um sie.

Die weiße Frau ergriff wieder das Wort. »… … … … … … … … … … … … … … …«

Die für sie unverständlichen englischen Worte ängstigten Mei Ling. Wollte die Frau sie so schnell wieder fortschicken? Sie blickte zu Kai Li, weil sie wissen wollte, was gesagt worden war.

Er machte eine Kopfbewegung. »Sie sagt, wir können mit ihr in den Garten gehen.«

Mei Ling erhob sich und zeigte der Frau ihre Dankbarkeit durch eine Verneigung. Ihre Augen schwammen in Tränen. Die Frau lächelte. Auch ihre Augen schimmerten feucht, und sie erwiderte Mei Lings Geste mit einem Nicken. Shiya griff nach Bos Hand und lief mit ihm voraus.

Alle möglichen Fragen gingen Mei Ling durch den Kopf. Sie wollte erfahren, was Shiya im vergangenen Jahr erlebt hatte. War sie gut behandelt worden? Wie lange lebte sie schon hier? Hatte sie zwischendurch noch woanders gelebt?

Doch sie unterbrach das Wiedersehen von Bo und Shiya nicht. Die Erwachsenen beobachteten von einer weiß gestrichenen Holzbank aus, wie die Kinder über das Gras liefen und zu Mei Ling zurückkehrten, um Joy an ihrem Spiel teilhaben zu lassen. Shiya sah gut aus, sauber und wohlgenährt.

»Sie ist sehr süß, wie du gesagt hast«, bemerkte Kai Li. »Bo ist so glücklich, sie wiederzusehen.«

Mei Ling nickte.

»Du machst dir immer noch Sorgen, Frau«, stellte er fest.

Ein eisernes Band schien sich um Mei Lings Brust zu legen. Sie wollte nicht undankbar erscheinen. Ihr Herz schien leicht, aber irgendetwas stimmte nicht.

Sie zuckte die Achseln.

Dann brachte sie ein heiseres Wispern hervor. »Sie gehört nicht hierher.«

»Hier hat sie es besser als viele andere Kinder«, stellte Kai Li sachlich fest.

Bevor sie etwas erwidern konnte, kam Shiya zurück zu der Bank gelaufen und ließ sich atemlos darauf fallen. Bo folgte ihr auf dem Fuße.

»Es ist Shiya, Mah-ma.« Bo strahlte, während er dem Mädchen über den Rücken strich.

»Ja, Shiya.« Mei Ling erwiderte sein Lächeln. »Du erinnerst dich an sie, nicht wahr?«

Der kleine Junge nickte eifrig.

»Wohnst du hier, Shiya?«, erkundigte sich Mei Ling.

»Ja«, antwortete das Mädchen.

»Wie lange schon?«

Das Mädchen zuckte die Achseln.

»Wer kümmert sich um dich?«

Shiya ließ die Schultern hängen. »Ich kümmere mich um mich selbst.«

Mei Ling verspürte einen Stich im Herzen. »Was tust du hier?«

»Was immer der Koch sagt«, antwortete Shiya. »An manchen Tagen poliere ich nur. Das ist meine Lieblingsaufgabe, denn dann kann ich lange sitzen und so tun, als würde ich arbeiten.«

»Was musst du sonst noch tun?«, fragte Kai Li.

»Du bist Bos Daddy! Wir haben uns einmal auf dem Schiff gesehen«, stellte Shiya fest.

Kai Li nickte.

»Joy ist sehr niedlich!«, verkündete Shiya.

Kai Li lächelte. »Da stimme ich dir zu.«

»Jetzt habe ich eine Schwester und einen Bruder!«, sagte Shiya mit einem Lächeln, doch in ihrer Stimme schwang auch eine gewisse Provokation mit. Und ein wenig Wut.

Bo knurrte Shiya an. Sie lachte. Er lief davon. Sie folgte ihm.

Mei Lings Herz und Verstand rangen miteinander. Sie war froh, Shiya so gesund zu sehen. Aber eine Bedienstete? In dem prächtigen Haus bei den weißen Leuten? War das alles, was das Schicksal für das Mädchen bereithielt?

Viel zu schnell wurde die Tür wieder geöffnet. Die weiße Frau trat auf die Veranda und blickte herüber. Es war das Zeichen, dass der Besuch nun beendet war.

Mei Lings Seele protestierte, aber ihre Lippen schwiegen. Diese Frau stand zwischen ihr und Shiya. Wenn sie das Mädchen jemals wieder besuchen wollte, musste die Haushälterin ihr Einverständnis geben. Mei Ling hatte nicht vor, zu streiten oder undankbar zu sein.

Mei Ling sah zu den Kindern. Shiya kitzelte Bo, der kichernd im Gras lag und sich vor Vergnügen wand. Doch als Shiya die Haushälterin sah, hörte sie sofort auf.

»Bis bald, Bo. Sei brav«, sagte Shiya und umarmte ihn noch einmal fest. Dann stand sie auf, ging zu Kai Li und verneigte sich.

»Vielen Dank, dass du Bo zu mir gebracht hast«, sagte sie höflich.

Dann wandte sie sich an Mei Ling, schlang ihre Arme um deren Taille und drückte sie. Mei Ling strich ihr über das seidige dunkle Haar. Ohne sie loszulassen, flüsterte Shiya: »Ich möchte lieber bei dir und Bo sein.« Noch einmal drückte sie sie, dann ließ sie Mei Ling los.

Mei Lings Augen füllten sich mit Tränen. Nur zu gern hätte sie dem Kind versichert, dass sie zurückkehren und sie oft besuchen würden, aber sie wollte ihm keine Versprechungen machen, die sie wahrscheinlich nicht würde halten können. Shiya arbeitete als Bedienstete in einem guten Haus. Die weiße Familie würde es nicht erlauben, dass sie oft Besuch bekam – schon gar nicht von Leuten, die nicht zur leiblichen Familie des Mädchens gehörten. Ihr Herz klopfte schnell, und ihre Kehle wurde eng.

Sie wollte rufen: *Ich hab dich lieb. Ich werde dich nicht vergessen.* Aber sie schluckte die Worte herunter. Bo schob seine Hand in ihre.

»Bis bald, Shiya«, rief er mit seiner kindlichen Stimme.

Während sie nach Hause trotteten, herrschte zwischen ihnen ein bittersüßes Schweigen. Mei Ling sang stumm ein liebevolles Gebet für Shiya: *Möge ihr nichts Schlechtes widerfahren. Möge ihr Leid erspart bleiben. Möge ihr nur Freude zuteilwerden.*

Kapitel 20

Oakland – Juli 1924

Mei Lings außergewöhnliche innere Unruhe war durch den Besuch bei Shiya etwas gemildert worden, doch ihr Herz hatte noch keinen Frieden gefunden. Obwohl dem Mädchen kein körperlicher Schaden zugefügt wurde – es war warm gekleidet und gut genährt –, würde es sich einsam fühlen. Mei Ling musste sich etwas überlegen, um Shiya regelmäßig besuchen zu können und dadurch wirklich Ruhe zu finden.

Bei ihren nächtlichen Grübeleien, während ihre Familie um sie herum schlief, kam ihr plötzlich die Kirche in den Sinn. Amerikaner freute es immer, wenn Chinesen zum christlichen Glauben übertraten. Vielleicht würde es die Haushälterin gestatten, dass Shiya ihre Sonntage mit ihnen verbrachte. Und ein bestickter Tischläufer als Geschenk würde diese Zustimmung vielleicht noch befördern.

Am Morgen erzählte sie Kai Li von ihrer Idee. Er vernahm sehr wohl das Flehen in ihrer Stimme und stimmte zu, Miss Haw, die Haushälterin, zu fragen. Mei Ling stellte schnell einen Tischläufer fertig und stickte in den letzten blau-roten Schmetterling ein Gebet: *Guan Yin, bedenke Shiya mit deiner Gnade und Barmherzigkeit. Überzeuge Miss Haw davon, dass sie zu uns kommen darf.* Dann packte sie den Läufer sorgfältig ein und gab ihn Kai Li mit. Nach der Arbeit wollte er das Geschenk überreichen und ihre Bitte vorbringen.

Den ganzen Tag lang schwankte Mei Ling zwischen Angst und Begeisterung. Sie lenkte sich ab, indem sie im Garten arbeitete und an dem Hochzeitskleid für Mr Young. Doch die ganze Zeit stellte sie sich vor, wie Shiya mit ihnen am Sonntag die Kirche betreten würde.

Kai Li kehrte erst spät zurück, das Essen war bereits kalt, doch sein knappes Nicken und liebevolles Lächeln sagten ihr, dass er erfolgreich gewesen war. Sie würden Shiya am Sonntag wiedersehen. Mei Ling stieß einen Seufzer der Erleichterung aus.

»Danke, Mann«, sagte sie.

»Das habe ich gern gemacht«, erwiderte er. »Miss Haw war sehr umgänglich. Man spürt, dass sie Shiya mag. Ich hoffe, dieses Wissen beruhigt dein Herz.«

Mei Ling nickte, und zum ersten Mal schnurrte ihr Drache bei der Aussicht, Shiya nun jede Woche einmal sehen zu können.

* * *

»Oh!«, rief June und sprang auf, als sie ihre Familie in die Kirche kommen sah, wodurch sie die Aufmerksamkeit der Menschen in den Kirchenbänken um sie herum auf sich zog. Mei Ling freute sich, dass June so viel Aufhebens um das Wiedersehen mit Shiya machte.

»Du erinnerst dich an Tante June, oder? Ich habe deiner Mah-ma geholfen, dich zu finden! Sie hat sich so viele Sorgen gemacht. Aber ich habe zu ihr gesagt, Guan Yin will, dass ihr eine Familie seid. Und ich habe recht!«

Mah-ma. Das Wort versetzte Mei Ling einen scharfen Stich. Sie teilte Junes Überzeugung nicht, was ihre Beziehung zu Shiya anbetraf. Gute Mütter ließen es nicht zu, dass ihre Kinder als Bedienstete arbeiteten – vor allem nicht, wenn sie noch so jung waren wie Shiya.

»Dorothy und Timothy, kommt her«, rief June ihre Kinder. »Das ist eure neue Freundin Shiya. Ich habe euch schon von ihr erzählt. Ich kenne sie vom Schiff.«

»Hi«, sagte Dorothy.

»Sie spricht kein Englisch«, tadelte June.

»Hallo«, erwiderte Shiya an Junes Tochter gewandt. »Ich … … … … … … ….«

»… … … …, … … … … …!«, sagte June.

Mei Ling beobachtete das Gespräch mit gemischten Gefühlen. Sie war stolz darauf, dass Shiya bereits der Sprache dieses Landes mächtig war, und doch fühlte sie sich ausgeschlossen, weil sie das meiste von dem, was sie zueinander sagten, nicht verstand. Shiya und Bo setzten sich neben Junes Kinder. Die drei älteren Kinder redeten Englisch miteinander. Schon bald würden Bo und dann auch Joy sich ebenfalls in dieser Sprache mit Kai Li und June unterhalten können.

»Ich muss besser Englisch lernen«, sagte Mei Ling zu June.

»Ja. Ja, das musst du, wenn du eine echte Amerikanerin werden willst. Ich habe lange dafür gebraucht. Aber inzwischen verstehe ich das meiste, was ich höre, und ich habe keine Angst, etwas zu sagen. Ich lerne hier in der Kirche. Das kannst du auch.«

Mei Ling nickte. Sie hatte nicht vor, hinter den anderen zurückzubleiben.

* * *

Wochen später saßen sie alle fünf in einer Bank der Presbyterianischen Kirche in Oakland. Sonntag war der Tag geworden, an dem Mei Ling am glücklichsten war. Den ganzen

Tag mit Kai Li *und* Shiya zu verbringen, war eine Freude, die ihr Herz jubilieren ließ.

Irgendwann während des Gottesdienstes stellte der Pastor zwei Gäste vor, deren Namen vertraut klangen: Donaldina Cameron und Tien Wu. Die Frauen führten das presbyterianische Haus, in das Mei Ling hatte fliehen wollen, falls Kai Li Joy abgelehnt hätte, weil sie ein Mädchen war. Heute kamen Mei Ling ihre Ängste aus dem vergangenen Winter töricht vor, denn kaum etwas konnte Kai Li mehr erfreuen als seine Tochter, doch leider traf das nicht auf alle Männer zu.

Während Miss Cameron auf Englisch sprach, schweiften Mei Lings Gedanken ab.

Dann lauschte sie Tien Wus Übersetzung: »Unser Programm für chinesische Mädchen breitet sich jetzt bis in den Ostteil der Bucht aus. Wir haben in der Nähe vom Mills College Land gekauft und brauchen eure Unterstützung, um einen Zufluchtsort zu bauen, wo junge Frauen, die aus einem erbärmlichen Leben befreit werden, in Sicherheit sind. Bitte hört euch folgende Aussage an, damit ihr erfahrt, wie notwendig unsere Arbeit ist.«

Eine junge Frau erhob sich und sprach langsam und mit leiser Stimme, sodass Mei Ling sich vorbeugen musste, um ihre Worte zu verstehen.

»Ich war noch sehr jung, als ich mit einer Tante, die ich noch nie zuvor gesehen hatte, auf dem Schiff hierherkam. Meine Eltern hatten mich an sie verkauft, weil sie kein Geld hatten, um eine vierte Tochter zu ernähren. Die Frau hatte versprochen, dass ich in einem guten Haus arbeiten könnte und dass sie für eine zuverlässige Ehe sorgen würde, sobald ich eine Frau sei.

Viele Jahre habe ich als Bedienstete gearbeitet, aber als die Zeit kam, um mich zu verheiraten, suchte man keinen Ehemann für mich. Ich wurde wie eine Braut angezogen, aber nicht nur für einen Mann.«

Die Stimme des Mädchens wurde noch leiser. Ihr Gesicht rötete sich vor Scham. Mei Ling schnürte es die Kehle zu. Sie blickte zu Shiya, die der jungen Frau genau zuhörte, denn deren Geschichte ähnelte sehr ihrer eigenen.

»Ich will in einer Kirche nicht erzählen, was mit mir geschehen ist, aber ich schäme mich und ich bin sehr dankbar, dass Tien Wu und Lo Mo, die Diakonin Cameron, mich aus diesem Leben befreit haben. Es gibt viele Mädchen, die noch gerettet werden müssen. Vielen Dank.«

Dann sprach die Diakonin Cameron wieder auf Englisch. Mei Ling bebte vor Ungeduld, weil sie wissen wollte, was die Frau sagte. Schließlich übersetzte Tien Wu: »Wir brauchen Hilfe, um für diese Mädchen im Osten von Oakland ein schönes Zuhause zu bauen: das Ming Quong Haus für chinesische Mädchen. Dort werden sie mit der Liebe des Herrn lernen und aufwachsen können.«

Als die Ansprache beendet war, brüllte Mei Lings Drache vor Panik. Shiya würde das gleiche Schicksal erwarten, wenn sie nichts unternahmen. Mit großen Augen, in denen ihre Wut zu erkennen war, blickte sie zu Kai Li. Er nickte mit einem Seufzer, denn er teilte ihre Besorgnis.

Mei Ling beugte sich auf der Kirchenbank zu ihm hinüber und flüsterte: »Wir müssen mit ihr sprechen. Sie bitten, Shiya zu retten!«

»Natürlich, Frau.«

Nachdem der Gottesdienst beendet war, blieben sie noch, bis sich der Raum geleert hatte. Bevor sie zu Miss Cameron gingen, sagte Mei Ling zu Shiya, dass sie in einer Ecke mit Bo spielen solle, damit sie nichts von dem Gespräch mitbekam. Nachdem sie sich vorgestellt hatten, erklärte Kai Li die Situation auf Englisch. Mei Ling, die nur danebenstehen konnte, fühlte sich hilflos, während die beiden miteinander sprachen.

Miss Cameron deutete auf Tien Wu und sagte wieder etwas auf Englisch.

Gemeinsam sprachen dann Mei Ling und Kai Li mit der chinesischen Frau und berichteten ihr die Hintergründe über Shiya.

Mei Ling zeigte auf das Mädchen und erklärte: »Sie ist ein sehr gutes Kind. Respektvoll, hilfsbereit, gehorsam. Ihr sollte nie etwas Schlechtes widerfahren.«

»Ich sehe, dass sie sehr reizend ist«, erwiderte Tien Wu. »Doch nach allem, was Sie sagen, befindet sie sich nicht in unmittelbarer Gefahr. Wir haben viele, viele Kinder, die sofort in Sicherheit gebracht werden müssen. Aber ich werde mir ihren Namen merken und prüfen, wie wir helfen können.«

Das Gespräch ließ Mei Ling unzufrieden und frustriert zurück. Sie wusste nicht, ob es ihnen gelingen würde, Shiya zu helfen. Würden Kai Li und sie jemanden bestechen müssen? Kai Li bestätigte ihr, dass Miss Cameron um eine Spende gebeten hatte.

In der darauffolgenden Woche brachte Mei Ling eine ihrer kostbaren Goldmünzen in die Kirche. Während sie sie dem Pastor anbot, dachte sie: *Möge sie Shiya vor allen Gefahren schützen.* Der Pastor nahm die Münze. Er bedankte sich und versicherte, dass sie für die Gemeinde eine große Hilfe sein würde.

»Wir hoffen, dass Miss Cameron und Tien Wu unserer …« Mei Ling hielt inne, denn sie war sich nicht sicher, was Shiya eigentlich für sie war. Sie wollte, dass ihre Bitte ernst genommen wurde, deswegen sagte sie: »Pflegetochter … helfen können.«

»Es tut mir leid, dass sie jemanden persönlich kennen, der von dieser schrecklichen Praxis betroffen ist«, sagte der Pastor. »Wie ist ihr Name?«

Voll Gefühl in der Stimme sagte Mei Ling: »Shiya.«

»Ich werde für sie beten. Wie ist ihr Nachname?«

Mei Lings Herz zog sich zusammen. Es kam ihr vor wie ein Verrat, dass sie Shiyas richtigen Familiennamen nicht kannte. Obwohl es sich für Mei Ling anfühlte, als würde Shiya zur Familie gehören, wusste sie so wenig über das Mädchen. Sie schüttelte den Kopf.

»Wir möchten Sie in jeder Hinsicht unterstützen«, erklärte Kai Li aufrichtig.

Voller Dankbarkeit, dass er ein so gutes Herz besaß, blickte Mei Ling zu ihrem Mann.

* * *

Die Sorge um Shiya überschattete all die guten Dinge in Mei Lings Leben. Sie bekam das Mädchen einfach nicht aus dem Kopf. Die verzweifelten Worte der Kleinen verfolgten sie jeden Tag: *Bitte rette mich. Ich habe niemand anderen.* Wenn Mei Ling sich nicht gerade unterhielt oder zuhörte, hatte sie ständig diese Worte im Ohr. Viel zu oft erschienen die Bilder aus ihren Träumen auch am Tag vor ihrem geistigen Auge. Die Frau aus der Bartley Alley, die durch das mit Maschendraht gesicherte Glas starrte, allerdings mit dem Gesicht von Shiya.

Ein verzweifelter Geist verfolgte Mei Ling, aber Shiya war am Leben. Vielleicht hatte Shiyas Mutter sie auch jenseits des Pazifischen Ozeans gefunden, um Mei Ling zu drängen, ihre Tochter zu beschützen. Mei Ling war sicher, dass der Geist verzweifelt war, nicht böse.

Mei Ling brachte ihre Kinder nach hinten in den Garten. Sie trug Bo auf, einen glatten Stein zu suchen. Gemeinsam suchten sie unter den Büschen, bis sie genau den richtigen gefunden hatten. Mei Ling bemerkte eine letzte Blüte der Pfingstrose aus den Trieben ihrer Mutter. Gelbe Blüten waren kurz davor, aus den Stängeln in der Chrysantheme hervorzubrechen. Die Pflanzen hatten überlebt.

Nachdem sie den Stein mit nach oben genommen hatte, malte sie das Schriftzeichen für Schutz darauf. Dann machte sie die Kinder für einen Ausflug bereit, schnitt die letzte Blüte der Pfingstrose ab und ging gemeinsam mit Bo und Joy zu dem Haus, in dem Shiya wohnte. Niemand schenkte ihnen irgendeine Aufmerksamkeit, während sie durch die Innenstadt liefen. Mei Ling kann sich fast unsichtbar vor, ein angenehmer Gegensatz zu der Feindseligkeit, die ihr in San Francisco entgegenschlug, und trotzdem so fremd.

Vor dem großen Haus wuchs neben dem Bürgersteig ein großer Busch. Sie teilte die grünen Blätter, um den Stein, die Pfingstrose und den Papierfrosch, den Shiya vor so langer Zeit für Bo gebastelt hatte, dort abzulegen. Es war ein einfacher kleiner Altar, doch er würde dem Mädchen ein wenig Schutz gewähren. *Wache über sie*, bat sie Guan Yin. Einen Ahnen um Unterstützung zu bitten, war nicht nötig. Es war der Geist, der von Mei Ling verlangte, Shiya aus ihrer misslichen Lage zu befreien.

Danach gingen sie in den Park. Mei Ling wollte mit June sprechen und sie bezüglich des Geistes um Rat bitten.

Als die Kinder nicht mehr in Hörweite waren, fragte Mei Ling ihre Freundin: »Hast du irgendwelche Erfahrungen mit Geistern?«

»Nein«, erwiderte June gedehnt und runzelte die Stirn. »Gibt es bei dir welche?«

»Ich mache mir zu viele Sorgen um Shiya. Ständig habe ich Bilder vor Augen, dass sie sich in Gefahr befindet«, sagte Mei Ling. »Ich glaube, dass ein Geist mir diese Gedanken eingibt.«

»Hört es dann auf, wenn Shiya bei dir ist?«, wollte June wissen. »An den Sonntagen?«

Mei Ling nickte.

»Dann ist es ein Geist!«, erklärte June bestimmt. »Ihre leibliche Mutter. Sie war es wahrscheinlich, die Shiya auf dem Schiff zu dir geführt hat.«

»Wie kann ich sie dazu bringen, mich in Ruhe zu lassen?«, fragte Mei Ling.

»Gib dem Geist, was er verlangt: Rette ihre Tochter. Sie wird dir helfen. Ihr seid doch ein gutes Team, oder? Nur weil man stirbt, hört man nicht auf, sich um seine Kinder zu sorgen. Sie ist eine gute Mutter und passt auf ihre Tochter auf, obwohl sie inzwischen ein Geist ist.«

Mei Ling erzählte niemand anders von dem Geist, aber sie hatte einen Weg gefunden, um die Stimme des Geistes über Tag zum Schweigen zu bringen. Jeden Morgen lief sie mit den Kindern fast eine Meile zu dem Haus, wo Shiya arbeitete, legte eine Blume oder etwas zu essen als Opfergabe auf den kleinen Altar und bat Guan Yin, das Mädchen zu beschützen.

Seit sie das tat, blieb sie von den furchtbaren Bildern verschont, bis die Nacht hereinbrach und es keine Ablenkung mehr gab, die die Stimme und die Bilder verdrängten. Mei Ling versicherte dem Geist, dass sie Shiya nicht vergessen würde, doch er spukte weiterhin durch ihre Träume. Wieder und wieder schreckte sie aus dem Schlaf, Shiyas gequältes Gesicht vor Augen, das sie aus einem Metallkäfig anstarrte, wo sie darauf wartete, dass ein Fremder sich zu seinem Vergnügen ihres Körpers bedienen wollte.

All das tat Mei Lings Gesundheit nicht gut. Eine allgegenwärtige Übelkeit begleitete sie. Angst umschloss wie ein Umhang ihre Schultern. Sie hatte keinen Appetit und fühlte sich erschöpft. Trotz ihrer Angst zwang sie sich, die ganze Nacht im Bett zu bleiben, und dann hatte sie Mühe am Morgen aufzustehen, um für Kai Li Tee zu bereiten, bevor er zur Arbeit ging.

Sie hoffte, ihre Sorgen vor Kai Li und den Kindern verbergen zu können, doch sie fürchtete, sie beeinflussten die Harmonie in ihrer Familie.

Mei Ling blickte hinauf zum Mond, um eine Verbindung mit ihrer Großmutter aufzunehmen, doch dieses Ritual und ihre Gebete zu Guan Yin entfalteten einfach nicht ihre beruhigende Wirkung. Für Bo und Joy bemühte sie sich, ausgeglichen zu wirken, doch selbst der Fröhlichkeit der beiden gelang es kaum, ihre fortgesetzte Panik zu lindern. Wenn Kai Li abends nach Hause kam, besserte sich ihre Stimmung ein wenig, und an den Sonntagen, wenn Shiya bei ihnen war, fühlte sie sich fast normal. Doch sobald die Trennung nahte, nagten Furcht und Sorge an Mei Ling wie zuvor.

Immer wieder sagte sie sich, dass sie Zeit hatten – Shiya war erst sieben. Aber sie fürchtete, das Mädchen würde eines Tages verkauft werden wie eine Ware, ohne jede Spur zu hinterlassen. Sollte Shiya verschwinden, würde Mei Ling den Rest ihres Lebens nicht darüber hinwegkommen. Sie musste etwas unternehmen, um dafür zu sorgen, dass dem Mädchen nichts geschehen würde.

Eines Nachts bat sie ihren Mann: »Kannst du bitte zur Polizei gehen?«

Kai Li seufzte. Er brauchte nicht zu fragen, wovon sie sprach, das wusste er auch so. Er setzte sich dicht neben sie auf die Couch und schüttelte den Kopf. Es war eine klare Ablehnung ihrer Bitte. Sie spürte, wie das Feuer ihres Drachens zu lodern begann.

»Frau«, sagte er sanft, »ich glaube nicht, dass es hilfreich wäre. Die Polizei von Oakland kümmert sich nicht um chinesische Mädchen, denen vielleicht ein Leid geschieht – irgendwann einmal.«

Mei Lings Feuer schwelte.

Er fuhr fort. »Sie würden sich bei der Familie Pardee nicht nach Shiya erkundigen.«

»Bei wem?«

»Der Mann, dem das Haus gehört, in dem sie lebt, ist sehr mächtig. Er war früher der Gouverneur von Kalifornien.«

Mei Ling entgegnete: »Prostitution ist illegal. Die Zeitungen wettern ununterbrochen dagegen.«

»Prostitution natürlich, aber sie arbeitet nur in dem Haus. Die Polizei kümmert es nicht, was mit einem kleinen Mädchen vielleicht in ein paar Jahren geschehen könnte«, erwiderte er freundlich, aber bestimmt. »Selbst wenn wir zur Polizei gehen und sie sich bereit erklärt, Shiya aus dem Haus der Pardees herauszunehmen, glaubst du, sie würden sie uns dann einfach übergeben?«

Genau so hatte Mei Ling es sich vorgestellt, doch als die Frage plötzlich im Raum stand, war es ihr peinlich, das zuzugeben. Sie zuckte die Achseln.

»Sie werden sie an Bord eines Schiffes nach China bringen«, erklärte Kai Li. »Sie ist ganz sicher eine Papiernichte, die kein Recht hat, in diesem Land zu bleiben.«

Mei Ling sog scharf die Luft ein, als habe ihr jemand in den Bauch geschlagen.

»Im Moment geschieht ihr nichts Böses«, beruhigte Kai Li sie. »Sie hat einen warmen, trockenen Platz, an dem sie schlafen kann und wo sie zu essen bekommt. Wird sie zurück nach China geschickt, ist es durchaus möglich, dass es ihr dort viel schlechter ergeht.«

Mei Ling seufzte. Er hatte recht. Die amerikanische Polizei würde ihnen nicht helfen. Die Wut in ihrem Innern erstarrte. An ihre Stelle trat Verzweiflung.

»Es tut mir leid, Frau. Wir werden uns weiter um sie kümmern, doch im Moment wüsste ich nicht, was wir tun könnten, damit sie für immer in unsere Obhut kommt.«

Mei Ling nickte und versuchte, ihm ein verständnisvolles Lächeln zu schenken, doch ihr Herz war so schwer, dass es ihr nicht gelang.

* * *

Die schlechte Laune, die sich ihrer bemächtigte, machte sie bald zu einer unfreundlichen Ehefrau und Mutter. Träume, in denen Shiya um Hilfe flehte, störten ihren Schlaf, sodass sie immer müde war und ungeduldig wurde mit ihren Kindern. Oft wachte sie morgens auf und musste feststellen, dass Kai Li bereits aufgebrochen war. Sie verschlief die Zeit, ihm das Frühstück und einen Tee zu bereiten, wie es eine gute Ehefrau tun sollte. Allmählich verwandelte sie ihr Zuhause in einen derart unerfreulichen Ort, dass sie Kai Li vertrieb.

Immer öfter kam er spät nach Hause, erst nach Sonnenuntergang, so wie damals, als sie noch in San Francisco gelebt hatten, wodurch sie mehr Zeit allein mit dem Geist verbringen musste. Sie bereitete das Abendessen vor, damit es zur üblichen Zeit bereitstand, doch wenn er schließlich durch die Tür kam, war es bereits kalt. Er versuchte, es zu essen, bekam aber nur ein paar Bissen herunter.

Nach Einbruch der Dunkelheit war es für ihn nicht möglich, noch Ware zu verkaufen. Als sie anmerkte, dass er zu hart gearbeitet habe, weil sie hoffte, eine Erklärung für seine immer längere Abwesenheit zu bekommen, wich er ihr aus. Also suchte sie nach Anzeichen, die sein Verhalten erklären konnten – der Geruch nach Alkohol in seinem Atem oder den Duft von Parfum –, doch sie bemerkte nur den Geruch von Knoblauch und Ingwer, was in ihr den Verdacht nährte, dass er in einem Restaurant aß, bevor er nach Hause kam.

Mei Ling wollte ihrem Mann und ihren Kindern ein schönes Zuhause bieten, aber mit dem wütenden Geist, der ihr auf

Schritt und Tritt folgte, war das einfach unmöglich. Inzwischen pflanzte der Geist ihr auch noch verstörende Gedanken über Kai Li in den Kopf, zusätzlich zu den Sorgen um Shiya. *Vielleicht ist er auf der Suche nach einer neuen Frau … einer besseren Frau, die kochen kann und eine freundliche und sanfte Gefährtin ist wie der Hase, der ihm versprochen wurde, nicht ein wütender Drache wie du.*

* * *

Wochen später kam Kai Li so aufgeregt nach Hause wie damals, als er ihr erzählt hatte, dass sie nach Oakland gehen würden. Vielleicht wollte er ja erneut umziehen – dieses Mal nach Alameda.

»Frau, ich habe gute Nachrichten und ich habe schlechte Nachrichten. Welche möchtest du zuerst hören?« Er lächelte.

Verwirrt und nervös blickte sie ihn an. Mei Ling war sich nicht sicher, ob sie seine Freude würde teilen können. Alameda war viel zu weit entfernt von Shiya. Sie würde nicht mehr jeden Tag zu dem kleinen Altar gehen können.

Er lachte leise, und das machte sie wütend.

Doch dann erklärte er, was er meinte. »Man sagt das hier in Amerika so, mit der guten und mit der schlechten Nachricht. Die schlechte Nachricht ist, dass ich abends arbeiten werde.«

Mei Ling spürte den Schmerz wie einen scharfen Stich. Nun würde sie noch mehr Stunden allein mit dem Geist und den Kindern verbringen.

»Wie lange denn?«, flüsterte sie und kämpfte darum, sich ihre Verzweiflung nicht anmerken zu lassen.

»Ich werde als Koch arbeiten, in der Abendschicht«, erwiderte er.

»In einem Restaurant?« Ihr Herz schlug schneller. Für diesen Traum würde sie schon allein mit dem Geist fertig werden.

»Nicht in einem Restaurant – in einem Privathaus«, erklärte er. »Aber ich kann dir jeden Tag Abendessen bringen. Das ist ein Teil der guten Nachrichten.«

»In einem Privathaus?«, fragte sie. Er würde also wieder ein Hausdiener sein. Mei Ling war verwirrt. »Und das soll eine gute Nachricht sein?«

Langsam schüttelte Kai Li den Kopf. »Die gute Nachricht ist …«, sagte er und machte eine kleine Pause, bevor er fortfuhr, »… dass ich als Koch Shiyas Freiheit verdienen kann!« Er blickte Mei Ling an, und seine Augen strahlten vor Begeisterung.

Ihr Herz begann wie wild zu klopfen. »Was? Wieso?«

»Ich bin abends immer ins Haus der Pardees gegangen. Zuerst habe ich mit Miss Haw gesprochen und sie überredet, dass sie mich in der Küche arbeiten lässt. Glücklicherweise brauchten sie einen besseren Koch. Ich habe dann meine Fähigkeiten unter Beweis gestellt. Nachdem ich Miss Haw auf meiner Seite hatte, hat sie mein Essen den Pardees serviert. Sie waren einverstanden, dass ich abends dort koche.« Er grinste.

Ein Schauer überlief Mei Ling. »Oh, Mann, das sind wundervolle Nachrichten!«, rief sie.

»Ab morgen kann sie bei uns leben.«

Mei Ling spürte, wie eine Welle von Energie durch ihren Körper brandete. Schon ab morgen würde Shiya bei ihnen sein! Sie umarmte Kai Li und drückte ihn fest.

»Warum hast du das gemacht, Mann? Für ein Kind, das du kaum kennst?«, wollte sie wissen.

»Damit du glücklich bist, Frau«, erklärte er.

Sie betrachtete sein Gesicht. Irgendetwas verbarg er vor ihr.

»Es geht dir nur um mein Glück, Mann?«, fragte sie.

Ein seltsamer Blick trat in seine Augen. Trauer? Unsicherheit? Es senkte den Blick, irgendetwas lag ihm auf der Seele. Schließlich sprach er. Seiner Stimme war anzuhören, wie sehr er sich beherrschen musste.

»Ich war Schuldknecht und bin nicht gut behandelt worden.« Der Schmerz in seiner Stimme traf Mei Ling tief. Sie wartete darauf, dass er fortfuhr.

Als er nichts sagte, fragte sie: »Wo? Wann?«

»In San Francisco. Als ich noch ein Junge war, neun vielleicht. Ich bin mir nicht sicher.«

»Aber du bist hergekommen, als du sechzehn warst … und hast bei deinem Vater gelebt«, erwiderte sie verwirrt.

Er schüttelte den Kopf. »Das ist die Unwahrheit … eine weitere Lüge.«

Mei Lings Drache brüllte. Sie hatte dem Heft geglaubt und was darin gestanden hatte, ohne es zu hinterfragen. Wie töricht von ihr. Sie wollte etwas sagen, doch sie hielt sich gerade noch zurück, bevor sie Porzellan zerschlug. Ihr Mann wollte dafür sorgen, dass Shiya frei war. Sie holte tief Luft.

Er fuhr fort und wirkte dabei so traurig und furchtsam, wie sie ihn nie zuvor gesehen hatte. »Ich war noch sehr jung, als die Banditen kamen.« Seine Stimme war nur ein Flüstern. Sie beugte sich vor, um ihn zu verstehen.

»Fünf Jahre vielleicht. So klein jedenfalls, dass ich noch unter die Couch gepasst habe. Dort habe ich mich versteckt.« Er starrte in die Ferne, und seine Augen wirken glasig, während er sprach. »Alles geschah so schnell, dass ich überhaupt nicht verstand, was ich verloren hatte, bis es vorbei war. Obgleich es vielleicht auch lange gedauert hat. Ich weiß nicht, wie lange ich mich an den Boden gepresst habe und mir sicher war, dass meine Mutter mich finden würde. Aber das tat sie nicht. Sie konnte es nicht. Als ich unter dem Sofa hervorkroch, waren sie so still. Sie lagen da mit all dem Blut. Ich erinnere mich an das Blut. Aber ich erinnere mich an kein Geräusch. Waren es Pistolen? Oder ein Messer? Ich versuche immer wieder, mich zu erinnern, aber …«

Er blickte sie an, Verwirrung im Gesicht. »Ich kann nicht sagen, auf welche Weise meine ganze Familie getötet worden ist. Ich schäme mich, dass ich nicht genauer hingesehen habe. Ich hätte aufmerksamer sein müssen.«

Mei Ling liefen die Tränen über das Gesicht. Sie konnte sie nicht zurückhalten, obwohl sie es versuchte. Sie stellte ihn sich vor, etwas älter als Bo, wie er unter dem Sofa hervorkroch und die noch warmen, aber völlig leblosen Leichen fand.

»Ich … äh«, stotterte er. Mei Ling wartete geduldig, um ihm genügend Raum zu geben, seine Gedanken zu ordnen. »Ein Missionar hat mich gefunden. Dann bin ich in ein Waisenhaus gekommen. Als ich acht oder neun war, wurde ich ein Papiersohn, bezahlt mit meiner eigenen zukünftigen Arbeit.« Und Kai Li erzählte noch mehr Einzelheiten. »Sieben Jahre lang habe ich als Schuldknecht nichts verdient außer Essen und einen Schlafplatz, und ich trug die Kleidung der Söhne der Familie auf.«

Er hielt inne. Mei Ling versuchte, all diese Neuigkeiten sacken zu lassen, die so viel erklärten. Langsam wurde aus dem großen Geheimnis ein erkennbares Bild. Sie konnte seine Einsamkeit und seine Ängste nachfühlen. Und wie entschlossen er gewesen sein musste, ein besseres Leben zu erreichen, für sich, für seine erste Frau und dann für sie und für die Kinder. Er hatte so viel durchgemacht und war trotzdem immer noch einer der freundlichsten Menschen, die sie je kennengelernt hatte. Ihr Herz lief über vor Liebe.

»Danke, dass du mir das alles erzählt hast, Mann«, sagte Mei Ling und hoffte, dass er den Respekt, den sie empfand, aus ihrer Stimme heraushören konnte.

»Ich kann mich nicht an meinen ganzen Namen erinnern. Ich weiß nicht, zu welchem Clan ich gehöre, aber ich bin kein Büffel«, sagte er und wirkte gequält. »Meine Mutter hat mich immer ihre kleine Ratte genannt.«

»Eine Ratte.« Mei Ling lächelte. »Das ist ein gutes Sternzeichen, Mann. Einfallsreich, anpassungsfähig und freundlich.«

»Trotzdem vielleicht nicht der beste Partner für dich als Hase.« Er blickte sie an. »Es tut mir leid, dass ich dich angelogen habe, Frau.«

Ein Gefühl großer Schuld erfüllte ihr Herz. Er war so aufrichtig zu ihr, und sie hinterging ihn nach wie vor. Ohne nachzudenken, schnaubte sie. Kai Li wirkte verletzt. Trotz ihrer Furcht und ihrer Scham war es an der Zeit, ihm den gleichen Respekt zu erweisen. Sie würde ihre Scharade nicht länger fortsetzen.

»Entschuldige, Mann. Mein Ausbruch war … Ja, du hast mich angelogen. Aber auch ich bin dir gegenüber nicht vollkommen aufrichtig gewesen.« Ein Schauer überlief sie. »Als wir geheiratet haben, war ich das erste Mal überhaupt in einer Kirche«, erklärte sie und beobachtete ihn genau, weil sie sehen wollte, wie er auf ihre Enthüllung reagierte.

Ein Lächeln spielte um seine Mundwinkel. »Ich habe gemerkt, dass du mit einem Gottesdienst nicht vertraut bist, als wir das erste Mal dort waren.«

»Es macht dir nichts aus, dass ich keine Christin bin … oder es nicht war?«, fragte sie. »Ich beginne allmählich, beides zu sein.«

»Für uns ist alles gut, was uns Frieden bringt … und Führung für das Leben.«

Sie nickte. Ein Gefühl unendlicher Erleichterung durchlief sie, dass sie endlich darüber gesprochen hatte, beide Glaubensrichtungen in sich zu vereinen. Doch sie hatte noch ein größeres Geheimnis, von dem ihr Mann nichts ahnte. Wie sollten sie in Harmonie leben, solange die größte aller Täuschungen noch zwischen ihnen stand? Sie räusperte sich, holte einmal tief Luft und bereitete sich darauf vor, ihm das wichtigste Geständnis zu machen, das an ihrem Gewissen nagte.

»Ich bin nicht Yu Ling«, sagte sie. Erleichterung durchströmte sie, als sie Jah Jehs Geburtsnamen aussprach.

Er runzelte die Stirn.

»Das ist meine ältere Schwester«, erklärte sie. »An dem Tag, nachdem der Vertrag unterzeichnet worden war, wurde sie zu krank, um die lange Reise anzutreten, aber die Heiratsvermittlerin wollte meinen Eltern die Mitgift nicht zurückzahlen. Stattdessen hat sie nach mir gefragt.«

»Warum habt ihr den Tausch verheimlicht?«, fragte Kai Li verwundert.

»Die Heiratsvermittlerin hat uns überzeugt, dass du mich ablehnen würdest, weil wir nicht zusammenpassen.«

»Oh.« Er lehnte sich zurück, als er begriff, was sie damit meinte.

Mei Ling schluckte sichtbar und biss sich auf die Lippe, während sie ängstlich auf seine Antwort wartete.

»Wie ist dein Name?«

»Ich heiße Mei Ling«, sagte sie zu ihrem Mann.

»Mei Ling«, wiederholte er. »Das ist ein wunderschöner Name.«

Sie schauderte, als sie das erste Mal hörte, wie er ihren Namen aussprach. Es war so lange her, dass sie ihn überhaupt gehört hatte.

»Was bist du?«, fragte er sichtlich neugierig. Sie wusste, was er meinte.

»Drache«, erwiderte sie durchaus etwas provokant.

Er lachte. »Natürlich bist du Drache«, entgegnete er. »Ich begreife gar nicht, wie ich etwas anderes in dir habe sehen können.«

Sie betrachtete ihn genau, weil sie wissen wollte, was ihre Offenbarung für ihn bedeutete.

»Frau, es tut mir leid, dass unsere Ehe mit Lügen begonnen hat. Trotzdem bin ich froh, dass ich nicht der Einzige von uns beiden bin, der getäuscht hat … und ich glaube, dass Ratten und Drachen ganz wundervoll zusammenpassen.«

Mei Ling lächelte ihn an. »Das tun sie allerdings, Mann.«

Er erwiderte ihr Lächeln und blickte ihr in die Augen. Und darin sah sie Liebe. Und Respekt. Nun kannte er ihren Namen und die Wahrheit. Die Mauer aus Lügen, die immer noch zwischen ihnen gestanden hatte, fiel in sich zusammen. Ihre Seele jubelte.

Ihr Ehemann akzeptierte sie, wie sie war, und hatte einen Weg gefunden, ihren größten Wunsch zu erfüllen: Shiya zu retten. Ihr Herz platzte fast vor Liebe.

Sie beugte sich zu ihm und er nahm sie in die Arme. Sie genoss die Wärme und seine Kraft. In diesem Moment fühlte sich Mei Ling ihm noch näher als an dem Abend, als Joy geboren worden war. Und nachdem die Kinder eingeschlafen waren, zeigte sie es ihm auch.

Kapitel 21

Oakland – August 1924

Der Geist weckte Mei Ling mit einem Befehl: *Hol sie jetzt!* Sofort schlug ihr das Herz bis zum Hals. Langsam setzte sie sich auf. Der Baum vor dem Fenster war in der Dunkelheit nicht zu erkennen. *Noch nicht*, entgegnete sie dem Geist. *Aber bald. Sehr bald.*

Mei Ling versuchte, wieder einzuschlafen. Still lag sie da, aber Träume, die sie davontrugen, wollten sich einfach nicht einstellen. Stattdessen begann sie Pläne für diesen so besonderen Tag zu schmieden. Kai Li würde zur üblichen Zeit aufstehen, seine Waren abholen und dann mit dem Karren zurückkehren. Gemeinsam würden sie zur Villa der Pardees gehen, mit leuchtenden Orangen als Geschenk.

Mei Ling verließ das Bett und setzte Wasser auf. Dann holte sie die Reste des Pfingstrosentees hervor, den sie sich aus China mitgebracht hatte. Sie wärmte den Reisbrei auf – und gab eine Prise Zimt dazu, weil heute ein besonderer Tag war.

Sie stellte eine Portion des Breis für Kai Li auf den Tisch. Dann füllte sie eine weitere Portion ab, um sie mit einer Orange zum Altar zu bringen. Zum Dank und voller Hoffnung machte sie einen Kotau gegenüber ihren Ahnen.

An diesem Morgen kniete Kai Li sich neben sie. Als sie ihre letzte Verneigung beendet hatte, blickte sie zu ihm hinüber. Sie lächelte und lehnte ihre Stirn gegen seine Schulter. Er küsste ihr Haar, bevor er sich erhob und sich zum Frühstück an den Tisch setzte.

Als er mit seiner Ware für den Tag zurückkehrte, wartete Mei Ling mit den Kindern bereits auf dem Bürgersteig.

* * *

Es war dieselbe weiße Frau, die ihnen die Tür öffnete. Mei Ling verneigte sich und bot ihr vier Früchte dar. Ein freundliches Lächeln glitt über das Gesicht der Frau. Es schien, als müsse sie Tränen zurückhalten.

Kai Li sagte: »Danke … … … … … … … … … … … … … … … …«

Hab Geduld, wandte sich Mei Ling an den Geist. *Sie wird bald hier sein.* Aber Mei Ling konnte es genauso wenig abwarten wie der Geist. Auch sie wollte Shiya sehen.

Die Frau ging davon und kehrte ein paar Minuten später mit Shiya zurück. Das Mädchen bekam vor Freude ganz große Augen, als es sah, wer da vor der Tür stand. Dann blickte das Mädchen zu der weißen Frau, die zustimmend nickte.

Shiya sah wieder ihre neue Familie an und rief: »Ich darf euch besuchen? Aber heute ist doch gar nicht Sonntag!«

Mei Lings Herz setzte vor Aufregung einen Schlag aus. Sie blickte zu Kai Li, der nickte, um wortlos seine Zustimmung zu geben, dass seine Frau die guten Nachrichten überbrachte.

Mei Ling hockte sich vor Shiya. Sie ergriff die kleinen Hände ihrer zukünftigen Pflegetochter und sagte: »Nicht nur besuchen. Du wirst ab sofort bei uns wohnen!«

Shiya erstarrte, ihre Miene versteinerte. Mei Lings Herz zog sich zusammen. Sie hatte vermutet, dass Shiya gern bei ihnen leben würde, aber vielleicht hatte sie sich geirrt.

»… … … … …?«, fragte Shiya die Haushälterin.

»…, … … … … … …«, erwiderte die Frau.

»…?«, wollte Shiya wissen.

»Ja.« Die Frau lächelte. »… … …«

»Ich … … … …, ich … … … … … … … … … … … … … …!«, sagte Shiya.

Ein Schatten legte sich über das Gesicht der Frau. Sie wirkte, als würde sie jeden Moment anfangen zu weinen.

»… … … … … …, … Chinn … … … … … … … … … … …«

Shiya begann zu zittern. Hatte sie Angst?

»Was ist los?«, wandte sich Mei Ling an Kai Li. »Möchte sie nicht bei uns leben?«

»Miss Haw hat ihr gerade gesagt, dass sie überhaupt nicht mehr hier arbeiten wird. Ich glaube, Shiya ist von den Ereignissen im Moment ziemlich überwältigt.«

Erleichtert atmete Mei Ling aus.

Shiya legt ihre Hände auf Bos Schultern. Strahlend erklärte sie: »Ich werde wieder mit dir zusammenleben!«

Mei Ling lächelte glücklich, als sie die Begeisterung in den Gesichtern der Kinder sah.

»… … …, … … … … … … …«, sagte Miss Haw. »… … … … … … …?«

»Geh mit Shiya, ihre Sachen holen«, übersetzte Kai Li. »Bo und ich warten hier draußen.«

Shiya nahm Mei Lings Hand und führte sie durch die Hintertür in eine große Vorratskammer. Auf der einen Seite standen Regale voller Dosen und Körben mit Obst und Gemüse. An der anderen Wand hingen Reinigungsgerätschaften – Eimer, Wischlappen, Besen und Flaschen.

Durch eine Tür betraten sie die Küche. An den Wänden zogen sich Arbeitsplatten entlang, es gab ein Spülbecken, einen brandneuen Ofen und … einen elektrischen Kühlschrank. Mei Ling hatte noch nie selbst so ein Gerät gesehen, nur in Anzeigen in der Zeitung. Hier also würde Kai Li Shiyas Freiheit verdienen.

Auf einmal beschämt sagte Mei Ling zu Shiya: »Unser Haus ist nicht annähernd so schön wie dieses.«

Shiya zuckte nur mit den Schultern. Sie führte Mei Ling in einen Flur. Auf der rechten Seite befand sich ein fest eingebauter hölzerner Tisch mit Bänken. Auf der anderen Seite ein großer, dunkler, hölzerner Wandschrank. Hinter dem geschliffenen Glas stapelten sich Teller, Schüsseln und Tassen in verschiedenen Größen, und die Schubladen waren wahrscheinlich voll Silberbesteck. Shiya schlüpfte unter den Tisch zu ihrer Rechten. Mei Ling beugte sich hinunter, um zu sehen, wohin sie verschwunden war.

Es dauerte einen Moment, bis sich ihre Augen an die Dunkelheit gewöhnt hatten. Und dann hatte sie plötzlich einen dicken Kloß im Hals. Dieses Kabuff war Shiyas Schlafplatz. Auf dem Boden an der Wand lag Bettzeug und daneben stand ein offener Koffer. Das kleine Mädchen stopfte bereits seine Sachen hinein. Wie Kai Li überzeugt gewesen war, hatte Shiya es warm und trocken, aber sie musste sich schrecklich einsam gefühlt haben. Das Kind griff nach der Guan-Yin-Figur aus Papier, die Mei Ling auf Angel Island aus ihrem Notizbuch gerissen hatte. Sie stand auf einem Backstein neben einer vertrockneten Blume. Mei Ling hoffte, dass die Göttin Shiya etwas Trost gespendet hatte.

Das Mädchen schloss den Koffer und drückte die Schnappverschlüsse zu. Dann schob sie das Bettzeug zur Seite und zog den kleinen Koffer über den Holzboden.

»Lass mich dir helfen.« Mei Ling streckte die Hand nach dem Griff aus.

Wieder erstarrte das Mädchen. »Das geht schon. Du hast Joy auf dem Rücken.«

»Ich schaffe beides. Ich kann dir helfen *und* Joy tragen«, erklärte Mei Ling.

Shiya nickte und ließ es zu, dass Mei Ling den Koffer unter dem Tisch hervorzog.

Miss Haw wartete in der Nähe.

»Du … … … … … … …«, sagte die weiße Frau.

»Danke«, erwiderte Shiya.

Zu Mei Lings Überraschung umarmte Shiya die Frau, bevor sie aufbrachen.

* * *

Mei Ling warf einen Blick zu dem Busch mit dem Altar, als sie daran vorbeigingen. Sie würde nun nicht mehr jeden Tag hierher zurückkehren müssen. *Danke. Danke*, rief der Geist, während sie sich auf den Weg nach Hause machten. Mei Ling war ebenso glücklich und freute sich, dass Shiyas Mutter nun ihren Frieden finden konnte, und sie hoffte, der fordernde Geist würde verschwinden, sobald sie zu Hause waren.

In der Tür zur Wohnung zögerte Shiya, aber Bo zog sie hinein und rannte praktisch ins Wohnzimmer.

»Das ist unsere Couch«, verkündete er und zeigte darauf. Dann zog er sie durch den Rundbogen. »Das ist die Küche.« Er blickte fragend zu ihr auf, ob sie ihr gefiel. Als sie nickte, führte er sie ins Schlafzimmer. »Hier schlafen *wir*. Mah-ma und Bah-ba schlafen da.« Er deutete auf die beiden Matratzen. »Joy schläft überall, wo sie mag.«

Mei Ling und Kai Li lachten.

»Ich gehe jetzt arbeiten«, sagte Kai Li.

»Ich bin bereit«, erklärte Shiya und ließ Bos Hand los. »Bis später, Bo. Wir sehen uns nach der Arbeit.«

Mei Ling schüttelte den Kopf. »Shiya, du bleibst hier bei mir und den kleinen Kindern.«

»Oh.« Shiya wirkte enttäuscht.

»Möchtest du gerne fort?«, fragte Mei Ling.

»Nein!«, rief Bo.

Shiya schüttelte den Kopf. »Ich tue alles, was du sagst.«

Mei Ling betrachtete das Mädchen, das so gern alles richtig machen wollte, und fürchtete, dass Shiyas bisherige Erfahrungen sie zu duldsam gemacht hatten. Während sie Gehorsam zu schätzen wusste, wollte sie doch, dass Shiya Leidenschaft entwickelte, wie es einem Drachen gebührte.

»Bleib bei mir«, rief Bo.

Mei Ling sagte: »Ich würde mich freuen, wenn du hier hilfst.«

Shiya starrte Mei Ling an. Zweifel und Furcht standen ihr ins Gesicht geschrieben. Dann nickte sie. Kai Li winkte, wie man es im Westen zum Abschied tat, und ging. Bo nahm Shiya bei der Hand und führte sie in dem letzten Raum.

»Tada!«, rief er, während er mit großer Geste die Tür öffnete. Mei Ling lachte. Sie wusste nicht, wo er diesen Ausdruck herhatte – vielleicht von Junes Kindern. Shiya schnappte nach Luft, als sie die Toilette und die Badewanne sah. Verwirrt blickte sie sich um.

»Wonach suchst du?«, fragte Mei Ling.

»Nach der anderen Familie«, erwiderte Shiya.

»Welche andere Familie?«

»Die in dem anderen Schlafzimmer, die dieses Badezimmer benutzt.«

Mei Ling lächelte. »Ich war auch erstaunt, als ich begriffen habe, dass es unser eigenes Badezimmer ist – nur für uns fünf.«

»Wow«, sagte Shiya. »Ihr seid reich.«

Mei Ling lächelte. Sie hätte sich keine Sorgen machen müssen, dass Shiya bei ihnen irgendetwas vermissen würde.

»Ja, das sind wir«, antwortete sie, und sie spürte, wie der Geist ihr zustimmte.

* * *

Später am Tag holte Mei Ling das fast fertige leuchtend rote Kleid hervor. Nach vielen Wochen Arbeit fehlte nur noch der Saum. Pure Ehrfurcht im Gesicht trat Shiya näher.

»Das ist soooo schön.«

»Danke. Es ist für die Braut einer wohlhabenden Familie aus San Francisco. Sie wird während des Mondfestes im Herbst heiraten. Nächste Woche bringen wir es ihr.«

Shiya war anzumerken, dass sie sich zusammenreißen musste, um das Kleid nicht anzufassen.

»Wenn du dir die Hände wäscht, darfst du es vorsichtig berühren.«

Mei Ling breitete das Kleid in seiner vollen Größe über die Couch aus. Das Mädchen fuhr mit seinen sauberen Fingern über die leuchtenden Farben. Sie strich entlang der prächtigen Pfauenfedern und über den Hals der Pfauenhenne auf der Rückseite. Sie betrachtete die pinkfarbenen Lotusblumen, die den unteren Teil des Kleids schmückten, und die komplizierten grünen Ranken, die das gesamte Kleid einfassten.

»Bringst du mir das bei?«, wollte Shiya wissen.

»Ja«, stimmte Mei Ling zu. »Aber nicht heute. Beschäftige Bo und Joy ein wenig, während ich arbeite. Wenn ich weit genug komme, können wir noch in den Park gehen. Vielleicht sind auch Tante June, Dorothy und Tim dort.«

Da Shiya sich mit den Kindern beschäftigte, schaffte Mei Ling viel mehr als gewöhnlich an einem Morgen. Immer wieder hörte sie Gelächter aus dem Schlafzimmer und hin und wieder ein fröhliches Quietschen von Joy. Abgesehen davon konnte sie in Ruhe nähen und nachdenken. Zufriedenheit breitete sich in ihrem Herz aus. Nach all den Monaten der Qual hatte ihre Seele nun Frieden gefunden.

* * *

Auf dem Weg in den Park ging Mei Ling noch an ihrem Lieblingsgeschäft vorbei, um Shiya mit der Besitzerin Mrs Wan bekannt zu machen. Außerdem durften sich die Kinder eine Süßigkeit aussuchen. Jedem von ihnen drückte sie eine Münze in die kleine Hand. Bo hüpfte zu den Bonbons und zog Shiya mit.

»Was möchtest du?«, fragte er seine neue Schwester. »Ich mag am liebsten Pfefferminz.«

Das Mädchen starrte die verschiedenen Gläser an und ließ ihren Blick darübergleiten. Sie zuckte die Achseln. Dann sah sie auf die Münze in ihrer Hand.

»Du kannst dir eine lange Stange aussuchen, oder vier kleine«, erklärte Mei Ling.

»Nein, vielen Dank«, erwiderte Shiya. »Du kannst meine haben.« Sie gab Mei Ling die Münze zurück.

Verwirrt fragte Mei Ling. »Magst du keine Süßigkeiten?«

Shiya zuckte die Achseln.

Und plötzlich verstand Mei Ling. »Du hast noch nie welche bekommen?«

Shiya schüttelte fast unmerklich den Kopf.

»Dann werden Bo und ich etwas für dich aussuchen«, sagte Mei Ling. »Gibt es irgendeine Frucht, die du besonders magst?«

Wieder zuckte Shiya die Achseln und wirkte, als würde sie jeden Moment anfangen zu weinen.

Ohne darauf einzugehen, nannte Mei Ling einfach ein paar. »Orange, Apfel, Banane, Weintraube …«

Shiya schien unsicher. »Ananas?«

»Sehr lecker«, erwiderte Mei Ling. »Ich mag Ananas auch sehr gern. Auf dem Schiff waren sie immer das Beste, oder?«

Shiya nickte lächelnd.

Mei Ling bat Mrs Wan um eine Mischung verschiedener Süßigkeiten, natürlich auch mit Ananas. Mrs Wan fügte noch Passionsfrucht und Lychee hinzu, als Glücksbringer für das neueste Mitglied ihrer Familie.

»Wollt ihr noch ein wenig Höllengeld?«, fragte die Ladenbesitzerin. »Für das Fest der Hungrigen Geister?«

»Ja, bitte«, stimmte Mei Ling zu. »Zwei Packungen.« Sie würden diese falschen Banknoten mit völlig überhöhten Werten verbrennen, wie es Tradition war, und ihren Ahnen Früchte als Opfergaben darbringen, einschließlich Bos und Shiyas leiblichen Müttern.

Als sie sich wieder dem Ausgang zuwandten, sagte Mrs Wan: »Wenn du jemals irgendetwas brauchen solltest, Shiya, kommst du einfach her. Ich werde dir immer helfen.«

Shiya nickte und verneigte sich kurz. Sie hatte noch nicht alle chinesischen Verhaltensweisen abgelegt.

Als sie den Laden verließen, flüsterte das Mädchen Bo zu: »Sie ist sehr nett.«

Er nickte, während er an seiner Pfefferminzstange lutschte.

* * *

»Wir müssen auch Shiya anmelden«, erklärte June. »Ich bringe euch heute zur Lincoln-Schule, damit sie dort eingetragen wird. Vielleicht kommt sie in Miss Shus Klasse. Sie ist die chinesische Lehrerin, die aufs Mills College gegangen ist, deswegen glauben alle kleinen Mädchen, dass sie auch dorthin kommen.«

College. Ein Schauder lief Mei Ling über den Rücken. Und plötzlich war der Geist wieder da. Offensichtlich hatte er sich nicht weit entfernt. *Meine Tochter wird aufs College gehen*, verlangte er.

Mei Ling beobachtete die Kinder, die in einiger Entfernung spielten. College? Mei Ling hatte noch niemals eine Frau kennengelernt, die auf einem College gewesen war. Konnten sie für diese Kinder wirklich davon träumen? Der Gedanke kam ihr so völlig unerreichbar vor. Doch Shiya zu finden, hatte sie vor gar nicht so langer Zeit auch für unmöglich gehalten, und nun lebte sie bei ihnen und jagte nur ein paar Meter entfernt hinter Bo her. Warum sollten sie es also nicht anstreben, dass ihre Kinder aufs College gingen? Alle drei.

Also machte sie mit dem Geist einen Handel aus. *Ja, wir werden für Shiya davon träumen – aber auch für Bo und Joy.*

* * *

Vorsichtig trug Mei Ling den Topf mit dampfendem Wasser vor sich her. Sie stellte ihn unter das Kleid, das im Türrahmen hing. Es war Zeit, es genau zu inspizieren, lose Fäden abzutrennen und die letzten Falten mit Dampf zu glätten. Shiya war mit Bo in den Park gegangen. Joy hatte sich Mei Ling auf den Rücken gebunden, wo sie nicht Gefahr lief, verbrannt zu werden oder die rote Seide zerdrücken konnte. Das kleine Mädchen spähte um ihre Schulter herum, weil es sehen wollte, was Mei Ling tat.

»Das ist eine pinkfarbene Pfingstrose«, erklärte Mei Ling ihrer Tochter. »Das da ist ein violetter Schmetterling … und noch ein gelber.«

Während sie sprach, schnitt Mei Ling die letzten losen Fäden ab. Als sie fertig war, legte sie das Kleid zusammen, wickelte es in Papier und legte es in eine Schachtel. Noch heute wollte sie es an den Ladenbesitzer Mr Young ausliefern.

Das letzte Mal, als sie bei ihm gewesen war, um ihm Mützen und Tischläufer zu bringen, hatte er gesagt, dass ihre Arbeiten sich nicht mehr so schnell verkauften wie in der Vergangenheit. Ihre Stickereien verloren offenbar ihren Reiz. Ein wenig fürchtete sie, dass er das Kleid nicht mehr haben wollte – oder in Zukunft überhaupt irgendwelche Arbeiten.

Als Mei Ling Bo und Shiya für die Fahrt nach San Francisco abholte, war June im Park und schwatzte mit den anderen Einwanderinnen, die Kantonesisch sprachen.

»Zeig schon«, verlangte June.

Mei Ling blickte in die Runde der Frauen, die ihre Freundinnen geworden waren. Was war, wenn June oder eine von ihnen das Kleid ruinierte? Sie zögerte, es aus seiner schützenden Verpackung zu nehmen.

»Es ist nichts Besonderes, nicht wert, es extra anzusehen«, meinte Mei Ling.

»Das stimmt überhaupt nicht!«, erklärte June. Sie zog Mei Ling die Schachtel aus den Händen.

Doch Mei Ling nahm sie sofort wieder an sich. Sie würde es nicht riskieren, dass vier Monate Arbeit durch eine Unvorsichtigkeit verdorben wurden.

»Ich zeige es euch, aber ihr dürft es nicht berühren«, blieb sie unerbittlich.

June nickte und sagte zu den anderen, als sei es ihre eigene Idee: »Wir sehen es uns nur an. Aber nicht berühren.«

Mei Ling legte die Schachtel auf Junes Schoß. Aufgeregt und nervös nahm sie vorsichtig den Deckel ab und zog das Kleid behutsam bei den Schultern heraus. Dann hielt sie es hoch über den Boden. Es war ein modern geschnittenes Kleid, aber traditionell aus roter Seite mit chinesischen Stickereien.

Mei Ling betrachtete die Gesichter der Frauen auf der Suche nach Bestätigung, dass es ihr gelungen sei, den amerikanischen mit dem chinesischen Stil zu verschmelzen. Mei Ling hörte, wie jemand nach Luft schnappte. Sie musste lächeln.

»Oh, wie wunderschön«, rief Fen Wai. »Mei Ling, es ist umwerfend!« Geradezu atemlos presste sie eine Hand auf die Brust.

Mei Lings Herz fühlte sich auf einmal wieder ganz leicht an. Sie lächelte und verneigte sich vor ihren Freundinnen. Wenn diese Frauen sich nicht vollkommen irrten, würde Mr Youngs Tochter zufrieden sein, wenn auch die Frauen in San Francisco sehr anspruchsvoll waren, wenn es um Mode ging. Und die Bestätigung durch diese chinesischen Immigrantinnen garantierte nicht, dass eine in Amerika geborene Braut ihre Arbeit gutheißen würde.

»Wie ich schon sagte, es ist nichts Besonderes«, sagte Mei Ling.

»Mei Ling«, sagte June entschieden. »Du musst dieses Kleid Mrs Tsou zeigen. Sie wird genauso eins für ihre Tochter haben wollen. Komm mit. Bevor du nach San Francisco fährst, gehen wir in ihren Laden.«

»Genau«, stimmte Fen Wai zu.

June führte Mei Ling und die Kinder hinüber zu dem Geschäft. Und sie hatte recht. Mrs Tsou bestellte ebenfalls sofort ein solches Kleid. »Genau wie dieses, nur etwas weniger Violett und mehr Gelb.« Sie brauchte es zum Neujahr im Februar.

»Ich werde jede Menge Kunden für dich in Oakland finden. Jemand, der so begabt ist wie du, muss nicht den ganzen Weg nach San Francisco fahren«, erklärte June. »Überlass alles June. Ich organisiere das für dich.«

Dankbar für die Ermutigung und Unterstützung lächelte Mei Ling ihre Freundin an. Kunden in Chinatown von Oakland zu haben, wäre wunderbar, und June war genau die Richtige, um welche für sie zu finden.

Kapitel 22

San Francisco und Oakland – August 1924

»Bleibt dicht bei mir«, mahnte Mei Ling Bo und Shiya, als sie auf die Fähre sprangen. Sie freuten sich auf dieses Abenteuer, aber Mei Lings Nerven waren angespannt. Trotz des begeisterten Zuspruchs der anderen Frauen fürchtete sie, Mr Young könnte ihre Arbeit nicht gefallen.

Sie standen an der Reling und sahen zu, wie sie sich immer weiter vom Ufer entfernten.

»Da ist der Turm!«, rief Shiya und deutete in die Ferne.

Mei Ling ließ ihren Blick schweifen, bis sie ihn ebenfalls entdeckte: den Sather Tower der Universität von Kalifornien in Berkeley.

»Du erinnerst dich an ihn?«, fragte Mei Ling.

Shiya nickte. »Und als du fort warst, habe ich immer nach ihm Ausschau gehalten, wenn sie mich auf einen Spaziergang mitgenommen haben, weil du gesagt hast, dass du dort in der Nähe sein wirst.«

Mei Lings Herz lief über vor Rührung. »Es tut mir leid, dass wir dich haben zurücklassen müssen«, sagte sie zu Shiya.

Shiya blickte Mei Ling nicht an, als sie sagte: »Es war schon okay.«

Das Mädchen musste ein Jahr getrauert und sich gefürchtet haben … mehr als ein Jahr. Mei Ling hatte sich eingeredet, Shiya sei zu jung gewesen, um all das überhaupt mitzubekommen, doch sie erinnerte sich an den Turm, sie erinnerte sich an alles.

»Jetzt liegt es hinter dir«, sagte Mei Ling schnell. »Du gehörst jetzt zu unserer Familie. Für immer. Hast du das verstanden?«

Shiya nickte, aber das knappe, bittersüße Lächeln auf ihrem Gesicht sagte Mei Ling, dass sie ihr nicht glaubte. Nur zu gern hätte Mei Ling das kleine Mädchen beruhigt, aber sie hegte selbst ihre Zweifel, genau wie der Geist.

»Bei der Kirche in der Nähe der Villa der Pardees gibt es auch einen hohen Turm«, sagte Shiya. »Ich habe mir immer vorgestellt, ich würde hinaufklettern und könnte dich dann sehen. Dann hätte ich gewusst, wo ich dich finde.«

Eine Mischung der unterschiedlichsten Gefühle durchlief Mei Ling: Schuld, Wut, Zuneigung. Es war ein einziges Durcheinander.

Mei Ling sagte zu Shiya: »Ich habe auch davon geträumt, dich zu finden, fast jede Nacht im Schlaf.« Sie lächelte, behielt aber für sich, dass sie Shiya immer in ihren Albträumen gesehen hatte.

Sie holte einmal tief Luft, um sich zu beruhigen. Es war vorbei. Sie waren zusammen. Doch keiner von ihnen hatte wirkliches Vertrauen in die Situation.

»Hast du Guan Yin um Hilfe gebeten?«, fragte Mei Ling.

»Jeden Abend, wie du es mir gesagt hast«, erwiderte Shiya.

»Sie hat uns wieder zusammengeführt«, erklärte Mei Ling. »Hast du hart gearbeitet, warst du freundlich und bescheiden?«

Shiya nickte.

»Und nun bist du dafür belohnt worden.« Mei Ling lächelte.

Shiya erwiderte das Lächeln und nickte.

Mei Ling wünschte sich, Erfolg wäre so einfach zu erreichen, wie ihre Mutter es ihr erklärt hatte. Sie wollte, dass Shiya die großen Herausforderungen ihres Lebens nunmehr hinter sich hatte, aber sie zweifelte daran, dass der Weg des Mädchens – oder auch ihr eigener – so ein leichter sein würde.

Sie blickte hinaus aufs Wasser. Vor ihrem geistigen Auge sah sie Yui Lans Gesicht in den Wellen tanzen. *Nein.* Mei Ling verdrängte diesen Gedanken.

»Wie lange ist es her, dass du in San Francisco gewesen bist?«, erkundigte sich Mei Ling bei Shiya.

Das Mädchen zuckte die Achseln.

»Du erinnerst dich nicht, wann du nach Oakland gezogen bist?«

Shiya antwortete nie, wenn Mei Ling sie etwas über die Zeit zwischen Angel Island und der Rückkehr zu ihr fragte. Völlig egal, wie Mei Ling ihre Frage formulierte, das kleine Mädchen zuckte immer nur die Achseln, doch Mei Ling wurde das Gefühl nicht los, dass Shiya ein schreckliches Geheimnis mit sich herumtrug.

Mei Ling bewunderte den Uhrenturm, während die Fähre anlegte. Dann gingen sie die Jackson Street entlang und den steilen Hügel hinauf zu dem Geschäft von Mr Young. Dabei kamen sie an Querstraßen und Gassen vorbei, die vollgestopft waren mit Menschen und Waren. Es war alles noch viel enger als in Chinatown in Oakland. Die meisten Leute dort waren Männer, die gerade in den Vereinigten Staaten angekommen waren.

Kurz bevor sie die Grant erreichten, wurden sie aufgehalten. Ein Karren blockierte Straße und Bürgersteig. Mei Ling warf einen Blick in die Bartlett Alley und sah dort die Frauen. Sie wollte die Aufmerksamkeit des Kindes nicht auf die Prostituierten in ihren Käfigen lenken und deutete zur Spitze des Gebäudes vor ihnen. Bo ließ sich leicht ablenken, doch als sie Shiya einen Blick zuwarf, klebten ihre Augen geradezu an der Szene in der Nebenstraße. Das Mädchen ging in die enge Gasse.

»Bist du das, Shiya?«, rief eine Frau. »Wir sehen uns bald!«

Mei Ling sog scharf die Luft ein, als habe sie jemand in den Magen geboxt. Sie eilte Shiya nach, ergriff ihre Hand und zog sie zurück auf die Straße, fort von der Stimme. Dann ging sie mit schnellen Schritten den Hügel hinunter, weg von den Käfigen. Sie drückte Shiya gegen eine Mauer und hockte sich vor sie hin.

»Woher kennst du diese Frau?«, fragte Mei Ling eindringlich. »Woher kennt sie deinen Namen?«

Shiyas Augen waren voller Tränen. Sie zuckte die Achseln.

»Sie ist eine schlechte Frau. Halt dich von ihr fern und auch von allen anderen ihresgleichen. Hast du verstanden?«, schrie Mei Ling Shiya an, während ihr das Herz im Hals schlug. »Das ist nicht deine Zukunft!«

Mei Ling rieb sich fest über die Augen, weil sie vor den Kindern nicht weinen wollte, und starrte Shiya an, bis das Mädchen schließlich nickte.

»Du bist nicht wie sie!«, verkündete Mei Ling. Dann erhob sie sich und ging in Richtung des Ladens. Die Kinder mussten laufen, um mit ihr Schritt zu halten. Es war ihr egal, ob sie ihnen Angst eingejagt hatte. Sie war so aufgeregt, dass sie am liebsten geschrien hätte.

Mei Ling hatte also recht gehabt. Die Tatsache, dass diese Frau Shiya kannte, bestätigte, zu welchem Zweck Suk Suk sie nach San Francisco gebracht hatte.

Mei Ling ging so schnell, dass sie selbst ganz außer Atem war, als sie das Geschäft erreichte. Vor der Tür blieb sie einen Augenblick stehen, um sich zu beruhigen. Dabei fiel ihr auf, dass die Tischläufer, die sie angefertigt hatte, nicht mehr im Schaufenster lagen und auch nicht in der Nähe des

Ladeneingangs. Mr Young hatte die Wahrheit gesprochen. Ihre Arbeit war für ihn nicht mehr von Wert.

Gemeinsam gingen sie zur Kasse. »Ich möchte gerne mit Mr Young sprechen. Bitte sagen Sie ihm, dass Mrs Chinn mit dem Kleid hier ist«, sagte sie zu dem ihr unbekannten Kassierer. Der Mann schien verärgert und musterte sie von Kopf bis Fuß, dass ihr ganz unbehaglich wurde. Sie wich seinem Blick aus und lächelte Bo zu, der ihre Hand hielt. Dann verschwand der Mann.

Mit klopfendem Herzen legte sie die Schachtel auf den Tresen. Bisher war noch kein Preis auch nur erwähnt worden. Mei Ling hatte gefürchtet, gierig oder undankbar zu erscheinen, doch sie hatte viele Wochen Arbeit in dieses Kleid gesteckt. Sie hoffte, mindestens fünfundsiebzig Dollar für all die harte Arbeit zu bekommen. Die Seide allein hatte fünfzehn Dollar gekostet. Sie mussten einfach noch so vieles einkaufen, um durch den Winter zu kommen, einschließlich wärmerer Kleidung und Öl für die Heizung.

»Bleibt dicht bei mir«, befahl sie den Kindern. Überall in den Gängen standen fragile Dinge. Sie wollte nicht für irgendwelchen Firlefanz aufkommen müssen, den Bo und Shiya zerbrochen hatten.

Der Mann kehrte zurück, aber er sagte nichts. Sie wartete und fühlte sich ausgesprochen unbehaglich.

Schließlich erschien auch Mr Young.

»Hallo Mrs Chinn«, begrüßte er sie warm. Dann streckte er beide Hände aus, die er zu Fäusten geballt hatte. Er öffnete sie langsam. In jeder Handfläche erschien ein kleines geschnitztes Tier, ein Affe und ein Tiger. »Die sind für euch«, sagte er zu den Kindern.

Die beiden blickten zu Mei Ling auf, und sie nickte zustimmend. Bo und Shiya verneigten sich mit einem Lächeln und nahmen ihre Geschenke entgegen. Shiya begann sofort mit ihrem Tier eine kleine Szene zu spielen, und Bo machte mit.

»Dann wollen wir mal sehen, was Sie für mich haben.« Der Mann lächelte Shiya zu.

Behutsam öffnete Mei Ling die Schachtel und zog das Kleid bei den Schultern heraus, wobei sie darauf achtete, dass der Saum nicht den Boden berührte. Sie ließ das Gesicht des Mannes nicht aus den Augen. Er nickte leicht, wobei seine Miene durchaus Zufriedenheit ausdrückte.

»Das wird reichen«, sagte er, und er seufzte.

Mei Ling ließ sich ihre Enttäuschung nicht anmerken, während sie das Kleid wieder einpackte.

Mit einem Nicken nahm Mr Young die Schachtel an sich und sagte: »Meine Tochter wird sich über dieses Geschenk von Ihnen zu ihrem besonderen Tag freuen.«

Geschenk? Es steckten endlose Arbeitsstunden darin und eine von Ahmas kostbaren Goldmünzen. Völlig verblüfft stand sie da, während er sich mit der Schachtel unter dem Arm abwandte. Sie wollte protestieren, aber sie fürchtete, ihre einzige Einkommensquelle damit vollends zum Versiegen zu bringen. Wenn sie etwas einwandte, würde er vielleicht gar keine Arbeiten mehr von ihr ankaufen.

Sie blickte nach unten und sah, wie Shiya zu ihr aufblickte. Das Mädchen beobachtete sie, weil es wissen wollte, wie sie reagieren würde.

Da erwachte Mei Lings Drache zum Leben. Sie erinnerte sich daran, dass June ihr versichert hatte, in Chinatown in Oakland Kunden für sie zu finden. Auch wenn sie sich nicht völlig darauf verlassen konnte, weigerte sie sich einfach, sich von diesem Mann vor Shiya derart ausnutzen zu lassen.

»Ich bitte sehr um Verzeihung«, sagte Mei Ling. »Offenbar habe ich mich nicht deutlich genug ausgedrückt. So gern ich dieses Kleid auch als Geschenk überreichen würde, muss ich doch um eine Bezahlung für meine Arbeit bitten. Um meine Kinder zu ernähren. Ich bin sicher, das verstehen Sie.«

Er blieb stehen und drehte sich langsam um. Seine Miene war hart.

»Sind Sie sich da ganz sicher?«, fragte er, und in seiner Stimme schwang eine unterschwellige Drohung mit.

Ihr Herz hämmerte, und sie schmeckte Metall im Mund. Der sonst so herzliche Mann war verärgert.

Trotz ihres Unbehagens, ihn direkt herauszufordern, nickte sie und schluckte hart.

»Ich glaube nicht, dass dies eine Bezahlung wert ist«, erklärte er.

In ihrem Kopf drehte sich alles, doch sie antwortete: »Dann hat es auch für Ihre Tochter an ihrem besonderen Tag keinen Wert.« Sie spürte, wie Shiya eine Hand in ihre schob. Das gab ihr Kraft. Und dass June von ihrem Können so überzeugt gewesen war, ermutigte sie ebenfalls. Sie streckte ihre freie Hand aus und hob eine Augenbraue. Der Mann starrte sie an. Sie starrte zurück und blickte ihm direkt in die Augen, während sie darauf wartete, dass er ihr die Schachtel zurückgab.

»Also gut«, sagte er. Er zog etwas Geld aus der Tasche und legte es auf den Tresen.

Sie blickte auf die vier Fünfdollarnoten, eine beleidigende Summe für vier Monate Arbeit, die ihren Drachen in keiner Weise besänftigen konnte. Sie ging um den Tresen herum und zog ihm die Schachtel aus den Händen.

»Wir gehen«, sagte Mei Ling zu den Kindern. Ihr Herz hämmerte heftig, während sie durch den Laden stürmte. »Seid vorsichtig«, zischte sie Bo und Shiya zu. Scham und Wut brannten in ihr. Es war töricht von ihr gewesen, so viel Zeit und Geld in dieses eine Projekt zu stecken, in der puren Hoffnung auf eine faire Bezahlung. Sie würde einen Käufer finden müssen.

Vielleicht passte es ja Mrs Tsous Tochter, auch wenn es die falschen Farben waren.

»Bitte warten Sie.« Die Stimme einer Frau riss sie aus ihren Gedanken.

Mei Ling blieb stehen. Sie holte einmal tief Luft, bevor sie sich umdrehte.

»Lassen Sie es mich sehen.« Eine Frau Ende dreißig, das Haar zu einem Knoten aufgesteckt, kam aus dem hinteren Teil des Ladens auf sie zu.

Die elegante Frau nahm die Schachtel an sich und zog das Kleid vorsichtig heraus.

»Bemerkenswert!«, rief die Frau. »Es ist umwerfend, und ganz bestimmt unserer ältesten Tochter wert. Sie wird mit Ihrer Arbeit sehr zufrieden sein, so wie ich es bin.«

Sie lächelte. Das Wort *umwerfend* durchfuhr Mei Ling wie ein süßer Pfeil.

Die Frau fuhr fort. »Mein Mann begreift nicht, wie wichtig das ist, aber ich schon.«

Mrs Young ging mit der Schachtel davon. Mei Ling unterdrückte einen Einwand, während sie sah, wie die Frau zu ihrem Mann trat. Dann sagte sie so leise etwas zu ihm, dass Mei Ling es nicht verstehen konnte, doch sie hörte, dass die Frau etwas zischte. Daraufhin griff er in seine Tasche. Mrs Young nahm das ganze Geld und zog einzelne Scheine heraus. Mei Ling zählte jeden einzelnen mit. Als es zehn waren, lief ein Schauder über ihren Rücken. Bei fünfzehn glaubte sie, ihr Herz müsse platzen. Die Frau hörte erst auf zu zählen, als es zwanzig waren. Das Gesicht von Mr Young war ausgesprochen blass.

Die Mutter der Braut kehrte zu Mei Ling zurück.

»Zweihundert Dollar. Unter einer Bedingung …« Sie machte eine Pause, damit die Höhe der Summe nicht unterging. »Sie werden ein Jahr lang kein anderes Kleid für irgendeine Braut in San Francisco nähen.« Sie hob die Augenbrauen und senkte fragend das Kinn. Das Geld hielt sie dicht an ihrem Herzen und wartete auf Mei Lings Antwort.

Zweihundert Dollar! Mei Lings Kopf explodierte fast bei dem Gedanken an so viel Geld. Mit einem entschiedenen Nicken gab sie ihr Einverständnis. Die Frau streckte ihr die Scheine entgegen. Mei Ling nahm ihr das Geld aus der Hand.

»Sie sind sehr begabt. Ich wünsche Ihnen alles Gute«, sagte Mrs Young mit einer respektvollen Verneigung. Mei Ling sah ihr nach, wie sie an ihrem Mann vorbei wieder hinten im Laden verschwand.

Mr Young zuckte die Schultern, als wolle er sagen, er habe es eben versucht, aber das sei ihm ja kaum übel zu nehmen. Mei Ling hätte ihn am liebsten angebrüllt, doch äußerlich bewahrte sie ihren scheinbaren Gleichmut. Sie schob das Geld in ihr Mieder, drehte sich um und verließ das Geschäft.

Der Mann hatte versucht, sie hereinzulegen, sie glauben zu lassen, dass ihre Arbeit keinen Wert für ihn besäße. Beinah hätte sie seine Lügen geglaubt, doch sie hatte ihn besiegt und stand nun am Ende besser da als erwartet. *Bescheiden.* Die Worte ihrer Mutter hallten in ihren Gedanken wider. In dieser Situation hätte Bescheidenheit ihren Kindern weder etwas zu essen noch zum Anziehen gebracht. Stolz auf ihr eigenes Schaffen und der Glaube ihrer Freundin an sie hatten Mei Ling die notwendige Kraft gegeben, um für ihre Familie zu kämpfen.

Sie blickte hinunter auf Shiya und lächelte. Bescheidenheit hätte auch Shiya nicht gerettet. Dass sie auf den Geist gehört hatte und hartnäckig geblieben war, hatte es ihr ermöglicht, dieses wundervolle Mädchen vor einem elenden Leben zu bewahren. Und dass sie ihrem Mann gegenüber ehrlich gewesen war. Arbeite hart – ja. Sei freundlich – ja. Aber Mei Ling war sich nicht mehr so sicher, dass Bescheidenheit immer zu einem harmonischen Leben führen würde. Wie das Kleid, das sie gerade genäht hatte, musste sie vielleicht einfach beides sein: Chinesisch und amerikanisch.

Ihr ganzer Körper bebte vor Aufregung, als sie den Hügel hinunter zum Anleger der Fähre gingen. Bo und Shiya hüpften neben ihr her, weil sie spürten, welch guter Stimmung sie war.

Mei Ling konnte gar nicht wieder aufhören zu lächeln, als sie sich den Ausdruck von Überraschung und Freude auf Kai Lis Gesicht vorstellte, sobald sie ihm das Geld zeigen würde. Nichts davon würde sie beiseitelegen, sondern ihn mit der gesamten Summe beeindrucken.

Kapitel 23

Oakland – September 1924

Laute Schreie rissen Mei Ling aus dem Schlaf. Sie seufzte und ging in dieser Nacht bereits das fünfte Mal zu Shiya. Die Kleine lag schlafend im Bett. Bo hatte sich an sie geschmiegt.

Shiya schrie einen unsichtbaren Dämon an: »Nein, nein, nein. Geh weg. Lass mich in Ruhe.«

»Du träumst«, versuchte Mei Ling sie zu beruhigen. Aber das Mädchen warf weiter den Kopf hin und her und schrie immer lauter.

Mei Ling strich über Shiyas verschwitzte Stirn, aber das Mädchen schlug ihre Hand weg und schrie: »Nein!«

Dann schoss Shiya in die Höhe und setzte sich aufrecht hin. Keuchend blickte sie sich um, während ihr die Tränen über die Wangen rannen.

Seit Shiya bei ihnen lebte, hatten sie diese Tortur fast jede Nacht ein- oder zweimal hinter sich bringen müssen. Im Schlaf konnte das Mädchen die starken Gefühle, die bewiesen, dass man ihr im vergangenen Jahr Leid angetan hatte, nicht verbergen. Mei Ling hatte Shiya ausgefragt, in der Hoffnung, sie würde im Halbschlaf vielleicht mehr preisgeben als zu den Zeiten, wenn sie wach war. Doch die Kleine hatte auf Mei

Lings Fragen nach Suk Suk, der Bartlett Alley oder wo sie gewohnt hatte, nur mit einem Kopfschütteln geantwortet. Die Antworten auf Mei Lings brennendsten Fragen waren nicht aus ihr herauszubekommen.

Mei Ling hatte in der Zwischenzeit gelernt, wie sie das aufgewühlte Mädchen beruhigen konnte. »Es war ein Traum. Du bist jetzt in Sicherheit.«

Shiya blinzelte, blickte Mei Ling an, nickte und legte sich wieder hin. Sanft strich Mei Ling der Kleinen übers Haar und flüsterte ihr die Geschichte vom Mondhasen ins Ohr, bis es wieder eingeschlafen war und gleichmäßig atmete.

Da morgen der erste Schultag auf sie wartete, war Shiya aufgeregter als gewöhnlich, obwohl sie tagsüber nichts davon gesagt hatte. Mei Ling hatte viel Mitgefühl mit dem Mädchen – und sie war erschöpft. Deswegen legte sie sich neben die Siebenjährige und hoffte, ihre Anwesenheit wäre beruhigend genug, dass alle fünf Mitglieder ihrer Familie die Nacht durchschlafen würden.

Doch der Morgen kam viel zu früh. Trotz der halb durchwachten Nacht stand Mei Ling auf, um Tee und Reisbrei für Kai Li herzurichten, bevor er zur Arbeit ging. Dann weckte sie die Kinder, um Shiya an ihrem ersten Tag rechtzeitig in die Schule zu bringen. Sie konnten nun nicht mehr so lange schlafen, wie sie wollten. Die Schulstunden würden ihr Leben bestimmen.

Shiya sprang aus dem Bett, wusch sich, zog sich an und war im Handumdrehen fertig. Mei Ling bestand darauf, dass sie etwas zum Frühstück aß, doch das Mädchen bekam kaum einen Bissen herunter. June hatte Mei Ling gesagt, sie solle ihr etwas zum Mittagessen mitgeben, denn Shiya würde über Mittag fort sein, ganz anders als zu der Zeit, als Mei Ling in die Schule gegangen war. Mei Ling füllte eine Metalldose mit Reis, Tofu und Paksoi. Außerdem legte sie eine Birne hinein.

In der Erinnerung, wie gut der Schulunterricht sie auf ihr Leben vorbereitet hatte, machte Mei Ling sich mit den Kindern auf den Weg, aufgeregt und voller Hoffnung, dass Shiya diese Zeit in ihrem Leben genauso viel Freude machen würde wie Mei Ling.

Als sie sich dem Schulgebäude näherten, schlossen sie sich einem Strom von Menschen an, die in die gleiche Richtung liefen. Die Kinder trugen westliche Kleidung, obwohl die meisten von ihnen Chinesen waren. Die Jungen trugen dunkle Hosen und die Mädchen farbenfrohe Kleider. Mei Ling war froh, dass sie Shiyas mittlerweile langes Haar zu einem hübschen Pferdeschwanz gebunden hatte, wie sie ihn auch bei vielen der anderen Mädchen entdeckte. Auch Shiyas Kleidung verglich sie mit den anderen. Die Sachen, die Mei Ling für Shiya genäht hatte, passten gut dazu. Mei Ling selbst hatte sich als junge Schülerin darüber große Sorgen gemacht.

Sie folgten der Menge in den Schulhof, wo alle stehen blieben. Viele der Kinder hatten sich bereits in Reihen aufgestellt, aber Mei Ling wusste nicht, wohin Shiya gehörte. Ihr Selbstvertrauen geriet ins Wanken.

Mei Ling blickte sich nach irgendeinem Hinweis um. Shiya starrte sie an. Zweifel standen ihr ins Gesicht geschrieben.

»Ich werde jemanden finden, den wir um Hilfe bitten können, aber du wirst ihn auf Englisch fragen müssen. Schaffst du das?«, fragte Mei Ling.

Shiya nickte.

Mei Ling sah eine blonde weiße Frau, die ganz vorn stand und mit den Schülern am Anfang der Reihe sprach.

Gemeinsam gingen sie zu ihr. »Entschuldigung«, sagte Mei Ling mit einer Verneigung. Es war eins der wenigen Worte, das sie auf Englisch beherrschte.

Die Frau erwiderte: »Ja, … … ich helfe … … … …?

Mei Ling lächelte und blickte zu Shiya.

Shiya sagte: »Ich … … … … … … … … … … … … … …«

Nun lächelte auch die Frau und streckte die Hand aus. »… … … … … … …«

Shiya verneigte sich, dann ergriff sie die Hand der Frau, wie es im Westen üblich war. »… … …«

Die blonde Frau fragte Shiya: »… … … … … … … … … … … …?«

»… …«, erwiderte Shiya.

»… … … … … … … … … … … … … …«, sagte die Frau. »… … … … … … … … … … … … … … …, ich … … … … ….«

Dann nahm die Frau Shiyas Hand und bedeutete Mei Ling mit einer Kopfbewegung, dass sie ihnen folgen solle. In Mei Ling brannte die Scham, während sie hinter den beiden herging. Sie hatte sich nicht vorstellen können, sich in der Schule derart fremd zu fühlen. Ihre Mutter, die nie zur Schule gegangen war, musste sich ähnlich gefühlt haben – als würde sie dort nicht hingehören. Mei Ling beschloss, in der Kirche häufiger an den Englischstunden teilzunehmen, auch wenn es eine über alle Maßen frustrierende Sprache war und ihr alle Mühen manchmal zwecklos erschienen.

Sie wurden an die Spitze einer anderen Schlange geführt, wo eine weitere weiße Lehrerin stand. Sie trug einen modernen Kurzhaarschnitt. Die beiden Frauen sprachen miteinander, dann sagte die erste Lehrerin etwas zu Shiya. Sie winkte Bo und Mei Ling zum Abschied zu, dann stellte sie sich in die Reihe.

»Hallo, ich bin Mrs Bartley«, sagte die Frau auf Kantonesisch. Erleichterung mischte sich mit Überraschung, als Mei Ling aus dem Mund der Lehrerin ihre eigene Sprache vernahm. »Ich werde in diesem Jahr Shiyas Lehrerin sein. Willkommen in der Lincoln-Schule.«

»Vielen Dank«, erwiderte Mei Ling mit einer Verneigung. Auch die weiße Lehrerin verneigte sich.

»Kommen Sie um halb drei wieder«, erklärte die Frau, dann wandte sie sich von Mei Ling ab.

Damit war sie entlassen. Mei Ling erstarrte. Shiya blickte aus der Reihe zu ihr herüber und schien mit sich und der Welt im Reinen, aber Mei Ling bemerkte die Sorge in ihren Augen. Sie winkte kurz mit den Fingern, und Shiya nickte ihr zu, die Augen glänzend von unvergossenen Tränen.

Bitte pass heute auf sie auf, bat Mei Ling den Geist, und dann ging sie davon und ließ Shiya zurück. Nach zehn Schritten bemerkte sie, dass Bo nicht an ihrer Seite war. Sie wandte sich um und sah, dass er sich an seine Pflegeschwester klammerte. Das Mädchen hockte sich hin, sagte ihm etwas ins Ohr und deutete in Mei Lings Richtung. Bo blickte zu Mei Ling, die mit einer eindeutigen Bewegung auf den Boden vor ihren Füßen zeigte. Es wäre eine weitere Demütigung für sie, sollte sie gezwungen sein, ihn zu holen.

Die Unterlippe schmollend vorgeschoben trottete er langsam zu Mei Ling, wobei er sich immer wieder nach Shiya umblickte. Mei Ling teilte seine Trauer, Shiya hierlassen zu müssen, deswegen nahm sie ihn nur bei der Hand, ohne ihn zu schelten. Auf der Suche nach June glitt ihr Blick über den Spielplatz, doch sie konnte ihre Freundin nirgends entdecken, deswegen gingen sie nach Hause.

Ohne Shiya war die Wohnung viel zu still. In den wenigen Wochen war es zur Normalität geworden, Shiya um sich zu haben, dass ihre Abwesenheit geradezu beunruhigend wirkte. Immer wieder dachte Mei Ling an das Mädchen, und Bo schien mindestens alle zehn Minuten nach ihr zu fragen. Mei Ling versicherte ihm, dass sie Shiya noch vor dem Abend wieder abholen würden.

Ohne Shiya, die sich um die beiden kleinen Kinder kümmerte, war es nicht leicht, ihre Arbeit zu erledigen. Mei Ling hatte die Seide für ein neues Kleid gekauft, nachdem sie sich von Mrs Tsou die Maße hatte geben lassen. Sie musste unbedingt anfangen, denn sie hatte bereits eine weitere Bestellung von Mrs Tsang, einer Bekannten aus der Kirche. June hatte Wort gehalten und ihr Aufträge verschafft, indem sie in Oaklands Chinatown die Nachricht verbreitet hatte, dass Mei Ling einfach die allerbesten Hochzeitskleider schneiderte.

Mei Ling brachte die Kinder ins Schlafzimmer und sagte ihnen, dass sie dort bleiben sollten. Bo blickte zu ihr auf und schien protestieren zu wollen, doch sie wiederholte ihre Anweisung und schloss die Tür hinter sich. Er musste allmählich lernen, mehr Verantwortung zu übernehmen.

Durch die Tür hörte sie Bo wie einen Hund bellen, gefolgt von Joys Kichern. Einen Moment später hörte sie ihren Sohn Krähen wie ein Hahn, und ihre Tochter lachte erneut. Mei Ling lächelte im Stillen. Bo beschäftigte Joy genau so, wie Shiya es mit ihm getan hatte – mit den Lauten der Tiere aus dem Sternkreis.

Sie nahm die Rolle mit Fleischpapier hervor und legte damit den Boden des Wohnzimmers aus. Sie achtete darauf, keine Spalten zu lassen, sodass die Seide nicht mit dem Boden in Berührung kam und schmutzig wurde. Dann breitete sie den leuchtenden Stoff darauf aus und legte ein selbst angefertigtes Schnittmuster aus Papier auf die Seide. Sie beschwerte es mit glatten, sauberen Steinen und schnitt den Stoff sorgfältig entlang des Papiers aus. Noch vor dem Mittagessen war sie fertig. Während die Kinder schliefen, begann sie, die einzelnen Teile zusammenzunähen. Als die beiden aufwachten, war es Zeit, Shiya abzuholen.

* * *

»Das ist meine Freundin Mimi.« Shiya strahlte, als sie Mei Ling ein zierliches Mädchen mit glänzendem schwarzen Haar vorstellte, das zu einem hoch sitzenden Pferdeschwanz zusammengebunden war.

»Freut mich, dich kennenzulernen«, sagte Mei Ling, froh, Shiya nach ihrem ersten Schultag so glücklich zu sehen.

Bo schlang die Arme um seine Schwester und streichelte ihren Rücken.

»Das ist mein Bruder Bo«, erklärte Shiya ihrer Klassenkameradin. »Und das ist Joy!«

Mimi verneigte sich respektvoll.

»Bis bald!«, sagte Shiya und winkte der Lehrerin zu.

»… Wiedersehen, Shiya«, erwiderte die freundliche Frau. »… … du … … … …. … Auf Wiedersehen, Mrs Chinn.«

Mei Ling beobachtete das Gespräch und fühlte sich erneut unsicher. Sie fand es sehr freundlich von der Lehrerin, dass sie sich auf Kantonesisch von ihr verabschiedete.

June schlug Mei Ling vor, dass sie und die Kinder sich nach der Schule im Park treffen könnten. Mei Ling stimmte zu, obwohl zu Hause Arbeit im Garten auf sie wartete. Sie hatte einfach das Gefühl, dazuzugehören, wenn sie mit den anderen Müttern schwatzte, während ihre Kinder spielten. Das nächste Mal würde sie ihre Stickerei mitbringen, sodass sie sich mit ihren Freundinnen treffen und gleichzeitig etwas Sinnvolles tun konnte.

Während sie nach Hause gingen, erzählte Shiya Bo von der Schule. Sie berichtete ihm von dem Teppich im Klassenraum, von der Wandtafel und den Namen der anderen Schüler. Kaum waren sie in der Wohnung, nahm sie die beiden jüngeren Kinder mit ins Schlafzimmer, um mit ihnen zu spielen. Durch die offene Tür hörte Mei Ling ihnen zu. Shiya befahl Bo sich auf den Boden zu setzen, und dann sprach sie Englisch mit ihm, als sei sie die weiße Lehrerin und die beiden neue Schüler. Mei Ling lächelte im Stillen, als sie daran dachte, dass sie und Jah Jeh vor langer Zeit genau das Gleiche gespielt hatten, allerdings nicht auf Englisch. Ihr Herz war zum Platzen erfüllt von all der Liebe für ihre Kinder.

Doch auch Schuld und Sorge machten sich in ihr breit. Es war lange her, dass sie nach Hause geschrieben hatte. Ihr neues Leben in Kalifornien belegte sie derart mit Beschlag, dass ihre Familie in China sie nicht mehr so beschäftigte, wie sie es einst noch getan hatte. Vor nicht allzu langer Zeit hatte sie einen Brief aus der Heimat bekommen, den sie noch beantworten musste. Es war ein bittersüßes Gefühl zu erkennen, dass Oakland jetzt viel mehr ihre Heimat war und diese Menschen ihre Familie, als jene, die sie im Dorf zurückgelassen hatte.

Die Zeilen, die sie letzte Woche erhalten hatte, trugen ein Datum aus dem Mai. Die Nachrichten aus China erreichten sie immer seltener. Sie wusste nicht, ob es daher kam, dass die Post langsamer bearbeitet wurde oder unterwegs verloren ging, das Porto für ihre Familie zu teuer war oder alle zu viel zu tun hatten, um zu schreiben. Den Gedanken, dass sie ihrer leiblichen Familie egal geworden war, weigerte sie sich zuzulassen. Was immer auch der Grund war, sie selbst schrieb ebenfalls nicht mehr jede Woche, obwohl sie ihrer jeden Tag bei ihren Gebeten gedachte.

Sie legte ihre Handarbeit zur Seite und griff nach einem Stift.

2. September 1924

Liebste Familie,

vielen Dank für euren letzten Brief. Ich habe jede Einzelheit aufgesogen.

Bei uns ist auch etwas sehr Aufregendes geschehen. Shiya, das kleine Mädchen, das wir auf dem Schiff kennengelernt haben, lebt nun ständig bei uns. Unsere Tage sind mit drei Kindern sehr ausgelastet und glücklich. Unsere Pflegetochter ist mir bei Joy und Bo eine große Hilfe.

Kai Li arbeitet hart wie immer und hat jetzt zwei Arbeitsstellen. Von morgens bis in den Nachmittag verkauft er Früchte und Gemüse. Dann kocht er für eine angesehene Familie, die Pardees, das Abendessen. Es ist ihm auch erlaubt, uns Essen mitzubringen, daher können wir fast jeden Abend seine Kochkünste und seine Gesellschaft genießen.

Mit allem, was ich von Mah-ma und Ahma über das Sticken gelernt habe, trage ich auch weiterhin zu unserem Familieneinkommen bei. Ich habe direkt hier in Oakland einen Markt für Brautkleider entdeckt, die ich direkt an die Kunden liefere. Zusätzlich verkauft ein Geschäft in der Nähe Tischläufer, die ich anfertige. Mit jedem einzelnen Stich ehre ich euch alle.

Shiya hatte heute ihren ersten Schultag. Ich glaube, sie möchte gerne eine gute Schülerin werden, und ich bin glücklich, dass die Tradition in unserer Familie, auch Mädchen Bildung zukommen zu lassen, in unserer neuen Heimat weitergeführt wird.

Der Traum von einem öffentlich finanzierten Schulsystem ist hier bereits Wirklichkeit. Unsere Freundin June hat uns erklärt, dass unsere Töchter genau die gleiche Ausbildung erhalten werden wie unser Sohn. Sie hat uns letzte Woche zur Universität von Kalifornien gebracht, um unsere Kinder zu ermahnen, in der Schule gut aufzupassen, damit sie für das Studium zugelassen werden und im Leben erfolgreich werden.

Als wir auf den Turm hinaufgefahren sind, der in der Mitte des Campus steht, hat uns der Fahrstuhlführer erzählt, dass Fossilien von Mammuts und Säbelzahntigern in den Stockwerken gelagert werden, an denen wir vorbeigefahren sind. Man hat sie in einer Teergrube in Los Angeles gefunden. Wir konnten sie nicht selbst sehen, aber ich glaube nicht, dass er uns hat necken wollen. June hat den Aufseher gebeten, uns zu bestätigen, dass viele, viele Frauen und auch viele Chinesen auf diese angesehene Universität gehen.

Der Ausblick von der Plattform war atemberaubend. Wir konnten über das glitzernde Wasser bis ganz nach San Francisco sehen. In der Mitte der Bucht lagen die berühmten Inseln: Alcatraz, wo die Gefangenen einsitzen, und Angel Island, wo man uns anfangs festgehalten hat. Mein Herz war voll Mitgefühl für alle, die dort noch ausharren müssen, obwohl ihre Anzahl seit dem Inkrafttreten der neuen Einwanderungsgesetze ungemein geschrumpft ist.

Unser Haus konnten wir zwischen all den anderen allzu ähnlichen Gebäuden nicht ausmachen, aber es war dort, direkt hinter den großen Bauten in der Innenstadt von Oakland.

Endlich werden wir auch einen Tee von den mitgebrachten Chrysanthemen genießen können. Die Triebe haben in unserem kleinen

Garten Wurzeln geschlagen, und wir haben jetzt so viele wunderschöne goldene Blüten. Wir haben sie geerntet, wie ihr es mir gezeigt habt, daher werden wir uns den ganzen Winter an ihnen erfreuen können – und vielleicht das ganze Jahr. Ich habe voller Dankbarkeit an euch gedacht, als wir sie zubereitet haben – so wie ich euch und unsere Ahnen jeden Morgen ehre.

Eure Liebende Mei Ling

Sie überlegte sich, wie viel Geld sie dem Brief beilegen sollte, und entschied sich für zwanzig Dollar anstatt der zehn, die sie die letzten Male geschickt hatte. Sie hoffte, ihre Familie würde es als Zeichen des Respekts und der Fürsorge sehen und nicht von Prahlerei. Mei Ling wurde auf einmal bewusst, dass die Nachrichten aus China nicht annähernd so fröhlich oder interessant waren wie ihre eigenen. Sie hoffte, ihr Brief würde von ihrer Schwester mit Interesse gelesen und nicht mit Verbitterung.

* * *

Das Mondfestival im Herbst fand nur ein paar Wochen nach Beginn des Schuljahres statt. Die Lincoln-Schule hielt eine Versammlung ab, um es zu feiern. Alle Familien waren eingeladen. Am Abend sollte es kleine Darbietungen geben.

Da Shiya zweisprachig war, übernahm sie die Aufgabe des Übersetzers. Sie hatte so viel geübt, dass Mei Ling ihren Text ebenfalls auswendig konnte – sowohl die Zeilen auf Englisch wie auch die auf Kantonesisch. Mei Lings Englisch wurde nicht so schnell besser, wie sie es sich gewünscht hätte, doch sie verstand inzwischen immer mehr.

Es fühlte sich fast an wie ein Urlaub, als die drei sich auf den Weg machten, während der Vollmond im Osten über den Hügeln aufging. Mei Ling blickte hinauf zu der schimmernden Kugel und dachte daran, was sich seit dem letzten Erntemond alles in ihrem Leben getan hatte. Noch vor einem Jahr war sie auf der Suche nach einer Zuflucht gewesen, falls Kai Li sich gegen sie gewandt hätte, weil sie eine Tochter gebären würde. Damals hatte sie so wenig über diesen Mann gewusst, der sie in ihre neue Heimat geholt hatte, und nicht darauf vertraut, dass er an ihrer Seite bleiben würde. Vor einem Jahr noch hatte sie Joy nur in ihrem Körper gespürt, was irgendwie unfassbar war, und ihre Träume waren fast jede Nacht von Shiya heimgesucht worden.

»Kannst du den Hasen im Mond sehen?«, fragte sie Bo und deutete hinauf zu dem leuchtenden Himmelskörper.

Sie blieben stehen, und alle starrten hinauf.

»Ich sehe ihn«, erklärte Shiya.

»Aaahhh ...« Bo blickte auf, dann zog sich ein Grinsen über sein Gesicht. »Ich auch!«

Er holte seinen kleinen hölzernen Hasen aus der Tasche und hielt ihn dem Mond entgegen.

»Genau der gleiche«, meinte Shiya. »Siehst du es, Joy?«

Mei Ling spürte mehr, als dass sie es sah, wie Joy zustimmte.

Bo nickte eifrig und steckte die Holzfigur wieder in die Tasche. Er hatte sie meistens bei sich, denn sie stellte eine Verbindung zu seiner leiblichen Mutter dar, doch inzwischen trug er sie nur noch in der Tasche und hielt sie nicht mehr verzweifelt umklammert.

Mei Ling blickte zu ihrem Mann, ihrem Sohn und ihren Töchtern. Die Harmonie zwischen ihnen war fühlbar. Ihr Herz füllte sich mit Liebe und Dankbarkeit. Sie blickte hinauf zum Mond und sandte Segnungen an ihre Familie in China. Tränen sammelten sich in ihren Augen.

Kai Li bemerkte es und runzelte die Stirn.

»Ich bin glücklich«, versicherte sie ihm. »So glücklich.«

Seine Miene entspannte sich, er nickte und lächelte. »Ich auch, Frau. Ich auch.«

* * *

Nach den Aufführungen aßen sie Mondkekse im Schulhof im Licht des hell leuchtenden Mondes und der farbenfrohen Papierlaternen.

June rief Shiya zu: »Du sprichst so laut und deutlich in beiden Sprachen.«

»Danke, Tante«, erwiderte das Mädchen mit einem Lächeln.

Stolz nickte Mei Ling und tätschelte Shiyas Rücken. Sie hatte sich besonders gut entwickelt. In wirklich kurzer Zeit hatte sie sich vollkommen an ihr neues Leben angepasst.

»Dürfen wir spielen gehen?«, fragte Shiya.

Mei Ling nickte, und Shiya lief mit Bo davon. Alle Familien, die Kantonesisch sprachen, versammelten sich in einem Kreis. Obwohl alle ihre Kinder gemeinsam in die Schule gingen, sonderten sich die Eltern je nach Sprache voneinander ab: die Immigranten, die Kantonesisch sprachen, die in Amerika geborenen Chinesen, die untereinander Englisch redeten, und alle anderen in ihren jeweiligen Sprachen.

Sobald Shiya, Bo und Joy erwachsen waren, würden sie sich den in Amerika geborenen Chinesen anschließen, unabhängig von ihrem Geburtsort. Ihr Englisch würde akzentfrei sein. Egal, wie lange sie hier leben würde oder wie viel sie lernte, Mei Lings Akzent würde sie immer als Ausländerin preisgeben. Ihre Kinder dagegen würden hier zu Hause sein, wie es ihr nicht vergönnt war. Diese Erkenntnis war einerseits beruhigend und gleichzeitig verstörend.

Mei Ling beobachtete Shiya, die mit einer Gruppe von Kindern Fangen spielte. Das Mädchen hielt Bos Hand ganz fest, obwohl es für sie dadurch schwerer wurde wegzulaufen. Ein farbiges und ein weißes Kind und auch eine Japanerin spielten mit – alle waren wegen des Mondfestes hier. Es war ein wunderschöner, wenn auch seltsamer Anblick. Die Kinder lebten in ihrer ganz eigenen Welt, vollkommen getrennt von ihren Eltern.

Mei Ling spürte, dass jemand sie anstarrte. Sie wandte sich um.

Suk Suk funkelte sie an! Dann blickte er in die gleiche Richtung, in die Mei Ling eben noch gesehen hatte. Seine Augen weiteten sich überrascht und wurden dann schmal vor Wut. Er presste die Zähne aufeinander, bis sie an seinem Kiefer seinen Puls erkennen konnte. Er musste Shiya gesehen haben. Langsam wandte er sich wieder Mei Ling zu und starrte sie drohend an. Dann beugte er sich vor, als wolle er sie angreifen.

Panik durchflutete jede Faser ihres Körpers, ihr Mund schmeckte plötzlich nach Metall. Ihre Brust zog sich zusammen, und ihr Drache erwachte. Sie holte einmal tief Luft, um sich zu beruhigen.

Suk Suk stürmte auf sie zu, blieb aber stehen, bevor er Mei Ling erreichte. Anklagend zeigte er auf sie und ballte dann eine Hand zur Faust. Ruckartig wandte er sich ab und ging hinüber zu den spielenden Kindern. Er packte Shiyas Freundin Mimi am Arm. Das Mädchen zuckte zusammen und senkte demütig den Kopf. Suk Suk zerrte sie von ihren Freundinnen fort. Das Mädchen war gezwungen zu laufen, um mit dem großen Mann Schritt zu halten. Er brüllte irgendetwas über den Hof. Eine Frau aus dem Kreis der in Amerika geborenen Chinesinnen unterbrach sofort ihr Gespräch und folgte ihm hinaus auf die Straße.

Mei Ling starrte auf die Stelle, wo sie verschwunden waren. Ihr Herz hämmerte heftig in ihrer Brust. Sie hätte nicht überrascht sein sollen, ihm hier zu begegnen, aber sie war es. *Geh!*, rief der Geist in ihren Gedanken. *Du musst Shiya beschützen.*

Kapitel 24

Oakland – September 1924

Mei Ling wollte noch in derselben Nacht aufbrechen, aber Kai Li bestand darauf, dass dies nicht nötig sei. Sie war bei ihnen zu Hause in Sicherheit, und sie hatten sich keines Vergehens schuldig gemacht, als sie das Mädchen bei sich aufgenommen hatten. Miss Haw besaß das Recht, Kai Li zu gestatten, alle Aufgaben von Shiya zu übernehmen. Die Haushälterin war äußerst zufrieden mit ihrem Übereinkommen und sagte dies Kai Li auch regelmäßig. Er versicherte Mei Ling, dass Männer wie Suk Suk es hassten, überrumpelt zu werden, dass er jedoch keinen Grund habe, Shiya etwas anzutun. Wahrscheinlich hatte er sich nur drohend verhalten, weil ihm die Sache peinlich war.

Mei Ling wollte ihrem Mann gern glauben, aber der Geist verließ sie nicht und flüsterte ihr ununterbrochen ein, Shiya zu beschützen. Am liebsten hätte sie das Mädchen ständig an ihrer Seite gehabt, aber Kai Li wollte es nicht zulassen, dass Suk Suk Shiyas Schulbildung verhinderte. Widerstrebend willigte Mei Ling ein, doch am nächsten Morgen befahl sie Shiya, die Schule ausschließlich in ihrer Begleitung zu verlassen. Nicht einmal mit June oder einem anderen vertrauten Erwachsenen. Nur mit Mei Ling.

Am Nachmittag traf Mei Ling so früh an der Lincoln-Schule ein, dass der Hof noch leer war. Sie starrte mit klopfendem Herzen in die Richtung, aus der Shiya kommen musste, weil sie fürchtete, dass das Mädchen nicht auftauchen würde, weil Suk Suk sie längst entführt hatte. Doch schon bald winkte Shiya ihr zu und hüpfte von ihrem Klassenzimmer auf sie zu. Jack Wong, Suk Suk, war nirgends zu sehen.

Nachdem sie die Bitte der Kinder abgelehnt hatte, noch in den Park zum Spielen zu gehen, brachte Mei Ling sie direkt nach Hause, wo sie sich zumindest ein wenig sicher fühlte, sobald Shiya im Haus und die Tür verschlossen war, obwohl sie immer noch aufgewühlt war.

* * *

Tagsüber, wenn Mei Ling wach war, hatte sie das Gefühl, dass Shiya nichts geschehen konnte, doch ganz anders sah es in ihren Träumen aus. In zu vielen Nächten wachte sie auf und hatte das Bild von Shiyas Gesicht in einem der Käfige vor Augen. Oder sie sah Shiyas Kopf, der in der Bucht ganz in der Nähe des Goldenen Tors in den Wellen hüpfte. Oder Shiya flehte sie an, bei ihnen leben zu dürfen. Es gab viele verschiedene Varianten dieses Traums, aber in allen brauchte Shiya Hilfe, und Mei Ling hatte sie im Stich gelassen.

Voller Panik schrak sie dann mit hämmerndem Herzen aus dem Schlaf. Manchmal waren ihre Wangen nass von Tränen. Nachdem sie sich dann jeweils davon überzeugt hatte, dass Shiya sicher bei ihnen zu Hause war, legte sie sich wieder hin, aber meistens blieb ihr weiterer Schlaf versagt.

Angstvolles Grübeln und Erschöpfung waren Mei Lings ständige Begleiter. Die Tage vergingen mit immer den gleichen Abläufen. Mei Ling erinnerte Shiya stets daran, nur mit ihr nach Hause zu gehen.

Den Kindern sagte sie, dass es daran lag, dass sie arbeiten musste, doch die merkten genau, dass sie übler Stimmung war. Sie zogen sich jeden Nachmittag ins Schlafzimmer zurück und ließen Mei Ling allein, während der Geist aus dem Äther auf sie eindrang.

Als die Tage wegen des Wechsels der Jahreszeit kürzer wurden, nahmen die Träume und die Bilder von Suk Suk, der in ihrem Zuhause auftauchte, ab. Wochen vergingen, ohne dass er ihr einmal erschien. Ihre Sorge um Shiya hatte sich nicht vollkommen aufgelöst, aber vielleicht hatte Kai Li recht und der Mann würde sie nicht weiter behelligen.

Jedes Mal, wenn wieder Furcht in ihr aufstieg, betete Mei Ling zu Guan Yin: *Möge Shiya kein Leid geschehen.* Mei Ling blieb aufmerksam, doch sie war zuversichtlich, dass ihrem Leben, wie es war, keine Gefahr drohte.

* * *

Als gegen ihre Tür gehämmert wurde, schreckte Mei Ling aus tiefem Schlaf. Sie setzte sich auf und Panik explodierte in ihrem Herzen und fuhr ihr bis in die Fingerspitzen. Heftig rüttelte sie Kai Li an der Schulter.

»Da ist jemand!«, sagte sie eindringlich.

Er war sofort hellwach.

»Lasst mich rein!«, rief ein Mann und schlug erneut gegen die Tür.

Kai Li sprang aus dem Bett und lief ins Wohnzimmer. Mei Ling folgte ihm bis zur Schlafzimmertür und spähte durch den Spalt.

»Wer ist da?«, fragte Kai Li. Seine Stimme klang rau.

»Ich«, antwortete eine tiefe Stimme. »Jack Wong.«

Mei Ling hatte sofort einen Knoten im Magen. Sie verließ das Schlafzimmer und zog die Tür fest hinter sich zu. Die

Kinder und ganz besonders Shiya brauchten nicht zu wissen, dass er eine Bedrohung darstellte. Kai Li blickte sie an, eine unausgesprochene Frage im Gesicht. Trotz ihrer Ängste wollte sie herausfinden, was dieser Mann begehrte. Sie nickte, und Kai Li öffnete die Tür.

Suk Suk stand im Türrahmen, betrunken, zerzaust, und er stank nach Alkohol. Er hielt sich am Türrahmen fest und beugte sich in ihre Wohnung, ohne sie zu betreten. Seine glasigen, blutunterlaufenen Augen glitten durch den Raum. Mei Ling hätte Mitleid mit ihm empfunden, hätte sie sich nicht so gefürchtet und wäre sie über sein Eindringen nicht so wütend gewesen.

»Wo ist sie?«, fragte Mr Wong fordernd und starrte an Kai Li vorbei direkt Mei Ling an.

Trotz seiner einschüchternden Erscheinung ging sie näher auf ihn zu und flüsterte: »Shiya schläft. Es ist spät.«

Plötzlich wirkte der Mann verwirrt. Er blickte Kai Li an, dann wieder Mei Ling. Er holte tief Luft, atmete wieder aus und nickte.

»Sch!« Suk Suk legte einen Finger auf die Lippen und lallte: »Weckt sie nicht. Sie ist nur ein kleines Mädchen.«

Mei Lings Drache, der schon zum Kampf bereit war, schien diese Veränderung im Gebaren des Mannes zu verwirren.

Er holte noch einmal tief Luft und schloss die Augen. Sein Atem, tief und schwer, ließ Mei Ling überlegen, ob er vielleicht jeden Moment einschlafen würde. Doch plötzlich öffnete er wieder die Augen, und Wut brannte darin.

»Ich wollte sie nie wiedersehen. Seht nur, was ihr getan habt!«, rief er. »Sie sollte dort arbeiten, bis sie vierzehn ist, damit ich mich nicht um sie kümmern muss, aber jetzt … habt ihr alles ruiniert.« Er funkelte Mei Ling an. »Du bist schuld. Du hast alles zerstört. Meine Tochter spielt mit ihr!«

Mei Ling hatte das Gefühl, dass seine Wut sie wie ein Schlag traf.

»Ich weiß nicht, wie ihr sie aus dem Haus herausbekommen habt. Sie kann jetzt erst mal hierbleiben«, erklärte er, »aber sie muss ihre Schulden abbezahlen, wenn sie älter ist. Du …«, er deutete auf Mei Ling, »… kannst daran nichts ändern. Egal, wohin du fliehst, die Tong werden dich finden.« Langsam bewegte er den Kopf vor und zurück, wobei er jedes einzelne Wort betonte. »Es gibt kein Entkommen. Chinnaaaa. Ammmerrrikaaa. Völlig egal. Kein Entkommen.«

Dann drehte er sich um und ging. Mei Ling sank auf die Couch, Tränen strömten ihr übers Gesicht. Sie konnte kaum atmen. *Shiya ist nicht in Sicherheit. Du kannst nicht für ihre Sicherheit sorgen*, meldete sich erneut der Geist.

Kai Li setzte sich neben sie und legte einen Arm um ihre Schultern. Sie blickte ihn an. Die Zärtlichkeit und die Furcht in seinen Augen überwältigten sie. Sie schluchzte an seiner Brust, achtete aber wegen der Kinder darauf, es leise zu tun.

Als ihre Tränen versiegt waren, setzte sie sich auf.

»Werden wir jemals Frieden finden?«, fragte sie verzweifelt.

»Wir werden uns etwas überlegen«, antwortete er. »Wir haben noch sieben Jahre.«

Der Drache in ihr explodierte. Sie sprang auf und hätte Kai Li am liebsten angeschrien. *Uns etwas überlegen? Das ist also deine Lösung?*

Sie hörte, wie eine Tür mit einem leisen Klicken geschlossen wurde. Sie fuhr herum und all ihre Aufmerksamkeit war sofort bei den Kindern. Eins von ihnen war wach! Sie ging ins Schlafzimmer. Alle drei lagen im Bett. Shiya lag mit geschlossenen Augen da, aber ihr flacher Atem verriet Mei Ling, dass sie nur so tat, als würde sie schlafen. Sie ging zu Shiya, beugte sich hinunter und rieb ihr über den Rücken. Shiya schüttelte sie ab.

Das Kind hatte alles mit angehört. Mei Lings Drache knurrte – besorgt und wütend.

»Wir werden dich beschützen«, sagte Mei Ling. Ihre Stimme klang heiser. »Ich verspreche es. Das werden wir.«

Aber Mei Ling war sich selbst nicht sicher, ob sie dieses Versprechen würde halten können.

* * *

Mei Ling betrachtete die Fotografie. Mit den Fingern fuhr sie über Mui Muis süßes kleines Gesicht. Sie war die Einzige, die auf dem Bild lachte. Ihre Zähne leuchteten. Sie war fast so alt wie Shiya gewesen, als das Foto gemacht worden war. Keiner von ihnen hatte damals geahnt, dass sie ein Jahr später für immer von ihnen gegangen sein würde.

Dann betrachtete Mei Ling die einzige andere Fotografie in ihrer Wohnung. Bo war kaum wiederzuerkennen. Shiya und Joy waren gar nicht darauf. *Mach ein neues, jetzt.* Das Bedürfnis, ihre Familie in einem Foto festzuhalten, übermannte sie. Sie wollte es sofort tun, in diesem Moment, aber Kai Li war noch bei der Arbeit.

Als sie mit Shiya von der Schule kam, gingen sie noch im Studio des Fotografen vorbei. Mei Ling überlegt es sich fast noch einmal anders, als sie den Preis hörte, aber ihr Wunsch war so stark, dass sie bereit war, das Geld dafür auszugeben. Sie machte einen Termin für den nächsten Sonntag.

Im Dunkeln lief Mei Ling in der kleinen Wohnung auf und ab und wartete darauf, dass Kai Li nach Hause kam. Als er schließlich eintraf, schliefen die Kinder bereits. Zu dieser Jahreszeit, der Feriensaison, wie die Amerikaner es nannten, hatte er besonders viel zu tun. Er brach schon früh morgens auf und kehrte so spät zurück, dass sie ihn praktisch überhaupt nicht sahen.

»Wir müssen eine Fotografie machen lassen«, erklärte sie, sobald er durch die Tür trat. »Von uns allen fünf!«

Mit seinen schmutzigen Fingern rieb er sich die Augen und atmete einmal tief durch. Er blickte sie an und schien zu erschöpft, um zu streiten. Er nickte und sagte: »Ich mache einen Termin nach dem westlichen Neujahr. Die zusätzliche Arbeit während der Feriensaison wird uns die nötigen Mittel beschaffen.«

»Nein. Jetzt«, erwiderte sie. »Ich habe für Sonntag einen Termin gemacht.

»Frau, warum diese Eile?«, fragte er.

Jetzt, verlangte der Geist. Ihre Augen füllten sich mit Tränen.

»Was ist, wenn uns nicht mal ein Bild von ihr bleibt? Sie wird in unserer Erinnerung verblassen, als habe sie nie existiert«, flüsterte sie, und ihr Kinn zitterte.

»Oh, Frau.« Sein Gesicht verzog sich gequält. »Ist es das, womit du dich beschäftigst, sobald es dunkel ist und die Kinder schlafen?«

Sie nickte.

Er nahm ihre Hände, blickte sie an und sagte: »Wir werden einen Weg finden, um dieses Problem aus der Welt zu schaffen. Shiya wird keinesfalls in die Prostitution gezwungen oder uns genommen.«

»Wie kannst du dir da so sicher sein?«, fragte sie.

»Schließlich habe ich sie gefunden. Und sie lebt jetzt bei uns.«

Mei Ling nickte. Es war erstaunlich, wie Kai Li dafür gesorgt hatte, dass Shiya nun bei ihnen sein konnte. Sie wollte gern an ihren Mann und seine Fähigkeiten glauben, ihre Familie zusammenzuhalten, aber sie wusste nur zu gut, dass Eltern ihre Kinder nicht immer beschützen konnten.

Mei Ling schwor sich selbst und auch dem Geist, alles zu tun, was nötig war, um für Shiyas Sicherheit zu sorgen.

Kapitel 25

Oakland – Januar 1925

»Er ist wieder da«, sagte Mei Ling zu ihrem schlaftrunkenen Ehemann.

Kai Li seufzte und verließ das Bett. Mei Ling setzte sich auf und lauschte den Geräuschen aus dem Wohnzimmer. Jack Wongs lallende Sprache war zu gedämpft, um einzelne Worte zu verstehen, aber Mei Ling wusste, was er wollte: Vergebung und Verständnis. In den vergangenen Monaten war er oft mitten in der Nacht aufgetaucht. Jedes Mal hatte Kai Li mehr von seiner Geschichte erfahren. Suk Suk bestand darauf, dass er nur ein Mittelsmann sei, kein Gangmitglied oder Anführer. Er behauptete, dass die Gangster ihn gezwungen hätten, Shiya ins Land zu bringen, um seine Spielschulden zu begleichen.

Als die Tong-Führer erfuhren, dass er nach Guangzhou fuhr, haben sie die Papiere besorgt, in denen stand, dass Shiya seine verwaiste Nichte sei. Suk Suk hatte dann für ihre Anstellung gesorgt und der Bande ihre Bezahlung weitergeleitet, um die Reisekosten zu begleichen.

Er beharrte darauf, dass Shiya inzwischen verhungert oder an irgendeiner Krankheit gestorben wäre, hätte er sie nicht aus den Straßen von Guangzhou gerettet. Er war sogar der Meinung, dass man ihm dankbar dafür sein sollte, sie gerettet zu haben. Hätte Mei Ling nicht solche Angst um Shiya gehabt, hätte sie vielleicht sogar ein gewisses Mitgefühl für den Mann empfunden.

Kai Li kehrte bereits nach ein paar Minuten zurück.

»Ist er schon wieder weg?«, fragte Mei Ling.

»Nein«, erwiderte Kai Li. »Wir gehen aus.«

»Was?« Vor Wut war sie auf einen Schlag hellwach und funkelte ihren Mann ärgerlich an.

»Ich tue das für … sie.« Seine Stimme versagte.

Außer sich erwiderte Mei Ling: »Es hilft ihr nicht, wenn du sein Freund wirst! Du bist viel zu friedfertig, Mann. Manchmal liegt die Lösung darin, sich zur Wehr zu setzen und nicht darin … nachzugeben.« Die Verachtung in ihrer Stimme war nicht zu überhören.

Kai Li blickte sie an, die Adern an seinem Hals pochten vor aufgestautem Ärger. Zunächst schien es, als würde er etwas erwidern, doch dann schloss er einfach die Tür hinter sich und ließ sie mit brodelndem Blut in der Dunkelheit zurück.

Mei Ling holte ein paar Mal tief Luft, in der Hoffnung, ihr hämmerndes Herz zu beruhigen. Ihre Angst zerstörte die Harmonie in ihrem Zuhause. Seit Monaten hatte sie keinen wahren Frieden mehr empfunden. Mei Ling fürchtete, sie würde für den Rest ihres Lebens verbittert und wütend sein, sollten sie Shiya verlieren.

Guan Yin, lass mich ein gewisses Maß an Frieden finden, selbst wenn … Sie konnte den Gedanken nicht einmal zu Ende denken. Sollten sie Shiya verlieren, wollte sie niemals wieder so etwas wie Harmonie fühlen. Dann blickte sie zu Joy und Shiya und Bo, die im Bett lagen. Irgendwie war es ihren Eltern gelungen, ihr Leben weiterzuführen, ohne von dunklen Gedanken verschlungen zu werden, nachdem sie zwei ihrer Kinder verloren hatten.

Guan Yin, hilf mir, Frieden und Kraft zu finden.

* * *

Mei Ling kam aus dem Wohnzimmer, als Kai Li von seinem Ausflug mit Suk Suk zurückkehrte.

»Was hast du noch herausgefunden, Mann?«, erkundigte sie sich respektvoll und so ruhig, wie es ihr nur möglich war.

Sie setzten sich nah beieinander auf die Couch.

Er berichtete, was er unterwegs erfahren hatte. »Er hat seine Spielschulden bei einer Tong in San Francisco. Um sie vollständig abzubezahlen, muss er ihnen Shiya übergeben, sobald sie eine Frau ist.«

Mei Ling wurde ganz übel.

Kai Li fuhr fort. »Er will meine Zusage, dass wir Shiya nicht vor ihm verstecken werden.«

»Was?«, fragte Mei Ling voller Wut darüber, dass Suk Suk von ihnen erwartete, ihm seine selbst verschuldeten Ängste zu nehmen.

»Die Pardees haben den Preis für Shiyas Dienste an Suk Suk gezahlt, der das Geld an die Tong weitergegeben hat, um die Kosten für Shiyas Reise hierher zu decken. Er weiß, dass wir seinen riskanten Plan ins Wanken bringen können. Wenn ich aufhöre, für die Leute zu arbeiten, werden die Pardees von Suk Suk das Geld zurückfordern, und das hat er nicht mehr.«

»Oh«, sagte Mei Ling und verstand jetzt, in welche Zwickmühle sie Suk Suk gebracht hatten.

Kai Li fuhr fort: »Zudem hat er schreckliche Angst, dass die Tong herausfindet, dass Shiya jetzt bei uns lebt. Doch im nächsten Moment schien es ihm schon leidzutun, das gesagt zu haben.«

Mei Ling lächelte. »Die Tong weiß nicht, wo sie lebt?«

Kai Li nickte langsam.

Damit änderte sich Mei Lings Einschätzung der Situation vollständig. Sie war auf einmal voller Hoffnung, denn sie erkannte, welchen Vorteil sie gegenüber Suk Suk besaßen.

»Er ist darauf angewiesen, dass wir mit ihm zusammenarbeiten!«, erklärte sie.

Kai Li stimmte ihr zu. »Er hat Angst, dass wir mit ihr fortgehen und dass er Shiya dann nicht mehr findet. Aber wenn er sie jetzt mitnimmt, muss er eine große Schuld begleichen – und das gegenüber einer weißen Familie mit sehr guten Beziehungen.«

»Er und ich fürchten das Gleiche«, bemerkte Mei Ling. »Dass Shiya verschwindet.«

Kai Li nickte. »Außerdem hat er Angst um sein eigenes Leben. Die Tong wird außer sich sein, wenn sie erfährt, dass Shiya bei einer Familie lebt, die sich auch in der Zukunft um ihr Wohlergehen sorgt. Die Macht dieser Organisationen wird von Geheimhaltung genährt, davon, dass sie im Schatten agieren. Er hat ihre Art, Geschäfte zu machen, verraten und sie in Gefahr gebracht. Sie haben kein Interesse an der Aufmerksamkeit, die wir auf sie lenken würden, wenn sie die Herausgabe von Shiya verlangen. Ein Mädchen, das eine Familie hat, ist immer sicher. Sie fürchten, dass wir eben nicht im Schatten stehen, sondern im Licht.«

»Oh, Mann«, rief Mei Ling. »Das sind sehr gute Nachrichten. Ich danke dir.«

Kai Li sagte: »Shiya ist noch nicht vollkommen in Sicherheit, aber ich bin überzeugt, dass wir genügend Zeit haben, um ihr zu einer guten Zukunft zu verhelfen.«

Mei Ling nickte und lächelte schwach. Sie war erleichtert, dass für Shiya nicht die Tong, sondern Suk Suk die eigentliche Gefahr darstellte, doch sie konnte es nicht zulassen, dass diese Situation noch jahrelang weiter bestand. Die Furcht und Unsicherheit würden sie krank machen. Es musste etwas unternommen werden, bevor Suk Suk in seiner Schwäche der Tong Shiyas Aufenthaltsort verraten würde.

* * *

Vorsichtig öffnete Mei Ling den Umschlag, der auf die amerikanische Art an *Mrs Kai Li Chinn* adressiert war. Er war auf den 15. November 1924 datiert, ein Datum, das acht Wochen zurücklag und viele Monate nach Jah Jehs letztem Brief. Hatte ihre Schwester ihr wirklich so lange nicht geschrieben?

> Liebste Schwester,
> ich schreibe dir allerglücklichste und allertraurigste Nachrichten. Unsere geliebte Ahma ist nach dem Mondfest im Herbst erkrankt.

Mei Lings Herz krampfte sich zusammen in Erwartung der schmerzlichen Nachricht, die nun unweigerlich kommen würde.

> Trotz unserer Pflege ist sie in die geistige Welt übergetreten. Unsere Herzen sind voller Sehnsucht nach ihr.

Tränen füllten Mei Lings Augen und ihr Blick verschwamm. Da sie aber unbedingt mehr über ihre Familie erfahren wollte, verdrängte sie ihre Trauer, indem sie die Augen einmal fest zusammenkniff, um wieder klar genug sehen zu können, um weiterzulesen.

> Es tröstet dich sicher, dass das Bild deiner wachsenden und wunderschönen Familie noch eingetroffen ist, bevor sie uns verlassen hat. Dass sie deine Tochter sehen konnte, ihr Enkelkind, dem sie den Namen gegeben hat, hat sie sehr erfreut.

> Die glücklichen Nachrichten sind, dass wir, obwohl wir eines unserer Familienmitglieder verabschieden mussten, ein neues willkommen heißen werden. Wenn alles gut verläuft, wird mein Kind im Jahr des Büffels geboren. Ich bin aufgeregt und nervös bei dem Gedanken daran, Mutter zu werden, und so dankbar dafür, dass Mah-ma in meiner Nähe ist. Ich denke an dich, die so weit entfernt ist, und bewundere dich für deine Kraft.

Jah Jeh bekommt ein Kind! Mei Ling hatte nicht gewusst, dass sie verheiratet war. Diese Neuigkeit musste in einem Brief gestanden haben, der unterwegs verloren gegangen war. Obwohl sich in ihrem Kopf alles drehte, las Mei Ling weiter. Sie wollte unbedingt noch mehr erfahren.

> Wir hatten geglaubt, das Leben, das du nun führst, wäre für mich bestimmt, aber ich glaube, dass es niemals so war. Ich hätte das alles auf keinen Fall überlebt, und mich schon gar nicht so entwickelt, wie du es hast. Dieses Abenteuer war etwas für einen kühnen Drachen, nicht für einen sanften und vorsichtigen Hasen wie mich.

Der Brief erzählte entzückende Einzelheiten über Dai Dai, ihre Eltern und Renshu, bei dem es sich um ihren Mann handeln musste.

Als Mei Ling den Brief zu Ende gelesen hatte, ließ sie es zu, dass dieses Chaos an Gefühlen sie überwältigte. Schluchzend presste sie das Papier an ihre Brust. Tränen strömten über ihr Gesicht, und Laute, die sie nie zuvor gehört hatte, drangen aus ihrem Mund. Sie hatte geahnt, dass sie Ahma nie wiedersehen würde, aber ihr Herz wollte sich mit dem Verlust nicht abfinden. Und am schlimmsten war, dass dies alles schon vor Monaten geschehen war und Mei Ling noch Ahmas Geist ehren musste.

Jah Jeh trug ein Baby unter dem Herzen – ein Kind, das Mei Ling vielleicht niemals kennenlernen würde. Es waren bittersüße Neuigkeiten. Jah Jeh schien mit ihrem Mann Renshu weiterhin im Dorf zu wohnen. Mei Ling erinnerte sich an den schüchternen Jungen, der Jah Jeh immer aus der Ferne bewundert hatte, wenn sie zu Besuch gewesen waren. Jah Jeh hatte die Aufmerksamkeit genossen, ihn aber nie zu irgendetwas ermutigt. Nun war er ihr Mann. Mei Ling wünschte, sie wüsste mehr über den Menschen, den ihre Schwester geheiratet hatte. War er so freundlich wie Kai Li? In seine eigenen Gedanken vertieft wie Fuchan? Oder ein ganz anderer Typ Mann?

Die schönste Neuigkeit war, dass ihre Jah Jeh so offen von Vergebung gesprochen hatte. Mei Ling war überaus erleichtert, dass ihre Schwester mit sich im Reinen war und sogar dankbar dafür, wie ihr jeweiliges Leben sich entwickelt hatte.

Trauer, aber auch Erleichterung erfüllten sie, als sie zu ihrem Altar ging und betete: für ihre Schwester, für ihre geliebte Ahma und für sich selbst.

Mei Ling dankte Ahma für alles, was sie ihr geschenkt hatte, ganz besonders für die kostbaren Goldmünzen. Eine davon hatte sie auf Angel Island buchstäblich gerettet. Der Rest hatte geholfen, sich sicherer zu fühlen, als sie nach San Francisco gekommen und voller Sorge gewesen war, dass Kai Li sie verlassen würde. Eine der Münzen hatte sie benutzt, um die Seide für das erste Hochzeitskleid zu kaufen, das sie genäht hatte. Die Weisheit, die Voraussicht und die Großzügigkeit ihrer Großmutter hatten ihr Leben bereichert und sicherer gemacht.

Mei Ling erinnerte sich noch an Ahmas letzte Worte zu ihr: »Eine Ehefrau gehorcht ihrem Mann, aber eine weise Frau verdient ihr eigenes Geld und spart für die Notfälle, die ein Ehemann nicht kommen sieht. Gib ihm das meiste deiner Ersparnisse, aber halte einen Teil zurück. Eine Mutter beschützt ihre Kinder – ohne Ausnahme.«

Ahma wachte immer noch über Mei Ling – und damit auch über Bo, Joy und Shiya. Mei Ling verneigte sich bis tief auf den Boden, voller Verehrung für den Geist ihrer Großmutter.

Genau wie ihre Großmutter würde sie ihre Kinder beschützen. Ohne Ausnahme.

* * *

Als Kai Li von der Arbeit zurückkehrte, berichtete ihm Mei Ling alle Neuigkeiten von ihrer Familie. Und sie hatte eine Idee, die sie mit ihm besprechen wollte. »Mann, ich habe über unser Dilemma mit Shiya und Jack Wong nachgedacht.«

Kai Li nickte, obwohl er des Themas offensichtlich ein wenig überdrüssig war.

»Können wir nicht einfach seine Schuld bei der Tong begleichen, sodass er in Zukunft gar nicht mehr nach ihr suchen muss?«

Kai Li biss sich auf die Lippe und nickte. Sie war glücklich, dass er so ohne Weiteres zustimmte. Doch dann verwirrte er sie, als er den Kopf schüttelte.

»Ich habe die gleiche Lösung in Betracht gezogen«, erwiderte Kai Li. »Ich habe ihn gefragt, wie viel er schuldet, und es ist mehr, als wir in einem ganzen Jahr zum Leben brauchen.«

Mei Ling stockte der Atem. Sie war so voller Hoffnung gewesen, weil sie glaubte, die Lösung für ihre Zwangslage gefunden zu haben.

Kai Li wirkte verärgert. »Ich wünschte, es wäre mir möglich, schnell so viel Geld zu verdienen. Wir können anfangen zu sparen, in der Hoffnung, dass wir genug zusammenhaben, wenn die Zeit kommt.«

Mei Lings Drachen brüllte. Suk Suk ein Jahreseinkommen zu überlassen, würde das Ende ihrer eigenen Träume bedeuten. All ihre harte Arbeit würde darauf verschwendet, Jack Wong zu retten, anstatt ein Haus zu bauen, die Kinder auf die Universität zu schicken oder ihr eigenes Restaurant zu eröffnen. Ihr Drache protestierte bei dem Gedanken, ein so großes Opfer zu bringen, weil Suk Suk einen derartig schwachen Charakter hatte.

Kapitel 26

Oakland – Februar 1925

Die heftigen Schläge gegen die Tür rissen sie aus dem Schlaf, doch diesmal weckte sie ihren Mann nicht. Sie hatte damit gerechnet, dass Suk Suk erneut auftauchen würde, und sie war bereit, ihre Familie zu beschützen. *Guan Yin, leite mich und wache über mich.* Der Geist begleitete sie, als sie ihre schlafende Familie zurückließ.

Sie öffnete die Tür gerade weit genug, damit Suk Suk sie sehen konnte. Mit rot geränderten Augen musterte der Mann sie abschätzig. Bevor er etwas sagen konnte, ergriff sie selbst das Wort.

»Die anderen schlafen«, flüsterte sie in einem Ton, von dem sie wusste, dass er Männern gefiel. »Können wir … reden? Nur du und ich? Draußen?«

Er nickte.

»Lass mich nur etwas Passendes überziehen«, erwiderte sie mit einem verführerischen Lächeln. Langsam schloss sie die Tür. Sie atmete tief durch und lehnte den Kopf gegen das angestrichene Holz. Noch einmal holte sie tief Atem, um ihren Herzschlag zu beruhigen. Dann schritt sie schnell, aber leise zur Tat. Sie holte alles, was sie brauchte, aus dem Schrank im Flur, wo sie es bereits deponiert hatte – warme Kleidung, Schuhe und eine volle Flasche Whiskey.

Als sie fertig war, ging sie ohne ein weiteres Wort an ihm vorbei. Er folgte ihr die Treppe hinunter und polterte dabei so laut, dass sie fürchtete, dass er alle, die im Haus schliefen, aufwecken würde. Betrunken torkelte er neben ihr hinaus in die neblige Nacht. Sie nahm die Schultern zurück und schob ihren Arm durch seinen. Er lächelte und zog an ihr, weil er stehen bleiben wollte.

»Das wird …«, wollte er sagen.

»Sch«, erwiderte Mei Ling und legte einen Finger auf seine Lippen. »Wir müssen viel ungestörter sein.«

Sie zog an seinem Arm und führte ihn die Webster Street hinunter. Sie liefen fünf Blocks weit, bis sie den Meeresarm erreichten. Die Straße ging in einen hölzernen Pier über, der zu der Brücke führte, die Kai Li jeden Tag überquerte. Sie führte ihn zum rechten Rand des Piers. Mei Lings Herz schlug schnell und heftig, als sie die Beine anzog und sich auf die hölzernen Bohlen setzte, das Gesicht nach Norden gerichtet, die Bucht direkt vor sich. Schüchtern klopfte sie auf die Stelle neben sich. Suk Suk plumpste neben ihr zu Boden, seine Füße baumelten über dem dunklen Wasser unter ihnen. Er beugte sich zu ihr, die feuchten Lippen gespitzt.

Sie duckte sich weg, hielt die Flasche mit dem Whisky hoch und fragte: »Noch einen Schluck?«

»Ladies first«, lallte er.

Mei Ling seufzte. Sie schraubte den Verschluss auf, setzte die Flasche an die Lippen und tat so, als würde sie drei große Schlucke nehmen.

»Du kannst aber was vertragen!«, erklärte er grinsend und nahm ihr die Flasche ab.

»Ich bin … an eine solche Situation nicht gewöhnt«, sagte Mei Ling und hoffte, die Furcht in ihrer Stimme würde sie schüchtern klingen lassen.

Jack Wong blickte sie an, aber sein Gesichtsausdruck war nicht zu entziffern.

»Ich bin kein schlechter Mann«, sagte er. »Das weißt du doch, oder?«

Mei Ling nickte, obwohl jede Faser ihres Körpers am liebsten geschrien hätte: *Was für ein Mann, außer einem schlechten, zwingt ein Waisenkind in die Knechtschaft?*

»Ich wünschte, ich könnte sie retten«, lallte Suk Suk den Tränen nah. »Aber diese Männer sind sehr, sehr böse.« Er beugte sich zu ihr herüber und flüsterte viel zu laut: »Sie werden mich töten, wenn ich nicht liefere.« Sein Kopf sackte nach vorne und sein Kinn wippte auf und ab. »Du verstehst das doch, oder? Ich bin ein guter Mann.« Suk Suk deutete auf seine Brust und unterstrich jedes einzelne Wort, indem er dabei mit seinem Finger auf sich zeigte, als würde diese Bewegung die Güte in ihn hineinstopfen. Doch dann hob er die Hände und schüttelte langsam den Kopf. »Aber … mir bleibt keine Wahl.«

Mei Ling nickte. Weder verteidigte sie Shiya, noch widersprach sie ihm. Sie nickte lediglich und ermutigte Wong, noch einen Schluck aus der braunen Flasche zu nehmen, wobei sie gelegentlich so tat, als würde sie auch etwas trinken. Mei Ling fröstelte in der kühlen Nacht, der feuchte Nebel schien ihr bis in die Knochen zu dringen.

»Ich bin ein guter Mann, aber ich habe kein Glück«, fuhr Suk Suk fort. »Sie war die einzige Chance, um meine Schulden zu bezahlen.«

Er seufzte und stöhnte und trank. Irgendwann fiel sein Kopf dann nach vorn und er sackte seitlich gegen Mei Ling. Sie schlang einen Arm um den Mann und hielt ihn fest, als würde sie ein Kind trösten – Bo oder Joy oder Shiya. Sein Kopf ruhte an ihrer Brust über ihrem Herzen.

»Ich bin kein schlechter Mann«, wimmerte Suk Suk. »Ich bin nur pragmatisch. Sie ist nicht mehr als ein Mädchen. Eine Waise. Ohne jeden Wert.«

Ohne jeden Wert, hallten seine Worte in Mei Lings Ohren wider. Wut durchfuhr sie.

»Hast du sie in die Bartlett Alley gebracht?«, fragte sie, obwohl sie sich vor der Antwort fürchtete.

Suk Suk wandte ihr den Kopf zu und beäugte sie von der Seite. Er schien nicht in der Lage zu sein, seinen Kopf aufrecht zu halten. Dann nickte er leicht.

Mei Ling wurde übel.

»Hat …« Sie schluckte hart. »Hat irgendein Mann sie berührt?« Mei Ling wappnete sich gegen die Antwort.

»Nein!«, erklärte er, und es gelang ihm sogar, seine Worte mit einer Handbewegung zu unterstreichen.

Sie musterte sein Gesicht auf der Suche nach einem Zeichen, dass er sie belog, aber sie fand keins. Erleichterung und Dankbarkeit durchliefen wie eine Welle ihren ganzen Körper. Mei Lings größte Angst hatte sich nicht bewahrheitet. Shiya war nicht brutal vergewaltigt worden.

»Sie ist ein kleines Mädchen. Nein. Nein. Nein.« Suk Suk schüttelte den Kopf. »Wir sind keine Monster.«

Mei Ling starrte ihn an. Voller Abscheu in der Stimme flüsterte sie: »Das kannst du dir einreden, aber dadurch wird es nicht wahr. Du bist ein Feigling und ein Monster, weil du Shiya dazu zwingen willst, für deine Schwäche zu bezahlen.«

Er schloss die Augen und wandte den Kopf ab. Immerhin hatte er den Anstand, beschämt dreinzublicken, doch die Gefahr, in der er sich befand, schien er nicht zu erkennen. Er hatte Mei Ling vollkommen unterschätzt.

Suk Suk führte die Flasche an die Lippen und legte den Kopf in den Nacken, um auch noch den letzten Tropfen herauszusaugen.

»Bah!«, knurrte er, als die Flasche leer war. Er warf sie ins Wasser. Mei Ling sah ihr nach, wie sie davontrieb, hinaus in die Bucht.

Er legte einen Arm um ihre Schulter, als würde er sie besitzen. Sie spannte sich an, widerstand aber dem Bedürfnis, ihn wegzustoßen. Sein Atem wurde schwerer. Dann rutschte sein Arm an ihr herunter und sein Kopf fiel nach vorn.

Mei Ling wartete noch. Als sie hörte, dass er leise schnarchte, blickte sie sich um, weil sie sichergehen wollte, dass sie allein waren. Dann griff sie hinter ihn, packte jeden seiner Arme mit einer Hand und zog ihn leicht nach vorn. Sie achtete darauf, ob er irgendeine Reaktion zeigte oder sich widersetzte, doch es geschah nichts. Sie zog ihn weiter nach vorn, und nun lastete sein Gewicht auf ihren Händen. Im letzten Moment hielt sie noch einmal inne, denn sie wusste, dies war ihre letzte Gelegenheit, es sich anders zu überlegen. Ihr Herz schlug heftig, ihre Hände waren feucht. Shiyas leibliche Mutter flüsterte: *Du musst Shiya retten.*

Mei Ling blickte zum Himmel und sagte: »Gott, vergib mir, wenn du kannst. Wenn du es nicht kannst, werde ich meine Entscheidung nicht bereuen, auch wenn ich in der Hölle brenne – oder bis in alle Ewigkeit davon verfolgt werde.«

Tu es, befahl der Geist.

Sie zog Suk Suk weiter nach vorn, bis er aus ihren Fingern rutschte. Sie hatte das Gefühl, ihr Herz würde explodieren.

Sie hörte ein lautes Klatschen und dann einen kraftlosen Schrei: »Hilfe. Hilf mir«, rief Suk Suk panisch.

»Ich komme«, rief sie in die Dunkelheit. »Ich hole dich raus.«

Doch sie rührte sich nicht von der Stelle. Mei Ling blieb am Rand des Piers sitzen, ihre Beine baumelten über den Rand. Ein einziges Chaos von Gefühlen durchraste ihren Körper, während ihr die Tränen über das Gesicht strömten und ihre Schultern bei jedem Schluchzen zuckten.

»Hilfe!« Der Mann, der da ertrank, klang inzwischen vollkommen verzweifelt. Sie stellte sich vor, wie es in seiner Brust brennen musste, während sie sich mit Wasser füllte. Plötzlich verspürte Mei Ling Mitgefühl, obgleich dieser Mann bereit gewesen war, Shiya zu verkaufen, um seine eigene Haut zu retten.

»Ich komme …«, log sie erneut mit zitternder Stimme. Sie stellte sich das Entsetzen auf seinem Gesicht vor, wie sein Kopf im Wasser auf und ab hüpfte.

Husten, wildes Klatschen, als er auf die Wasseroberfläche schlug, und immer wieder der Ruf nach Hilfe drangen zu ihr herauf, entfernten sich aber auch immer weiter. Die Strömung trug Suk Suk hinaus in die Bucht, während er ertrank.

»Du hast mir keine Wahl gelassen«, flüsterte sie, obwohl nur der Geist sie hören konnte. »Du bist Shiyas Leben nicht wert und auch nicht die Zukunft unserer Familie.«

Sie blieb sitzen und lauschte, wie die Laute des ertrinkenden Mannes verklangen. Es kam ihr wie Stunden vor, doch wahrscheinlich waren es nur Minuten. Dann hörte sie keine Rufe mehr, nur noch Husten und schließlich ihren eigenen keuchenden Atem, der die mächtige Stille durchbrach.

»Es ist vollbracht«, sagte Mei Ling laut zu dem Geist. »Wir brauchen uns nicht mehr zu fürchten.«

Doch weder sie noch der Geist glaubten diesen Worten. Vielleicht würde für ihre Entscheidung noch ein ungeheurer Preis zu zahlen sein.

* * *

Du hast jemanden umgebracht, wurde ihr plötzlich bewusst, als sie durch den Nebel nach Hause ging. Sie verdrängte den Gedanken und ersetzte ihn durch ein Gebet: *Möge Shiya nichts Schlechtes widerfahren. Möge Shiya Leid erspart bleiben. Möge Shiya nur Freude zuteilwerden.* Für sich selbst konnte sie nicht darum bitten, aber sie dehnte den Wunsch auf Suk Suks Seele aus. *Möge ihm nichts Schlechtes widerfahren. Möge ihm Leid erspart bleiben. Möge ihm nur Freude zuteilwerden.* Sie wünschte ihm tatsächlich, dass er dem Kreislauf seiner Leiden entkommen möge.

Als sie zurückkam, erwartete sie eine dunkle und stille Wohnung. Doch ihr Wunsch nach Gelassenheit wurde nicht erfüllt. An Schlaf war nicht zu denken bei den Furcht einflößenden Bildern von Shiya, die nun von Suk Suk ersetzt wurden, dessen Kopf in den Wellen auf und ab tanzte und seinem verzweifelten Ringen nach Luft. Sie tröstete sich, indem sie betete: *Es war zugunsten ihrer Sicherheit, zugunsten ihrer Sicherheit.* Doch dieser Gedanke konnte ihre Furcht, dass man sie überführen und ihrer Familie nehmen würde, nicht verdrängen – und das vielleicht für immer.

* * *

Am nächsten Morgen verhielt sie sich, als sei nichts geschehen, während sie die Kinder für den Tag fertig machte. Sie ignorierte die nagenden Zweifel, dass sie bestimmt irgendwie anders aussah. Sie mussten sich einfach an ihre gewohnten Abläufe halten.

»Nach der Schule gehen wir in den Park«, sagte sie zu Shiya.

»Hurra!«, rief das Mädchen.

Nach einem langen, anstrengenden Tag zu Hause war Mei Ling froh, draußen zu sein. Die Luft fühlte sich anders an, während sie den gewohnten Weg nahm, um Shiya abzuholen.

»Hast du heute mit Mimi gespielt?«, erkundigte sich Mei Ling, weil sie hoffte, auf diese Weise zu erfahren, ob Suk Suks Familie bereits wusste, dass er verschwunden war.

»Sie war heute nicht in der Schule«, antwortete Shiya.

»Vielleicht ist Mimi krank«, meinte Mei Ling leichthin, obwohl ihr sofort das Herz im Hals schlug.

Shiya zuckte die Achseln, als sie den Park betraten. June saß mitten unter den kantonesischen Frauen und erzählte ihnen etwas.

»Dorothy besorgt eine Nachmittagszeitung, dann erfahren wir mehr!«, erklärte June fröhlich.

Joy zappelte auf Mei Lings Rücken und machte damit deutlich, dass sie abgesetzt werden wollte. Mei Ling löste die Bänder vor ihrer Brust und setzte das kleine Mädchen ins Gras. Joy tappte sofort zu Shiya.

»Worüber mehr erfahren?«, fragte Mei Ling.

June sah Mei Ling an, und eine ungeheure Intensität lag in ihrem Blick. Dann verkündete sie: »Jack Wong ist tot.«

Mei Lings Herz machte einen Satz. »Was?«, platzte sie heraus und fügte dann schnell hinzu: »Wie das?«

June zuckte die Achseln. »Vielleicht stehen die Einzelheiten in der Zeitung.«

In Mei Ling stieg Angst auf. Wieso war das schon bekannt? Sie hatte damit gerechnet, dass seine Leiche tagelang nicht gefunden würde, vielleicht sogar nie bei der Größe der Bucht.

Shiya kam zurück zum Kreis der Frauen und trug Joy vor sich. Die Kleine hing in ihren Armen und schwang bei jedem Schritt des Mädchens hin und her.

»Sie möchte zu dir«, erklärte Shiya und setzte Joy neben Mei Ling.

Mei Ling lächelte und nickte, bekam aber keinen Ton heraus. Ihre Augen füllten sich mit Tränen, als sie sah, wie Shiya zu ihren Freundinnen lief, wobei ihre dunklen Zöpfe auf und ab hüpften. *Shiya zu schützen, war sein Leben wert*, sagte sich Mei Ling.

Joy kletterte auf ihren Schoß und lehnte sich zurück, weil sie gestillt werden wollte. Die Kleine umfasste Mei Lings Daumen und schmiegte sich an sie. Mei Ling lächelte auf ihre Tochter herab, und ihre Nerven waren plötzlich zum Zerreißen gespannt. Dann sah sie hinüber zu Shiya, die mit ihren Freundinnen spielte, und dachte an die Frau, die ihr das Leben geschenkt hatte.

In Gedanken schickte sie eine Nachricht an den Geist: *Ich habe sie befreit. Jetzt rette du mich, damit ich sie alle beschützen kann.*

Dorothy kehrte mit der Zeitung zurück, der einzigen auf Englisch, der *Oakland Tribune*.

June befahl ihrer Tochter: »Such nach dem Namen Jack Wong. Sobald du ihn gefunden hast, lies uns alles über ihn vor.«

Mei Ling starrte Dorothy an, während ihr Herz so heftig schlug, dass sie kaum hören konnte, was um sie herum gesprochen wurde. Das Mädchen suchte die Titelseite ab, dann blätterte es weiter. Sein Blick glitt über die Seiten und schließlich faltete es die Zeitung zusammen.

»Ich hab es gefunden«, verkündete Dorothy.

Alle wandten sich ihr sofort zu, verstummten und spitzten die Ohren.

Chinese tot im Meeresarm gefunden

Die Leiche des chinesischen Geschäftsmannes Jack Wong, fünfunddreißig, wurde am frühen Montagmorgen im Meeresarm am Fuß der Chestnut Street in Alameda gefunden. Ermittler glauben, dass die Leiche des Chinesen nur ein paar Stunden im Wasser gelegen hat. Er ist eins fünfundsiebzig groß, achtzig Kilo

> schwer und hat schwarzes Haar. Er trug braune Hosen und ein weißes Oberhemd. Die Umstände seines Todes sind unbekannt und werden von der Polizei von Oakland zurzeit untersucht.

June und Mei Ling wechselten einen Blick. Mei Ling schüttelte fast unmerklich den Kopf und zeigte damit, dass sie nicht in Anwesenheit der anderen Frauen sprechen wollte. Obwohl sie vor lauter Angst am liebsten irgendetwas unternommen hätte, zwang sie sich, im Park zu bleiben und völlig ruhig zu wirken. Sie fragte sich, ob die Polizei schon nach ihr suchte. Sie unterdrückte das Bedürfnis, nach Hause zu eilen und alle Türen abzuschließen. Sie widerstand dem Impuls, Kai Li zu suchen und ihm zu sagen, dass sie vielleicht ihr Leben ruiniert hatte.

Kapitel 27

Oakland – Februar 1925

Am späten Nachmittag ließ ein lautes Klopfen an der Tür ihrer Wohnung Mei Ling fast das Herz aus der Brust springen. Bo und Shiya rannten los, um zu öffnen, weil sie sich einen Überraschungsbesuch erhofften. Mei Lings Kehle schnürte sich zu, als sie die Uniformen sah. Zwei weiße Polizisten standen im Türrahmen. Sie mussten herausgefunden haben, was sie getan hatte, und nun waren sie gekommen, um sie abzuholen.

»Wir … … … gern … … … mit … … Vater«, sagte einer der beiden auf Englisch zu den Kindern.

Sie waren wegen Kai Li hier!

»Er ist bei der Arbeit«, antwortete Shiya.

Da Unschuld und Gastfreundschaft meistens Hand in Hand gehen, sagte Mei Ling auf Englisch: »Kommen Sie doch herein.« Ihre Hand zitterte sichtbar, als sie auf die Couch deutete.

Die Männer starrten sie an, antworteten aber nicht.

»Meine Mutter hat gesagt, Sie sollen doch hereinkommen«, wiederholte Shiya.

»Nein, vielen Dank«, antwortete der eine. Sie hatten Shiya verstanden.

Mei Lings Herz schlug ihr so heftig im Hals, dass sie kaum etwas hören konnte.

»… … … … euer Vater, … … und müssen … … … …«

Shiya nickte, doch plötzlich stand Furcht in ihren Augen.

»Bis bald!«, rief Bo, als die Männer davongingen, da er die Situation natürlich nicht verstand.

Mei Ling sank auf die Couch. Ihre Brust war so eingeschnürt, dass sie kaum Luft bekam. Sie versuchte mit Kraft, Atem zu holen, aber es funktionierte nicht. Panik stieg in ihr auf. *Kai Li ist in Gefahr.* Ihre Hände zitterten und ihre Sicht war verschwommen. Die Kinder kletterten neben sie auf die Couch, aber sie konnte sich nicht um sie kümmern. Sie schloss die Augen und zwang sich, ihre Schultern zu entspannen. Dann versuchte sie, etwas Luft zu holen. Sie schaffte es.

Shiya streckte ihr ein Glas Wasser entgegen. Mei Ling nahm es und es gelang ihr, einen kleinen Schluck zu trinken. Joy kletterte auf ihren Schoß. Sie setzte das Glas ab und umarmte das kleine Kind. Bo tätschelte ihr Bein. Er merkte, dass sie aufgeregt war, aber er wusste natürlich nicht, warum. Shiya betrachtete ihr Gesicht, vielleicht auf der Suche nach etwas Beruhigendem. Das Mädchen stellte keine Fragen, ein Hinweis darauf, dass es ebenfalls Angst hatte.

Mei Ling rang sich ein Lächeln ab. Sie holte tief Luft und seufzte. Dann nahm sie Shiyas Hand und drückte sie.

»Es geht mir gut, ich war nur überrascht, die Polizei in unserem Haus zu sehen«, versuchte Mei Ling die Kinder zu beruhigen, aber ihre Worte klangen hohl. »Was haben sie dir aufgetragen, Bah-ba zu sagen?«, wollte Mei Ling wissen.

»Sie haben ein paar Fragen, die sie ihm stellen müssen«, erwiderte Shiya.

Erneut stieg Panik in Mei Ling auf. Es würde noch Stunden dauern, bis Kai Li nach Hause kam. Wenn die Polizei ihren Mann im Haus der Pardees befragte, würden sie ihn vielleicht bei einer Lüge ertappen. Er könnte abstreiten, dass Jack Wong in der Nacht zuvor bei ihnen zu Hause gewesen war, was sie vielleicht misstrauisch machen würde.

Mei Ling konnte nicht darauf warten, bis er zurückkehrte. Sie musste Kai Li warnen, bevor die Polizei ihn fand. Gemeinsam mit den Kindern machte sie sich auf den Weg zu ihrem Mann.

Alle fröstelten, während sie durch den nebligen Abend liefen. Mei Ling war zwar unbeirrt, aber doch besorgt, wie man sie empfangen würde. Kai Lis Arbeitgeber würde vielleicht verhindern, dass sie mit ihm sprach. Und er selbst würde verwirrt sein über ihren überraschenden Besuch … und dann verärgert über das, was sie ihm mitzuteilen hatte.

Die Kinder waren ruhig, zu ruhig. Sie spürten, wie aufgewühlt ihre Mutter war. Joy strampelte und trat nach ihren Geschwistern, doch keiner der beiden war in der Stimmung, mit ihr zu spielen. Joy legte ihren Kopf gegen Mei Lings Rücken. Sie stellte sich den Daumen des kleinen Mädchens in ihrem Mund vor, der ihr in dieser seltsamen Situation Trost spendete.

Sie gingen zur Rückseite des Gebäudes.

»Ihr bleibt hier unten«, sagte sie zu den älteren Kindern.

Sie stieg die Stufen hinauf zu der Tür auf der rechten Seite. Dort hielt sie einen Moment inne und holte einmal tief Luft. Nachdem sie geklopft hatte, würde sich ihr Leben vielleicht vollkommen verändern. *Schütze unsere Familie, was auch immer kommen mag*, bat sie Guan Yin.

Dann klopfte sie und wartete mit hämmerndem Herzen.

Ihr Mann öffnete die Tür. Sein liebes Gesicht wirkte zunächst überrascht und dann sofort besorgt. Er trat hinaus in die vom Mond erleuchtete Nacht und zog die Tür hinter sich zu.

»Was ist passiert?«, fragte er mit großen Augen.

Mei Ling beugte sich vor, um den Kindern ihr Gespräch zu ersparen. »Die Polizei … sie ist zu uns gekommen, um dir Fragen zu stellen.«

Verwirrt runzelte er die Stirn. Joy spähte über Mei Lings Schulter.

»Bah-ba!«, quietschte das kleine Mädchen und streckte eine Hand aus.

Kai Li blickte zu seiner jüngsten Tochter. Er nahm ihre Hand und küsste sie mit einem zärtlichen Lächeln.

»Hallo meine Joy«, sagte er sanft. »Weißt du, warum sie mit mir sprechen wollen?«, fragte er dann leise.

»Jack Wong ist tot«, erwiderte sie. »Ich könnte mir vorstellen, dass es darum geht.«

»Was?«, fragte er.

Sie beugte sich wieder vor und flüsterte: »Er war letzte Nacht bei uns.« Sie hielt kurz inne, holte tief Luft und sagte dann: »Ich habe mich darum gekümmert.«

»Was hast du getan, Frau?« Mei Ling hörte das Entsetzen in seiner Stimme und sah es in seinen Augen. Sie hielt sich am Türrahmen fest.

»Ich …« Mei Ling begann zu erklären, was geschehen war.

»Hör auf. Bitte. Je weniger ich im Moment weiß, desto besser«, entgegnete Kai Li.

Mei Ling nickte.

»Er ist gekommen und war wieder betrunken? Wollte wieder unsere Zusicherung?«, fragte er.

»Ja.«

Kai Li nickte langsam. Er blickte zu Shiya und lächelte kurz, um ihr zu zeigen, dass alles in Ordnung war. Dann bedeutete er den Kindern, auf die Veranda zu kommen. Kai Li hob Bo hoch, der immer noch klein genug war, um ihn zu tragen, drehte sich um und führte seine Familie in die Villa.

Auf einem kleinen Tisch lag geschnittenes Gemüse. Kai Li setzte Bo auf eine Bank und wies die anderen an, sich ebenfalls zu setzen. Er ging zum Herd, dem neusten Modell, und rührte in einem Topf. Mei Ling wurde aus seinem Gesichtsausdruck nicht klug, aber sie vermutete, dass er nachdachte.

»Wartet hier«, sagte er und verschwand in den Flur. Mei Lings Herz raste. Sie blickte zu ihrer Tochter. Das Mädchen starrte auf die Stelle, wo Kai Li verschwunden war. Shiya blickte unter den Tisch. Ihr dunkles Haar strich dabei über den hellen Holzfußboden. Sie blieb so übergebeugt stehen, ohne sich zu bewegen und ohne zu sprechen. Sie starrte einfach nur auf den Platz, wo sie einst geschlafen hatte. Mei Ling duckte sich ebenfalls unter den Tisch, um zu sehen, was das Mädchen sah. Ihre Köpfe berührten sich fast, als sie den winzigen Hohlraum betrachteten.

Shiya blickte Mei Ling in die Augen und sagte: »Es ist so klein.«

Ein Schauer überlief Mei Ling. Sie hatten viel geopfert, um Shiya vor dem Leben unter einem Tisch zu bewahren. Und obwohl sie in diesem Moment voller Furcht war, konnte sie es einfach nicht bereuen, diesem Kind die Freiheit geschenkt zu haben. Beide setzten sich wieder auf. Sie legte einen Arm um Shiya und drückte das Mädchen.

»Ich bin so froh, dass du nicht mehr dort unten wohnst«, sagte Mei Ling.

»Ich auch«, stimmte Shiya ihr zu und lächelte.

Da betrat Miss Haw die Küche.

»Hallo Shiya. Es ist … … sehr … … … …«, sagte die Frau. »… … … … … … … … die … …«, fuhr sie fort. »… … … … … … … … … … … … … … … … … warten wir.«

»Ja, bitte«, erwiderte Shiya. Mei Ling konnte dem Englisch ihres eigenen Kindes folgen, aber Miss Haw sprach mit einem Akzent, bei dem sie kein Wort verstand.

»Was hat sie gesagt?«, wollte Mei Ling wissen.

»Bah-ba spricht mit irgendjemandem. Wir bekommen heiße Schokolade, während wir warten.«

»Mit wem spricht er denn?«, hakte sie nach und fragte sich, ob die Polizei bereits dort aufgetaucht sei.

Shiya zuckte die Achseln. Mei Ling holte tief Luft, um sich etwas zu beruhigen.

»Frag«, befahl sie, bemüht, ruhig zu klingen.

Shiya sprach mit Miss Haw. Die Frau antwortete. Das Gespräch dauerte einen Moment.

»Mit dem Gouverneur«, übersetzte Shiya. »Bah-ba spricht mit dem Gouverneur.«

Mei Ling fragte sich, ob es klug war, seinen Arbeitgeber mit ihren familiären Problemen zu behelligen, aber Kontakte ebneten in China den Weg zum Erfolg. Wahrscheinlich war es hier nicht anders, ganz besonders bei einem Mann von hohem sozialen Ansehen – vorausgesetzt, der frühere Gouverneur würde seine Kontakte nutzen, um Kai Li zu helfen, und nicht, um ihm zu schaden.

Miss Haw brachte ihnen den versprochenen Kakao und kochte das Essen fertig, das Kai Li begonnen hatte. Sie schien versiert in der Küchenarbeit und lehnte Mei Lings Angebot, ihr zu helfen, liebenswürdig ab.

Nachdem die Kinder ausgetrunken hatten, kehrte Kai Li in die Küche zurück. Der Gouverneur und er würden sich am Morgen auf dem Polizeirevier treffen. Miss Haw sagte etwas. Sie verneigte sich vor Kai Li, bevor sie alle gingen. Mei Ling war ganz gerührt von ihrem Bemühen, sich so respektvoll und freundlich zu zeigen.

Eng aneinandergedrängt gingen sie schweigend durch die dunklen und nebligen Straßen von Oakland nach Hause. Mei Ling betete zu Guan Yin, sie vor jeder Gefahr zu schützen.

* * *

Die Kinder schliefen, als sie Kai Li erzählte, was sie in der vorangegangenen Nacht getan hatte, und sie endete mit den Worten: »Ich war überzeugt, er würde hinaus in die Bucht getrieben und nie wieder auftauchen. An den Wechsel der Gezeiten habe ich nicht gedacht.«

In Erwartung einer Reaktion blickte sie ihm ins Gesicht. Fürchtete er sie nun vielleicht, nachdem er wusste, wozu sie fähig war?

»Wir hatten Zeit. Ich hätte einen Weg gefunden, sie zu retten«, erklärte Kai Li knapp und hart.

»Mann, die Unsicherheit und die Angst haben meine Seele aufgefressen. Ich musste einfach sicher sein, dass ihr nichts geschehen wird. Um jeden Preis.« Sie sah ihn an und hoffte auf sein Verständnis. Doch sollte er es nicht aufbringen können, bereute sie trotzdem nicht, was sie getan hatte. »Ich werde zur Polizei gehen und sagen, dass es ein Unfall war«, erklärte Mei Ling.

Kai Li schüttelte den Kopf. »Sie haben dich nicht in Verdacht. *Ich* werde hingehen.«

»Du brauchst nicht den Preis für meine Entscheidung zu zahlen.«

»Wir werden beide dafür zahlen müssen, wenn einer von uns ins Gefängnis muss«, sagte er, und seine Stimme klang sorgenvoll. Die Wahrheit in diesen Worten traf sie hart. Eine angespannte und schneidende Stille breitete sich zwischen ihnen aus.

Kai Li sagte: »Zuzugeben, dass du nachts mit einem Mann allein warst, der nicht dein Ehemann ist?« Er machte eine Pause und schüttelte den Kopf. »Dieser Schmach wollen wir uns nicht aussetzen. Ich gehe lieber ins Gefängnis, als deinen Ruf als Mutter und Ehefrau zu besudeln.«

»Es tut mir leid.«

Er blickte sie an. So viele unterschiedliche Gefühle zeigten sich in seinem Gesicht, dass sie keins davon wirklich deuten konnte. Furcht und Ärger waren sicherlich darunter. Aber war da auch ein gewisser Stolz?

»Es braucht dir nicht leidzutun, bis wir wissen, was bei meiner Vernehmung herauskommt«, erwiderte er. »Was du getan hast, war leichtsinnig, ja, aber auch mutig … und ehrenhaft. Du hast unsere Familie beschützt.«

Er versuchte zu lächeln. Mei Lings Lippen zitterten, und eine Träne löste sich aus ihrem Augenwinkel. Er schlang seine Arme um sie. Sie weinte an seiner Brust, voller Angst, dass dies ihre letzte gemeinsame Nacht sein könnte. Er hielt sie fest und vergoss wahrscheinlich selbst einige Tränen, ohne zu versuchen, sie mit bedeutungslosen Worten zu trösten. Die ganze lange Nacht ließen sie einander nicht mehr los.

Am Morgen war Kai Li bereits wach, noch bevor die Sonne aufging. Mei Ling beobachtete, wie er zärtlich alle ihre Kinder küsste. Ihr Herz floss über vor Liebe und sie biss sich so hart auf die Unterlippe, dass sie blutete.

Dann kam er zu ihr. Sie umarmten sich, ihr Kopf lag an seinem Herz, und sie hatte die Arme um ihn geschlungen. Sie krallte sich in sein Hemd und wollte ihn nicht gehen lassen. Während sie seinen Geruch einatmete, bat sie Guan Yin und den Geist: *Bitte beschützt ihn. Er ist ein guter Mann und hat nichts Falsches getan.*

Kai Li würde zum Markt gehen und Mr Johnson sagen, dass er den Tag über fort sein würde und vielleicht auch länger. Mei Ling verdrängte den Gedanken an diese Möglichkeit, aber ihre Nerven waren zum Zerreißen gespannt. Ihr Herz hämmerte in ihrer Brust, egal, wie oft sie tief durchatmete.

Shiya musste die Anspannung im Haus gespürt haben, aber Mei Ling sprach mit keinem der Kinder über die Situation. Sie folgten einfach alle ihrer morgendlichen Routine. Nachdem sie Shiya in die Schule gebracht hatte, fand sich Mei Ling in einer stillen Wohnung wieder, wo nur wenig sie von ihren Ängsten ablenkte.

Sie wollte nicht fortgehen, falls Kai Li zurückkehrte. Minuten erschienen ihr wie Stunden. Mal saß sie wie erstarrt auf der Couch, dann wieder lief sie im Wohnzimmer auf und ab. Schließlich nahm sie die beiden Kleinen mit in den Garten. Sie konnte die Beete für die Saat vorbereiten, während die Kinder spielten. Mit der kleinen Schaufel grub sie die Erde um, damit das Gras die Erde düngte. Die körperliche Arbeit tat ihr gut, und etwas für ihre Zukunft zu tun, beruhigte ihren Geist.

Ein Schrei von Joy riss sie aus ihren Gedanken. Das Kleid des Mädchens hatte sich in den Brombeeren verfangen, die in ihrem Garten wuchsen. Sorgsam befreite Mei Ling ihre Tochter von den dornigen Ranken. Eine leuchtend gelbe Blume fiel ihr ins Auge. Sie beugte sich vor, um sie genauer zu betrachten. Sie war klein, weniger als fünf Zentimeter, und wuchs ganz einsam, doch sie leuchtete ihr strahlend entgegen. Irgendwie hatte sie in diesem dornigen Umfeld überlebt und erinnerte Mei Ling daran, dass selbst im größten Schmerz auch immer Schönheit zu finden war.

Nachdem sie das Beet vorbereitet hatte, ging sie zurück ins Haus, um etwas zu essen und sich ein wenig zu erholen. Sie legte sich zu den Kindern, aber der Schlaf wollte nicht kommen.

Bald gab sie es auf und nahm sich das Buch von Konfuzius, das ihr Vater ihr gegeben hatte. Sie setzte sich vor ihren Familienaltar und bat ihre Ahnen, sich für ihren Mann einzusetzen. Sie saß da, wiegte sich und meditierte, als sie im Flur ein Geräusch hörte.

Sofort drehte sie sich um. Kai Li stand in der Tür. Er blickte sie an, nickte lächelnd und kam an ihre Seite. Erleichtert atmete sie auf und ein Schauer überlief ihre Arme. Er kniete sich so nah neben sie, dass sich ihre Schultern berührten.

»Wir müssen den Ahnen danken«, flüsterte er heiser.

Gemeinsam machten sie gegenüber dem Altar den Kotau, und Wellen der Dankbarkeit durchfluteten Mei Ling. *Vielen Dank für deine Gnade, Guan Yin.*

Nachdem sie sich erhoben hatten, fragte sie: »Was ist passiert?«

Er holte einmal tief Luft und lächelte. Dann zuckte er die Achseln.

»Ich bin frei«, sagte er. »Unserer Familie wird nichts geschehen.«

Die Anspannung in ihren Schultern löste sich. »Was hast du gesagt?«

Er antwortete, als würde er eine Geschichte erzählen. »Jack Wong kam vorbei, bereits betrunken. Er und ich sind dann ausgegangen, wie wir es schon viele Male zuvor getan haben. Es war spät, als ich nach Hause zurückgekehrt bin. Auch er hat sich auf den Weg gemacht. Vielleicht ist er in die falsche Richtung gelaufen und ins Wasser gefallen.«

»Sie haben dir geglaubt?«, fragte sie.

Kai Li nickte. »Kontakte helfen einem in jedem Land. Gouverneur Pardee und Mr Johnson haben sich für mich verwendet«, berichtete er. »Sie haben ausgesagt, dass ich ein guter Mann sei und unmöglich jemanden ermorden könnte. Es war die Wahrheit. Ich bin froh, dass ich sie deswegen nicht anzulügen brauchte.«

Kai Li musterte sie. Mei Ling nickte. Er hatte recht, sie zu verachten.

»Ich danke dir«, sagte er. »Für deinen Mut und deine Kraft.«

Sie sah ihm tief in die Augen und suchte nach irgendeinem Zeichen der Ablehnung, doch sie fand nur Liebe und Respekt. Ein Schauder durchlief ihren ganzen Körper.

Ist es wirklich vorbei?, fragte Mei Ling den Geist von Shiyas Mutter. *Ist unsere Tochter nun wirklich gerettet?*

Ja!, lautete die klare und deutliche Antwort.

Mei Ling wusste, dass es stimmte. Sie hatten ihre geliebte Shiya gerettet, das freundliche und findige kleine Mädchen, das sich auf der Reise über einen riesigen Ozean in Mei Lings Leben gestohlen hatte.

Vielen Dank. Und alles Gute.

Der Geist glitt davon. *Leb wohl.*

Mei Lings Seele öffnete sich voller Dankbarkeit, und ihr Herz jubilierte wegen all der Möglichkeiten, die sich ihnen nun boten.

EPILOG

Berkeley – August 1936

Kai Li und ich haben nie wieder darüber gesprochen, was ich getan habe, obwohl er an dem Tag, als wir Shiya zur Universität von Kalifornien in Berkeley brachten, kurz darauf angespielt hat. Wir haben sie begleitet, um uns zu Semesterbeginn den Campus anzusehen. Kai Li konnte kaum seinen Stolz verbergen. Mehr als einmal habe ich gesehen, wie er sich auf der Fahrt mit der Straßenbahn von Oakland nach Berkeley die Tränen fortgewischt hat.

Während wir alle – Joy, Bo, Shiya, Kai Li und ich – mit dem Fahrstuhl auf den Sather Tower hinaufgefahren sind, habe ich immer noch an Shiyas Kleidung herumgezupft. Es müssen noch andere Leute dabei gewesen sein, aber ich erinnere mich nur an meine Familie.

»Können wir jede Woche herkommen?«, fragte Joy auf Englisch. Sie war inzwischen zwölf und kurz davor, zur Frau zu werden. Ich vermisste mein Kind bereits, obwohl es direkt vor mir stand.

Tadelnd schnalzte ich mit der Zunge und erwiderte auf Kantonesisch: »Du darfst herkommen, wenn du zum Studium zugelassen wirst. Jetzt muss Shiya erst mal lernen und darf nicht von kleinen Mädchen abgelenkt werden.«

Schmollend schob Joy die Unterlippe vor.

Mit einem Lächeln gab ich nach. »Wir können nicht jede Woche herkommen, aber ich denke, einmal pro Semester wäre nicht zu oft.«

Der Fahrstuhl hielt mit einem Ruck. Langsam öffneten sich die Türen. Wir traten in einen kleinen Flur und stiegen die Treppe zur Aussichtsplattform hinauf. Andere Leute, hauptsächlich Weiße, aber nicht nur, standen an den offenen Fensterbögen und blickten hinaus.

Wir wandten uns nach links und fanden eine unbesetzte Stelle. Kai Li sog scharf die Luft ein, als er hinaus in den wunderschön glitzernden, klaren Tag blickte. Nie zuvor war er hier oben gewesen oder hatte einen solchen Ausblick genossen, der wirklich atemberaubend war. Noch gewaltiger als der von dem Park in Hongkong.

Bo, der inzwischen größer war als wir beide, ließ seinen Blick über den Horizont schweifen. In diesem klugen und gut aussehenden sechzehnjährigen jungen Mann steckte immer noch der kleine Junge aus der kleinen armseligen Hütte in Guangzhou, der einen hölzernen Hasen umklammert hatte. Seit Jahren trug er ihn nicht mehr mit sich herum, aber er steht immer noch auf seinem Altar.

»Der Tribune Tower«, sagte Bo und deutete hinüber.

Kai Li nickte und fügte hinzu: »Dort ist Alameda – und unser Haus steht dazwischen.« Er blickte mich an und lächelte. Ich legte meinen Kopf auf seine Schulter und war von meiner tiefen Liebe zu ihm ganz erfüllt.

»Wo ist unser Restaurant?«, wollte Joy wissen.

»Hmmm …« Kai Li folgte dem Verlauf der Straßen, dann streckte er eine Hand aus. »Der Mondhase ist … irgendwo dort drüben.«

Ich folgte seinem ausgestreckten Zeigefinger. Das Restaurant war nicht zu sehen, verborgen hinter anderen Gebäuden, aber ich hatte sofort seine leuchtend rote Tür vor Augen.

Wir gingen ein Stück nach rechts und sahen die neue Brücke nach Oakland und auch die fast fertige Golden Gate Bridge. Die Bucht glitzerte in der Sonne.

»Alcatraz!«, sagte Joy und deutete hinüber.

»Und Angel Island«, fügte Shiya leise hinzu.

»Erinnerst du dich daran, dort gewesen zu sein?«, fragte ich.

Sie nickte. »Ich erinnere mich daran, als wir einmal spazieren gegangen sind und herübergesehen haben … zu diesem Turm.« Shiyas Stimme wurde höher, als sie die Tränen zurückdrängte. »Du hast mir versprochen, dass wir eines Tages hier oben sein würden.«

Mein Herz wurde von Erinnerungen überschwemmt.

Shiya räusperte sich. »Das hat mir so viel Kraft gegeben.« Sie blickte mich direkt an, wie junge Amerikaner es tun. Ihre wunderschönen braunen Augen glänzten feucht. »Du hast ja keine Ahnung, was mir diese Worte bedeutet haben. Sie haben mir die Stärke gegeben durchzuhalten, wenn ich Angst hatte und mich einsam gefühlt habe. Du hast dein Versprechen gehalten … und mir dann noch so viel mehr geschenkt.«

Mein Herz quoll über vor Liebe und Stolz.

Shiya sah zu Kai Li und dann wieder zu mir. »Bah-ba, Mah-ma, ich danke euch«, sagte sie leise. »Für eure harte Arbeit und … einfach für alles. Für all die Opfer, die ihr für mich gebracht habt.«

Weiter sagte sie nichts. Stattdessen verneigte sie sich tief und blieb in dieser Haltung, um uns, ihren Eltern, Respekt und Anerkennung zu erweisen. Wir alle hatten Tränen in den Augen. Kai Li sah mich an, und ich vermute, dass wir beide an jene Nacht dachten, in der ich ein Leben vernichtet hatte, um ihres zu retten.

Kai Li beugte sich so dicht an mich heran, dass ich seinen Atem in meinem Ohr spüren konnte. Dann flüsterte er: »Ich danke dir für deine Kraft und deinen Mut, Frau. Sie ist dein größtes Opfer wert.«

»Ja, das ist sie«, stimmte ich ihm zu.

Ich erinnerte mich daran, als ich in Shiyas Alter gewesen war: gezwungen, mein Zuhause zu verlassen, um mit einem Fremden in einem fernen Land ein neues Leben zu beginnen. Es war ein Sprung, von dem ich nicht wusste, ob ich ihn schaffen würde. Wie meine Mutter mich angewiesen hatte, machte ich den ersten Schritt, obwohl ich nicht glaubte, dass ich es könnte. Doch sobald ich den ersten Schritt getan hatte, wusste ich, ich würde auch den zweiten schaffen. Einen Schritt nach dem anderen, so war ich in mein neues Leben gegangen, mit Fremden als meinen Begleitern, Fremden, die heute meine ganze Welt sind.

Ich betrachtete sie, meine starke und zuverlässige Familie, und sah keinerlei Spuren mehr von den Anfängen auf einem dünnen Stück Papier. Jedes einzelne dieser freundlichen und hart arbeitenden Kinder war auf einem anderen Weg zu mir gekommen, doch es waren alles meine. Ich segnete in Gedanken Bos und Shiyas leibliche Mütter: Wong Lu Shi, deren Namen ich immer noch trug, und die namenlose Frau, von der ich nichts weiß – außer, dass sie ihre Tochter sehr geliebt haben musste. Diese beiden Frauen hatten wundervolle Kinder geboren, und ich hatte die Ehre, sie aufzuziehen. *Ich danke euch.*

Und mein liebster Kai Li, der netteste Mann, den ich jemals kennengelernt habe und der es schafft, einen Drachen wie mich zu lieben. Warum ist mir dieser Segen zuteilgeworden? Jeden Tag danke ich den Ahnen für alles, was bisher geschehen ist, und alles, was noch geschehen wird, für die wunderbaren und die alltäglichen Ereignisse, die mein Leben ausmachen.

Danksagung

Zu tiefem Dank verpflichtet bin ich:

- Michelle Ma dafür, dass sie mich mit Brendan Jiu zusammengebracht hat. Und für die Quellen, die Brendan mir anvertraut hat – besonders eine Kopie der Vernehmungen seiner Vorfahren auf Angel Island.
- Hannah, Tim und Lola May. Weil ein Welpe! Und Liebe.
- Kyle Fisher. Weil ich sie in »Eine Handvoll Senfkörner« vergessen habe und unsere Scrabble-Runden zu meinen Highlights gehören.
- Wes Cordez. Vielen Dank für die Informationen auf ChineseAmericanFamily.com.
- Kelli, Karen und ganz besonders Dorothy Eng. Dorothys beiläufige Bemerkung, dass sie sich auf Angel Island gerade im Bauch ihrer Mutter befunden hat, war die Initialzündung für diese Geschichte.
- Woolseyville Compound, mein solides Fundament.
- Rinda, Maya, Kalin und Wynnie – für all den Spaß, die Ermutigung, und dass sie dafür sorgen, dass ich mich selbst nicht allzu ernst nehme.

- Ori Tsveli dafür, dass er mich provoziert, Tong Len in meine Romane einzubauen und in mein Leben, aber ich kann es.
- Sheri Prud'homme, dafür, dass ich mich für sehr produktive Schreibphasen nach Hearthstone zurückziehen konnte.
- Der First Unitarian Church von Oakland dafür, dass sie mich stets daran erinnert hat, niemals den Glauben zu verlieren – gerade dann, wenn er schwer zu finden ist.
- Carmen, Bojan und Nikola für die Freude, am Beginn eines neuen Lebens teilnehmen zu dürfen.
- Tiffany Yates Martin, Jodi Warshaw, Danielle Marshall, Gabriel Dumpit, Nicole Pomeroy, Rebecca Brinbury, Michael Townley und all jene bei Lake Union, deren Namen ich nicht kenne. Ich bin euch allen zutiefst dankbar dafür, wie hart ihr daran gearbeitet habt, diese Geschichte auf die Welt zu bringen.
- Terry Goodman. Ich bin dir auf ewig dankbar, dass du meine Nadel im Heuhaufen des Selfpublishing gefunden hast.
- Meinen Testlesern Gogi Hodder, Sheri Prud'homme, Margie Biblin, Darlanne Mulmat, Rinda Bartley, Linda O'Roke, Kayla Haun, Mimi Tsang, Claudine Tong, Daisy Quan, Lynna Tsou, Kathy Post, Kelli Eng und Dorothy Eng. Euer freundliches und ehrliches Feedback hat diese Geschichte besser gemacht.
- Trente Moran und Tom Haw für die Figuren Pasha beziehungsweise Miss Haw.
- Judy Yung. Deine Arbeit, längst verstummte Stimmen wieder hörbar zu machen, ist ein Geschenk für mich und für die Welt.

Quellen

Folgende Quellen waren von ungeheurem Wert für meine Recherchen:

- Angel Island State Park
- San Francisco Chinese Historical Society
- Oakland Chinese Historical Society
- *Making Waves*, herausgegeben von Asian Women United of California
- *Making More Waves*, herausgegeben von Elaine H. Kim, Lilia V. Villanueva und Asian Women United of California
- *Unbound Voices* von Judy Yung
- *Unbound Feet* von Judy Yung
- *Angel Island: Immigrant Gateway to America* von Erika Lee und Judy Yung
- *Island*, herausgegeben von Him Mark Lai, Genny Lim und Judy Yung
- *Hometown Chinatown: The History of Oakland's Chinese Community* von L. Eve Armentrout Ma
- *Fierce Compassion* von Kristin und Kathryn Wong
- *Oakland's Chinatown* von William Wong

- *Becoming American: The Chinese Experience*, ein Special von Bill Moyers
- *Bittersweet Roots: The Chinese in California's Heartland*
- *Chinese Village Cookbook: A Practical Guide to Cantonese Country Cooking* von Rhoda Yee
- *The Chinese Must Go: Violence, Exclusion, and the Making of the Alien in America* von Beth Lew-Williams

Glossar

Angel Island Einwanderungs- und Haftzentrum
Angel Island ist eine Insel in der Bucht von San Francisco. Ab 1910 wurden dort Immigranten festgehalten und verhört, bis entschieden war, ob man sie abweisen oder nach San Francisco hineinlassen würde. Während ihrer Existenz wurden fast eine Million Einwanderungswillige aus mehr als achtzig Ländern durch diese Station geschleust. Die meisten (70 Prozent) kamen aus China, aber auch aus Japan, Indien, Mexiko und von den Philippinen. Europäer und Passagiere der ersten Klasse wurden gleich an Bord der Schiffe überprüft und nur in seltenen Fällen festgesetzt.

Wegen des Gesetzes zum Ausschluss von Chinesen (Chinese Exclusion Act) wurden chinesische Einwanderer besonders streng kontrolliert. Die meisten wurden für mehrere Wochen festgehalten, obwohl einige sogar neunzig Tage auf der Insel verbleiben mussten und der Rekord bei zwei Jahren lag. Viele drückten ihr Entsetzen über die hoffnungslosen Zustände dort durch Gedichte aus, die sie in die Wände ritzten.

Das Einwanderungszentrum wurde 1940 geschlossen.

Asiatische Sperrzone

Das Einwanderungsgesetz von 1917 bestimmte, dass »die folgenden Ausländerkategorien von einer Einreise in die Vereinigten Staaten auszuschließen sind … Personen, die auf Inseln geboren wurden, die an den asiatischen Kontinent angrenzen und sich nicht im Besitz der Vereinigten Staaten befinden und zudem südlich des 20. nördlichen Breitengrades, westlich des 160. Längengrades östlich von Greenwich und nördlich des 10. südlichen Breitengrades gelegen sind, sowie Einheimische aus jedem Land, jeder Provinz oder einem sonstigen abhängigen Teilstück des asiatischen Kontinents westlich des 110. Längengrades östlich von Greenwich und … südlich des 15. nördlichen Breitengrades …«. Dieses Gesetz bezog sich nicht auf Menschen von den Philippinen, da die sich im »Besitz« der Vereinigten Staaten befanden, und aus Japan – obwohl es eine informelle Übereinkunft mit Japan gab, die Einwanderung aus dieser asiatischen Nation drastisch zu beschränken.

Burlingame-Abkommen

Verabschiedet 1868, garantierte dieses Abkommen Chinesen das Recht auf freie Einwanderung und Bewegungsfreiheit innerhalb der Vereinigten Staaten. Amerikanische Unternehmen hatten sich dafür eingesetzt und feierten das Abkommen, weil es ihnen zu einer reichen Quelle billiger Arbeitskräfte verhalf.

Chinesische Dialekte

In China gibt es sieben verschiedene Hauptdialektgruppen mit Hunderten von Unterdialekten. Einige dieser Dialekte sind enger miteinander verwandt als andere.

Chinesischer Kalender

Als Lunisolarkalender nutzt er eine Kombination aus Sonnen- und Mondphasen, um Daten zu bestimmen. Das neue Jahr beginnt mit dem zweiten Neumond nach der Wintersonnenwende, der Ende Januar oder in den ersten Wochen des Februar auftritt.

Chinesischer Tierkreis
Ein Schema, in dem jedem Jahr in einem sich wiederholenden Zwölfjahreszyklus ein Tier und dessen angebliche Eigenschaften zuordnet sind. Durch sie lassen sich Unverträglichkeiten zwischen potenziellen Ehepartnern und denen anderer Beziehungen vorhersagen. In ihrer Reihenfolge lauten die Tierkreiszeichen Ratte, Büffel, Tiger, Hase, Drache, Schlange, Pferd, Ziege, Affe, Hahn, Hund und Schwein.

Gam Saan Haak
So nannte man Chinesen, die nach Amerika reisten, um Gold zu schürfen. In jener Zeit wurde Amerika von den Chinesen Gam Saan genannt, was Goldener Berg bedeutete.

Kulis
Eine veraltete Bezeichnung für chinesische Männer, die körperliche Arbeit verrichteten, und die heute als Beleidigung gilt.

Donaldina Cameron
Eine Presbyterianische Missionarin aus Neuseeland. Sie war der Mission in San Franciscos Chinatown zugeteilt worden. Dort rettete sie mehr als dreitausend eingewanderten chinesischen Mädchen und Frauen vor an Verträge gebundene Knechtschaft und Zwangsprostitution. Man nannte sie auch den »Wütenden Engel von Chinatown«.

Gesetz zum Ausschluss von Chinesen
Verabschiedet 1882, widerrief dieses Gesetz das Burlingame-Abkommen. Es ist das einzige vom US-Kongress verabschiedete

Gesetz, das eine bestimmte Nation von der Einwanderung ausschloss. Senator John Miller, ein Republikaner aus Kalifornien, brachte dieses zehnjährige Aussetzungsabkommen für die Emigration von Chinesen in den Senat der Vereinigten Staaten ein.

Das Geary-Gesetz verschärfte das Gesetz zum Ausschluss von Chinesen und verlängerte es um weitere zehn Jahre. Nachträgliche Gesetzesänderungen verhinderten zudem die Rückkehr chinesischer Arbeiter, die einmal die Vereinigten Staaten verlassen hatten. 1943 wurde es durch das Magnuson-Gesetz aufgehoben.

Die Verabschiedung des Gesetzes war das Ergebnis jahrelanger rassistischer Feindseligkeiten von vielen Einwanderungsgegnern unter den weißen amerikanischen Bürgern und Politikern. Es schuf einen Präzedenzfall für spätere Einschränkungen gegenüber Einwanderung anderer Nationalitäten und bildete den Anfang einer neuen Ära, in der sich die Vereinigten Staaten von einem Land, das alle Emigranten willkommen hieß, zu einer Nation wandelte, die begann, ihre Grenzen scharf zu bewachen.

Golden Gate
Das »Goldene Tor« ist die Öffnung zwischen dem Pazifischen Ozean und der Bucht von San Francisco. Die eine Seite befindet sich auf der Halbinsel San Francisco und die andere auf der Halbinsel von Marin County. Seit 1937 wird es von der Golden Gate Bridge überspannt.

Heiratsvermittlerin
Eine Frau, die von Berufs wegen Ehen arrangiert.

Johnson-Reed-Gesetz von 1924
Der Zweck des Gesetzes bestand darin, das (vermeintliche) Ideal amerikanischer Einheitlichkeit zu bewahren. Das Gesetz verbot

die Einwanderung von Arabern und Asiaten in die Vereinigten Staaten und zielte darauf ab, die Emigration von Afrikanern stark einzuschränken. Darüber hinaus limitierte es die Anzahl von Einwanderern auf zwei Prozent der Anzahl von Personen aus demselben Land, die laut der Volkszählung von 1890 bereits in den Vereinigten Staaten lebten, eine weitere Reduzierung der Obergrenze von den drei Prozent, die durch das Not-Quotengesetz erlassen worden waren, das auf der Volkszählung von 1910 beruhte. Es schränkte die Einwanderung von Südeuropäern und Osteuropäern stark ein. Die Immigration aus anderen Ländern in Nord- und Südamerika begrenzte es dagegen nicht. Der Widerstand im Kongress war minimal. Dieses Gesetz beendete eine Periode, in der die Grenzen der Vereinigten Staaten praktisch weit offen standen.

Kotau
Ein asiatischer Brauch, niederzuknien und zur Anbetung oder als Zeichen der Unterwerfung mit der Stirn, auch mehrfach, den Boden zu berühren.

Kuomintang
Eine große und wichtige politische Partei in China. Sie setzte sich für den Sturz der Qing-Dynastie und die Gründung einer Republik ein. Zwischen 1928 und 1949 herrschte sie in Teilen des chinesischen Festlands. Später regierten sie Taiwan. Sun Yat-sen und Chiang Kai-shek waren in den 1920er-Jahren Führer der Partei.

Lernhefte
Bewerber chinesischer Abstammung wurden im Angel Island Einwanderungs- und Haftzentrum sehr ausführlich verhört, bevor man sie in die Vereinigten Staaten einreisen ließ oder zurück nach China schickte. Aussagen über ihre Familiengeschichte,

den Grundriss ihres Heimatdorfes und Einzelheiten ihrer Behausung mussten mit den Angaben ihres tatsächlichen oder vorgetäuschten Familienmitglieds übereinstimmen, mit dem sie zusammengeführt werden wollten. Jede Ungereimtheit in ihren Aussagen konnte die Abschiebung bedeuten. Chinesische Einwanderer bereiteten sich auf diese Verhöre vor, indem sie entsprechende Lernhefte von Einwanderungsmaklern kauften.

Missionare
Mitglieder einer religiösen Organisation, die in ein Gebiet geschickt werden, um die örtliche Bevölkerung zu ihrem jeweiligen Glauben zu bekehren.

Oaklands Chinatown
Die erste Chinatown in Oakland wurde von chinesischen Goldgräbern im 19. Jahrhundert gegründet. Die chinesische Gemeinschaft von Oakland wurde fünfmal umgesiedelt, bevor man ihr in den 1870er-Jahren eine »exklusive Zone« zuwies, die sich immer noch an der Stelle der heutigen Chinatown befindet. Nach dem Erdbeben in San Francisco von 1906 flüchteten sich Tausende von Chinesen aus San Francisco vorübergehend nach Oakland. Viele blieben für immer. Bei der Zuordnung von Zonen wurde Chinatown nie berücksichtigt, bis die neu geschaffene Stadtplanungskommission den Bereich dem Gebiet für Leichtindustrie zuschlug.

Papierfrau/-sohn/-tochter
Papierfrauen, -söhne und -töchter benutzten gefälschte Papiere, um in die Vereinigten Staaten einzuwandern. Die Praxis verbreitete sich als Folge von Krieg und Hunger in China, dem Gesetz zum Ausschluss von Chinesen und dem Erdbeben in San Francisco 1906. In den gekauften Dokumenten wurde

bestätigt, dass diese Immigranten Blutsverwandte von chinesischstämmigen Amerikanern waren, die in den Vereinigten Staaten Bürgerrechte besaßen. Dieses Vorgehen erlaubte vielen Einwanderern, in die Vereinigten Staaten einzureisen, um dort zu arbeiten, wieder mit ihrer Familie vereint zu werden oder ein Geschäft zu eröffnen.

Das Feuer nach dem Erdbeben zerstörte die meisten Akten des Bezirks. Einige Männer chinesischer Abstammung, die in San Francisco lebten, vergrößerten daraufhin einfach die Anzahl der Söhne und/oder Töchter, die noch in China lebten. Die Kosten für solche gefälschten Papiere hingen vom Alter ab – üblicherweise betrugen sie hundert Dollar pro Jahr. So wurden zum Beispiel für ein zwölfjähriges Kind 1.200 Dollar bezahlt.

Rikscha
Ein leichtes, zweirädriges und überdachtes Gefährt, das von einem Menschen gezogen wird.

San Franciscos Chinatown
Ein dicht besiedeltes Viertel in San Francisco und das einzige Gebiet in der Stadt, in dem es Menschen mit chinesischer Abstammung erlaubt war, Eigentum zu besitzen und zu vererben. Es grenzt an den Ankunftshafen chinesischer Arbeiter, die Mitte des 19. Jahrhunderts vermehrt ins Land strömten, um in der Sierra Nevada Gold zu schürfen, die Interkontinentale und andere Eisenbahnstrecken zu bauen und im Delta zwischen den Flüssen Sacramento und San Joaquin Land zu bestellen.

Tien Wu
Sie arbeitete mit Donaldina Cameron als Übersetzerin zusammen und auch als Organisatorin im Haus der Presbyterianischen Mission in San Franciscos Chinatown.

Tongs
Chinesische Gangs des organisierten Verbrechens.

Transkontinentale Eisenbahn
Mehr als dreitausend männliche Arbeiter wurden von der Zentralen Pazifischen Eisenbahngesellschaft angeworben, um eine Eisenbahnstrecke zwischen Kalifornien und Utah zu bauen. Sie wurde 1869 fertiggestellt. Alexander Saxton hat in einer Arbeit ausgerechnet, dass Eisenbahngesellschaften chinesischen Arbeitern zwei Drittel des Lohnes gezahlt haben, den weiße Arbeiter bekamen.

Wohltätige Familienverbände
Während des Goldrausches in Kalifornien begannen diese Organisationen, chinesische Einwanderer, die in einer feindlichen Umgebung überleben mussten, sozial und finanziell zu unterstützen. Später halfen sie Immigranten dabei, leichter eine Aufenthaltsgenehmigung zu bekommen oder eingebürgert zu werden, und agierten als inoffizielle Handelskammern für chinesische Geschäftsleute. Auch heute noch stellen sie für viele Menschen eine wichtige Unterstützung da.

Wong Kim Ark
Wong Kim Ark wurde 1873 in San Francisco geboren. Nachdem er nach China gereist war, verweigerte man ihm die Rückkehr als Staatsbürger in die Vereinigten Staaten und behandelte ihn als Ausländer. Sein Fall wurde bis vor das Verfassungsgericht gebracht, das zu seinen Gunsten entschied, da es befand, dass die Muttersprache, die in der 14. Ergänzung der Verfassung Erwähnung findet, auch seinen Geburtsort bestimmt und dies nicht durch einen Beschluss des Kongresses außer Kraft gesetzt werden darf.

Zusätzlich wird auch ein Kind eines amerikanischen Staatsbürgers, selbst wenn es in China geboren wird, amerikanischer Staatsbürger durch Geburt. Diese Entscheidung war ein wichtiger Präzedenzfall für die Auslegung der Einbürgerungsklausel in der 14. Ergänzung der Verfassung.

FSC
www.fsc.org
MIX
Papier aus verantwortungsvollen Quellen
Paper from responsible sources
FSC® C141904

Druck:
Customized Business Services GmbH
im Auftrag der KNV-Gruppe
Ferdinand-Jühlke-Str. 7
99095 Erfurt